# 木蝴蝶

吕新——著

作家出版社

# 图书在版编目（CIP）数据

木蝴蝶 / 吕新著. —— 北京 ：作家出版社，2018.10
ISBN 978-7-5063-8701-9

Ⅰ．①木… Ⅱ．①吕… Ⅲ．①中篇小说 - 小说集 -
中国 - 当代 Ⅳ．① I247.5

中国版本图书馆CIP数据核字（2016）第016172号


## 木蝴蝶

作　　者：吕　新
责任编辑：赵　超
装帧设计：崔晓晋
出版发行：作家出版社
社　　址：北京农展馆南里10号　　邮　　编：100125
电话传真：86-10-65930756（出版发行部）
　　　　　86-10-65004079（总编室）
　　　　　86-10-65015116（邮购部）
E-mail:zuojia@zuojia.net.cn
http://www.haozuojia.com（作家在线）
印　　刷：三河市北燕印装有限公司
成品尺寸：148×212
字　　数：343千
印　　张：12
版　　次：2018年10月第1版
印　　次：2018年10月第1次印刷
ISBN　978-7-5063-8701-9
定　　价：42.00元

# 目
## contents
# 录

# 阴　谋

　　反革命分子皮万春跨过几道积水的壕沟之后，来到了姐姐家门前。此前，皮万春一直感到自己像一只饥饿的飞鸟，在他穿越重重水沟的过程中，他看到了水中漂浮的落叶、房屋坍塌的倒影和倾斜的天空。

　　几个矮小的农民在田野里低头铲土。

　　没有人注意他。他站在门外，活动了一下劳累的筋骨，仿佛在抖动臆想中的羽毛和翎翅。他这时看见了姐姐家的那座带有小窗的鸡舍，那是几年前他的手艺。对旧物的短暂注视，使他的脸色突然阴暗起来。

　　推开门，他看到姐夫正在屋里削木头。

　　门外吹进来的风使地上雪白的木屑突然旋转起来，姐夫狐疑地低头看了一下浮动的木屑。抬起头后，姐夫看见了走进来的皮万春。

　　木头一下动起来，我还以为是妖来了。姐夫对走进来的皮万春说。

　　皮万春说，你在干什么？

　　没干什么。姐夫说。

　　我姐姐呢？

　　有人娶亲，她帮忙去了。

　　姐夫的两只手在地上雪白的木屑里翻了一阵，找出半包烟，扔给皮万春一支，自己叼了一支。皮万春点燃烟，吐出一串烟雾，姐夫在烟雾中咳嗽起来。

　　皮万春说，你们是不是又吵架了？你又动手打她了吧？

　　姐夫伸手拨开脸前的烟雾，对皮万春说，这话是怎么说的？我什么时候打过她？

从前。皮万春说。

姐夫起身走到门口,又立即挨蜇似的迅速折至窗前,外面有一只鸡把头缩进羽毛里,浑身颤抖不止。姐夫在窗前不停地走来走去,皮万春在这个过程中一直注视着他的晃动的背影。姐夫突然回过身说:

你可知道到处都在抓你?

知道。皮万春说。

姐夫的脸转过去,面朝窗外站着。

皮万春说,你可是比以前胖多了。

没有的事,兽医院的人告诉我说这根本不是胖,是浮肿,假胖。姐夫说。

皮万春笑了一下,但没有发出任何声音。连日来的奔波使他此时无心说笑,只对食物和睡眠充满了期待,而姐夫面对他的到来却无动于衷,在窗前抓耳挠腮。姐夫如一个长期被囚禁在家、期待父母归来的孩子一样。皮万春几次想对姐夫说话,但焦渴沙哑的嗓音使他一次次放弃了那些念头,疲惫使他变得极为冷漠。

你在看什么?皮万春对姐夫说。

姐夫吃惊地转过头,掠了一眼窗外,用一种协商的口吻对皮万春说:

要下雨了。

你好像在等什么人。皮万春说。

不,没有,我谁也不等。姐夫一脸慌乱。我能等谁呢,没有人会来找我。

皮万春起身走到门外,他发现了一捆悬挂在屋檐下的土黄色干菜。他伸手想摘下干菜的时候,一滴冰凉的水突然落到了他的脸上。


大雨在晚间如期而至。

民间郎中陈布礼在这个大雨滂沱的傍晚时分走进了基干民兵胡大海的家里。在此之前的一段黑暗而泥泞的时光里,满街冰冷的雨点像昔日里无数肮脏暗锈的铜钱一样铺天盖地地追赶着东倒西歪的陈布礼,灰色的雨水和漂移的柴草纷纷逼至他的身后和脚下,使他在节节败退之余感到有些力不从心，走投无路。而随之传来的一阵游丝断线般的嘤嘤咽咽的女人的哭声又使陈布礼在这个极为熟悉的乡村里彻底迷失了方向，他感到白日里他曾经无数次地出入过的那些僻静的门庭和院落在此时的雨中全部改变了原来的位置和轮廓，视线中的乡村颜色和显眼的风物标志看上去陌生而唐突，街上的石头像空洞的白纸，与房屋毗邻的一处处羊栏在风中摇晃，犹如众多杂乱的脚印。

大雨中位置混乱的乡村格局使陈布礼在这个泥泞的夜晚产生了一种改朝换代、恍若隔世的印象，奔跑的速度渐渐慢了下来，但他毫无察觉，一种强烈的睡意像雨水一样使他难以驱散。他突然停下了脚步。

雨雾中，他吃惊地回过头，他看见了一段晴朗的乡间小路，一段救死扶伤的昔日时光，他携带着寥寥无几的药品和几件必要的但从未消过毒的器械，踌躇满志地走过一座村庄又一座村庄，他双目炯炯地与一些姿色姣好的妇女擦肩而过，温热的肌肤之气常使他在那种时候蓦然回首……在那些低矮的门庭和居室里，他极其不耐烦地让她们自己动手，卸去一切不必要的装饰，之后他专注地审视良久，反复按动她们的松软的腹部。他说这种病我见多了，生过孩子的女人都这样。

雨水遮盖着陈布礼困顿的目光，睡意越来越浓，几乎摧毁了他的行程和脸部轮廓。当他后来像一根泥泞的木头一样冒冒失失地奔走到一户人家的院外时，柴扉上晾晒着的几片印有黄渍的婴儿的尿布出现在他的视线里，尿布上汩汩地淌着水，粗心的主人忘记了在大雨来临之前将它收回屋里。

风雨吹开窗户的时候，基干民兵胡大海正在屋里的地上仔细地擦拭手里的枪支，家中昏暗的光线使他的眼睛越来越花，视线内的一切器物都水蒙蒙的，模糊不清。曾几何时，他曾望着墙角里的一块大炭出神，他以为那是一只放射着幽晕的黑釉的坛子。对于孩子的哭声和外面倾盆瓢泼的大雨，他仿佛全然不知。他闻见了乌黑的枪管上那种腥甜的铁的气味，挂在门楣上的两根银灰色的艾条一直在他的视线里反复无穷地飘扬不止。

胡大海的女人头发蓬乱，敞胸露怀地将哭闹不休的孩子尽量地抱在怀里。孩子不停地在女人的怀里挺来挺去，想要挣脱出来，他的稀疏的头发湿漉漉地贴在小小的脑门上。他的脸每朝窗户外面转一次，哭声便加剧一次，嘹亮的哭声仿佛来自一个成心惹他生气的人，那个人站在窗外，不停地逗他，扮出各种鬼脸。

孩子的脸上出满了红色的麻疹。

胡大海的女人李成英是很久以后才发现这个现象的。她听到孩子的哭声像一些锋利冰冷的碎玻璃时，便隐隐地感到自己的手指和脖颈有些疼痛。她用手摸摸自己的脖子，皮肤完好无损，又将一只手举在灯下看了一阵，手指上并未发现丝毫的破绽或血迹。之后，她忍不住将脸转向窗外，外面的夜色漆黑如铁，深不见底，只听见大雨如注，雨水使屋顶上不时传来阵阵低远的闷响，如同一种渐渐逼近的足音。一丝茫然若失的表情停顿在她的脸上。

他为什么总朝窗外看个没完？李成英这样想着，用一种征询的神情望着她的丈夫胡大海，她像一个停下马来问路的异乡人。

基干民兵胡大海坐在一只蒙有灰色帆布的小木凳子上，眼前的一堆残缺不齐的枪支零件使他感到一筹莫展。在这个寂静的雨夜里，他不断地听到自己的沉重的呼吸声，频繁的呼吸和无所事事的时光使他突然疲倦起来。他将细长的枪管倒过来，眯起一只眼睛朝那个黑色隧道似的枪膛里望了一会儿，里面一片漆黑，什么都没有看见。当胡大海的脸后来若有所失地从枪口移开时，他闻到一种沉闷的令人疲惫困顿的气味从枪膛内涌泻而出，猝然而来的黑色潮气使他的身体在小凳上猛烈地摇晃了一下。他的两只手在突然之间变得柔弱无力，再也举不动那支沉睡的步枪了。他将枪架在膝上，两手下垂，眼睛盯着棕褐色的木制枪托。胡大海在这个过程中感到自己胸腔里的气流异常稀薄，他仰起头，伸长脖子，十分艰难地向上呼吸了一下。屋里阴暗霉湿的空气在这个时候部分地涌入他的口中，不久便以另一种情形浮现在他的脸上。与此同时，一种荒唐而不可名状的笑容也出现在他的脸上。他的头和上半身向前倾压下来，从墙边的一只圆形水瓮后面拎出一只棕色的玻璃瓶子，他将瓶子打开后，放到鼻子下面闻了一下。之后又找来一只碗，将玻璃瓶子里的煤油倒进碗里，用一块布蘸着煤油在枪身上来回擦拭。煤油的气味刺激着他，使他像一匹疲倦的马一样接连打着喷嚏。

孩子没完没了的哭声使李成英觉得窗外有什么东西正在不停地走动或长久地伫立。李成英望望外面，又看看胡大海。有一瞬间，她在玻璃的反光里看到了自己的潮湿的头发，但眉宇间一片模糊，她出神地看着自己的影子，那隐蔽起来的眉目仿佛远在千里之外，远在蔚蓝苍穹中的星宿之旁。

雨水漫过草皮的屋顶，将屋里的墙壁浸湿了许多地方。在昏暗的灯光下，墙上的那些被洇湿的部分使人想起乌云密布的夏日天空，想起一些山川纵横、烟水苍茫的气象图画。

李成英的头从窗外转过来时，叫了两声胡大海，但李成英自己没有听见自己的声音，她为此显得心神不宁而疑虑重重，她像一个祈求给予的人一样眼巴巴地望着全神贯注的胡大海和他的沉睡的枪支。她的裤带这时候被哭闹不休的孩子的两只脚蹬开了，李成英顿时产生了一种全身崩溃、散架坍塌的没落感觉，这个阴冷霉湿的夜晚，门楣上的一道黄纸桃符在她的视线里淅淅沥沥地淌着水，松散的水珠弄脏了她的目光，并纷纷溅落到胡大海的身上。

基干民兵胡大海在昏昏沉沉的灯光下端起手里的步枪朝墙边的那只黑釉的水瓮上仔细地瞄了一下，有一种令他不安的东西突然挡住了他的专注的视线。

雨水一如既往地敲打着腐烂的门窗和经不起推敲的屋顶，胡大海感到自己的眼睛越来越不听他的召唤了，夜晚之前的部分经历在远离他的一些地方消失得无影无踪，紊乱的时光使他像一只正在制作中的木偶一样常常空洞而盲目地打量着周围的一切，胸腔内越来越稀薄的气力迫使他又一次无可奈何地放下了手中的枪，那只在他的日常生活中举足轻重的水瓮这时候在他的视线中渐渐成为一个小小的黑点，诡异的变化使他感到有一种上面布满了坚硬绿锈的东西正在他的肚子里迅速风化，腐烂如泥。

民间郎中陈布礼浑身上下水淋淋地出现在屋里的时候，胡大海的女人李成英突然以一种极其荒唐的动作搂紧了怀里的孩子，并从喉咙里发出一声尖叫，突如其来的叫声使李成英的脸扭曲变形，显得异常陌生而夸张，风雨中飘摇的灯光使她的衣服抖成一团。

晚些时候，李成英发现怀中的孩子已闭上眼睛，停止了哭声。

是我，自己人。

陈布礼抹去脸上的雨水，站在门口，声音喑哑而亲切地说道。

这么大的雨，真少见。

陈布礼说。

一些颜色灰暗的雨水淋漓不休地顺着陈布礼的身体从头至脚地淌到了地下，陈布礼两只脚周围的地上已浸湿了一大片，在那些潮湿泥泞的部分上还依附着几片树叶、鸡毛和废纸。雨夜使陈布礼的秃顶上闪着若有若无的幽光，低矮肥胖的身上背着那个他背了几十年的行医用的猪皮药箱，箱子上的红十字符号被雨水冲洗得十分鲜亮。

我在大雨中忽然迷了路，我没想到会闯到你们家里来，这一带的房子都一模一样，这才叫有缘千里来相会，我上一次离开你们家的时候是清明节的前一天，对吧？

陈布礼笑着说。

惊恐万状的李成英是在后来突然看见那个鲜亮的红十字符号时，神色才渐渐恢复如初的。柔弱的品行和僻静的经历这时使她产生了一种强烈的渴望寄生或被拯救的念头，惊惧和不安的阴影从她的脸上开始退去之后，先前曾一度丧失殆尽的日常用语又重新沿袭在她雨夜的思绪之中。鲜艳而神秘的红十字符号不容分说地遮盖着她的目光，使她无法判断出那只救苦救难的药箱里是否灌进了雨水，蕴藏在其中的灵性是否由于风雨的侵袭而早已荡然无存。对于今夜的安然过渡与明日的期待，更使她无心去探究陈布礼雨夜出诊、继而迷路的真正原因和目的。陈布礼的猝然出现，缩短了她的回忆与雨夜中的漫长期待，使她暂时忘记了孩子在眺望窗外时的那双惊恐的眼睛，随之而来的便是日常的习惯和平稳的问候。

吓死我了。

李成英笑着对陈布礼说。

民间郎中陈布礼这时仍在用手抹着残存在头上和脸上的水渍，晚间的狂奔使他饱受了大雨的侵袭和追逐。回忆自己早些时候的狼狈而可笑的奔跑姿势，陈布礼感到自己微弱的所剩无几的元气在雨中遭到了一次无情的消解，蒙受了不可估量的损伤。一个空隙之时，他望了一眼龟缩在窗下的李成英，女人的脸上和眼中滞留着一种困难重重的笑容，女人的热情使他如同回到了自己的家里，进门之前的某种念头开始逐渐模糊起来。

女人都胆小，我屋里的天一黑就闭了门，有时候我回去晚了，一夜都叫不开门。这种事情我遇见得多了。

陈布礼对李成英说。

李成英这时将身边的一团颜色模糊的东西扔给陈布礼，让他擦去最后的那些水渍。陈布礼擦过之后将那团东西展开，李成英忽然尖叫了一声。李成英发现那是一块婴儿的尿布。

我没看清，我以为是毛巾呢。

李成英充满歉意地对陈布礼说道。

这有什么呢，这没有什么，谁不是从这里边钻出来长大的，我就喜欢闻这种味道。

陈布礼说着，又抓起那块尿布在头上和脸上分别擦了两下。

李成英的脸涨得通红。

行了，行了，可别让我难堪了，这事传出去，我以后还怎么见人？李成英说。

多少年来，我一直在这一带行医，我是说，咱们都是熟人，是的，都是自己人，就像一家人一样，谁都不用客气，是的，这很好。

陈布礼说着，将紫红色的猪皮药箱从背上解下来，放到一只土漆柜子上。

李成英告诉陈布礼说，孩子哭了整整一个晚上，这会儿刚刚睡着了。她把孩子的脸从自己的怀里挪开，在灯下让陈布礼看了一下。麻疹使孩子的脸庞变得粗糙而红肿，从鼻子里呼出来的气息异常灼人。陈布礼看了一会儿，嘴里漫应着，眼睛在屋里扫来扫去。

是的，都是自己人，我随便吃点就行了，千万不要讲究，你们一讲究，我就吃不下了。

陈布礼看着李成英说道。

李成英突然将自己的胸前掩好，脸又变得通红。对孩子的过分专注，使她忘记了自己的祖露多时的胸脯。

基干民兵胡大海将他先前拎出来的那只棕褐色的玻璃瓶子重新放回到水瓮的后面，他自小就熟知物归原处的古老习俗。现在，煤油的气味仍旧清晰而强劲地飘荡在他的记忆之中，使他忘记了这是一个漆黑而泥泞的乡间雨夜。他摆弄着忽紧忽松的枪栓，手上的厚茧在枪管上摩挲出阵阵沙沙沙的响声，夜晚的寂静氛围和某些世代沿袭的精神使他在那种一起一落的沙沙沙的摩擦声中触及到了一种不可名状的快感，他禁不住有些陶醉，有些忘乎所以。在那只蒙有灰色帆布的小木凳上，他突然变得情不自禁，手舞足蹈。


晚间倾盆的大雨使皮万春愁肠百结。他们生着了火，皮万春与姐夫两人共同分享了那捆土黄色的干菜。

姐姐仍没有回来。吃饭之间，皮万春问了几次，姐夫显得十分不耐烦。姐夫说，她在那里有吃有喝，你担心什么，比咱们这里强多了。那捆隔年的散发着霉味的干菜使他们两个人的脸色都十分难看，一片阴郁。而姐夫像牛反刍一样的吃法更使皮万春感到非常的恶心。

晚饭之后，皮万春看见姐姐家里的一只牌位下供奉着一只塑料制成的鲜红的假苹果，他走过去拿在手里看了一下。姐夫这时突然从外面推门走进来，惊叫道：

快放下，那是假的，不能吃，是专门供奉祖先和佛爷的。

皮万春放下苹果，对姐夫说，你怎么知道我要吃它？谁告诉你的？

姐夫一愣，说，怎么，难道我说错了？那你拿它做什么？

皮万春说，我只是看一下。

8

姐夫说，我以为你要吃它呢，你不知道，有些孩子一来就去抢它，瞧。姐夫说着，把那只假苹果拿到近前，皮万春看见了遗留在上面的一串又一串的坚实的牙齿印痕。

皮万春说，你把我当成孩子了。

姐夫说，从来没有，从我娶你姐的那天起，我就觉得你是个大人，那时候我常和你在一起玩钻桌子，我从来不喜欢和小孩子一起玩，我所以跟你玩，是因为我从来没觉得你是个孩子，你是大人，现在更大了。是的，越来越大了。

皮万春转身走向里间，他看见灯光将他的影子投在对面的墙上，看上去又黑又粗，像一截被砍伐后的树桩。眺望自己的粗糙而混沌的身影，一种心灰意冷的表情出现在皮万春疲倦的脸上。对面的一条巷子里这时传来了一阵急促而响亮的叩打门环的声音。

夜深之后，皮万春被外面的一种尖厉的哨声惊醒。晚饭之后的一阵昏睡使他忘记了此时的时间和地点，他睁开眼睛躺在床上，有一种云山雾罩的不省人事的感觉。他听见屋檐下的滴水仍如傍晚时分一样淋漓不止，屋内一片黑暗。他的呼吸声惊动了睡在一旁的姐夫，姐夫悄悄地爬起来，推了皮万春两下，皮万春没有动。之后，姐夫披衣下床，穿好鞋之后，姐夫又过来趴在枕边轻声叫道：

万春。

万春。

姐夫在皮万春平稳而一起一落的呼吸声中推开门向外面走去，外面的雨水在屋门打开之际向屋里溅落，随之而来的一阵冷风使皮万春堵塞多日的鼻腔在这一瞬间豁然开朗，昏昏沉沉的睡意突然消失得无影无踪。皮万春侧身半卧，他听到了姐夫在大雨中疾走如飞的声音，水声夸张着姐夫的每一寸足音，漆黑的夜色又使一切都显得天衣无缝。

皮万春点燃了一根干燥的艾条，一边用来吸烟，一边驱散夜晚阴冷的寒气，白色的烟雾在他的头顶上方左右盘旋，四散缭绕。

雨中忽然传来一阵辚辚的车声。

皮万春的目光注视着窗外，他想起了自己不久前做过的一个半途而废的梦，梦中的一辆马车上坐满了人，每个人都喜上眉梢而一声不吭，他们脸上的表情犹如光洁而无懈可击的瓷器。在梦中，皮万春看见自己跪在路边潮湿的沙地上，伸出颤抖的双手祈求飞奔而来的马车将自己带走。一个人在车上突然发出一阵经过压抑后的笑声，笑声如一只年老的猫。依附在马鬃上的团团水珠向四周飞散溅落，皮万春歪着头，躲避着一路袭来的水珠。这辆欢天喜地的马车，车后看不见飞扬的尘土，只留下一路花纹般的车辙。一个女人的一条腿从车上伸出来，皮万春伸手抱住那条腿时，姐夫的一只寒气袭人的手停顿在他的耳边。

为什么不脱衣服？脱了衣服才能睡得更舒服，在这里你还怕什么。姐夫说。

你的身上都是水。皮万春对姐夫说。

我肚子难受，出去上了一趟茅房，茅房在对面的一条巷子里。姐夫说。

我听见你在路上踩水的声音了，你像一个古代的侠客。皮万春说。

你是在做梦，要不是我回来叫醒你，你恐怕现在还在梦里。姐夫说。

姐夫脱去外面的湿漉漉的衣服，挂在屋门上，猛一看，像是有一个人站在门口。那根白色的艾条还在悄悄地燃烧，姐夫拿起烟吸了一阵。皮万春吃惊地发现自己竟然穿着衣服，还戴着帽子。皮万春透过烟雾注视着满脸水渍的姐夫，他感到一些很要紧的问题在时间上出了一点毛病，他仿佛已看见了那种令人绝望的纰漏或破绽。姐夫注视着屋里的陈设，目光中充满了罕见的新奇之色。

你好像是你们家里的一个客人，一个多年不相往来的客人。皮万春对姐夫说。

外面的雨大得不得了，街上到处都是水，连个鬼都没有。姐夫说。

姐姐为什么夜里还不回来，那里有住的地方吗？皮万春说。

很多女人都挤在一起，热闹得很，一个个像脱了缰的马。姐夫说。

那里离家很远吗？

不太远，她们是被一辆马车载走的，我后来想起来该给她多带一件衣服，我追出去时，马车已无影无踪了。

皮万春说，我在来时的路上看见她们了，我看见那辆满载女人的马车在大道上狂奔不息，我没想到她会在上面。

姐夫说，你怕是见鬼了，三天前她们就走了，快睡吧。

皮万春说，我记错了，我来时的路上狂风大作，沿途一个人都没有。

姐夫说，天不早了，快睡吧，我刚才出去时看见磨坊里已亮起了灯，有人已经起来了。


基干民兵胡大海是听到从黑暗的街上传来一阵尖厉的哨声后才抓起枪离开家里的。来到街上，他看见一只手电筒的亮光在街上到处乱晃，光芒所及之处，都是一汪一汪的积水，水中浮动树叶和柴草。

几个民兵正在临街的一座青砖门楼下避雨，暗红的烟头一闪一闪的，十分显眼。胡大海朝门楼下走过去时，听到几个人正在说话。胡大海沉重的脚步声将街上的雨水踩出很大的响声。零件残缺不齐的枪支使他的心情颓废而懊悔，而雨夜中的巡逻又使他禁不住摩拳擦掌，激动不安。晚饭之前，胡大海曾自作主张地将那支完好无损的枪支在短短的十几分钟之内拆卸成零乱的一堆，他原以为只要花上同样的十几分钟他可以将拆下来的部件一一归位，但随着细小部件的不断消失，枪支的完好形象在他的头脑中变成一团乱麻，再也无法恢复原状，复杂而陌生的工艺使他心绪烦乱，哑口无言。

在黑暗的西边，从一片密集的房屋之间，传来一只牛懒洋洋的叫声，潮湿而绵长，令人回忆起雨中的地下水道。

胡大海告诉民兵连长说，我的枪坏了，今晚我无法打枪了。


李成英是被一种异常隐秘而琐碎的声音从梦里惊醒的。早先曾无休止地纠缠在她怀中的孩子不见了，李成英发现自己依附在一根柱子上，柱子的力量使她浑身燥热，下半身淅淅沥沥的。她吃惊地打量着屋内的大致轮廓和方寸，一些陌生的器物高矮不齐地呈现在她的视线之内，一种气息在她的身边反复萦绕，她在眩晕的同时感到自己已毫无力量可言。经过一阵缓慢而滞重的蠕动之后，李成英突然看见了悬挂在屋里墙

11

上的一面镜子。镜子是她熟悉的，十几年来一直无声无息地记录着她的容颜与形影。镜子的四周镶有复杂而规范的花边。现在，李成英看不见镜子的花边，只能看见镜中的人影冥晦而苍茫，团花的土布被褥在其中飞舞飘扬。飘动的被褥像雨前的茸厚的乌云，像拖泥带水的旗帜，使她想起了一些白日里给她造成的印象。汩汩的水声在黑暗的屋内低远地回响，李成英在这个泥泞多雨的夜晚感到自己的身体内部早已泛滥成灾，她像一堆华而不实的衣物一样附属在一种声音之上，一种来自天地之间的频繁而持久的摩擦声。她在黑暗中吃力地辨认着窗户的方向和位置，雨打窗骨的声音使她的一系列努力都毫无结果和价值，她听到了邻居家里的艰涩的咳嗽声和意犹未尽的小便声，瓦盆的声音听起来像水一样清脆而透明。李成英移动了一下自己的双腿，从她怀中分离出去的孩子她已不再去想了，突然紊乱了的家庭格局使她的呼吸变得困难起来，她的嘴时启时合，犹如风中的家门和记忆中的一道道不堪一击的栅栏。

不久之后，李成英感到自己的身体如舒卷的云彩。

一只青花的坛子突兀在她的眼前，她伸出一只麻木的手臂，视线中的坛子离她越来越远，如同漂浮在水上的一种幻影。面对远去的日常生活器皿，李成英发出一种情不自禁的叫声，叫声使她的腹部变得坚挺而紧缩，滚动在她胸前的汗珠使她在某一瞬间误以为是一堆饱满而浑圆的粮食颗粒，一种无可奈何的笑容迅速地浮现在她的脸上。好多次，李成英在极度松懈的情况下睁眼看到的都是密不透风的墙壁，期待中的窗户犹如遗失多年的声音，久久没有出现，一次又一次的期待令她的头发蓬乱如麻，面对失败的眺望，她不断地改变着身体的姿势，她的头像向日葵一样随意地转动，每转动一次方向，都会有一些不同的东西从她的视线之内一掠而过，情形如同车窗外的景色。

夜晚如此冗长而密不透风。

这个泥泞的夜晚行将结束之前，李成英麻利地将被子拉至身上，微笑着进入了昏昏沉沉的睡眠之中。


民间郎中陈布礼睁开眼睛之后，发现自己躺在一道高大而霉湿的山墙下，他的身体被一根绳子绑着，几个孩子围站在他的面前笑着，用唾沫吐他。周围只有一棵杨树，其余的都是一些低矮的乱丛棵子。到处都是树篱和石堰，几间房子像舞台上的布景一样使突然醒来的陈布礼感到虚实不定，难以捉摸。

活了，活了。

几个孩子一齐叫道。

陈布礼说，不要怕，我没有死。

一个孩子对他说，我们在这里看了半天了，我们以为你死了。

陈布礼挤出一丝笑容，对孩子们说，我是医生，医生是永远不会死的。

一个孩子对其余的孩子说，别听他胡说，我舅舅就是医生，上个月刚死了的。

陈布礼说，你舅舅他是不是医生还很难说，照我看他不一定是医生，真正的医生就像我这样，是要死在所有人后面的，医生的职责就是为别人收尸，并负责抚摸他们。

早晨的炊烟从一些屋顶上缓缓升起，一个头发蓬乱的女人从一扇门里探出头来向外张望了一下，又立即缩了回去。昨夜的一场大雨使许多人家门前的对联遭到了不同程度的洗劫，门前的地上红纸如泥，水渍斑斓。一部分山墙和屋脊上沐浴着初升的阳光，几只家畜从村中的阴影中渐渐分离出来，四处走动。

陈布礼在阴冷的泥地上蠕动了半天，毫无结果。他抬起头，对一群孩子说，来，孩子们，扶我起来。

两个孩子走过去扶起了陈布礼，他们发现眼前的这个人像田野里的一只迟归的耕牛，浑身上下滚满了泥水，脸色发青，两条腿不停地颤抖。远处传来一声呼喊，一个孩子听到喊声后立即跑掉了。孩子沿着喊声传来的方向迅速跑去，陈布礼知道吃早饭的时间到了。

把绳子给我解开。陈布礼说。

一个孩子说，你为啥要躺到这里，是谁把你绑起来的？

陈布礼说，是梦，我做了一个噩梦，我在做梦的时候被扔到了这里，像一堆垃圾一样。谁能把我的绳子解开，我给他一块钱。

两块。有人说。

两块就两块。陈布礼说。

先拿出来看看。

陈布礼说，我要是能拿出钱来，还用得着你们解吗？快解，两块一了。

一个孩子说，我不能给你解，我要是把你放了，你又要给我打针了，我不打针。

陈布礼说，你要是不给我解，等有人给我解开了，我就专门住到你们家里，每天给你打一针，不，十针。解不解，两块一角五了。

几个孩子在原地站了一阵，突然像受惊的鸟一样一哄而散，全都跑了。

陈布礼站在阴冷的山墙下，无可奈何地注视着远去了的孩子，数十年的道貌岸然的行医生涯使他在脚下的泥水中变得踌躇不前，心事满腹。他在这个天气晴朗的雨后的早晨丧失了走出去的勇气，他无法预料以现在这种形象暴露在众人的视线里会对他造成一种什么样的后果。他的一张脸由青变红，背上的绳索使他难堪而耻辱，四周传来的每一阵脚步声都令他不安，他深恐在这个清冷的早晨遇见那些平日里极为熟悉的男人或女人。他引颈眺望，翘首期待，之后又将头埋得很低，他期望能遇见一个不太熟悉的人，甚至一个完全陌生的人，一个清早起来外出拾粪的老人，一辆过路的马车……从脚下的泥水中离开，他向旁边的一块石头前移动着身体。仰望村庄上空盘旋缭绕的炊烟，他看见许多陈旧的屋瓦在大雨之后露出了最初之时的本来面目。

陈布礼突然竖起了警觉的耳朵。一片号哭声从对面的一座房子里传了出来。

上午。姐夫在院墙下修理被淤泥堵塞了的水道，院子的东西一半处在阳光下，一半罩在阴影中。一只母鸡在一只公鸡的追逐下四处奔走，尖声高叫，母鸡爹动一双翅膀，像一个卖弄风情的女人一样，不时回头延续着继续追逐的游戏。透过窗户，皮万春注视着院子里飘零的鸡毛。院墙下，姐夫沉默的背影使他感到索然无味。皮万春望着紧闭的街门，如果不出意外的话，姐姐该在今天上午回到家里，而事实上，昨天傍晚时分她就应该回来了，乡间最铺排的婚礼也不过至多延续两天。皮万春想到了昨晚的那场滂沱大雨，眼下他唯一的解释是大雨阻止了姐姐的行程。雨过天晴之后，天空里的轻飘飘的云彩使人产生一种不祥之感。从早晨一开始，皮万春就站在屋里，透过窗户，看着一只又一只的鸟从天空里飞过。每隔一个时辰，便会有一阵开山的炮声从远处传来，使房屋和门窗发出一阵沉闷的震动。姐夫一直背对着家里的窗户，他手中的工具不时地碰在泥土和石头上，发出一些零零碎碎的响动。皮万春回头看了一下冰冷的锅灶，早饭至今还没有吃，铁锅里盛着一汪发黄的雨水，昨夜，他们说完话之后，房子突然开始漏雨。

上午九点钟，街门突然被推开了，一个头上顶着一块白色孝布的人走进来。姐夫从水道边抬起头来，吃惊地注视着这个突然闯进来的人，姐夫像一个被捕获之后的猎物一样，眼睛望着来人，慢慢地从水渠边站起来。

来人向姐夫询问制作一具普通的棺材所需的木料及有关尺寸，姐夫侧着头，吃力地听着，昨夜漏雨的房屋将他折腾得筋疲力尽，眼睛里贮存了一夜的缕缕血丝使他的目光现在变得异常渺茫，他像一个倾听传奇故事的痴呆之人一样注视着来人的一张一合的嘴唇和头顶上的那块耀眼而晦气的白布，来人所说的某些问题显然使他感到迷惑不解。

接下来，姐夫开始向来人介绍棺木的式样和厚度，这位昔日的木匠，在向来人推荐木料的同时，一直不停地眨动着那双疲倦的眼睛，他正在回忆有关的尺寸及其制作规格和程序。姐夫时述时停，像是在回忆一件久远的往事。

姐夫闪烁其词的表情使来人有些心不在焉，来人的目光从姐夫的脸上移开，透过窗户，探头探脑地向屋里张望。

家里来了客人？

来人问姐夫。

皮万春急忙将头低下，走到一个不易被来人发觉的角落里。皮万春无法原谅自己的冒失和莽撞，他悄悄探出头向外看去，那个人仍在向屋里探望。

姐夫这时终于回忆起了什么，一种兴奋不安的光芒浮动在他的脸上。姐夫声音颤抖着，激动不已地对来人说：

棺木至少要四寸厚才行，否则难以体现你们的一片孝心。是的，四寸，就是这样。

来人满脸狐疑地注视着屋里的动静。皮万春的突然隐藏使来人不停地用手擦拭着眼睛，很显然，他想努力重新澄清什么。刚才明明看见屋里好像有一个人，可是一转眼的工夫，却又什么都没有了。他觉得自己很有可能是看错了，可是同时又觉得并没有看错。

姐夫找到了话题和可以突破的缺口。四寸正合适，抬起来也不很吃力，六七寸的木料太厚了，过去只有大户人家才用，没有十几个壮劳力，你休想把它抬起来。

我暴露了吗？

来人的狐疑神色使皮万春心里发毛，他回忆起来时的那天，一路上狂风大作，他避开所有的大道，在一些崎岖的小路上疾走如飞。那时候田野里只有几个身材矮小的农民正在低头铲土，田野里一堆一堆的肥料遮掩着他们的身影和目光。皮万春在急急奔走的过程中，没有忘记用警觉而无遮无拦的目光向四周仔细搜索，结果连一个放牧的人都没有发现。天空里一片灰暗，雨前沉闷而频繁的雷声像一块巨大的石头一样在人的头顶上滚来滚去，村里村外的白杨树叶子在风中刷刷作响，风声使所有的炊烟和蒸气都不复存在了。在通往村口的一条土路上，皮万春看见一个人影在风中重复了一下，飘拂的衣襟使皮万春停下了脚步。

几只猪在土路上拼命狂奔。

皮万春跟在那几只猪的后面跑进了村口。村子里的大部分房屋门窗紧闭，皮万春只看见一个三四岁的孩子在一个土堆前玩土。雨前的狂风使许多人家把一些晾在外面的分量不足的东西提前收回到屋里，只留下那些沉重的铁器、农具以及诸如石磨、铡刀一类的不容易被风吹跑的东西，隔年的辣椒和豆角在屋檐下飞舞飘扬，哗哗作响。迷雾般的尘土穿行在一些巷子里，犹如半个世纪以前的滚滚而来的马队。不久之后，皮万春推开了姐姐家的大门。那时候姐夫正在家里一片一片地削木头，堆积在身边的雪白的刨花使他重温了昔日的手艺和经验。

自始至终，皮万春感到自己在整个过程中一直足够小心，虽然不能说天衣无缝，十全十美，但似乎也并没有出现哪怕是任何一丝纰漏或破绽。可眼前的这个头上顶着一块白色孝布的人仿佛心怀鬼胎，似乎早已窥透了什么，他在院子里磨磨蹭蹭的情形使皮万春感到了一种极度的不安，姐夫的絮絮叨叨对他毫无作用。

吃完晌午饭后我把木头送来。

来人对姐夫说着，最后朝屋里望了一眼，顶着那块白布心事满腹地走了。

太阳照亮了淤塞在水道中的层层污泥，一辆胶轮马车咣咣当当地从街上走过，车上载着高高的草垛，比院墙高出许多，皮万春在屋里的窗户上望见一个人仰面朝天地睡在车上高高的草垛上，一只手在身上反复摸索。有一瞬间，皮万春感到那个人也许离云彩很近，粗糙而坎坷的地面与他毫无瓜葛。

望着望着，他顿时对那个看上去离云彩很近的人充满了由衷的羡慕，羡慕之心不仅仅是由于对方离云彩很近，轻松悠哉，更重要更为关键的是能够远离凶险而坎坷的大地，不再与之有任何的关联。

那才是他目前最想要的。

午后，一个不祥的消息在村中不胫而走：基干民兵胡大海连同那半支步枪一起失踪了，到处都没有他的踪影。胡大海像雨后的湿气一样，在这个阳光灿烂的上午突然蒸发得干干净净，消失得毫无痕迹，片甲未留。

李成英坐在门口，望着正在屋檐下喞啾做巢的几只燕子。不久前一位邻居大嫂推门进来，告诉了她一个异常可怖的消息：一个沿途打家劫舍、杀人放火的歹人在昨夜的大雨来临之前窜入了村中，几十名民兵在村中的几处易于隐藏的地方搜索了一夜，结果一无所获。基干民兵胡大海就是在夜晚的搜索过程中突然失踪的了的。早饭之后，民兵连长推开了李成英的家门，民兵连长告诉李成英说，胡大海说他的枪坏了，他拿着半支步枪要求参加夜晚的搜索活动，民兵连长并没有骂他，只是说了他一句。昨天晚上我的心情很好，我的对象来了（民兵连长在说这话的时候，脸不自然地红了一下），照我以前的性情，我非踢他个半死不可，可昨天晚上我的心情很好，我的对象再过两个月就要正式成为我的老婆了，所以我没有去踢胡大海，我只是说了他两句，也许是一句。我为什么要踢他呢？我没工夫踢他，也不想踢他，我的对象在家里等着我回去，而那个可恶的阶级敌人偏偏又在这个节骨眼上窜入我们村中，全村人的生命财产危在旦夕，"山雨欲来风满楼，黑云压城城欲摧"，我怎么能在这个时候踢胡大海呢？我没有踢他，我真的没踢他，我只不过说了他一句。

李成英迷惑不解地望着滔滔不绝的民兵连长，李成英在那个时候感到生活中的一些环节和缺口令人不寒而栗，李成英后来看见民兵连长裤裆的那个地方一耸一耸的时候，立即将脸移到了别处。当民兵连长红着脸说完之后，李成英忽然对他说：

你好像弄错了，你说的是另外一个人吧？胡大海昨天晚上一直在家，根本没有出去，夜里他一直睡在我的身边。

李成英停住了说话，她的脸红了一下，扭动了一下两条酸困的腿，仰起脸对民兵连长说，你说的是另外一个人吧，你说你要踢谁？

你真是个可怜的女人，我看你是睡糊涂了，我跟你说不清楚。

李成英注视着民兵连长远去的身影，他的话使她产生了一种深深的倦意。院子里的几件农具浸泡在昨夜的雨水中，看上去像一些坏在河里的船只。李成英吃惊地打量着院中的一系列杂乱的脚印，想起了邻居大嫂的那张惊慌失措的脸，她在描述那个歹人的打家劫舍的不良品行时，苍白的脸色使李成英感到劫难并不是一种传说，并不是一种饭后的闲聊，而是就在眼前。她伸开两手向李成英比画着一种什么，李成英明白了她的意思后，感到脸上一片灼热。李成英对她说，按说我们不应该担心，我们都这把年纪了，还怕他啥？这种人要的是年轻的女人。

邻居大嫂立即打断了李成英的话，她压低声音说道，我听说了，他这个人，只要被他撞上了，他是不分老幼的，管你是谁。我虽说比你大，可也不至于有多老。我真怕啊，我不知道万一被他撞上了，我该咋办？

晚些时候，邻居大嫂又一次推门进来。那时李成英依旧坐在门口望着雨后的天空，天空里的那种一尘不染的蓝色使她感到眼前一阵阵发黑。邻居大嫂极为神秘地将李成英拉回屋里，撩起衣襟让李成英看她的武装。腰间系了三根裤带，一根红线裤带，另外两根都是人造革的。邻居大嫂的脸上有了血色，她得意地用手拍着自己的腹部，对李成英说：

他能解开我的裤带？我就不信他能解开，我自己都解不开了，等他解开了，民兵们就都来了，他会啥也干不成。

李成英本来想问邻居大嫂，你希望他干啥？但是最终说出来的却是：你真有办法，我就想不出来。

李成英情不自禁地赞赏道，她对邻居大嫂的防范措施感到由衷地钦佩。她望着眼前的这位毫无姿色可言的女人，又在镜子前审视了一下自己的容颜。李成英在镜子里看到了自己的披散的头发和眼眶下面的两道乌青，昨夜的经历在她看来只是一场虚幻的梦境，现在重新追溯起来早已变得遥不可及了。那个秘密潜伏在村里的四处流窜的歹人使许多人在一夜之间变得惶惶不可终日。早晨来临之后，一位老太太闻知此事后，突然气绝身亡，家人在为其换衣服时，发现她的裤子早已湿透了。与此有关的消息多种多样，各执一端。现在，李成英在邻居大嫂的协助下，在家里翻箱倒柜，到处寻找多余的裤子和裤带。邻居大嫂手里提着几根长短不一的橡皮筋对李成英说，别扔了，这些也都是很有用的。李成英在慌乱中将胡大海的一条裤子蹬到腿上后，镜子里的人忽然变得陌生起来，李成英盯着看了一阵，又将胡大海的一件上衣套在身上，并戴上了胡大海的帽子。那时候邻居大嫂正在一只箱子里低头翻找什么，李成英在她的背上拍了一下，邻居大嫂回头一看，立即如惊弓之鸟，尖声叫道，他来了——李成英的笑声使她转过身体，愣了许久后，突然一拍双手叫道：

老天爷，这才叫真正的万无一失，比我那个笨办法不知要好多少倍。

在这个寂静的院落内，两个女人的脑海里各自浮现出一幅英雄救美、除暴安良的感人画面，一些与此有关的枝节使她们的心情难以平静，想象使她们激动，参与使她们略感害怕。

邻居大嫂在正午的阳光下哼着小调，走出李成英家的大门。这时，一个人突然出现在她的视线尽头，她大吃一惊，立即伸手捂住了腹部，刺眼的阳光使她无法看清那个人的面目，她的两条腿在这时凭空颤抖起来。时隔不久，她看见了那个人的背影，那个人倒背着手。起初她以为那个人在独自散步，渐渐地她看见那个人不像是散步，而一直朝村口的一条水沟前跑去。一只雪白的山羊正在低头啃吃那里的嫩草。她知道那是一道没有水的干沟，但当她眼看着那个人越来越接近那条干涸的水沟时，她的耳边忽然传来了一阵哗哗的流水声。


午后，那个头上顶着一块白布的人与另外几个戴孝的人将几根潮湿的木头抬进了姐夫的院里。昨夜的那场突如其来的大雨使这几根风干了多日的木头变得又湿又重。姐夫操起锯子，在几根木头上分别试了几下，进展甚微。接下来，他们坐在木头上开始吸烟，他们谈起了那个沿路杀人放火、打家劫舍的歹徒。那个头上顶着一块白布的人对姐夫说，我的老娘就是在听到他突然窜入村中的消息后才被活活吓死的，她今年刚七十三岁，年轻得很呢，根本不到死的时候。姐夫对他说，这木头太湿，我无法拉开锯子。那个顶白布的人一边吸烟，一边偷眼向屋里张望，他脸上的那种狐疑的表情一如他上午进来的时候那样。皮万春百思不得其解，他不知道自己是如何引起这个人的怀疑的，皮万春觉得自己从未见过眼前这个疑心大于信心的人。他们坐在潮湿的木头上吸烟，消磨着时光。

皮万春看见姐夫正在低头磨砺一把生锈了的斧子和一片刀刃，这个昔日的乡村木匠，在他摆弄自己从前的这些木匠工具时，表现出一副半

20

推半就的羞羞答答的样子，他的所有动作都给人造成一种尴尬而难为情的印象。他从那块灰色的磨刀石上抬起头，向那几个抬木头来的人颇为不好意思地报以轻轻的赧然一笑，犹如一位谢幕前的男性的旦角演员，偶尔也会向屋前的窗户这边望一眼。

姐夫现在看上去更像是阴谋败露，刚刚被捕获。

皮万春这样想的时候，那个头上顶着一块白布的人突然以一种不假思索的动作从那根潮湿的木头上站起来，大步流星地向窗前走来。姐夫抬起头来，他的脸涨得通红，那把磨了一半的斧子停顿在他的手中，斧子上面灰色的水珠滴滴答答地淌到地上。

皮万春从里间奔至外屋，隐藏在一条帘子后面，帘子被他突如其来的走动掀起，开始飘拂，他立即抓住了晃动的帘子。

那个人的脸贴在窗户上，仔细地向屋里注视着。之后，他一手扶着疏松的窗骨，回过头对正在愣神的姐夫说：

还没有吃早饭吗？都什么时候了。

吃了。姐夫说，早饭已经吃过了。

可你的锅里盛满了雨水，是昨夜里的那场雨水吧。

是的，昨天夜里房子漏雨，我一夜都没有睡成。姐夫说。

很多人家里都漏了雨。

他在窗前说着话，继续向屋里张望。皮万春在屋外听到了他的头碰在窗户上时发出的咚的一声。午后的阳光将他头顶上的那块白布像一面反光的镜子一样折射到屋里，白亮的光斑在屋里的箱柜之间反复跳跃，在一些坛子罐子之上一掠而过，一种不可名状的生机在潮湿的屋子里油然而生。之后，他离开窗户，转身向众人这边走来，那种格局凌乱、缺乏整理的家庭情景显然使他有些心灰意冷。他重新在那根潮湿的木头上坐下来以后，脸色变得很难看，他伸手想往外掏烟，但手忽然停住不动了。他望了一眼姐夫手中的那把尚需精心磨砺的斧子，又一次从木头上站起来，与同来的那几个戴孝的人一起走了出去。

姐夫在木头前喃喃自语。

皮万春闻到了木头腥甜而潮腐的气息后，松开了握在手中的帘子，重新走进里间，在窗户上他看见姐夫正在小心翼翼地用手指试着那片磨得雪亮锋利的刨刃，姐夫的嘴里吸吸溜溜的，像是在患着牙疼，那把磨了一半的斧子如同一件久远的往事一样被遗忘在他的身边。

几年之后，我来到了这个鸡鸣狗盗的乡间。一些看上去无所事事的人携带着各种农具在街上走来走去，他们的神态像是去看戏，又像是去投亲访友。几个女人踏着满街金黄柴草，她们左顾右盼的身影映在部分高大的山墙上。

按照我的叙述，一位异常热情的跛腿青年自告奋勇地要带领我去找前任基干民兵胡大海的妻子李成英。跛腿青年过度的热情使我的心里飘过一阵阴影，并升起一种隐隐约约的不祥之兆。他的倾斜的身体急不可待地起伏在我的面前，走不了几步，便会回头对我报以某种笑容。临街的一扇门在不知不觉中被一只布满蝴蝶斑的手推开，一张虚浮的脸从里面探出来张望了一下，又立即缩了回去。

其时，天色阴晦，李成英正在院里看一群鸡吃食。公鸡母鸡争抢食物的场面显然使她十分开心。在路上，跛腿青年告诉我说，李成英现在负责收发村里的报纸和信件。临近李成英家门前时，跛腿青年忽然笑着对我说，你不知道吧，李成英早在几年前就做了绝育手术，她今生今世再也不可能生孩子了，她当年带头做了手术，手术使她得到了一笔钱。

我望着眼前的这个女人，孩子和丈夫的相继失去并没有使她的容貌和身段受到多大的摧毁，相反，她要比一般的农村妇女白净得多，秀气得多。跛腿青年没有要离去的意思，他也不肯闲着，在我们的身边起伏不平地走来走去，询问李成英的鸡一天能下多少蛋。

李成英开门见山地告诉我说，他们抓错了人，他们把外出行医的郎中陈布礼误认为是那个沿路打家劫舍的歹人了，村里的妇女们都朝陈布礼的身上吐唾沫。

我对李成英说，听说陈布礼在村口打死了一个人，那是他天亮后遇到的第一个人。

李成英茫然若失地望着我，声音极其沉闷地说，有这样的事？

22

我朝她笑笑。我这时看见跛腿青年正趴在窗户上，向李成英的屋里探望。

李成英说，不可能，那老汉是个好人，他不可能干出那样的事。

我想起了村口的那道明亮的水渠，以及与此相毗连的那些年久失修的农业灌溉系统，它旁边的那条乡间大道上时常飞扬着弥天的尘土和疏松的人影，傍晚时远远传来的辚辚的马车声使它不至于完全寂寞无主。民间郎中陈布礼就是在那里遇见并打死了他天亮后看到的那第一个人。饥寒交迫的奔跑使陈布礼丧失了正确的方向，陈布礼那时看不见水渠里的水有多深，早晨的阳光使那些积存了一夜的雨水发出一种异常耀眼的光芒。在水渠边蹲下后，陈布礼在水面上看到了自己脸上的条条血污。他捧起水来洗脸，忍不住喝了一口。之后，他突然发现一双穿翻毛皮鞋的脚出现在自己的身边。

李成英站起身，将那些鸡关进一个笼子里后，对我说，他要真打死了一个人，那也一定是被逼到了墙角，没办法了才会那么做。

李成英挥舞着那根搅拌鸡食的木棍，对那个跛腿青年说，看什么，还没看够吗，有什么好看的。跛腿青年闻声收回目光，离开了窗户，脸上现出一丝讪笑。他一瘸一瘸地走过来，对李成英说，没有我的信吗？这两天应该有我的信来，是的，就这几天之内。

李成英说，谁会给你写信？

跛腿青年说，一封是从北边来的，另一封是郭副部长的。

我问跛腿青年，你叫什么名字？

我叫杜林。他走到我的面前，对我说，你知道伟大的导师恩格斯吧，是的，你不会不知道，连我们这样的人都知道，他有一篇很著名的文章叫《反杜林论》，那里面的那个被反的名字与我的名字一模一样。

李成英对我说，村里一来了人，他就来劲了，觉也顾不上睡。那年上边来了一个宣传员，他整整缠了人家三天。

杜林脸色煞白地说道，看你说的，我后来还缠他吗？我后来理都不理他了，我看透了他，他不学无术，什么都不懂，他连屠格涅夫都不知道，我还缠他干什么。

李成英说，你说的那人是谁？

杜林说，一个苏联人。

李成英说，是苏修特务吗？

杜林说，动不动就是特务，他能是特务吗？他是一个好人。

李成英说，呸，我就不信苏修还有好人。你走吧，我们还有事情。

杜林看了我一眼，一瘸一瘸地走出了街门。

我对李成英说，听说陈布礼是被村里的一位木匠擒住的。

李成英说，听人们说，好像是，他想跑来着，木匠用斧子砍伤了他的腿，他就跑不了啦。

我说，受伤也不至于死呀。

李成英说，陈布礼那时看见一个大坑，他以为人们要活埋他，就自己在墙上撞死了。其实，人们并没打算要活埋他。

后来，你一直再没有见过胡大海吗？我说。

李成英摇摇头，冷风吹乱了她的头发，遮住了她的眼睛。我注意到她的脖子里扎着一条由几种颜色组成的纱巾。我想起了她那个出麻疹的孩子，行医数十年的陈布礼面对一个出麻疹的孩子，竟然会束手无策。

傍晚的时候，我离开李成英的家。在街上，一个身材高大的脸上有刀疤的男人充满敌意地望着我。他手里拿着一截树枝。走出很远之后，我发现他仍站在原处。街上的风将他的衣服吹到他的头上，蒙住了他的脸。他恼怒地扔掉手里的树枝，将卷上去的衣襟放下来，抻平。


夜里，我住在乡间的一盘热腾腾的火炕上。一阵狂妄无比的狗叫声从外面传来，并伴有阵阵厮打声。不久，狗叫声消失了，杜林衣衫褴褛地推门走了进来。

怎么？是你，咬着了没有？

我对杜林说。

杜林笑笑，拍了一下衣服，说，让我打跑了，不过是一只虚张声势的纸老虎而已。凡是反动的东西，你不打，他就不倒。

杜林摘下自己的近视眼镜，用袖子擦了擦，又重新戴上。

那天晚上，杜林告诉了我很多事情。这一带的河流在春天的时候要么没水，要么就是一片浑黄，夏、秋两季，河水的颜色逐日澄清变浅，远远望去，呈现出一种纯净的蓝色。河水在每年冬季来临之时，突然消逝得干干净净，无影无踪，满河床里都是黑白两种颜色的石头，像无数拥挤在一起的密密麻麻的眼睛，狭长的河滩微微凸起，如一条倒毙后的大鱼。到处都是缓慢的山坡和乱丛棵子，周围偶尔可以望见几棵稀稀落落的树，山坡的颜色或深或浅，朱红的、褐黄的，有些地方甚至完全漆黑一片，土质如一种古老的化石。冬天里的时候，常有人在河床里利用那些石头制作一个又一个的十分隐秘的陷阱，一些在山坡上或乱丛棵子里来回走动的动物在饥饿难挨的情况下，会不顾一切地穿越空旷而萧瑟的河道，去对面的几个村庄里掠取食物。一部分头脑简单的动物在跨越河滩的过程中，常常会落进那些石头制作的陷阱里，制造陷阱的人会在一两天以后准时出现在河滩上，将一只只冻僵了的躯体拎回村庄里。河滩上的石头和时光都干干净净的，随便捡起一块石头在手里抚弄半天，也不会把手弄脏。河滩上的空气和风也是如此一尘不染，许多人家的房屋里在夜晚的时候都不点灯。

　　村子往东三十里，有一个小镇。杜林说。那里出售白酒、砂糖、红布、农具。小镇的颜色与格局很容易使人联想到历史，并追溯起某种久远而模糊的往事。一些绘制在庙墙上的油彩故事和半神半妖的人物传记使镇子显得更加苍老而衰败。小镇有四道拱形城门，城门上的土像一种异常疏松的矿物白粉一样经常悄悄地往下掉，漫长的岁月使那些土早已失去了最初的黏性，用水将它们调成泥巴时，酥松易散，抹到墙上后，用不了多久，泥巴会自动从墙上脱落分离下来，时光使它分化得与墙彻底无缘了。从城门里进出的人经常会遇到城上的浮土落到他们的头上、身上。天一黑下来，小镇的城门口便黑乌乌的了，风很大。小镇由北宋末年的两座皮匠作坊繁衍而成，街上有许多矮小狭窄的杂货铺、干鲜水果店、肉店，坐在柜台后面的人戴着眼镜，蓄着胡子，衣裤肥大，白发苍苍。凸凹不平的街上从早到晚都弥漫着那样的一种带有檀香和老式衣柜的情调，许多住户和店铺前的空气甜而霉潮，像陈年的核桃或腐烂的瓜果。镇子里有一个会吹口琴的人，还有一个会说书的人。牌楼街口有一个终年茶杯不离手的老人，棋下得很厉害，腿脚也很矫健，大家都很怕他，所有的人都叫他龙大爷。

西城门附近原来有一个卖包子的男人，菜包子，整天满头大汗地守候在白气腾腾的锅灶前。几年前，这个卖包子的人写了一本书，书中描写了一座高而窄的房子和一个行动不便的女人，那个女人每天梳妆之后，便坐在那个又高又窄的窗户上看外面的天和云彩，看一道苍白而霉湿的山墙和街对面的一棵枝叶扶疏的香椿树。那本书有三百多页。镇里的一位小学语文老师经常到他的包子摊前闲坐，有时会带来几个男女学生，学生们带着各自的作文簿和日记本，羞羞答答地在炉火熊熊的包子摊前一页一页地仔细展开，卖包子的人透过升腾的热气朝他们笑着，笑容很腼腆，腼腆的笑容使几个学生和他们的老师都感到很亲切，不再那么拘束紧张。语文老师一坐就是大半天，当他的学生们离去后，语文老师就会从贴身的衬衣口袋里掏出一张满是褶皱的纸，递给卖包子的人，上面有他在教学之余写的一首诗。

不久之后，卖包子的人在一个漆黑的雨夜里被一副手铐铐走了，从此再没有回来。雨夜里的那种尖厉而刺耳的摩托车引擎声像一个噩梦一样划破了整个镇子。

每年春夏之交，天气晴朗的时候，镇子里的人都在各家各户的屋顶上升起各种式样和各种颜色的风筝。

飞起的风筝是一种绵长的思绪，它来自炊烟缭绕的市井；飞起的风筝像一种古怪的现象，尾巴长长的，浮动在明火执仗的天空里。

我感到天空像一块瓦。杜林说。

从此往西十几里，有一个几十口人的小村庄。村庄里的土墙又低又短，豁口和漏洞随处可见。街上常有干黄的草。

村里村外的树都稀稀落落的。

村外是密不透风的玉米地，有明亮的水渠和纵横如织的阡陌，有无人看守的土豆地和荞麦地，黄白相间的牛羊放牧在古老的耕种制度上。

夜深之后，杜林从怀中掏出一卷牛皮纸，纸上写满了密密麻麻的字。

这是什么？散文，还是日记？我说。

杜林摇摇头，说，我不知道这算什么，我就是想让你给看看。

我看见他的近视眼镜上现在蒙满了雾气，我几乎看不到他的那双闪烁不定的眼睛了。

我开始翻看那卷写满了字的牛皮纸，杜林的那种描写是令人惊讶的。

在杜林的描述中，失踪多年的基干民兵胡大海突然出现在家乡的土地上。

杜林在开头部分描写了生长在家乡土地上的几垄绿色的麦子，突然归来的基干民兵胡大海就站在那几垄绿色的麦苗之前。对故土的眷恋与怨恨使杜林的文字变得犹豫不决，闪闪烁烁，一种显而易见的感伤主义的情调回荡在词语之间。胡大海像一个迷失方向的外乡人一样站在耕地的一侧，旁边的几条伸向不同方向的岔路使他踌躇不前，一只浑身滚满了泥水的耕牛慢慢地从他的视线里走过。胡大海注视着耸立在故土上的所有那些山墙房屋和几处显眼的风物标志，眼前灿烂的阳光和阳光下蠕动着的几条黑色的人影使他感到无比惊愕。接下来，他开始像一头机警的猎物一样在村庄里四处游荡，随意出没。

在第三页牛皮纸上，杜林这样写道：

> 仿佛也是在这样的一个傍晚，一个远道而来的人手持一张介绍信，住进了这座由砖墙围起的院子内。
>
> 来人穿着一件不合时宜的军用雨衣，他在走进大门后突然停下了脚步，变得有些踌躇不前。在傍晚灰蒙蒙的夕照里，他吃惊地看到院中的十几排红瓦的平房被河滩上的风吹得有些东倒西歪，几只鸽子落在屋顶上，鸽子的头都埋进羽毛里，看上去像一些被工匠们的建筑手艺固定在屋顶上的一只只古老而凶残的兽面。
>
> 来人在一位打水的老头的带领下，向院中最后一排房屋前走去。老头在看过他的介绍信以后，短暂地注视了一下他的蒙满了风尘的军用雨衣，他的那张疲惫困顿的脸在老头看来既潮

湿不堪又干燥无比。老头放下手中的水桶，将介绍信揣进怀里。

来人对老头说：

我在这里住不了多久，郭副部长让我先暂时住在这里，到时他会派人来接我。

老头掏出一串钥匙，带着他向最后一排房屋前走去。院中几乎所有的房门上都挂着一把又大又黑的锁子，每一道门前的台阶上都用白粉笔画着一个又一个的规范而整齐的棋盘，一些棋子七零八落地残留在棋盘上，那是一些黑白两种颜色的碎石子，门前的河滩上到处都是这种模样的石头。老头在后排的一间屋檐低垂的房子前停下。旁边有一道虚掩着的小门，来人引颈向那道小门张望的时候，老头对他说：

那边没有什么，那是一个菜园子。

来人收回了继续眺望的目光。脸上不自然地红了一下，老头的提醒使他发窘。他伸手拍打雨衣上的灰尘，用来掩饰眼前的难堪。但他的手比雨衣更脏。

屋前松动的门闩使老头轻而易举地打开了紧闭的房门。老头的手轻轻一碰，那把又大又黑的锁子就被打开了。一阵霉味夺门而出。

老头探身望了一下，发现原先存放在里边的部分纪念品早已变形走样了，看上去像一张张腐烂多年的脸。

（那原来是一把又大又黑的假锁，许多年来，它曾经那样天衣无缝地蒙蔽了那么多人的眼睛。）


杜林写在牛皮纸上的字越来越小越来越密了，我点燃一支烟，望着他的脸。房东大婶又进来在灶膛里加了一次火，使滚热的火炕经久不衰。我不知道这些事情是杜林的编撰，还是他的耳闻目睹。

杜林看出了我的心事。

杜林对我说，这些都是我自己坐在家里想出来的，不知道我想得对不对？

你认为胡大海还没有死吗？我说。

是的。杜林说，我经常总是能在村中隐隐约约地看到那么一个高大的影子，这也许是我的幻觉，我的眼睛近视得很厉害，一只眼睛650度，另一只750度。曾经有那么一个天气阴晦的傍晚，我看到胡大海在暮色中狂奔不止，我现在很难再回忆起那种情景了，我不知道是在梦中，还是真的看见了他。

我望着杜林，这个被乡人误认为是疯子的乡村知识分子，无数个不眠之夜使他的形容变得极为枯槁，举止猥琐，浑身上下看不到丝毫的水分，而他的文字却是潮湿的，他的叙述语言弥漫着水一样的情调。我浸淫在他的描绘中，感到自己的袖筒里湿漉漉的。他的小心翼翼的叙述方式像一个胆怯而多疑的孩子一样在漆黑的乡村夜晚里游移徘徊，惊走观望。他的怦怦的心跳声清晰地呈现在他的描述中，许多个段落里的文字上都程度不同地蒙着被惊吓出来的冷汗。我在翻阅牛皮纸的过程中，不止一次地透过他的语言，闻到了那种冰凉而恐怖的汗味。接下来，杜林又告诉我说：

迷失了方向的胡大海正在东一头西一头地到处寻找自己的家门，而陈布礼却急于要逃离村庄，在下面的部分里，在村口的那道明亮的水渠旁，他们两人将会不期而遇。

我听着杜林的讲述，急忙匆匆地浏览了一下后面的几部分文字。毫无疑问，后面的那些语言将更加阴晦而霉湿，沿路到处都是隔夜的雨水和杜林自己人为地设置下的一个个语言的陷阱，我仿佛看到了疲于奔命的头破血流的郎中陈布礼和面如死灰的胡大海。杜林把他家乡的那些最凶险最不吉祥的日常物品都一一地设置在路上，令人不寒而栗。

在杜林的描述中，我听到了一种叮叮当当的彻夜不休的砍凿木头的声音。

那是什么声音？我说。

是村里的一个木匠。杜林说，那个木匠，我不打算专门写他，他那时正在为村里的一个突然中风的老人制作棺木，我只需一笔将他带过就行了，我需要他院子里传出来的那种叮叮当当的声音，它不易捕捉，但很实用。

那个木匠还有一个远道而来的亲戚，当时就住在他的家里。我说。

不管他。杜林说。

那个穿军用雨衣的人是谁？你以前在村里见过他吗？我说。

杜林听了我的话以后，脸上忽然现出一种失望而焦躁不安的神色。他重新擦亮雾腾腾的眼镜戴上，十分认真地望着我，说：

你难道没有看出来？

你指什么？我说。

我是说那个人就是我，那个穿军用雨衣的人就是我自己。杜林说着，摇摇头，也许是我写法上有毛病，我可能没有交代清楚。

那个人怎么会是你？我感到奇怪。

是的，那就是我。杜林说。

你才多大，那时候哪有你？我说。

是的，那就是我，那个远道而来的穿雨衣的人就是我，我带有郭副部长的秘密指令，郭副部长看过我的履历，到时他会派人来接我。杜林说。

你的任务是什么？我说。

杜林的话使我看到一种生活中随处可见的迷雾，迷雾中晃动着他的信誓旦旦的面孔。杜林的一双眼睛在厚厚的镜片后面飞快地看了我一眼，轻声说道：

我不能告诉你，这是秘密，郭副部长要是怪罪下来，我会吃不消的。

我放下手中的那卷厚厚的牛皮纸，突然想起了一个问题。我对杜林说，那个木匠怎么样？制作那具棺木对他是否有利？

这些事情对我来说轻描淡写。杜林说，他的手艺已荒废多年，这使他面对一堆木头时难免会感到吃力。作为一名木匠，他已完全丧失了有关的尺寸观念和方圆规矩，就像一名教师突然丧失了说话的能力和写字的能力一样。办丧事的那家主人对他的松弛懈怠和粗糙的技艺感到非常不满，他们只要随意一摸，便能在木头的平面上摸到几颗突然冒出来的钉子。手艺实在是糟透了，简直少见。但棺木终于还是制作成功了，只是还缺少一只棺盖。可是就在那天晚上，木匠趴在那具尚未油漆的棺木里死去了。

杜林忽然中断了他的叙述。我感到这显然是可以突破的一点。我对杜林说，他是怎么死的？失意、羞愧，还是由于连日的劳累所致？我这时听到墙外传来一种尖厉的哨声，异常刺耳。

房东开门向外面泼水。

杜林斜视着他的那卷写满了字的牛皮纸，他手中的烟蒂快要燃着他的手指了，但他毫无察觉，我拿过他的烟蒂扔到地上，他抬起头，从镜片后面向我投来一道莫名其妙的目光。我又点燃了一支烟递给他。

杜林若有所思地说道，我在想，他的那个亲戚，看到他的尸体后竟然会无动于衷，他把他的尸体从棺木里拖起来看了一下，又马上扔回到棺木里去了。这以后，他开始向外面奔跑。在街上，有一只脚将他绊倒了。

杜林的一只举着烟的手在微微颤抖，我望着那只手，它很像是风中的一只耐不住寒冷和饥饿的鸟。杜林的目光与我相遇后，又立即偏离了我的视线。他也注意到了他的那只手。

事情好像就是这样。他说。

他把那只手放回到自己的膝盖上，眼睛却继续盯着它，烟换到了另一只手中。我望着他的膝盖，我担心他的膝盖会由于那只手的影响也一同随着颤抖，但没有。他的裤子上磨破了一个洞，比手指头大一点，里面是一条灰色的内裤，也许是皮肤本身。夜深了，房东一家已安静下来。

没有人会等我。杜林朝我笑了一下说道，我的父母都已不在人世了。

我递给他一支烟，这是我唯一能够做的。

杜林说，我的父亲是一个远近闻名的酒鬼，在我十岁那年，有一天晚上他喝醉酒从外面回来，那时我已经早早睡下了。我父亲突然拧着我的耳朵要把我从家里扔出去。我的母亲听到动静后立即跑过来把我从他的身边拉开。醉意很快使父亲忘记了我，他揪着母亲的头发大声说，你算什么，你以为我会在乎你吗？我根本不会在乎你的。我的母亲对他

31

说，你饿了，走，我给你弄点儿吃的去。父亲说，我不饿。母亲说，你饿了，我这就给你弄吃的去。就这样，母亲推推搡搡地拉着父亲走了出去。我听见他们在外面的说话声，父亲渐渐地安静了。过了一会儿，母亲走进来，摸着我的脸问我，他拧痛你了没有？黑暗中，我看不见母亲的脸，但我知道她哭了。第二天早上吃饭的时候，父亲的酒醒了，他已经什么都不记得了。他问我，你今天干什么？我说，学校里要考试。他听了，点点头，对我说，快点吃，别迟到了。

你有一个好母亲。我对杜林说。

杜林点点头，我看见他的眼眶里出现了闪亮的泪水。


那些天，我住在这个世代种植玉米、放牧牲畜的乡间，时常能听到村庄四面的环形山谷里日夜回响着秋风的声音和落叶的声音，村里的人们带着他们的妻子儿女兴冲冲地穿越在新鲜的粮食和水中。仰望乡村晴朗如洗的天空，丰收的颜色涂染着他们的面孔。

时间删节了一切。

时间的流逝使许多原来貌合神离的东西变得表里如一，甚至无懈可击。

我现在站在这片收割过后的麦田里，有一个语无伦次的当事人断断续续地向我讲述了几年前发生的那场劫难，我知道我并没有也不可能触及那个真正的坚硬而严密的内核，我所了解的只是它辐射出来的一种虚拟性的阴影，听到的只是一个远去了的乡村传说，我没有看到那种包含了无穷距离的时间和标志，我见到的只是生活中的一些细节。

按照别人的指点，我终于知道那个身材高大的脸上有刀疤的男人就是李成英的第二个丈夫，他们在一起过了不到一年就又分开了。

村里的黄昏安详如初。

到处都轻轻地流动着一种若有若无的暖意，那是一种柔软而亲切的怀念，宛如穿堂而过、筑巢而居的燕子，那是一种繁衍在三十里乡土上的纷繁的裙带与亲缘，日夜填充着饮食和居所共同构成的风景。

那个穿军用雨衣的人是在一天的傍晚时分到来的，他住在村中唯一的那座红瓦的平房内。那个老头住在小门的一侧，他的耳朵很背，几乎什么都听不见。穿过小门，就看到了房子后面的那块空地，灰色的土壤，像是多年闲置不用的水泥，老头一个人种着这片灰色的土地，大葱、白菜、豆角、番茄和黄瓜、丝瓜，还有几垄土豆和芥麻。院墙下有一个水道。夏天里，老头通过那个水道把外面河里的水哗哗地引进园子里了。老头一边干活儿，一边与引进来的水说话，他的声音从没有高出过水的声音，只有天上打雷的时候，他才会提高自己的声音。水道旁边的青草长得茂密而修长，一丛一丛的，透出一种阴冷的生气。那里的阳光常像面粉一样，一只鸟也没有，灰砖的院墙和红瓦的屋顶上长着细细的黄草，一根一根像铜丝一样，零零落落，疏朗而向上，有风的时候像随波逐流的水草，左右飘摇，无风的日子里支支直立，颤颤巍巍。细瘦的草棵在阳光下摇出更细更弯曲的黑影，像一群人的眉毛的倒影。

老头常在菜畦里小便，名曰施肥。


有一次，李成英来到菜园子里，她发现老头正对准一棵白菜的根部射出一串弯曲的尿水，周围很多地方都能依稀看到老头留下的类似的痕迹，像种种不良的品行。这以后，李成英就很少来了。房上的红瓦令她不安。

村里的报纸经常每隔两三个月来一次，来一次，便是高高的一厚沓，偶尔还会随之夹带来几封语焉不详的死信。李成英自己一般很少看报，每逢报纸来了以后，她便齐齐整整地叠好，与以前的那些堆在一起。经常有几个收破烂的人推着自行车，长久地伫立在她的门外。李成英在屋里做事，耳边听着他们在外面不断地报出一个又一个徐徐上升的价格数目。纠缠的时间长了，李成英就会打开门，探出头对外面的人说：

不卖。

收破烂的人如听到某种确切的消息后一样，在李成英的关门声中骑上自行车逶迤而去。过不了多长时间，又会出现在她的门口，盘桓许久，劝她说，那么多旧报纸死信留着有什么用处，既不能当饭吃又不能当衣穿，卖了还能得到不少钱。

李成英还是那句话：

不卖。

不是我的东西，我没有权利出卖它们，我只是替人代为保管，会有人来取它们的。

李成英说着，将门掩上。

白日里，她一个人做饭，一个人吃饭。每顿饭做很少一点，切开两个土豆，洗净几片白菜，一只鲜红的辣椒。偶尔在她心情烦躁的时候，她会把家里的一切日常用品弄得叮当乱响。但这样的时候不多，一年中只有稀有的几次。除了她自己，没有人会听到这种响动。屋檐下有一只风铃，她已聆听了多年。她看惯了远处的那些山，只不过是灰蒙蒙的一堆，什么都看不清楚。只有铃声常在风中大声喧哗。

天气晴朗的时候，她常扎着一条碎花的蓝布围裙擦擦那些玻璃。玻璃其实不脏，只有在刮风的时候，上面才会蒙上尘土。擦完玻璃以后，她一声不吭地坐在门口看外面的阳光和院子里的一些东西在阳光下不断变幻的或轻或重的影子。那红瓦的房屋常常使她想起一座古老的庙，甚至大雪封门的深山。

她几乎闭着眼睛就能准确无误地随手摸到一把漏勺或酱油瓶子，摸到她所需要的一切东西。她很清楚有关的位置。她知道水在什么时候开，她知道灶膛里的火什么时候最旺、最为熊熊燃烧，她知道那只盛盐的黑色罐子总是与那只装油的葫芦并排着放在一起，筷子与菜刀放在一起。她从来不把菜刀放在案板上，她听说所有破窗而入的歹人总是首先窜进厨房，抢过菜刀握在手里。她知道在放盐的时候必须腾出另一只手来扶住那个装油的葫芦，否则油葫芦便会自动倾倒。她知道几个月前买回来的肥皂差不多要用完了，还有花椒、碱面和苏打……有一件白底黑点的内衣挂在镇子里的一家小店内，一年多来始终无人问津，她在那件内衣前停留过几次，衣领上的一个污黑的手印使她一直下不了买下它的决心。月经期所需的草纸还有很多，粗糙而褐黄色的草纸，每个月内都会使她不可避免地遭受几次皮肉之苦，它的柔软程度甚至远不如一张报纸。她想到了淋漓不息的经血……乳房内活动着的一小块硬硬的令她不安的来历不明的东西……雀斑……早晨起来遗留在枕边的丝丝断发……夹带在小便中的那些黏稠而发白的水浆……又是两三个月过去了，那个送报纸的人又快来了。上一次（几个月前），他的自行车链条在她的门前突然断裂了，他垂头丧气地望着她，她回屋找来了斧头、菜刀，甚至织毛衣用的针。她站在门前看他修理链条，他身上的一种莫名其妙的汽油味使她感到昏昏欲睡。油渍斑驳的自行车链条像一条僵死的蛇一样蜷缩在他的手里，他说起了他的家，说起了他那间时常漏雨的房子。他的老婆，一个在菜场里负责磅秤的女人，每天夜里睡下后鼾声如雷，致使他常常彻夜难眠，睁着眼挨到次日天亮。他的儿子与伙伴们打架，几个孩子窜上他家的屋顶，用砖头和破布堵死了他家的烟囱……时近中午，他的修理毫无进展，他把斧子、菜刀和毛衣针一一地归还给她。她举着两只沾满面粉的手留他吃饭，他将自行车推着走出大门。她反身回屋，拿出两穗煮熟的嫩玉米追上去塞进他的手里。他放下自行车，脸变得通红，结结巴巴地说：

这不行，我怎么能吃你的东西呢？我长这么大，从来没吃过别人的东西。

她说，你给我们送来了那么多的报纸和信，两穗玉米算什么呢。

他说，这是我的工作，我的工作就是给别人送报纸送信，国家已经给了我一份工资，我没有理由再要其他的了。给你，我真的不能吃你的东西，你拿回去吧。

他是在说完这番话以后，才发现她的眼里早已含满了泪水，他见状，急忙低声对她说，你不用拿回去了，我这就吃，你不要哭了，赶快回去吧，我这就吃了它。

啃着玉米，他终于上路了。

李成英视线中的那些沐浴在夕阳下的石头如同一块块被烘烤着的熟食，她在这时往往能听到村庄里传来女人和孩子的喊声，以及牛马猪羊的鸣叫。院子里干干净净，拂天而过的大风几乎从来用不着她去亲自扫除什么。她坐在一只木凳上，身后虚掩的门窗和房上的青草是她的全部背景。她眼看着太阳在西边最后沉没，空旷的河滩上出现的萧瑟的铅灰色取代了先前的苍黄的暖意，冷风吹乱了她的鬓发。天完全黑下来以后，她关门睡觉，上好门闩，打开被褥。窗户上糊着厚厚的报纸和麻纸，古铜的颜色，风吹上去发出沉闷的嗡嗡声，像一张硬朗的牛皮。屋里，一只黄杨木桌上，抽屉里放着针线剪刀，一只抽屉里有一瓶润肤油，还有一个厚厚的灰色笔记本。润肤油使抽屉内外始终弥漫着一种香气，笔记本的扉页上有一行留言，还有一个签在角落里的不易被发现的异常渺小的名字。女人站在桌前，若有所失地注视着那个瘦小的名字。笔记本粗糙的纸张里面夹着几张发黄的照片，都是黑白的，还有一片白果树叶子，一只薄薄的蝴蝶标本。一种喃喃低语时常从那些粗糙的纸页之间传来，来历不明的私语使她举止失常地合上笔记本，关上抽屉。一把黄铜的小锁吊在抽屉上，终日开着，从不上锁。她感到自己没有什么需要锁起来的东西。几年前，张委员每隔一个月就要翻阅一次。君子坦荡荡，小人长戚戚，什么叫秘密？秘密就是那种戚戚之语，只有那种与自己过不去，与别人过不去，与社会过不去，与整个世界过不去的人才会有所谓的秘密。张委员后来告诉她的那些话，她都慢慢地忘记了。

早晨，漫山遍野突然刮起了黄尘，大风吹跑了初升不久的太阳，使它很快消失得无影无踪。几步之外什么都看不清，仿佛到处是耸人听闻的高墙。到处都天昏地暗，飞沙走石。

邻居大嫂的晚饭在下午就已经开始了。

邻居大嫂那天被变化无常的天气弄昏了头，所以，早早地吃完了晚饭。其实，邻居大嫂吃饭的那时，下午刚刚开始，离天黑还很远。但邻居大嫂以为天快黑了，她在收拾碗筷的时候为自己的聪明举措而感到高兴，嘴里不住地哼哼出一种愉快而发自内心的声音。她恐怕大风吹断田野里的电线，晚上会漆黑一团。

天快黑的时候，风停了。

李成英出来，持续了一天的大风使她在屋里昏睡了许久。现在，她看见天地之间充斥着一种陈旧的黄色，就像那些发黄了的旧报纸一样，时光仿佛一下过去了很多年，所有的一切都蒙上了一层古董的意义。

李成英在门口站着看了一会儿，她打了一个冷战，又转身走进屋里。关上门之后，她突然看见窗户上晃过一个光着脑袋的男人。李成英大吃一惊，急忙出门去看，但外面什么也没有，只有不久前她刚刚眺望过的那种苍黄的旧日景象。这时，天渐渐黑下来了，街门以外的巷子里寂静无声，一片苍茫。

李成英凝神站在门口，傍晚的寒气使她的双肩不停地抖动。李成英高声说了一句什么，相当于一句自己给自己壮胆子的话，就像有的人走夜路因为心虚害怕而大声地唱歌一样，但是她感到自己的声音失真而夸张，毫无真实性可言。院子里静悄悄的，所有的农具都像是一种临时草草搭就的仓促的布景。

李成英重新转身进屋，点火，煮饭。她把火柴、锅盖一类的日常物品弄得叮当作响。她取出菜刀，在别无一物的案板上敲出一串急促而恐怖的剁肉馅一样的当当声。她看见了放在碗柜上的一棵白菜和两只土豆，取过其中一只土豆，放在案板上，高声说道：

你这个不成器的东西，今天我要杀了你，剥了你的皮，抽出你的筋，把你剁成肉馅。

土豆从案板上滚落下去。李成英擦了一把额上的汗。李成英在寻找那只突然滚走的土豆的过程中，目光散乱，口里仍在高声说道：我看你能跑到哪里去？藏到天边我也能看见你，你不出来我也照样能杀死你。

窗外突然有一个声音说道：

土豆哪会有筋？人才会有筋，人还有魂。

李成英尖叫一声，扔了菜刀，夺门而逃。


邻居大嫂站在窗前，外面渐渐黑下来的天色使她有些迷惑不解。她感到一些事情在时间上出了毛病，生活中渐渐显现出某种破绽或漏洞使她感到不寒而栗。

李成英告诉邻居大嫂说，她看得真真切切，站在她窗外的那个光头的人很像是几年前被民兵们吓死的那个郎中陈布礼，也像是一个陌生人，可说话的声音又像是她的丈夫胡大海。

李成英苍白的面容和断断续续的叙述使邻居大嫂不时地将一种不安的目光投向窗外。邻居大嫂拉着李成英的手，安慰她说：

你一定是看花了眼，这样的天气，外面连个鬼都没有。

李成英伏在一只枕头上嘤嘤地哭起来。邻居大嫂端出一碗下午吃剩的饭，说，我以为天黑了，我早早地吃完了饭，我没想到天会黑得这样迟。


傍晚。没有了风声的村庄使种菜老头的那种凄厉而苍老的呼喊轻而易举地传遍了每一个角落。村庄里的人来到那座唯一的红瓦的平房外面。住在里面的那个人死了。

那个人穿着那件蒙满了风尘的军用雨衣，紧紧地抱着一根木头。

那个人是杜林。

# 隐　蔽

## 一

这年冬天，长期在黄村秘密养伤的曾小林排长病情恶化，突然身亡。

入冬以来的第一场大雪使这个消息封锁了三天。大雪隔断了通往黄村的一切道路，茫茫的雪野上行人寥寥无几。

突如其来的这场大雪使黄村的男女老幼在喜出望外之余感到了一种隐隐约约的不安。寒冷的积雪仿佛一场噩梦，寂静的街上连那些不安分的孩子也很少出现，村口的路上和田野里看不到在雪天里捕鸟的人。

九营营长郭锐得到曾小林的死讯是在几天后的一个傍晚。其时，郭锐带着卫兵陈小轩正向一片收割过后的玉米地里走去。有几只乌鸦在那里觅食，周围一片寂静。

夜里，踏着满地惨淡的月光，陈小轩在通往黄村的一条路上疾走如飞，即将归乡的喜悦心情使他被沿途的积雪几次滑倒。

马连泰把陈霞的衣服从房门上取下来，扔到陈霞的面前。马连泰用手指着陈霞说："这么多年来，我一直都在受着你们的蒙蔽。"

"这事能怪我吗？要怪你的想象不切实际，一文不值。"陈霞说着，瞟了一眼那条黑色的裤子，寒冷使她脸色苍白发青，并忘记了裸露带来的耻辱。她短暂而匆忙地注视了一下马连泰的那张脸，目光移向窗口。那边，高而窄的窗户上，一种炽烈的光线白得耀眼。陈霞判断着现在的时间，她不知道这是一天中的午后还是黎明，窗口上涂抹着的那种白炽的光线像一道飘起的马尾一样刺酸了她的眼睛。她又看了一眼马连泰，那一位的脸上愁云密布，心事满腹，毫无倦意。陈霞此时突然感到自己对时光有了一种崭新而粗浅的认识。她听到了一种声音：有人在外面走动。

多年来的那种激动人心的想象遭到了无情的打击和粉碎性的毁灭。打击来自事情的真相，真相使他绝望而心灰意冷，他无所事事地站在陈霞的对面，仿佛裸露的是他自己。他看到陈霞的耳后有一颗麦粒大小的黑痣，不禁吃了一惊。以前好像从未见过，难道是一天之内突然长出来的？他思索着，却又感到精力难以集中，心里乱糟糟的，没有一件事情能够理清头绪。后来，他的脸上浮出一线笑容。他对陈霞说：

"今天天气很好，太阳出来了。"

有一张脸在门外向里面窥探，马连泰咳嗽了一声。那张脸不见了。

昨天晚上，入冬以来的第一场大雪悄无声息地覆盖了黄村的所有房屋和每一条街道，夜晚的寒气仿佛一个无孔不入的桃色消息，四处扩散，随意渗漏，村中一片晦暗，所有的树木以及山墙都被装饰得难以辨认。提前入睡的马连泰不断从梦中听到那种吱吱扭扭的踩雪的声音，神色匆匆的人和无所事事的人都会在雪地上踩出那样的声音。马连泰频繁而情不自禁地咬着牙，他们乱纷纷的踩雪声音使他的牙根奇痒而酸困，有如他平日焦急上火的那种征兆。他不明白他们在外面干什么，他觉得在雪地里几乎没有什么好干的事情。早晨起来，马连泰推开窗户，看到院中的几棵梨树披挂着昨夜的积雪，所有的枝丫看上去都又白又胖，如同几棵人工制作的假树。"丰年好大雪"，马连泰注视着对面的一道积雪的屋脊，在窗前自言自语。早晨雪霁后的空气使他感到很舒服。

院中几条青砖的甬道已被早起的人扫开。有人正在井边提水，饮马。

小翠端着一盆衣服向水房那边走去。路过窗外，小翠忽然看见了站在窗户里面独自出神的马连泰。马连泰的那张睡眠不足的脸使她端着洗衣盆轻轻地跑起来。

马连泰叫住了她（他感到有一片类似手帕一样的东西从自己的眼前

轻轻飘过）。马连泰对小翠说："天生的贱骨头，我又没有骂你，好好的路不走，你瞎跑什么？"

小翠在窗前停住，院墙上白色的积雪使她眼前一阵发黑。她把洗衣盆抱在胸前，耳边听到马连泰又在问她：

"你穿得太少，你不冷吗？"

"我不冷。"

小翠说着，忽然又想起什么，刚想张嘴，又立即低下了头。马连泰看到了她的表情。马连泰说："什么？你想说什么？"

小翠说："老爷，三少爷昨天夜里又尿炕了。"她向东边望了一下。

那边，有人晾出两张被褥。

马连泰皱了一下眉头，这消息日复一日地磨蚀着他的耐心。他看了一下眼前的这个身材单薄的女孩子，一丝不快涌上他的面颊。他说："这也值得炫耀吗？你们为什么不叫醒他？你们是不是都梦周公去了？"

小翠说："我一直守在他的屋里，叫了，我叫了他三次，三少爷嫌冷，不离开被窝。"

马连泰说："为什么不生火？"

小翠说："家里没烧的了，每个人的房里只给一块炭，剩下的都放在厨房里，首先得保证厨房里用火，保证有饭吃。"

又是一个使他不快的消息。马连泰在窗前站得时间久了，现在忽然感到身上有些发冷。他说："让老赵来见我。"

小翠提醒道："老爷您忘了吗，他们套着马车出去买炭了。这几天我们都盼着马车回来，我每天都梦见我们的马车在路上飞跑。"

马连泰想起了马车出发前的那个早晨。老赵说多则一天，少则半天就回来了。三辆马车停在街门口，远处不时有零星的枪声传来。枪声来自那些山上和树丛里，但那些地方连一个人影都没有。天色异常阴晦低暗，快下雪了。他们都希望能够提前回来，度过一个温暖的冬天。而现在，时间已经过去三天了，三辆马车一直杳无音讯，连一个回来报信的人都没有。马连泰想起那天早晨，对面屋脊上的一只喜鹊虎视眈眈地盯着街门外三辆整装待发的马车。老赵一边系腰带，一边从院里走出来。

车夫们都在往各自的口袋里装烟丝。老赵抬起头仰望着阴暗的天空，对忧心忡忡的马连泰说，苍天有眼，我们很快就能弄回过冬的炭来。一名车夫挥舞了一下手中的鞭子，对面屋顶上那只喜鹊被惊起后又慢慢落下。黄村的许多房屋上都望不见往日里那种笔直上升的炊烟。

雪后的第一个早晨，马连泰得到了曾小林排长猝死的消息。

小翠在马连泰复杂的视线里轻轻地向水房那边走去。马连泰感到自己的手心有些发烫，两只眼睛不停地跳来跳去。他在用盐水漱口之时，粗暴地用手揉搓着两只眼睛，希望能结束那种令人不安的跳动。他的猛烈的动作获得了一种暂时的宁静，粗暴方式所带来的结果使他满意，他想起了神鬼怕恶人那句老话。他走进东边的一间房子里，陈霞已经醒了，正在梳头，她的身体瑟瑟发抖。

马连泰对陈霞说："下雪了。吃完饭你就回去吧。"

马连泰带来的这个消息让陈霞的心里也渐渐地安定了下来，她终于明白那个窗口为什么那么晃眼了。这个过程中，她听到马连泰像一个不谙世事的孩子一样对她说，我不知道你的腿上为什么会有那样的一些痕迹？她说，你不知道的事情多了。也不只是你，所有的人，每个人所知道的事情也就是自己熟悉的那一点点。

马连泰若有所悟地唔了一声，他感到喉咙里有一个坚硬的东西阻挡着他的声音。他觉得眼前的这个女人真是与自己家里的那些女人大大不同，那些女人一个个都是猪脑子，黑白不分，轻重不懂，没有男人就活不下去，而陈霞却不是。可现在，当陈霞的极其平常的身体呈现在他的面前时，他突然滋生出一种被人釜底抽薪的感觉，仿佛珍藏多年的一颗珠子到头来只是一块硌手的石头。他就是为了一个又一个的不可知的秘密而兴致勃勃地活着的。每当有一种真相由于某种原因而呈现出来后，他都会在震惊之余涌起一种深深的绝望。一个又一个的秘密的破译，常常使他心如死灰，索然无味。许多个夜晚，他不止一次地在梦中、在他毫无防备的情况下看到一些生活中的破绽和纰漏，看到一些其实什么也不是的秘密，许多类似的场景就是这样一次又一次地无情地摧毁了他的睡眠和前程。

现在，陈霞穿好了衣服，脸上逐渐恢复了往日的神色。厨房里一名帮灶的女人送来一碗饭。陈霞在吃饭的过程中询问马连泰捐粮的数目。她所在的学校在飞机阴影的笼罩下早已坍塌为一片废墟，学生如一群受惊的麻雀一样四散而去，不少人每天上山砍柴。

"五斗吧。五斗不算少了。"马连泰说。陈霞抬起头看着他，一双竹筷交叉在手中。马连泰说："其实我损失得最多，飞机炸死了我的三头耕牛，去年又歉收……"

陈霞说："用不了多久，郭营长他们就会回来的，我要告诉他们你都干了些什么。妇女主任……我的话……"

"你是我看着长大的，我能对你怎么样呢？十斗，十斗……够我们全家老小吃一年的。"马连泰心不在焉地说道。他正看着陈霞吃饭，她的粉红色的舌头在嘴里缓慢地徘徊，偶尔出没一下。眼前的情形使他很想呼喊一声。

"自从听到曾排长猝死的消息后，你就魂不守舍。"陈霞说。

"别胡说。"马连泰急忙打断陈霞的话，他发现自己的面颊异常潮湿，他的眼前展开一幅湿漉漉的画面。他听到自己的声音变得泥泞而坎坷。"他死活与我有什么瓜葛，我牵挂的是我的马车，三天过去了……没一点……线索……一个人都没回来。"

"擦擦吧，你的鼻子上都是汗。"陈霞说着，将一块手帕扔过去。马连泰伸开两臂用一种十分笨拙的姿势去迎接飞来的手帕，但没有接住。手帕落到了地上，他俯身捡起来，发出一阵艰难的喘息。

陈霞的话使他仿佛在一瞬之间迷失了方向。现在想起来，长流水村的郭进财已死去很久了。不长眼的……贪财的郭进财，在几个月之前派人打死了一位长途贩运黄布和纽扣的人，他完全不知道那个人的真实身份其实是路西区的一位供应科长。不久，有一部分人在八月十五的夜晚割掉了郭进财的舌头（郭进财那天晚上正在院里开心地赏月）。事发之后，马连泰暗中派人带着礼品前去探望遭逢不测的郭进财。派去的人回来告诉马连泰说，郭进财每天在家里哼哼呀呀，四处乱蹦，嘴里不时发出一种呜呜的声音，什么意思都表述不清，像一名脾气暴躁的哑巴。又过了不久，郭进财忽然心血来潮，启封了一缸多年以前的窖酒，他兴致勃勃地拿着一只碗盛酒喝的时候，竟然头重脚轻地栽进了酒缸里。强劲的酒力使他的尸体变得又红又肿，弥漫的酒气引来了众多背井离乡的乞丐和逃荒者。

陈霞吃过饭，向外面走的时候整理了一下自己的头发和衣服。马连泰突然像一个孩子一样躲到她的身后，一手拽着她的衣襟，说：

"等等，我还想对你说……"

"什么？"

"曾排长的确不是我弄死的。"


# 二


昨夜的一连串诡异的梦境在王儒看来并非偶然，它至少昭示着一种时远时近的灾难。早晨起来，王儒感到浑身酸痛，四肢倦怠，仿佛卖了一夜的力气。梦境里的内容执拗而冥顽，不容分说，有一种强词夺理的意味，使王儒感到一种极度的愤慨。早晨醒来，尽管有关的那些细节已纷纷剥落，褪浅，王儒仍感到胸内十分憋闷。窗前雪地上的白色反光透进屋里，使他误以为自己睡过了头。

王儒从家里出来，看到了白茫茫的冬日的黄村景象，入冬以来的第一场大雪使他在这个早晨感到无比惊喜，昨夜的那场不通情理的梦魇正在渐渐远去。他走出大门，注视着南边一带沉睡的田野，白色的积雪覆盖了往日里一切的喧嚣和不安。街对面一位早起的妇女正在墙边的水道旁低头倾倒便盆，她抬起头看到早起的王儒后，脸上忽然飞起两朵红云。王儒摇摇头，向一旁走去。这是他早晨以来遇见的第一张脸。

第一张脸是笑脸。——这最初的情形使他感到愉快。他吐出一团白气。

远处有一个背柴的人走来，看上去如一只展翅低飞的黑鸟。

王儒向寂静的村口慢慢走去，积雪在他的脚下发出阵阵吱吱的羞羞答答的声音。在这个过程中，王儒望见了村中坍塌后的学堂，现在只剩下几道断墙了，从前支撑着学堂的最后一根圆柱十分刺眼地耸立在他的视线里，给他留下一种不合时宜的印象。村中多数的房屋都紧闭着门窗，有的门前倾倒出一堆堆黑色的药渣。在村口，预料之中的那种缭乱的车辙和人迹都没有出现。王儒清晰无比地看到所有通往黄村的路都消逝不见了。

王儒的眼睛难以适应早晨的阳光和积雪，他感到眼前布满了无数形状各异的重影，他在村口的雪地上匆匆忙忙、敷衍了事地活动了一下肿胀的腿脚，有一种无形的东西使他难以像往日那样专心致志地一直练到早炊结束之后。他不断挥手驱赶着呈现在眼前的那种缭乱的重影，可重影越来越多，且迸发出某种金色的火星。他费了很大的力气才勉强稳住自己的身体，脑子里固执而反复地转动着回家的念头。我要回家，我该回家了。王儒这样想着，开始急急忙忙地向村中走去。走了几步，他忽然停下了脚步。他的手上和身上沾满了早晨的雪。

我这是怎么了？好像后面有鬼催着。我这样慌不择路地赶回去究竟想干什么？家里有什么？家里什么也没有。

王儒的腿陷在村口几寸厚的雪中，他忽然发现自己变得进退两难，举步维艰。远处一棵树上的积雪被突然震落下来，变得像一场弥天的大雾。适才的那种草草收兵、半途而废的晨练使他感到无比心虚，那种可恶的重影像无数嗜血的蚊虫一样萦绕在他的四周。

这样的天气，路上一个人也没有，难道我不该回家去吗？

王儒闭着眼睛，想起了家中一层层蒙满了积雪的青石台阶，几件终年见不到阳光的庞大而笨重的家具，屋内潮湿的砖地像雨前阴暗的天空……炉火……缺角的砚台……书声琅琅的清晨……滑翔的飞机像一种令人无法承受的耳语，猛烈而又冗长，所有的梁木与出口在一瞬之间突然回黄转绿，直至最后完全发黑。那是他晚年里渐渐呈现于世的重重斑点，褐色的斑点，夜夜提醒他步履蹒跚。打击来自视线，来自飘动的书页，被血喂肥的野狗，被血染红的石头，夕阳下来自手掌中的阴影越来越重，辽阔而无边……门洞里的呐喊……坚挺的小腹……不堪一击的小腹……她的苍白的脚趾……谁在里面……天色是在午后开始阴晦的，街上只有少数人走动的午后……少数的人……飘扬在村口和墙上的绳索，寒冷使他缩回了头，缩回到几十年以前。睁开眼睛，他发现自己正在仰望着早晨的天空，太阳的四周有一道绿色的光圈，如同一带柔软的迎风起舞的青草。这时，他听到寂静的村中传来了开门的声音和辘轳滚动的急促的声音，黄村所有高矮不齐的房屋和树木全都披挂着绿色的积雪。遥望熟悉的村庄，王儒抬起冰凉的衣袖拭去了眼中的点点泪水，他对这种不知不觉中出现的泪水感到惊讶。大清早起来，他居然平白无故地流出了眼泪，这才真叫匪夷所思。这种变化使他感到无奈而好笑。

王儒的身体慢慢地向村中移动，如同在消磨时光。对面一个早起的人向王儒打了一个招呼。王儒点点头，抬了一下胳膊。那个人是一位驼背，他朝王儒扬起一只手，他的身影在雪地上如同一棵低矮的弯曲而年久的桃树，黑黑的。转过几座盖着雪的房屋之后，王儒来到一条僻静的街上。街两边灰色的房子很多，但临街的门只有一两个。一只风铃的声音在低低回荡。王儒是从西边过来的，他看见马连泰站在自家大门口向东面张望。马连泰戴着一对毛茸茸的兔皮护耳，两手笼在袖筒里。王儒吱吱扭扭的踩雪的声音惊动了马连泰。马连泰回过头，王儒已走近。马连泰说，早。王儒点点头，早。王儒听到马连泰灰砖的院子里传来一阵铁锹和扫帚的声音，里面正在扫雪。

"真冷呀。"王儒对马连泰说。

"谁说不是，这种天气，连鬼都不愿意出门，"马连泰说着，伸手向西边一指，"我能去那里弄死曾排长吗？"

王儒一惊，"怎么，听到什么说法了吗？"

马连泰说："我知道人们都会那么想，我能不让他们那么想么？我怎么敢弄死他，谁不知道九营的人一个个都六亲不认。"

王儒说："你想得太多了，我从未听说过这事与你有牵连。"

马连泰说："我没办法不想，这事情让我吃不香睡不着。"

一个矮小的男人提着一把扫帚从里面出来，说："铲起来的雪要倒到哪里去？"

马连泰伸手指着自己的一根眉毛，说："这儿，倒进我的眼睛里来。"

矮个男人像挨蜇似的逃回院子里去，王儒情不自禁地笑了一下。院子里传出一阵争吵声。马连泰向王儒询问学校的情况，王儒垂下眼睛，浮在门楼上的白雪使他感到很刺眼。谈论已沦为废墟的学堂王儒感到伤神，他只向马连泰提起了一个不幸的消息：学堂里的女教师陈霞已经有好几天没有露面了。

"没有，她刚从这里走过去，看样子她很冷。"马连泰说。

"什么？你看见她了？"王儒说。

"是的，我还与她打了招呼。"

"这么大的雪，冷天……她是从哪里出来的呢？"王儒望着马连泰，又向街两边看看，"我在村口连一个脚印都没有看见。"

"很多事情就是这样古怪，比如我，"马连泰说，"我从来没有杀人的念头，可人们都说我弄死了曾排长，他的确不是我弄死的。当着这么白的雪，我绝不敢胡说一句。"

"谁在这么说？"王儒说。

"这会儿她说不定已经到家了。"马连泰说着，把一只手重新缩回袖筒里。

"她跟你说了什么？"王儒说。

"没有。我一共见过他两次。"马连泰的脸红了一下，"我真的从没有过那种念头，弄死他对我有什么好处呢？不，一点儿好处也没有。我活了四五十岁，连这个都不懂吗？我懂。"

"我以为她出事了。"王儒说。

"是的，他死了，可是我永远也洗刷不清了，我真难受。"马连泰说。

王儒向东边走去。街上有一串脚印，王儒一边辨认着，一边追寻着向前走去。闪着亮光的积雪使他无法大步流星，只能慢慢地走，小心翼翼地走。马连泰在后面大声对他说："你得相信我，曾排长的确不是我弄死的。"

"我谁也不信。"王儒低声对自己说。他不断地伸手揉着自己的眼眶。在这个冬天的清冷的早晨，他无比惊愕地发现自己的眼睛出了毛病：看什么都是绿的。

三

中午。

马连泰在家人的劝说下，勉强喝了几口清汤，他不想吃饭。最初他连汤都不想喝，厨房里的灶火一直没有熄灭，放凉了的汤热了一遍又一遍。出于对炭的珍惜，他让厨房灭了火。之后，他独自坐在屋檐下发呆，不肯回去睡觉。不久，一种声音惊动了他。

"什么声音？"马连泰睁开眼说道。

"好像是马蹄声。"小翠说。

"九营来人了，来勾我的魂。"马连泰东倒西歪地站起来，小翠过去扶住他。小翠感到他的身体异常沉重，又潮湿不堪。马连泰说："他们也以为是我弄死了曾排长，否则，他们不会在大雪天派人来。"他用力推了小翠一下，"去，看看，是不是他们来了。"

小翠走过去开门，马连泰在失去扶助后突然像一只口袋一样沉闷地栽倒在院子里。小翠看了一下，打开了街门。

外面，一个身穿黑色山羊皮衣的人以一种十分荒唐的姿势从马背上滚落下来。

午后的积雪回黄转绿。

在王儒关注而疲惫的视线里，小学教员陈霞的面容呈现出一种微微的绿意。陈霞垂着眼睛，她的身体在衣服里颤抖。陈霞的这种样子使王儒感到很不舒服，异常失望。有很长一段时间，王儒不再去关注陈霞的脸，他把自己的一只手举到眼前一遍一遍地仔细端详着。王儒发现自己的手像一件饱经沧桑四处流转的玉器，在翠绿色的表面光泽下蕴藏着一种积淀已久的黑色的成分。它从一个人的手中流落到另一个人的手中，历经了众多的地方，更换过无数的主人，现在属他所有。王儒很难想象

48

它再度流失时的情形。"目前，我是它的主人。"他忐忑不安地将它缩到袖筒里，又小心翼翼地露出一点来看看，仿佛被他藏在袖筒里的是一只随时都会振翅欲飞的翠鸟。

"不行，这是我的。"王儒突然将想象中的流失事件情不自禁地喊了出来，喊声惊动了坐在一旁的陈霞。陈霞抬起头，看着王儒。陈霞迷惑不解地说："什么？"

王儒的脸涨得通红。

在王儒尴尬而不安的视线里，陈霞的脸看上去青翠欲滴，像夏日里未成熟的水果，仿佛有无数的枝丫和叶片在背后和两侧轰轰烈烈地烘托着陈霞的面容和身体。王儒坐在陈霞的对面，对陈霞青翠神情的注视，使王儒感到了一种从头至脚的滑爽的凉意。王儒半张了一下嘴，忍不住咳嗽起来。

"老校长，你好像受了风寒。"陈霞对王儒说。

王儒摆摆手。咳嗽终于停止了，他又把那只手重新缩回到深深的袖筒里，这种隐蔽的方式使他能够不断地产生一种比较可信的安全感。他对陈霞说道：

"这些天我四处打听你的下落，我没想到你原来一直就在村里。昨天晚上我卜了一卦，我以为你出事了，卜出来的那一卦使人害怕，很不好。"

陈霞说："我母亲的眼睛不好，这些天我一直帮她赶制过冬的棉衣。"

王儒说："是的，那是极其可恶的一卦。学堂是完了，你若再出了什么事，我会死不瞑目的，现在好了。"

陈霞起身将王儒面前一只茶杯里的剩水倒掉，又重新续了一杯。屋内有一种微弱的火，并不温暖。陈霞脚上穿着一双棉鞋，后墙上有一层亮闪闪的霜雪。王儒的身体微微前倾，杯中的热气冲到他的脸上，他的脸开始湿润起来。王儒对陈霞说：

"你的脸色不大好，有点发绿。"他看了一眼陈霞，目光在寻找什么，"我不知道这是怎么回事，我的手也是这样。"

陈霞看见王儒的那只手慢慢地羞羞答答地从幽深的袖筒里显露出

来，苍白而干瘦的手背上布满了众多褐色的斑点，使人以为是一只没有洗净的手。陈霞感到王儒的话有些夸大其词，含有一种明显的编撰意味。她一向对这位儒雅而洁身自好的老人充满了敬意，包括他的矢志不渝的品行和他的博学。在黄村乃至其他地方的一些狭窄的深巷里，即使迎面走来的是一个未成年的十四五岁的小姑娘，王儒也会提前停下自己的脚步，伫墙而立，让别人通过。许多人都把王儒看作是一位品学过人的古人。而现在，王儒的断断续续的话语使陈霞感到莫名其妙。陈霞想到了倾覆的学堂和荒废的学生，也许正是这样一些过于明显而迅猛的变化摧毁了王儒正常的生活。她看到他破旧的棉袍后，找来了针线。王儒摆了一下手。陈霞停在他的面前。王儒说："我就是来看看你，总放心不下，你没事就好。我回去了。"

王儒穿过院子，向外面走去。一块蒙着积雪的青石使他的身体摇晃了一下。

陈霞说："老校长，您要多保重。天冷了，晚上多烧点儿火。"

陈霞目送着王儒出了院门。

在街上，王儒穿行在众多依然沉睡的房屋之间，寂静的街景使他感到自己突然变得耳聪目明，仿佛回到了遥不可及的顽童时代。黄村，在漫长的冬季里竟然呈现出一种均匀的绿色，如同从染房里搬出来的一个村庄的模型，她的浅绿的轮廓使人感到狐疑而明显失真。迎面一个人都没有遇到，只有一堆堆的雪遍布在他的视线里，像一个个长满青草的坟包。

转过一道垂直的山墙之后，他突然看到雪地上一行急促的脚印由村外蜿蜒而来，它像一根柔韧有力的绳子，将寂静的黄村与外面悄悄地联结起来，形成了一种不可避免的瓜葛。


四


陈小轩趁着夜色的掩护回到家里的时候，姐姐正在生火。看情形她还尚未吃饭。姐姐坐在凳子上，盯着地上的几根木柴。潮湿的木柴使屋子里充满了浓烟。陈小轩在跨进门槛之时听到烟雾中传来一阵清脆而年轻的咳嗽声，不是母亲的声音。陈小轩从烟雾中跑到门外，他没有看见母亲，院子里到处都是积雪，只有中间扫开了一条窄窄的走道。

陈霞从屋里出来后，看见了站在屋檐下的弟弟，她吃了一惊。数年来的戎马生涯竟然使从前那个愣头愣脑的弟弟变得文静多了，身材也比从前在家里的时候高了不少宽了不少，脸上也见不到那种孩子般的表情了。弟弟的突然归来使陈霞在惊喜之余失手扔掉了一只碗，碗中的高粱撒在他们的脚下，在暮色中滚动。

陈小轩帮助姐姐劈了一堆木柴。之后，又将院子里的积雪铲起来，在院墙下堆成一个高高的雪堆。在雪堆前，他想起了小时候与姐姐一起堆雪人的情景……长着红鼻子的皇帝……一只眼睛的老头……披头散发的疯婆子……对往事的短暂追忆，使陈小轩的声音变得颤抖而激动。他在雪堆前喊姐姐出来，姐姐起初没有听见。后来，姐姐出来喊他吃饭。陈小轩把扫帚和铁锹扔到雪堆前，他看到回旋在屋里的浓烟仿佛要撑破屋顶。

晚饭之后，姐弟俩坐在门口。有很长一段时间，他们相对无言，屋里的浓烟从他们的身体之间穿越过去，在门外飘散而去。烟雾缓慢的速度仿佛是从屋里挤压出来的一种求之不易的东西。院子里干干净净。

从姐姐的言谈之中，陈小轩得知母亲今晚不会回来。母亲去十里以外的刘家坟替一名死者净身。这个消息使陈小轩感到难受，他的头垂在黑暗中，烟雾从他的身上缓缓越过。

"母亲干这种事，让我在军队里怎么做人？"陈小轩忽然对姐姐说。

"她就是靠这个把你我养大成人的，你忘了吗？"陈霞说。

"我现在有钱了。"陈小轩说着，从怀中掏出一个布包，打开后，里面有几十枚银圆。"姐姐，"他把布包放到陈霞的腿上，摇着她的肩膀说，"别让母亲再到处奔跑了，她老了，她的腿每到冬天就疼……她的眼睛……一到晚上就看什么都花，你能保证她不会看走了眼，不会把死者的眉毛当作头发也一起剃掉吗……"烟雾淹没了他的话语，使他又一次咳嗽起来，他仰头望着姐姐。姐姐无动于衷。

"我不是没有阻拦过，她自己非要出去，还跟我大吵大闹。"陈霞说。

陈小轩的头伸到门外，他闻到了冬天夜晚里那种寒冷而腥甜的气味，无形的寒气在院子内外奔走，流泻，匆匆忙忙而又无比周详。积雪的街门和墙头像从前一个梦里的主要风景。归乡的路上，他像一个东倒西歪的醉汉，覆盖在平原上的白雪令人难以置信，在夏秋两季，绵延几十里数百里的平原上长满了金黄色的向日葵，长短不一的车辙密密麻麻。

不知什么时候，姐姐已经睡着了，一只肩膀露在外面。陈小轩替姐姐拉被子的时候，触到了姐姐消瘦的肩膀，他感到一阵辛酸。他不知道屋里的烟雾是什么时候完全散尽的，一路上的奔波使他很快在姐姐的身边也昏睡了过去。但不久，腰间的短枪将他硌醒。醒来后，他感到自己的脸上水渍斑驳，潮湿不堪。他在黑暗中睁开眼睛，望着黑乎乎的屋顶，屋里弥漫着一种十分浓烈的灰烬的气息，一种劫后余生的气息。

陈小轩发现自己和衣躺在炕上，他把腰间的短枪抽出来放到脸前，举手可及。之后，他在不知不觉中摸到了那道木制的凸凹不平的炕沿，被时光磨蚀得异常滑溜的木头使他的几个手指颤抖起来。他仿佛摸到了二十年前的一个黄尘弥漫的春天，母亲正在仔细擦拭这道炕沿的时候，村中的几个佃农将奄奄一息的父亲抬回到家里。接下来，他看到了父亲突出的喉结……粉红色的麦粒……缓慢地爬行在一名佃农衣领上的一只虱子……充塞在父亲口中的风沙的颜色他闻所未闻，无比惊愕……

这时，睡梦中的姐姐突然发出一阵嘤嘤咽咽的哭声，哭声使陈小轩很快将面前的枪抓到手里。他欠起身推了姐姐两下，哭声消失了。陈小轩看到姐姐又睡了过去。她蜷曲着身体躺在陈小轩的身边，像是在受刑，又像是一种表现苦难与冤仇的舞姿。姐姐的这种吃力的睡觉姿势使陈小轩感到异常疲惫。

陈小轩替姐姐掖好被子，翻身坐起来，点燃一支烟吸着。在以往的无数次战争的间隙里，他学会了吸烟。他睡过路边的草舍和瓜棚，也睡过大户人家的温馨而陌生的绣床。透过低垂的丝质的帐幔，他看到郭营长的睡相恣肆汪洋，毫无章法可言。他看过郭营长睡女人，但他没睡过。眺望院中的景象，晚饭之前隆起来的那堆尖顶的积雪现在看上去变得灰蒙蒙的，距离他的视线又虚又远。

上午。

陈小轩看到了曾小林排长紫色的尸体。

户主是一位三十多岁的妇女，大眼睛，白脸。一年前，昏迷不醒的曾小林排长被一辆马车送进黄村，开始在这里养伤。一个月后，秘密的消息不胫而走，几乎黄村所有懂事的人都知道有一位排长在陈娟娟的家里养伤。

雪后的街道失去了最初的那种洁净与肃穆，众多杂乱的脚印使村子看上去污浊不堪，露出了黑色的地面。陈小轩到来的时候，陈娟娟正与一位老人在说着什么。连续多年的戎马生涯和卫兵的特殊职责使陈小轩变得胆大心细而机警异常，习惯于观察任何一种事物。

陈小轩注意到陈娟娟的头发上扎着一条白色的带子。

他们停止了说话，一起向陈小轩迎过来。陈娟娟的眼睛有些红肿，她只看了陈小轩一眼，就低下头去，再也不肯抬起头来。她低声对陈小轩说道：

"您来了，人就在里边。"

那位老人朝陈小轩伸出一只手，目光在陈小轩的身上上下打量了片刻，说：

"是小轩吧，长成大人了，从军使人出息，这话看来一点儿不假。"

"你是谁？"陈小轩说。

"不认识我了？"老人的脸上露出笑容，"小时候你经常爬进我的后院里摘我的菊花，花瓣常把你的嘴唇染得又红又紫，现在从军了，恐怕再没时间摘花了吧。"

"是陶伯伯？"陈小轩说。

"我是王儒。"老人说。

"是王先生，"陈小轩红了脸，"我真的没有认出您来，您骂我吧。"

"哪里哪里，你离家的时候才十一二岁，我老了，难怪你认不出来。"

陈小轩对王儒说："郭营长让我回来料理一下，您还得多帮我。"

王儒说："发生了这样的事情，令人不安啊。"用手指着站在一旁的陈娟娟说，"你看看，她的眼睛都哭肿了。"

陈小轩看了一眼垂首站立的陈娟娟，对王儒说："先进去看看吧。"

门口有一只熬药的砂锅和一堆倾倒出来的黑色药渣。

在陈娟娟胆怯的视线里，陈小轩伸手掀起了蒙在曾小林排长身上的一块崭新的白布，曾小林排长紫褐色的遗容使俯身观看的陈小轩感到不寒而栗，他的头皮有一种被人揪紧的感觉。"他中毒无疑。"陈小轩这样想着，重新将掀在一边的白布轻轻蒙上。

"曾排长是怎么死的?"

陈小轩回过头，看着身后的两个人。陈娟娟搬来一只凳子放在陈小轩面前。王儒站在门口，对陈小轩说：

"中毒而死，这谁都能看出来。"

陈小轩说："如果真是这样，郭营长就令我缉拿凶手。"

陈娟娟忽然低声哭泣起来，边哭边说："一年多来，我每天给他熬药、煮饭，我不知道他怎么会突然中毒。"

"有谁来过这里吗?"陈小轩说。

"谁都来，村里的人经常来，原来的秘密早就不再是秘密了。"陈娟娟说。

陈小轩看着陈娟娟，说："你不是黄村人吧，我以前从来没有见过你。"

王儒说："你哪能见过她呢! 她是几年前嫁过来的，嫁给了朱天明，可惜他命短，没福气。你该叫她嫂子呢。"

王儒的话使陈娟娟羞红了脸，她小声说道："我可担当不起。"

陈小轩对陈娟娟说："你娘家在哪里?"

"刘家坟。"

刘家坟……陈小轩的脸上掠过一道阴云。他想到了母亲，此刻她正面对一位陌生的死者，施展着毕生的经验和一整套固定的动作。王儒起身向他告辞的时候，陈小轩竟然毫无察觉，那个不祥的村名使他陷入一种阴暗而腐烂的背景之中，难以自拔，沉默无言。

陈娟娟关上了里间的门，隔断了与曾小林之间的那种距离。现在，她像一朵毫无重量的云彩一样轻轻地流泻在陈小轩的身边。

时光的流逝使陈娟娟渐渐地对那个人的脚步声变得了如指掌。

许久以来，每当她在屋里淘米或者梳头的时候，她就会听到那个人在她的门外来回走动，缓慢地转悠，他的如期而至和他的行走速度证明他心事满腹。每次她开门出来倒水或者抱柴的时候，她都知道注定不会看到他的身影。他仿佛正在狼狈不堪地急匆匆地向远处走去，或者隐藏在附近，以躲避她的目光。在陈娟娟清晰的记忆里，他在门外绕来绕去的时候像一根柔软的丝带或一截随意伸缩的绳子。他在匆匆远去的时候会化为她视线里的一棵树，一棵最寻常的枝叶扶疏的树，使她一生都无法分辨。

聆听村外大道上飞奔的马车成为曾小林生命后期的一种习惯，他常常在臆想中的尘土飞扬或大雪纷飞中悄悄地睡去，过几个时辰以后又会无声无息地醒来。与阳光和风雨的长期隔绝，使曾小林的皮肤变得像女人一样白皙而细腻。每次睁开眼之后，他都会感到他的两只耳朵和一双手异常寒冷，他固执地保留着一种永远在雪景里行走的萧瑟记忆。他喊来陈娟娟为他暖手，暖耳朵，他的嘴里吸吸溜溜的，像是牙疼，又如同寒冷所致。最初，曾小林身上的伤口像一些盛开的和含苞待放的鲜花，那种灿烂绚丽的现象常使一旁的陈娟娟感到极度眩晕，有一次竟然昏倒在曾小林的身边。一个天昏地暗的傍晚，陈娟娟正守候在火前煎煮草药，本家亲戚马连泰推门进来。马连泰将两盒点心放到桌上后，轻轻地踮起两只脚注视了一下昏迷中的曾小林。侄媳妇，曾排长快痊愈了吧。马连泰把声音压得很低，如同一种秘密的耳语。他每天发烧，总退不下来。陈娟娟说着，小心地翻动着砂锅里起伏沉浮的药材。马连泰抽动了一下鼻子，轻轻地折到炕前，伸出一只手。曾小林滚烫的身体和冷凉的双手立即使他变得慌乱无比，目光散乱，头重脚轻。他把一只手勉强放到陈娟娟的肩上（颤动的手掌使陈娟娟感到浑身发痒，视线中水汽弥漫的药锅离她越来越远），喃喃地说道，屋子里四处漏风，这怎么能行。灶膛里的木柴砰啪作响，火星四溅，陈娟娟突然放弃了火上沸腾的药锅，双手捂着脸，垂下了头。她听到从自己的身体下面传来一阵隐隐约约的水声。

黑色的药汁从砂锅里倾溢而出，一种焦煳味迅速弥散在眼前。马连泰伸出一只手，又迅速地缩了回去。

第二天，一阵急促的敲门声将陈娟娟从睡梦中惊醒。她穿好衣服打开屋门后，有一个人站在门口，怀里抱着几丈土织的布匹。

陈娟娟看到了不远处的那棵强作镇定的树，它的枝叶尚在轻轻摆动，分明是一种慌不择路的尴尬表情，一种惊悸不安的喘息。陈娟娟接过布匹，嘴角滑过一丝媚人的笑容。

# 五

小翠带着三少爷在庭院里堆起一男一女两个雪人后，阴暗了许久的天空里露出一线明亮的阳光。此前，街门外一阵马的嘶鸣声使毫无防备的三少爷在惊悸之余忽然尿湿了裤子。小翠在火上替三少爷烘烤裤子的时候，厨师阴沉着一张脸在小翠的身边走来走去，不时地弄出某种不满的声音。此起彼伏的噪声困扰着小翠的耐性，一阵强烈的躁气回荡在她的眼前。

小翠对厨师说：

"你生什么气，这又不是我的裤子，有能耐找东家说去。"

厨师说：

"我没法不生气，我在考虑晚饭，考虑一顿真正的晚饭，炭越来越少了，难道能把你当作柴烧了不成？我真气。"

三少爷自从脱去尿湿的裤子以后，再也不肯换上别的裤子，赤裸的身体使他感到一种极大的兴趣，一种从未有过的秘密与欢乐。此刻，他正不声不响地坐在一个凌乱的角落里，一个人低着头一遍又一遍地玩弄着自己。

三少爷明火执仗的行为使小翠感到极其难堪与不安。小翠喊了几声，制止了几次，但神情过于专注的三少爷毫无察觉。他赤脚踩在灰色的砖地上，勾着头，眼角处不时地流溢出一种狂喜而战栗的笑容，他的背影在小翠的视线里摇晃得十分厉害，异常频繁。

火焰时明时暗，毫无生气。小翠不断地改变着烘烤的方向。

无穷的烦恼使团团打转的厨师变得手忙脚乱，失去了以往的章法和信心，如同一个初入厨房的生手，一会儿不慎将菜刀掉到地上，紧接着又弄翻了一只发酵的面盆，碎裂了盐罐。小翠紧闭着嘴，努力抑制着，目光盯着面前的昏昏沉沉的火焰，唯恐那种无遮无拦的笑容在不留神的时候出现在自己的脸上。

裤子终于烤干了。小翠从火边站起身，走过去对三少爷说：

"还玩儿？别玩儿了，小心损阴折寿。我领你堆雪人去。"

三少爷仰起一张神情恍惚的梦游般的脸，目光迷惑而恋恋不舍地望着小翠。小翠不容分说地抬起他的一条腿，趁机将裤子套上。小翠在这个短暂的过程中感到有一种黏稠喑哑的东西像稀释的蜡油一样依附在自己的手上。她把手举到脸前看了片刻，之后，在替三少爷系腰带的时候，将那只手在三少爷的裤子上使劲蹭了几下，手上干净多了。

出门的时候，小翠回头看见厨师俯身在火旁，厨师的神情好奇而迷惑不解。


三少爷兴致勃勃地在男女两个雪人周围走来走去，不住地点头，哈腰，脸上漾溢出一种热情的形容。小翠找来四根隔年的丝瓜，用来充当男女雪人的胳膊与手臂。三少爷转动男雪人的两条手臂，一条指向另一个雪人的脚前，另一条折到身后。

"这就对了。"三少爷笑着说。

小翠说："这是干什么，想让它们打架吗？赶快拿开。"

三少爷说："你好好看着，这是打架吗，连抚摸都不懂。我爹就经常这样。"

小翠说："拿开，把它的不规矩的手拿开。这不好看，懂吗?"

街门突然开了。

一个带短枪的人走进来。来人在向正面的屋里走的时候，回头注视了一下雪人前的三少爷和小翠。小翠以前从来没有见过这个人，她现在看见他大步流星地朝东家住的房屋里走去，就知道来者肯定不善。小翠走到一旁，低声对三少爷说道：

"看见没有，别闹了，小心这个人把你带走，那就麻烦了。"

三少爷没有听见小翠的话。他正在把雪人的黑眼珠使劲抠下来，又把握在手里的几颗黄绿色的玻璃球重新安了上去。

"看看，这两个洋人。"三少爷大声对小翠说道。

正屋里这时突然传来了东家马连泰的声音，马连泰哭一阵笑一阵。小翠吓了一跳，脸变得煞白，她不知道里面发生了什么事情。小翠看见厨师端着一只碗走到正屋的窗下，马连泰又哭又叫的声音使厨师愣了一下，随即便掉转头重新向厨房里跑去。厨房的门关上了。

小翠把三少爷拉到南窗下。三少爷站了一会儿，感到索然无味，挣脱了小翠的手，又向雪人前跑去。小翠看见三少爷的身后有几处亮闪闪的金箔似的斑痕。

正房里传出了马连泰的声音：

"我为什么要那样做?小轩兄弟，人做任何一件事，都总得有个理由吧?我那么做，对我有什么好?这事真的与我没有丝毫牵连。我就知道人们都会那么想，脑袋长在他们的脖子上，我不让谁想也不行。是的，我太贪，我得罪了一些人。

"……小轩兄弟，我准备捐出十斗麦子，不，十二斗……

"……郭营长他好吗?他的枪套，上一次忘在我家里了，我一直保存得很好，在我的柜子里，我大部分的柜子，都有锁……我的一个胞兄，是交通银行的……是的，他有办法搞到创伤膏和奶粉，婴儿用的奶粉。

"……后来发生了很多的事情，不过我知道得不多。

"我的猜测就是这样……这很费解……也许这可以证明我所看见的

一切都是假的。"

三少爷拆散了一把刷子，给雪人安上了两撇胡须。

"我好像在哪里见过这个人。"他说。

厨房的门开了一条缝，露出厨师的一只紫红色的耳朵。

耀眼的阳光从天上直射下来，两个雪人开始不断陷落，紧缩成一团。三少爷是不久以后才发现这个现象的，他看到雪人的头突然变得越来越小，如两个学龄前的顽童，眼睛和鼻子却都早已不知去向，周围冰渍斑斓。三少爷坐在地上号啕大哭，哭声使厨师露在门缝外的那只紫红色的耳朵立即缩了回去。厨房的门关上了，一只凳子被撞翻到墙上。

那个带短枪的人从正面的屋里走了出来，一直向门外走去。三少爷的号哭声使他皱了一下眉头。小翠跟在他的后面。

小翠目送着那个人朝街上走去。关好大门之后，她突然感到异常恶心。她捂着嘴，跑到墙下，呕吐起来。


# 六


穿过街道和水沟，陈小轩看到一些稀稀落落的房屋，附近有一片疏朗而坚硬的矮树林，枝丫呈铅灰色和黑色，几道背风的不太高的山墙发出一种夕阳一样的颜色。

陈小轩停住，站在墙下。

远处，陈娟娟在家门前的两棵榆树之间拉起一根长长的绳子，绳子上搭满了黄白两种颜色的布匹。滚动着湿漉漉的水珠的布匹，像一张张大汗淋漓的陌生面孔。

这时，一个穿红棉袄的女人，从旁边的一条小路上跑到那些潮湿的布匹前，她的一种狂乱的动作使绳子上的那些布匹晃动起来，上下起伏。时隔不久，陈娟娟掀起一角布匹从对面钻了出来，两个女人的身体离得很近，脸几乎挨到了一起。陈娟娟从怀中掏出一个很小的东西递给穿红棉袄的那个女人，穿红棉袄的女人伸手打落到一边。两个女人突然推推搡搡地扭打起来。陈小轩看见陈娟娟头发凌乱，脸色苍白，那个穿红棉袄的女人腰身浑圆而有力，一匹白布从绳上悄然滑落下来，不久即被踩成一片污泥。穿红棉袄的女人被推倒在地上以后，陈娟娟立即腾出一只手掩住了自己被抓破了的胸脯。陈娟娟对坐在地上的红棉袄女人说了一句话，那个女人闻听后立即从地上站起来，沿着来时的那条小路跑远了。

一句了不起的话。陈小轩这样想道。她们在干什么？像是在争夺一件东西，又像是要澄清某种事实。那是一幅无声的画面，自始至终，陈小轩没有听到任何一种声音，包括她们的呼喊声和扭打声。现在，陈娟娟坐在绳子下面，布匹上自上而下的水珠在她的身边滴答不休。陈娟娟的目光注视着某个地方，陈小轩无法判断出她看到了什么，坚硬的树枝困扰着他的视线。陈娟娟家的屋顶上此时升腾着一缕缕绵绵不断的炊烟，蓝白色的烟雾轻飘飘地向天空里蜿蜒而去，无影无踪。

陈娟娟起身从晾衣绳下钻过去。陈小轩看不见陈娟娟的身影了，但他估计她已走进了屋里。不一会儿，陈娟娟又一次从晾衣绳下面钻过来。陈小轩看到她的脖子上比刚才多了一条围巾，一条紫红色的围巾。陈小轩感到眼前跳了一下。

陈娟娟右转，向房后匆匆走去。

陈小轩离开那道有着夕阳颜色的山墙，打算朝陈娟娟的家门前走去，他想起了停放在那里的曾小林的尸体。陈娟娟匆匆离家而去，使他涌起一种近乎迷信的不祥之感。他左右环顾，举步维艰，村中的一切道路和风物标志在他此时看来都显得异常陌生而难以接近，记忆中的那具紫褐色的尸体使他感到异常沉重。一堆灰色的积雪挡住了他的去路。陈小轩闪开积雪，向旁边绕去。

他忽然停下了脚步。

他看见陈娟娟回来了，肩头上飘拂的紫红色围巾使她看上去风尘仆仆，仿佛一个远道而来的客人。那条路上只有她一个人在走，陈小轩注视着她的围巾和两条腿。眼前的时光无限短暂而又如此漫长，陈小轩的头疼痛起来。陈娟娟目不斜视地走过来，踏上唯一的一道石级，从晾衣绳下钻了过去。

绳上的布匹晃动起来。

一声沉闷的哀鸣传来。陈小轩看到了不远处的一处凄凉的建筑：一个石头砌成的畜栏，里面只有几头牛。

在马连泰家里的那次谈话，从这一带古老而胆怯的民风，一直谈到不久前治疗的情况以及寒冷的气候。从前年开始，小麦和玉米连续歉收，大风使附近的田野片甲不留。马连泰发誓说，他从来没有见过那种能够置人于死地的鲜艳花卉——一种昙花一现的草本植物，他怀疑那只是一种口头上的传说或想象，谁都没有亲手采摘过。后来，在一天的晚上，王儒激动不安地否定了马连泰的那种说法。王儒谈到了他曾读到过的一册辛亥年间的刊本，植物学家蔡子园在那本书里详细而生动地记录了那种酷似百合花的怪异花卉，它的白色的奶液一样的稀汁能使人的身体变成紫褐色。后来，有人把这种提取的汁液带到一次酒宴上。之后的一系列事实使一向默默无闻的植物学家蔡子园名声大噪。曾小林紫褐色的遗容使饱读诗书的王儒轻而易举地想起了那种几近绝迹的怪异花卉。唯一困扰着他的就是眼下的季节，现在是冬天，漫山遍野的大雪，万物萧瑟，那种脆弱的易挥发的陌生汁液是从哪里弄出来的。

"矛盾就在这里。"王儒说。

在某一个细节上，王儒与马连泰的看法表现出一种惊人的一致性，即他们所谈到的那种剧毒的花卉，其花瓣是肉红色的。

在黄白两种颜色的布匹后面，这时传来了陈娟娟劈柴的声音。

陈小轩注视着自己口中呼出来的团团白气，他想起自己一整天水米未进。姐姐有时候出去大半天，更多的时候她坐在家里的窗下不厌其烦地穿针引线。姐姐沉默不语的神情使他感到他们之间的关系变得有些神秘莫测。神秘代替了亲热。他转身向家的方向走。

一阵窸窸窣窣的声音从身后传来。

一个斜眼的男人从一道倾斜的山墙后面走出来。陈小轩回过头。斜眼男人走近前，低声对陈小轩说道：

"我是来告密的……"

<h1 style="text-align:center">七</h1>

雪后几天来，阳光时明时暗，一度死寂无声的大道上渐渐出现了乌黑的人迹和车辙。

马的蹄印如碗。山羊小心翼翼的蹄印如一朵朵黑色的梅花。

上路的时候，陈王氏不小心摔了一下。她被雪地上闪烁不定的阳光刺得睁不开眼睛，像一位双目失明的老人那样吃力地判断着回家的方向，背上的一升麦子隔着口袋与她的衣服不断摩擦，发出阵阵不易察觉的沙沙声。回头望去，几个穿白色孝服的男女披着长长的丝丝缕缕的青麻，在刘家坟的村口像幽灵一样走来走去。没有哭声。陈王氏闻到了顺风飘过来的呛人的焚烧谷糠的气息。

陈王氏辨认着沿途的水沟和树木，石堰与木篱，深藏在怀中的几元钱使她在行走的时候变得躲躲闪闪，惶惑不安。她在沉寂的雪景里感到四处都布满了那种凶险的看不见的杀机，沿途到处是诡秘的眼睛和隐蔽的拳脚，以及各种冰冷而寒光闪闪的图谋工具。

一辆废弃的马车倾翻在路边。支离破碎的车身，冻僵的马尸和不见踪影的车夫。陈王氏扫了一眼，立即将目光移向别处。脚下打滑的时候，她急忙用手捂住了装钱的口袋。身后的村庄距离她越来越远了。

现在，天色突然阴暗下来。陈王氏喜欢这种光线，这使她的目光不再受阻，能够欲穷千里。远远地她望见有一张薄薄的东西在她的视线里扇来扇去。陈王氏迅速走过去，捡起来。是一本书。一本无头无尾的书，每一页上都画着一些各种形状的花卉。书中有字，但不多。稀稀落落的几行字，像脸上的雀斑那样。书中大部分的花卉她从未见过，她只认出了其中的菊花和牡丹，玫瑰和夹竹桃，另外几种无法肯定。从早晨到午后，陈王氏一直在路上，她感到全身最冷的地方是她的两只眼睛。上路后反复地辨认回家的方向，使她的目光略感潮湿，疲倦而肿痛。现在，书中如云的花卉又一次在她的视线里透出阵阵彻骨的寒意。陈王氏合上书，塞进衣服里。远处，寒风卷着地上的浮雪正向一片树林子里迅速弥漫，雪白的风尘在树丛中团团打转，忽隐忽现。她望见丛林的上空有一抹来历不明的红晕，其形状是倾斜的，这使她很快想起耸立在夕阳下的某种年代久远的建筑物——一座风雨剥蚀的戏台，或一处乡间的谷仓。

午后，陈王氏望见了黄村圆形的轮廓。

一堆灰色的云彩积累在黄村的上空。远远望去，村中长短不齐的街道似在无穷尽地重复增加，处于村中心的街道与边缘处的街道完全一样，众多的枝叶扶疏的紫槐又使所有的街道失去了比较的意义。到处都可看到那些通往外界的出口，同时又是另一个入口。歪歪斜斜的房屋，随意敞开或紧闭着的门窗。在这条街上能望见的事物，在另一条街上则只能看到一种比较含糊的影子。有时候，一个逃避父母惩罚的孩子会义无反顾地像鱼一样在村中四处奔跑，发怒的父亲顺原路紧紧地尾随其后，但他始终难以接近那个奔跑着的孩子。只要在不停地奔跑，就永远无法真正触及他。

村中的破绽或漏洞比比皆是，星罗棋布。

陈王氏跌跌撞撞地在冰凉的雪景里走着，黄村圆形的边缘离她越来越近。

有人正在那些完全雷同的街道上狂奔。

破落的村口已近在咫尺。陈王氏放慢了脚步，拭去了眼角的一滴泪水。现在她已不再感到两只眼睛发冷了，全身上下都热烘烘的。她已看到那些紫槐的铜枝铁干和一堆又一堆的灰色的积雪。

从谷仓附近传来一阵呜呜咽咽的胡琴声，陈王氏脸上浮起一线笑容。

一个迎面跑来的人突然将她撞翻在雪地上，她的嘴里被什么东西填满了。

王儒放下手里的茶杯和一卷线装的《太平遗事》，起身掀起帘子，对站在门外的陈小轩说："快进来，这样的天气，你其实不该来看我。我正想去看你。"

陈小轩走进房中，身上略感温暖。

"瘦了，才几天工夫，你就瘦多了。"王儒看着陈小轩说道，一只手伸进一只青色的罐子里往外掏茶叶。接着，边冲水边对陈小轩说："我知道你近来一无所获，这种事情需要有耐心，极大的耐心和良好的耐心，得慢慢来，才能逐步理清头绪，万万不可粗枝大叶，操之过急。"

陈小轩端着王儒递过来的茶杯，他感到阵阵暖意正通过手掌向身体的各处缓缓流动。他望着王儒摊开在桌上的那本书，书的一端压着一根黄中泛白的铜尺。他在很小的时候就见识过那根铜尺，每当王儒在学堂里将它高高地举起来甚至举过头顶之时，它的那种耀眼夺目的光芒便会在极短的时间之内迅疾地滑过学堂里每一个学生的脸庞。书声琅琅的黄村学堂，正襟危坐的启蒙时代……陈小轩感到自己的记忆越陷越深，纷纷扬扬的往事堆积起来，几乎掩埋了他现在的一切。

"怎么？还在想那种有毒的花卉？"王儒坐在陈小轩的对面，微笑着问道。

陈小轩的视线从那根铜尺上移开。他听见王儒在说话，但没有听清他说什么。对往事的回忆，常常使他在不知不觉中忽略掉眼前的一些东西。他转过脸看着王儒，想重新听清他的话。他感到自己现在很想听到一些话，纵使是一些离题万里的闲言碎语。

王儒说："那天，我只是一时兴起，随便说说而已。其实，世上到底有没有那种花，我也不敢肯定。谁都说不准。"

"我连个缺口都找不到。"陈小轩说。

"生活中不可能没有缺口。就拿黄村的地理和建筑来说，不也到处是破绽和漏洞么，更何况这是一件与人有关的事情。"工儒说。

"我什么都没有发现，"陈小轩说，"就算我现在是一条疯狗，我想咬人，可至少得有那么一个人让我去咬，至少得有那样一个可以下口的地方，可眼下一切都没有。"

"你放心，它迟早会露出某些蛛丝马迹来，有时甚至会不攻自破。你从戎多年，听说过有一种叫作不战而胜的战略方式吗？"王儒说。

"没有。"陈小轩说。

"一个人站在街上，旁边就会出现他的影子，一只狗匆匆跑过，沿途会不可避免地留下它的气味。一件事情当然不会立即销声匿迹，它的枝丫，它的触角，它的所有那些附属物会使它现出真相，一败涂地。"王儒说着，做了一个莫名其妙的动作，"谁说'树倒猢狲散'？能够使树倒下的，正是那些猢狲。"

"眼下，你看谁有可能是猢狲？"

陈小轩在王儒端起茶杯的时候，想起了一个实质性的问题。王儒的言辞和神态使他想起了一个人，他们的上司，一位参谋长。有一次他跟随郭营长去找参谋长汇报情况，那位消瘦的参谋长坐在那里不断地吸烟，几乎没有说话，只是反反复复地注视着茶杯上的一幅仕女图。离开那里之后，郭营长对他说，知道什么叫参谋长吗？它的含义就是老谋深算……王儒呷了一口，放下杯子。水有点儿温暾，他皱了一下眉头。之后，他合上那本书，伸手取过压书的铜尺，对陈小轩说道：

"送给你，别嫌弃。"

陈小轩摆着手，急忙说道："不，这不行，这是你的心爱之物，我怎么能要。"

"你很喜欢它，尽量不要磕碰它。"王儒微微笑着，有如千里托孤。

"它让我想起从前的一些事情。"陈小轩接过来。它冰凉的程度使他吃惊。

"不知近来外面的战事如何？"王儒问道。

"每天都在打仗，每天都有人死去。到处都一样。"陈小轩说。

"从前，骑马而来的匈奴常常将中原地区的一些花园统统夷为平地，因为他们那里没有花园。此后，他们又会摧毁一些书籍，因为那些书籍使他们感到难以理解……我的一位堂弟，他花了十年的时间写了一部难懂的书，一些人常常菲薄他，另一些人则闭口不谈。他们都看不懂它，他的书使他们感到恼怒而无奈……你见过那种失去平衡的人吗？"

王儒说。

"见过，"陈小轩说，"有一次我们的一位连长被一颗子弹打穿了裤裆，此后，他变得令人难以忍受，他似乎对每个人都想狠狠地咬一口，包括他的太太。从前他可真是个好人。他经常与其他的一些伤号在一起聊天，似乎很融洽，但他从心里仍然蔑视他们。有一次我们用十几分钟的时间占领了一座宅院，战斗结束后，我跟随郭营长到处清点财物。走进一间卧室之后，我们都惊呆了，那位连长正蹲在那张华丽而精美的绣床上大便，他口中的痰不断地向那些粉红色的丝质帷幔和光亮的家具上吐去。此前，他已撕碎了床前的两件睡衣……他好像疯了，但看上去又异常镇定，他的行为使那间卧室变得一片狼藉，污秽不堪……"

"这些问题，初看起来是不通顺的。"王儒低沉地说道。

"昨天晚上，"陈小轩几乎是十分艰难地对王儒说道，"有一个人，他对我说，杀害曾排长的凶手就是……您……王儒先生。"

王儒的两只眼睛瞪得很大，他耐心地听完了陈小轩的话，沉默了一下后发出一阵笑声。他说："假如那样做能使我延年益寿，再多一个生命，我一定会那样做。我来这个世界上只有一件事，我要寻找一本书，也许不是书，只是那本书的一份目录，但我一直没有找到。我需要时间，我常感到黑夜来得太早，而天亮得又太迟，我在焦急中度过了一年又一年。"

"从一开始我就知道，那是在胡说，我没有在意。"陈小轩说。

围绕这个事件的一切都毫无新鲜之处，特殊的只是陈小轩的某些想法。现在，他决定越过一些东西，去提前等待。陈小轩此时才意识到自己目前从事的是一项极为复杂的工作，而且从一开始就显得无比渺茫，他把自己的大部分精力和夜晚的时间用来重复一种固定的画面，一种涂满臆想色彩的画面。令人振奋的纰漏不断出现，与事件相关的一些细节越来越多，像无数拥挤的小虫子一样。他细心地观察每一天的动静，想象那种含糊不清的因果关系。他摒弃了一些纯属陈年旧事一类的毫无价值的特征，把一些形迹可疑的人不断地从那个臆想的画面中清理出去，过不了多久，又会逐渐地将他们重新召唤回来，每个人在那个画面中都有自己相应的位置和几个必要的动作。他常常在走到街上不久后，又急急忙忙地返回家里。他的这种神色匆匆的行动方式，给黄村大多数的人造成一种大兵压境的恐怖印象和不安心理。至少有一百个人的姓名先后悄无声息地出现在他的一个天蓝色的小册子上，有些姓名纯属一个单调的词语，姓名背后的相貌和品行他一无所知。他在一些认为值得推敲的名字下面画上了粗糙的黑线和不规则的圆圈。

他的字迹有如垂死的蜘蛛。

有一天傍晚，在一次短暂而疲倦的睡眠之后，他的眼前竟然浮现出一次血腥的进军。

陈小轩不止一次地想到，在这个貌似平静的村庄里，他最终会看到那种令人不安的重复后的痕迹。到那种时候，画面上的人物将会大幅度地锐减，如同瘟疫过后的村落，剩下的人寥寥无几，奄奄一息……

"起初是一件严肃而阴沉沉的事情，到最后会变成一件饶有兴趣的事情，这是一种最常见的结局，也是最坏的结局。"王儒说道。

这是什么意思？陈小轩琢磨着王儒的话，难道这会是一个玩笑？

# 八

马连泰伸了一下腿，但没有伸直，仿佛有一只手正在紧紧地摁着他，他无奈地将腿重新蜷曲到胸前，他的脸上大汗淋漓。

整个下午马连泰都在做梦。他梦见了村外荒凉的大道和沉寂无声的雪景。此后，他又梦见了马车覆灭的全部过程。

漆黑火炭挡住了马的去路，暗红色的小麦在四周飘舞。

木制的车轮无节制地向前滚了一阵后，立即消失不见了，那种情形如同一段失灵的咒语。一个人的脸上现在覆盖着枯黄的干草，躺在那里，一只腿不停地上下抽搐，污秽的雪依次向两边闪去。那时候已经很晚了，两个戴皮帽子的人一路走着，互相交换着各自的几件东西，东西很小，握在手里后几乎看不见头尾，这种不易察觉的体积，仿佛是几个小小的秘密。他们把它握在手里，目光望着远处。沿途有一种梦一样的气氛。

"起来，到家了。"

时间使许多东西有了距离。天黑得很快，但亮得更快。马连泰睁开眼睛的时候，腹部突然变得很硬，像一个处于眩晕状态中的女人。有一股冰凉的水贴着脸颊流进他的衣服里去了，初升的太阳融化掉了他脸上的积雪。雪后的大道上传来了低低的交谈声，谈话的内容涉及一座无人看守的宅邸，一个贞洁如玉的女人，两个互访而失之交臂的白发老人。在一个车水马龙的地区之内，出现了一部难懂而惶惑不安的书，灰色的书皮令人想起民间的瓦楞和雨前的天空，甚至一只垂死的鸽子。

"天越来越短了。"

"这点亮光对我足够了。"

马连泰竖起一双警觉而红肿的耳朵，注意倾听沿途传来的消息时，有人从后面抱住了他。马连泰垂下眼睛，看见了那只布满斑点的手。一种裸露而燥热的声音在他的耳边响起。马连泰想松开那只手，但没有成功，手上的密集的斑点在他的视线中蠕动如蚁。马连泰的脸变得通红，他的耳边再现了那种声音：

"你轻得像一个纸人，像一个初生的婴儿，一点儿重量都没有。"

"你在乡间已多年，你见过那些日夜游荡在大街小巷中的鬼吗？你一把年纪，却毫无重量可言，你更像一个鬼。"

"你是否愿意做一次实验：把预想中的、情理之中的那些事情滴水不漏地重复一遍，其过程和结局同样令人惊讶。"

远远望去，树木和行人腐烂在冰凉的雪景里，风中飘来粮食和睡眠的气味。

"你是乡间的鬼魅，所有的鬼魅远离狭窄而猥琐龌龊的城市，是因为乡下是一个广阔的天地，在那里可以大有作为。而所有的城市都有一种共同的气味——腥。有一个人张开他的嘴向你呼吸或说话，你闻到的正是那种气息，你感觉如同进入了城市。"

汗水湿透了马连泰的衣服。一批批的夏季作物在他模糊的视线里纷纷倒下，遍地的青苒使他黯然神伤。接下去的那些时光里，青翠的禾苗开始逐日腐烂。他行走在从前熟悉的风光和空气里，感到自己的身体正在不断发酵。一个夏天的傍晚，一个愁云满面的女人蹲在他的空荡荡的视线之内，过于充足的奶水使她的乳房肿胀难忍。目睹她的艰难的挤奶动作，他的四肢突然疼痛起来。

推开一扇门，里面有一个人在熟睡着。

他想看到一种微笑，但没有。灼热的呼吸远远地超越了他的头顶。墙上有弯曲如弓的镰刀和金色的兽皮，雨衣，镜子，以及一条长长的白色绫绢和一种四分五裂的现象。月亮形的镜子，他在其中看到了一张潮湿不堪的脸。

他张开目光和手臂，但所有的东西都稍纵即逝，难以捕捉。

晚些时候，一名接生婆跑进马连泰的房中，高声喊道：

"马老爷，小翠生了，在厨房里的案板上，是个丫头。"

马连泰的身体被人扶起来，他的一双手上沾满了鲜血。

接生婆看了一眼，立即昏了过去。


# 九


墙的那一边，原来一直有一只猫，它在行走的时候，会在地上投下一道长长的影子，它的腿有老虎腿那么粗，全身黑白的花纹。陈霞从前有一天从学堂里回来，猛然看见它时，她几乎不会走路了，身体靠在墙上，目光散乱而四分五裂。她以为是一只豹子。

后来，陈霞慢慢地习惯了它。它的那双蓝绿两种颜色的眼睛搭配得极为协调。可以肯定的是，它不是一头豹子，豹子的眼睛是灰色的或灰白色的，胡须坚硬而不乏韧性。

在别人的叙述里，它一年怀胎两次，每一次都将自己生下的幼崽一个不剩地全部吃光。但陈霞从未见过它张牙舞爪的样子，更多的时候，它总是不声不响地在墙的一边踱来踱去，像一位安详的老人，走累了就开始睡觉。

在八月遍地星光的那些短暂的日子里，周围的人能听到它的那种津津有味的茹毛饮血的声音，但也有人认为它是在洗澡。

午后，陈霞坐在窗前为弟弟织一副手套。她在绕毛线的时候，弟弟的那双大手就孤零零地再现在她的眼前。昨天晚上，她将偷偷织好的一双羊毛袜子送给弟弟的时候，他什么也没说，接过来后就随手放到了一边。弟弟询问她母亲为什么还没有回来，她说到处是雪，人家不会放心让她一个老太太独自上路的。晚饭之前，弟弟忽然穿上了那双羊毛袜子，在地上走了几次，尺寸的大小恰如其分，这使她在欣慰之余感到有些吃惊。但她没有多想，锅里的水早已沸腾成一片，水汽到处弥漫，她开始淘米。弟弟没有吃晚饭就出去了。她在淘米的过程中听到屋门响了一下，抬起头后，屋里只剩下她一个人了。沸腾的水如一朵怒放的花。

不久之后，她听到墙那边传来那只猫的叫声和阵阵沉甸甸的脚步。那只猫在奔跑。很显然，有一个更厉害的东西在袭击它，搅乱了它的密封的梦境。陈霞站在屋门口，她听到了一种龇牙咧嘴的声音，粉红色的牙床，绝望的眼睛，高大而倾斜的山墙渐渐逼近……陈霞点亮了灯，她的黑色的剪影完好无缺地映在窗户上。

她一个人吃完了饭，把剩下的温在火上。几天来，屋里一直有一股难以驱散的潮气。雪后的几天，几乎每天都有阳光出现，虽然照耀村庄的时间比较短暂。陈霞拆洗了两条棉被，她估计弟弟还要在家里住一段时间。她没有问过，他也从未说起。每天夜里醒来后，她都看见他和衣蜷缩在炕上，他的睡相是一种随时准备出击的姿势，陈霞很熟悉此种姿势。弟弟长大了，他说话的声音和语调常使她感到极度陌生而难以接受，但他很像他们的父亲……墙那边的声音已平息下来，四周静得出奇。

陈霞缝好一张棉被后，抬起头，外面一片漆黑。被子上散发出一阵阳光和冷风的气息，被面上红色的花朵褪尽了最初的颜色，变得粉白而酥松。一只盲目而来的夜鸟在窗户上冒冒失失地撞了一下后，又掉头飞走了。

黎明之时，陈霞被一种声音惊醒。她看见弟弟坐在窗前，正在看着什么，他的漆黑的背影像一座山。弟弟把灯罩在一个罩子里，光圈变得很小。陈霞想起来的时候，忽然听见弟弟对着灯光说道：

"原来是你。"

陈霞的身体与被子一起抖动了一下。弟弟立即回过头来，朝这边看。灯光使他的右脸颊看上去熠熠生辉。

陈霞打了一声哈欠，对弟弟说："你什么时候回来的，晚饭吃了没有？"

"吃过了。"弟弟说，"我吵醒你了，你听到什么了？"

陈霞说："天快亮了吧。"

"不知道，大概还早，"弟弟对她说，"你再睡吧。"

"我把被子给你拆洗干净了。"陈霞说着，将身边的被子推过去。

"我看见了。"

弟弟说着，又转过脸去，他的身体遮住了灯光，陈霞感到自己坠落在深不可测的黑暗里。弟弟的背影看上去似乎正在专心修理一件什么东西。隔了一阵，他说：

"你再睡吧，我保证不再弄出声音来。"这一次他的脸没有转过来。

上午。街门被轻轻推开后，一位虎背熊腰、红光满面的牙科医生来找陈小轩。牙医经过多方打听后得知他的失散多年的弟弟现在陈小轩所在的部队里当连长。牙医让陈小轩转告其弟弟，方便的时候无论如何回来看看，他们兄弟已有十几年未曾见面了，他们全家都想他。

"我真想他。"牙医说着，眼睛开始湿润起来。接着，掏出一块雪白的手帕。

陈小轩说："我很快就要回部队去。"他看了一眼抽泣不止的牙科医生，说道："不说不知道，孔连长的确长得与你很像。"

"怎么，他现在姓孔了？"牙医停止抽泣，吃惊地看着陈小轩。

"我们姓史，历史的史，"牙医说，"史湘云的史。"

"你是不是打听错了，我们队伍里没有姓史的连长。"陈小轩说。

"战争……可怕的……"牙医把手帕捂到一只眼上，哽咽着，

"……使我们失去了手足之情，现在，又丢失了祖先的姓氏……"

牙医捂着脸走到窗前，他的虎背熊腰使他的抽泣看上去不太明显。

"有一种可能，孔连长可能是后来才改姓孔的。"陈小轩想了一下说道。

"对头。"

牙医闻听，立即将手帕从脸上拿开，碎步走到陈小轩面前。"是的，就是这样，我敢说实情一定是这样。"

陈小轩望着牙医满面的红光，一举一动之间散发出一种奇怪的令人眩晕的药水气味。这会儿，牙医高声说道：

"古往今来，频繁的饥荒和战乱，使无数的人隐姓埋名，这种事情太多了。"

陈小轩看着他把手帕放回口袋里。


午后，弟弟出去了。陈霞收拾过后，坐到窗下为弟弟织手套。自从学堂坍塌之后，一有空，她就在家里捻毛线。她低着头。

一行水渍穿过院子，消失在门外。

不久，一个孩子冒冒失失地跑进来，眼睛望着陈霞，一只手向两边指着。他跟随父亲从村外回来的时候，在村口的一棵紫槐下发现有一个人在那里躺着。他和父亲走过去摆弄了半天，才知道人已经死了。父亲让他跑来告诉陈霞，死者是她的母亲，死于打算进村之前。

陈霞放下手中的毛线，她突然感到有一种盲目的内疚，她的腹部紧缩而难受，她的脸色开始煞白——提早到来的经血使她猝不及防，至少比正常的时间提前了十天，而她对此毫无防备。她站在窗前，听到一阵泥沙俱下的声音。

……外面没有太阳，但天色很亮，天地之间笼罩着一种近乎透明的颜色，所有的房屋和街道看上去都透明而肿胀，仿佛只要轻轻一碰，其中的脓汁就会不流自泻。

透明的天气使陈霞多少感到有些反常。她从一条街上消失后，接着又出现在另一条相同格局的街上。午后的风渐渐吹干了她的眼泪，这使

72

她能够听清离家前她亲手放进去的那些纸此时正在身体下面窸窣作响，奔跑使她无法将双腿夹紧，而那些纸随时都有从裤筒里滑落出来的可能。她想起了有一次在学堂遗址边看到过的某种三角形的血迹，想起了一扇窗户上的众多的菱形格子。她的数学教科书束之高阁，在它的下面，她与母亲正在争吵。争吵使她们忘记了吃饭，忽略了入睡的时间。

陈霞出现在谷仓的一侧时，停下了脚步。谷仓的圆顶上此时落满了麻雀，褐色的麻雀，万头攒动，瑟瑟发抖。

陈霞使劲夹了一下两腿，感到那些纸已经不见了，但她不相信它们会遗落在她一路而来的沿途上。一些血斑凝结在她的鞋面上，她没有看见。陈霞想起了弟弟。

她感到该通知弟弟，之后他们共同将母亲从村口的紫槐下抬回家里。街上的人不多，若无其事地来来往往，这使她明白没有多少人知道不久前发生了什么。

陈霞拦住迎面走来的一个人，打听弟弟的下落。那个人嘴里正嚼着什么，含混不清地摇摇头走开了。

之后，她看见五六个人围在一道墙下，每个人都探头探脑。陈霞走过去，人群中有两个老头正在下棋，但棋盘上至少有七八只不同颜色的手。其中的一个老头已经睡着了，有一只表现异常坚决的手正在替他飞象，拱卒。

陈霞从一些房屋逐渐稀少的街道上走过，沿街两边的景色她随看随忘。

这时，她忽然看见了陈娟娟。陈娟娟围着围巾，只露出半张脸。多日不见，她的门前养了一条狗，用一条链子系着。狂吠不止的狗使陈霞停下了脚步，她的心怦怦直跳。她站在那里看了一会儿，陈娟娟没有发现她，在门前出来进去，一副忙忙碌碌的样子。很难说她在干什么，她像是在舞台上走过场的闲散之人。陈霞这样想道。有一天很晚了，她看见弟弟从陈娟娟的家里出来，陈娟娟站在后面，那时她的头上没有围巾，她的一缕头发被吹到脸前……陈霞向后退了一下，她不知道那只狗发现了什么，一直狂吠不止，身上的链子忽松忽紧，发出阵阵哗啦哗啦的响声。

陈霞朝陈娟娟喊了一声,陈娟娟没有听清。狗的叫声嘹亮而紧迫,仿佛大祸临头。陈娟娟闪身走进屋里的时候,陈霞的两条腿开始不由自主地颤抖起来,她感到下半身已不成样子了,一些艰难而绝望的画面在她眼前重叠起来,她双手捂着肚子,地上是稀松而灰白的雪泥。现在想起来,那一声喊连她自己都没有听见,也许她的声音过于沙哑,过于遥远。

陈娟娟从屋里出来的时候,随手扔了一块东西。狗扑了过去,狗叫声消失了。陈娟娟听到了另外一种声音。

"谁?谁在那里?"陈娟娟说道。

"……我,"陈霞说着,摇摇晃晃地从地上站起来,脸上挤出一丝笑容,"我出来找小轩,我的弟弟,不知他来过没有?"

"没来过。"

陈娟娟说着,走下来。她看见了陈霞苍白的面容和颤抖的身体。接着,又看见了陈霞鞋面上凝结着的那些血斑。这个细心的女人,扶着陈霞回到自己的屋里,找出两件内衣和一卷草纸。陈霞站在桌前,脸色绯红:

"不行,这太脏了。"

陈娟娟关上房门,走到外面,把陈霞留在屋里。那只狗跑过来,绕着陈娟娟的腿转来转去,她感到一阵温热。狗的皮毛光亮柔软,陈娟娟伸手抚摸着,眼睛望着下面的铁褐色的矮树林,一只白色的山羊轻轻地从其中跑过,穿破了那些互相攀援的网状的枝丫。

屋门开了,陈霞神色安详地站在门口。陈娟娟走进去。不一会儿,俩人又走出来。陈霞抢在陈娟娟之前出了屋门。在屋里的时候,她看到了曾小林的尸体,上面蒙着一块白布。

"家里放一个死人,你晚上不怕吗?"陈霞问陈娟娟。

"习惯了。"陈娟娟说,"不知还要在这里放多久。"

"幸亏现在是冬天,又刚下过雪,换别的季节,早腐烂了。"陈霞说。

"不知调查得怎么样,你没听你弟弟说起过什么吗?"陈娟娟说。

“没有，他从来不跟我说这些。他在家里总待不长，老在外面跑。”
陈霞说。

她们说话的时候，一片黑色的影子从屋后飘过。陈娟娟抬头望了一
下，对陈霞说："又来了，这些天它们总是围着这里转，有时候在房前，
有时候在房后。"

陈霞对陈娟娟说："我回去把你的衣服洗干净，明天就送来。"

陈娟娟说："看你，总说这样的话。要不你这就脱下来吧。"

她们都笑出了声。陈娟娟的门前收拾得很干净，那只狗系着链子，
此刻卧在一盘石磨前，看上去像一名被捕获的囚徒。陈霞注视了一下陈
娟娟窗户上的那些菱形的格子，一丝不易察觉的惊讶划过她的脸庞。窗
格下面晾晒着一溜干硬而发红的陈皮，一堆干枣。

走出很远之后，陈霞回头望去，她看见那片刚才飘过去的黑色的影
子现在又笼罩在陈娟娟的屋顶上。陈娟娟回屋里去了，那只狗仍然在睡
觉，门前没有人。


炊烟升起来了，下面是村中长短不齐的街道。天色将晚，早先曾出
没在街上的一些人，开始从街上撤退。

到处都能听见关门和开门的声音。

一个穿白裤子的男人，顺着一架梯子爬上屋顶，长久地向北面眺望。

陈霞在村中跑了许久后，忽然在不远处发现了自己的家门。迷路的
征兆和整整一个下午的重复运行使她异常泄气，在自己的村庄里迷失了
方向，她难以接受这个事实。家门一如既往地敞开着。陈霞感到浑身无
力，慢慢地向家门前靠近。她的脑子里很乱。

两个七八岁的孩子突然从墙的那一边一前一后地跑出来，后面的那
个孩子边跑边哭。前面的那个孩子继续恐吓：

"鬼来了，不跑就没命了。"

陈霞在墙边停下来。她看到了那只体态肥大的猫僵死在墙下，黑白
的花纹像一只豹子，它的腿有老虎腿那么粗，它的肚子里似乎鼓满了
气，高高地隆起在陈霞惊讶的视线里。

陈小轩躺在一旁。陈霞俯下身掀动弟弟的尸体时，一根铜尺从他的口袋里滑落出来。

几天后的一个傍晚，一种声音唤醒了沉睡的黄村，村中那些雷同的街道上突然拥挤起来。

王儒放下手中的茶杯和《太平遗事》，打开了街门。

陈娟娟披着衣服从屋里出来，那只狗站在她的身边。

眼前的情形令他们意想不到——

# 砒　霜

一

农历正月十五，傍晚。

靳文焕在远处传来的零星的爆竹声中用过晚饭，正要出去观赏满街的花灯，手下的一个人突然由外面跑进来。来人刚从城外回来，向靳文焕报告了一个惊人的消息：

听说锦州已被拿下，眼下又打到张家口一带，他们派出的先头小分队已开始在周围地区出现，小分队像雨前的蝼蚁，四处出没，频繁露面。近来，已有不少人在打柴、挑水、走亲戚的时候看见过他们。陈塘乡的一名佃农常七郎，前天中午去河边饮马的时候，看到几个人影在河对面灰色的树林里忽隐忽现，常七郎起初以为是附近一带的人在那里察看风水，选择坟地，因而也就未加留意。后来，当常七郎从河边饮马回来之时，有几个面孔生疏的外乡人突然朝他迎面走来……

……

天上飘起了雪花，元宵之夜的爆竹声听起来有些寥落寡合，不像除夕夜晚里那样来得猛烈而持久。现在，许多的人家都已先后吃过了夜饭，街上隐隐地传来锣鼓与丝竹之声。

打发走那个满身寒气的报信人之后，靳文焕就一直坐在椅子里出神，堂前的两只灯笼将他的身躯映得一片彤红。刚才，他还没来得及穿上大衣，那个报信的人就冒冒失失地一头跑了进来，把尚未离开餐桌的太太吓得惊叫了一声……靳文焕放下大衣，坐进椅子里后，感到自己的身体在明显地下陷。今天晚上，他一时高兴，多喝了几杯。女儿靳芝一直在北平读书，寒假过了一半，才刚刚回到家里，女儿是正月初六的下午，搭乘本县保安团的汽车从北平回来的。靳文焕当时正面临一件十分棘手、令他颇伤脑筋的事情，当他从保安团的陈副官那里得知小姐回来的消息时，顿时愁眉舒展，喜出望外，他终于找到了一个比较堂皇的可以一走了之的理由，他当即驱车回到家里。刚一下车，耳边便传来了女儿的声音……

　　太太梳洗完毕之后，来到他的身边，催促他立即起身，陪她出去观灯。靳文焕正在斟酌一种推托之词，女儿也在这个时候围好围巾出来了。一年一度的元宵之夜，按理说，为了女儿，他也应该陪她们出去走马观花一次，可刚才的那个消息……

　　这会儿，穿戴整齐的太太见靳文焕坐在椅子里一动不动，便面含愠怒地指责他心中有鬼。我心中有鬼？真要是有那么一个鬼也就好了，何至于这样空空落落而毫无主张，问题是眼下我什么都没有。靳文焕充满哀怨地望了一眼准备盛装出门的太太，这个女人，年纪越来越大，却变得越来越不知分寸了，当着女儿的面，竟然信口开河，说出这样的话。靳文焕想起了《红楼梦》里的话，他也同样不理解女人一旦嫁人之后，为什么都变得如此混账？她们待字闺中时的那种美好的品行哪里去了？本来，按照历来的习惯，他是要在今天晚上出去的，作为一县之长，借着观灯的名义，会见一些本地的名流，相互寒暄，致敬祝福。除此之外，每年元宵之夜，都有一个庆典仪式，今年，县政府的一些人竟然在庆典仪式上为他安排了一次讲话，是什么意思？他得知后，立即下令取消了那个愚蠢的安排。讲什么话呢，有什么好讲的？讲对方的小分队已在本县出现？

　　靳文焕伸手抓起电话，想通知县政府的书记员张珍，让他今晚陪太太去观灯。这时，女儿靳芝说不必找别人了，此时此刻，家家都在团圆，她陪母亲出去就行了。女儿此言一出，靳文焕才猛地发现她的确已经长大了，不再是几年前那个娇生惯养的小姑娘了。靳文焕充满感激地望着亭亭玉立的女儿，这会儿，母女二人向外面走去，靳芝比母亲高出整整一头。

她们走后不久，靳文焕的心忽然悬了起来，他担心她们在观灯的过程中，是否会遇到什么意外或不测，连日来的某些不祥之兆一再表明，这座偏远的塞上小城至少已变得不那么安宁了，它们似乎已成了一处有异常响动和幻影的凶宅，作为堂堂的一宅之主，靳文焕的心情是复杂的。小分队的突然出现，他并没有感到太多的意外，因为那只是早晚的问题，但他们出现在春节刚过不久，似乎也来得太快了一些。他们中的一部分来自大青山地区，会不会就是几年前的大青山游击队？另一部分人据说来自徐州、蚌埠一带，但靳文焕以为不足为信。去年冬天，他就从报上得知徐、蚌一带战事相当吃紧，在这种时候突然抽调人马北上，如果不是南辕北辙，那就必定是头脑发昏。倒是那两位行动诡异的南阳商人值得考虑，他们在这个时候携带着那种碗大的钟表，千里迢迢来到这个寒冷的塞上小县，他们到底要干什么呢？

靳文焕从椅子上站起来，走到门口张望了一下，外面白茫茫的，漫天飞雪，远处的屋顶、树枝都已开始发白。如果古语有灵，那将预示着今年是一个丰收在望的良好年景。一想到几个月后的那种漫山遍野的高粱与玉米，想到随风起伏的麦子与瓜熟蒂落的田野，靳文焕就禁不住想放声痛哭，自从他荣升县长以来，还从未遇到过一个像样的年头。有时他会突然想到，是否由于自己的擢升，从而在另一些方面加深了这个塞上小县的灾难色彩？去年秋天，正当山区里大片莜麦成熟回黄之时，有一天靳文焕从乡下视察回来，此次出巡，他兴致勃勃，沿途所见的许多迹象都在表明，丰收在望已成为秋后一种不可避免的事实，累累的硕果将填满每一处谷仓。当天晚上，征途的喜讯与预兆使风尘仆仆的靳文焕很快便进入了甘甜酣畅的睡眠之中。

就在那天夜里，靳文焕破天荒地做了一个哀鸿遍野、颗粒无收的噩梦……他从白色恐怖的梦境中惊醒以后，一直独自坐着，他已无心再睡，再不敢轻易躺下，唯恐类似的噩梦又会卷土重来，全面再现。他期待着天亮，期待着初升的太阳将那个与事实相悖的噩梦一举粉碎。

天终于亮了。

清晨，靳文焕带着满脸倦意，刚刚走出门庭，几名远道而来的痛哭流涕的乡长、保长，突然出现在他的面前……

……

靳文焕在窗前犹豫着，要不要给赵司令打一个电话，说明一下情况？宋参议年事已高，从去年年底开始就已卧床不起，一开口说话，喉咙便会被涌上来的黏液堵塞，近来又听说他常在昏迷中满口胡言，所说之话令人不知所云，这样的人显然已无法再一起共事了。

靳文焕从窗前走回椅子旁，接着又来到门口。一阵夜晚的寒气迎面袭来之时，他想起了一个人。他走到电话前，刚拿起听筒，又立即放下了。他觉得还是亲自走一趟为好。

这天晚上八点多钟的时候，靳文焕不声不响地出现在人来人往的街上，他用狐皮领子的大衣遮掩着自己的脸庞，他不愿意在这种时候让别人看到自己。他心猿意马地从红色的宫灯和旋转不止的走马灯前经过，仰望空中的雪花，西城一带的上空残留着一种如烟似雾的气象和灰烬的气息，显然是不久前刚刚放射过节日的焰火。沿街两边的花灯，有一半以上都绘制着各种栩栩如生的粮食和蔬菜的图案：灌浆的小麦、抽穗的玉米，碗大的苹果、拥挤的禽蛋，堆积如山的土豆，树桩一样的白菜，成串的辣椒与葡萄，四处乱窜的白猪、西瓜、南瓜、呆若木鸡的公鸡与母鸡，雪白的羔羊……

靳文焕走进一条幽深的街巷里后，他的身上已落满了积雪。


二


昨天上午，张珍来到县政府以后，已经九点多了。守门的老头门窗大开着，正在里面炒辣椒，铁铲声伴随着接连不断的咳嗽声。张珍夹着一只黑色的公文包从外面走进来的时候，老头被呛出了眼泪，正在啊啊地大叫。这是一个很爱大喊大叫的老头，张珍从前有一次曾经与他一起洗过一次澡，老头跳进浴室的水池里以后，一边扑打水花，一边啊啊大叫，歇斯底里的呼喊回荡在闷热的浴室内，震耳欲聋。据看守浴室的人说，老头每次洗澡都是这样，谁说也不听，似乎水和蒸气使他激动，不能自拔。

一个多小时过去了，仍没见有人来，张珍猛然想起今天是一年一度的元宵节，职员们都不会来了。今天只有他一个人留守值勤。

张珍打来水，扫过地，擦过桌子以后，一缕阳光射了进来。县政府所在的这座里外两进的宅院，从前到处都是颓败的佛像，草木依墙而生。张珍最初来这里的时候，几乎每天下班前，都能听到一个女人在草木掩映的宅墙下轻声哭泣。张珍曾经询问过几位同事，同事们都用一种异样的神情打量着他，并答非所问。有一次，他循着那种隐约的哭声走到墙边，发现那里什么也没有，只有一些绿色的植物互相攀援，纠结在一起，墙上的青苔有一寸多厚。

张珍看了一会儿报纸，站起身打开了县政府那台唯一的收音机。他刚刚转动了一下旋钮，里面传来一个异常僵硬的声音，似乎正在致元宵祝词。他接着又转动了一下旋钮，里面忽然传来一阵地动山摇的巨响，巨响中夹着一种尖厉的口哨一样的呼啸声。

张珍关上了收音机。他开始意识到自己刚刚收听到的那种巨响，正是大炮的声音。只有大炮才会发出那样振聋发聩的巨响，那些呼啸的炮弹落到了谁的阵地之上？张珍发现自己的一只手在颤抖，他没想到在元宵佳节的上午，会收听到大炮的声音，他吓了一跳。收音机关上了，但那种隆隆的巨响似乎仍在他的耳边盘旋，回荡，尖厉的呼啸代替了炮兵们的沉默的表情与有条不紊的动作。

张珍呆在桌前，口中越来越强烈的焦渴使他终于回过神来，他倒了一杯水，又小心翼翼地走到那台收音机前，揿动了一下开关，还是刚才的那个台，大炮的声音这会儿已经消失了，在一度沉寂之后，传来了沙沙沙的被干扰的声音。张珍微微动了一下调频，干扰消失了，一个女人的声音在里面说：

"先生，您好，在这辞旧迎新的时刻，我又来到您的身边。我是菲菲，菲菲，您的朋友，让我的声音伴随您安然入睡，伴随您翩翩起舞……驰骋沙场……"

"又是南京的那个婊子。"张珍自言自语地说着，将调频转向一边。就是这个女人，有时冒充听众的祖母，发出一种慈祥的声音，讲狐狸和草莓的故事。有时充当听众的姐姐或嫂子，将相当暧昧的笑声通过电波传向四面八方。有时又充当娇声燕语的未成年的小妹妹，在收音机里假哭、假笑，向各地的听众撒娇……县政府财政科的贾科长平日最爱收听这个电台，他迷恋她的声音已到了一种发狂的程度。去年秋天，贾科长终于得到一次去南京办事的机会。贾科长一去不复返，半年时间已经过去了，至今仍然杳无音讯，下落不明。贾太太每隔十天半月，便来县政府哭闹一次。

张珍向左边转动旋钮，收音机里传来的贝多芬的《欢乐颂》已接近尾声，接下来演奏的是德彪西的《大海》。


那两个南阳来的商人就是在这个时候悄无声息地突然走进来的，守门的老头只顾咳嗽和啊啊地大叫，根本没有想到已有两个陌生人在这个上午走进了里院。

他们一边向里走，一边浏览着这座青砖青瓦的老式宅院，他们的视线掠过院中一排紧闭的门窗与屋瓦上支支直立的枯草，接着又看到了阶下的水井与阶上的曲折蜿蜒的朱色回廊，廊柱上的字迹支离斑驳，残缺不齐，两边凉阁上的几尊佛像沐浴在稀薄的阳光里。

不久以后，院内一派沉寂的气氛使那两个东张西望的人停下了脚步，他们站在那口水井前，开始面面相觑，交头接耳，眼前无边无际的寂静，使他们感到事情多少有些反常，与他们最初设想到的种种情形相去甚远。前景仿佛有些不妙，他们中的一位将一只手插进腰间。他们站在二门内的影壁前，对面屋顶中央的一圈赭黄的琉璃瓦这时候看上去金光闪闪。琉璃瓦闪烁的光泽影响了他们的视线，他们中的另一位将手搭在额前，遮掩着那种耀眼的光线，这时，一个脸色苍白的人出现在他的视线尽头。

那个人站在正面的厅堂内，面对着一块黑布，长久地注视着，他的沉默寡言的神态，如同一位勤于思考的裁缝。

站在影壁前的两个南阳商人看清屋里的大致轮廓后，相视笑了一下。

……

张珍关上收音机，又将一块黑布蒙到上面后，长嘘了一口气，仿佛了却了一桩多年的心事。他在桌前坐下，喝了一口水以后，感到身上不像早晨起来时那么对劲了，他不知道什么地方出了毛病。他又盯了一眼蒙着黑布的收音机，那个褐色的木头匣子使他难受。我为什么要听它呢？我看看报纸，在门前晒晒太阳多好，用不了多久，天就正午了，就该回家了，我为什么要去摆弄它呢？我对机械一窍不通，对电波也谈不上兴趣，我怎么会鬼使神差……大炮的轰鸣远在天边，远在几百年前的河边。

张珍突然从桌子前站起来，将那块蒙着收音机的黑布用力扯下来，望着那个妖言惑众的怪物，砸烂它？卖掉它？……去年春天，他曾自作主张地将一台音质不好的留声机卖给了一个因病休学在家的少爷，县长靳文焕得知消息后，大发雷霆，骂他是乱弹琴，败家子，国家的财产岂能视如儿戏，说卖就卖？

屋里的光线突然暗了下来。

张珍吃惊地转过身，那两个面带笑容的人已经进来了，一前一后站在门口，他们的身影截留了来自外面的光线。

张珍将手里的黑布重新蒙到收音机上，在办公桌前正襟危坐。那两个人朝桌子前走来，说他们来自南阳，途经洛阳、开封、河东、上党地区，一路而来。此次北上途中，他们已经卖掉了几十只钟表。他们说着，将随身携带的那种碗大的钟表取出来，摆到张珍的面前，一只，两只，四只，五只——

"马蹄表？"张珍向前倾欠了一下身体，匆匆地瞥了一眼，又飞快地将那两个人打量了一下。那种嘀嘀嗒嗒的走动声传到他的耳边后，他的心渐渐开始平静下来。

午后。

去年冬天的残雪在一些墙角开始融化，路上的泥水在阳光的照耀下发出无数针尖一样细碎的光芒，到处都是斑驳的水渍。

张珍早早地离家出来，他觉得有必要把上午发生的事情向县长陈述清楚，否则，县长又要在其他职员面前说他办事不力了，在过去的那些日子里，同事们幸灾乐祸的眼神与讪笑常常使他感到不寒而栗，无地自容。面带微笑的、兜售马蹄表的商人，远方的大炮……作为一名节日里的留守职员，遇上这样的事情，是他所始料不及的，也许纯属命中注定，纯属不可避免的天意？

走进空荡荡的庭院以后，他没有听到一丝声音，他的影子出现在四方的青砖上，一半在台阶上，另一半在台阶下，夏日的花痕像一种模糊的记忆一样涂抹在两边的墙上。

张珍很快便要通了县长家的电话。

接电话的是县长的女儿，靳芝小姐。这个自幼在塞上小城长大的姑娘，如今说着一口纯正而悦耳的国语，张珍在最初听到她的声音后，心中立即升起一种不可名状的愿望，他希望她就是县长，就是他的上司，他有多少情况需要向她一一陈述，向她启奏得一清二楚。初六那天下午，天色阴晦得近似傍晚，他从外边办事回来时，忽然看见她拎着一只皮箱，楚楚动人地从保安团的汽车里走出来。

这会儿，靳芝小姐在电话里对他说："张书记员，你好，爸爸很快就下来。"

电话里没有声音了。"爸爸很快就下来。"张珍握着话筒，回味着靳芝小姐的这句话。天气并不炎热，但他感到自己的头上已冒出了热汗。县长在楼上睡觉？读报？与什么人密谈？望着花盆出神？张珍正在胡思乱想之际，县长靳文焕已在那边拿起了电话。靳文焕询问了一阵，张珍很快就听出来了，县长的心情似乎十分不错，询问的口气愉快舒畅。张珍换了一个姿势，对县长说道：

"……是的，我没敢做主，我在想，您老不是有一只走时很准的老牌怀表么？张书记长、赵司令、宋参议，他们都有自己的表——"

"当然。"

靳文焕简短地说了一声后，电话里就立即没有声音了。张珍将听筒贴近耳边，那边传来一阵窸窸窣窣的声音，伴随着县长的呼吸声。张珍咧开嘴无声地笑了一下，他知道县长此刻在干什么，他的眼前出现了一个画面：县长解开上衣的第三道纽扣，从胸前取出那只系有金链的老牌怀表，放在手里端详着。

过了一阵，电话里又有了声音，靳文焕用一种轻松的无忧无虑的口吻对张珍说："你应该告诉他们，我们不需要他们那种碗大的马蹄表，我们有一只共同的大表。"

"……共同的……大表……"张珍不知所云地低声重复了一句，县长的话，对他来说，不啻是一道深奥的哑谜，他拿着听筒，好半天嚅嚅无声，不知说什么好。

"傻瓜！还要我教你么？"靳文焕在电话里大声说，"我说的是太阳，天上的太阳，那不是最大的最准的表么！"

太阳？一语惊醒梦中人，张珍伸手在自己的脸上抽了一下。我真笨，我怎么就没想到他是在指太阳呢？连这样一个简单的显而易见的弯子都转不过来，我还在这里充什么大头呢？这会儿，他不定在心里怎么小瞧我呢，日他娘的，倒霉的事情全让我遇上了。

靳文焕在电话里继续告诫张珍，不要得意忘形，据我看，他们那玩意儿未必会是瑞士货。他们绝没有你所说的那样简单，在这种时候，他们携带着那种碗大的钟表远道而来，难道没有别的意思么？要尽快弄清楚他们是干什么的，他们的来历、来意、真实身份与背景。

可是那两个人已经走了。

张珍急忙捂住话筒，把刚涌到嘴边的话又重新咽了回去。眼前这个暂时还算是秘密的事实把张珍吓了一跳，他意识到自己在不经意之间又犯了一个难以弥补的错误，县长已经开始注意这件事情了。中午的时候，那两个一无所获的人已从他的眼皮底下走开了，他当然没有任何理由挽留他们，县长目前尚蒙在鼓里……张珍握着话筒，脑子里筹划、斟酌着应付的措辞，他不知道该不该把这个消息透露给县长。

# 三

午后。

积存在南墙一带的残雪开始融化了，蒸腾起来的湿气在阳光里看上去雾蒙蒙的，从门外流泻进来。林艳芳站在门前，迎面而来的湿气将她脸上的肌肤熏得更加柔滑润泽。在这个平静的元宵节里，她想入非非，心绪略感不宁。

趁着午后一片难得的清静，林艳芳躲到屏风后面，读了几页《火烧红莲寺》。不知不觉中，她夹紧了双腿，不久以后，又情不自禁地将两腿分开，对面的镜子里映出她湿润的嘴和闪闪发亮的牙齿。她将书放到腿上，背靠在屏风上的时候，忽然意识到身上的某些位置已被适才涌起的一种远远而来的激情濡湿了。

但好景不长。

宋参议只安静了一小会儿，一度中断的喘息又重新开始了。这个糟老头子，他的满口胡言乱语出现在那种持久冗长的喘息声中，变成一种节奏。林艳芳从屏风后面探出头，听到一些互不连贯的、断断续续的词语，……酬金……泄露……围城……光泽……开始……芬芳……焦渴……林艳芳不知他在试图表述什么，从去年冬天以来，他一直就是这样。正月初三的晚上，城南大药房的朱大夫在诊断过后，告诉林艳芳说，宋参议像一只点了几十年的长明灯，现在已没有多少油了。朱大夫意思是很明显的。林艳芳说，照你来看，他还能活多久？朱大夫说，不瞒宋夫人，他能活过这个正月，就足以令人吃惊了。宋参议似乎尚有许多未了的心事，眼下，正是那些心事在一天天地支撑着他。每当他的脑子里转悠那些念头的时候，他就会不可避免地咳嗽，喘息，昏迷。林艳芳向朱大夫询问宋参议有什么心事，朱大夫面有难色地说，宋参议的心事，只有夫人最清楚，夫人尚且不知，我就更无从说起了。

这会儿，宋参议突然发出两声呜呜的叫声，满头白发在枕上摆来摆去。林艳芳急忙从屏风后面走出来，来到床前：

"你要什么？喝水吗？"

宋参议的眼睛微微睁开一条缝，看清了站在床前的这个妖冶漂亮的女人，她的手势与表情是那样的难以接近，仿佛远在星宿之旁。他突然感到一阵窒息，又重新闭上了眼睛。十年前，他六十五岁寿辰之日，娶回了这个女人。那时候她二十多岁，不像现在这样丰姿绰约。那天晚上，与所有的宾客话别之后，他转身走进自己的洞房之夜，在高烛与红装之下，初次目睹了她的掩映在一袭青纱下的胴体，饱含光泽的肌肤使他很快在进入帐幔之前重温了一幅几十年前的画面：一个坐在金色池塘边上的少年，在眩晕的体验之后，倒在流水之旁……

床上的人渐渐安静了下来，不再叫喊了，呼吸也趋于平缓。林艳芳走到屏风后面，不久又来到后院里，她一分钟也不愿在那张床前多站。后院里除了一棵杏树，还栽着两棵孤零零的泡桐。夏季里的时候，林艳芳常坐在杏树下看书，或者织毛衣。每逢那种时候，宋参议常常会悄无声息地走到她的身后，两只布满青筋的树根一样的老手越过她的肩头，伸向她的胸前，他的那种哼哼叽叽的呻吟常使她感到恶心。

"别招我，把我的火撩起来，你又不行，你行吗？你硬一回让我看看——"

天长日久，林艳芳十分清楚用什么样的话才能够将这个老东西制服得一败涂地。宋参议一听到这样刺激的话，顿时满脸羞愧，感到自己变得越来越萎缩，越来越小，形同侏儒。这位曾经叱咤风云的辛亥元老，一边用头在墙上撞击，一边伤心地哭道：

"我羞死了，啊……你这个狐狸精，有时候我真想一枪毙了你啊……"

哭过之后，立即无地自容地消失在门外。

昨天中午，林艳芳正在后院里梳头，忽然有一个纸团扔到她的脚边，林艳芳捡起来，展开看过之后，脸上立即升起一片红晕。她四周望了一遍，没有一个人影，灰色的宅院一动不动地坐落在水一样的阳光里。不久以后，墙外响起一阵清脆而急促的车铃声，响过之后，渐渐远去了。这个偏远的塞上小城，除了保安团里有三四辆汽车外，再没有任何的机动车辆了。林艳芳想象着那个渐渐远去的背影，心不在焉地梳理着披泻在肩头的乌黑发亮的长发，脸上的红晕久驻不散，任凭黄色的梨木梳子长久地停留在头发中间。

午后。

踏着满街消融的雪水，保安团的陈副官突然出现在这个鸦雀无声的庭院里。林艳芳插好街门之后，陈副官已将她抱了起来，一边向里面走，一边在她耳边说："看见我扔的字条了吧。"林艳芳闭着眼睛，阳光照在她的脸上。短短的一段距离，陈副官的手忙得不亦乐乎。他们刚到门口，里面传来了宋参议的呼喊。

陈副官来到床前，低声叫道："宋参议，我是保安团的陈青。"

床上的那一位脸色紫胀，伸出一只手做了一个莫名其妙的动作，陈副官与林艳芳不解地互相对视了一下。林艳芳说："你醒醒，陈副官看你来了，你已经看到他了，对吧？"

"宋参议，严冬已经过去。"陈副官说着，一只手顺着林艳芳的腰部滑下，"你会好起来的，赵司令希望您老能尽快振作起来，省府谭主席……"

宋参议睁开一只眼睛，另一只依然闭着，嘴角微微咧开，划出一丝几乎不易察觉的讪笑。睁开的眼睛正在努力捕捉那个风一样的女人。他终于看到了她，正与陈副官并肩站在床前，一副痛不欲生的样子。

此刻，林艳芳正在幸福的旋涡里旋转，腰部以下的躯体不停地扭动着，一只大拇指在她的膝间游动如蠕虫，另一只摘去手套的手在她的胯部有力地跳跃着，夸张而急促地溜着一个又一个非凡准确的圆弧……

外面传来一阵敲门声。

林艳芳恋恋不舍地从陈副官的手中滑落出去，陈副官望着她的背影。

宋参议闭着眼睛，突然用一种异常清晰流畅的声音说道：

"陈副官，你干的好事！"

"宋参议……"

"喜欢就明说，何苦这样偷偷摸摸地苟且？她非我命，奉送与你，又有何不可！我只担心日后你也会蒙羞。这样的女人，注定会让她身边的每一个人都蒙羞。"

# 四

傍晚。

天色渐渐晦暗下来以后，张珍吩咐守门的老头点亮了几只红色的纱灯，分别悬挂在门口和几根廊柱上。沿街一带明暗不均的花灯也都亮起来了，屋檐下、大街上的行人影影绰绰，像鱼一样游动，出没在节日的夜晚里。远近一带参差错落的房屋如同起伏的山势，县府左侧的钱家巷里飘出一阵幽怨凄婉的二胡声。照现在天气的阴暗情形来看，今天晚上又不会有月亮出来了。张珍记得很清楚，去年的元宵之夜也没有月亮，那个又冷又黑的夜晚，在凄厉的北风声中，仿佛整个县城的房屋都在摇晃，震响，一种令人不安的气氛代替了那个晚上的月色。张珍是那天晚上最后一个离开县府的人，他锁上门，穿过几条熟悉的街道后，回到了家里。他嘴里哈着团团白气，还没来得及将围巾摘下，他的一位从前的朋友突然来访，不期而至……几个月后，在一次偶然的事件中，张珍知道了那位朋友的真实身份，竟然是秦宋纵队的一位参谋。张珍在惴惴不安之中度过了一段水深火热的时期。从此以后，任何一位熟人，对他来说都意味着一种不祥之兆，意味着一种灾难。

空中传来了零零落落的爆竹声。

张珍无精打采地翻阅了几张旧报，他感到心里很乱。他抬起头望了一眼那台蒙着黑布的收音机，立即放弃了收听的念头。在这样一个寒气袭人的冥晦之夜，谁知道那里面会传来什么样的消息与声音，张珍不是一个喜欢冒险的人。他闭着眼睛，听着外面的爆竹。

不久，他又一次摇响靳县长家的电话，那边依然不通。他垂下手，注视着窗外昏暗的庭院。天黑以来，张珍已经是第三次给靳县长打电话了，每次都半途而废，他不知道县长在干什么，难道他不在家里？街上渐渐出现了观灯的人群，这会儿，靳太太和靳小姐说不定也已出来了，正驻足于某一盏灯下。

……

大约一个小时前，张珍刚从门外回来，桌上的电话突然响了起来，尖厉刺耳的铃声使张珍飞快地拿起了听筒。刚听了两句，他立即神色骤变：电话里传来的是宋参议的死讯……张珍一边谛听，一边摇着头。

电话是宋参议那位年轻漂亮的太太林艳芳打来的，她的清脆柔和的声音使张珍在最初拿起听筒后，精神不禁为之一振。张珍在一些场合里经常见到那个珠光宝气的女人，但一直没有捞到与她单独说话的机会。听说宋参议把她像一颗稀世之宝一样紧紧地攥在手里，既想广泛炫耀，又不肯轻易示人，宋参议处心积虑的阴影与苦衷由此可见一斑。去年夏天，在葵心阁里，清风拂动林艳芳的长发与旗袍，保安团赵司令一边注视着林艳芳轻轻扭动的身躯，一边意味深长地对宋参议开着玩笑。

宋参议什么话也没有说，只是白了赵司令一眼。

现在，林艳芳伤心凄楚的哭诉，很快使张珍打消了心中的某些疑虑，女人的哭声，在节日的晚上，别有一种滋味。张珍开始确信宋参议已经死了，宋参议在这个一年一度的元宵节的傍晚终于咽尽了最后一口气，最后一次闭上了眼睛。他的满口假牙与满腹心事呢？看来都已经没用了，成了废物，都将随他一同而去，进入土里。林艳芳后来止住哭诉，让张珍迅速将这一噩耗告知靳县长、张书记长和赵司令诸人。张珍说，宋太太，我这就告诉他们。

守门的老头在回廊上挂起了两只红色的纱灯，一片暖暖的灯光映红了就近的两道窗户。张珍放下电话，又拿起了电话，林艳芳的声音消失了，话筒里面传来一阵持续不断的呜呜的声音，如同回荡在塞北旷野里的风声。

张珍走出大门，来到街上，很快便置身于观灯的人潮之中。在电话前白白地守候了一两个小时，一无所获，什么事情都没干成。电话好像失灵了，每个人也好像都不在家里。张珍决定亲自去一趟县长家，尽快把宋参议的死讯告诉县长后，他就没事了。这样的夜晚，家家都在团圆，他却行色匆匆地要去替别人报表。张珍心不在焉地从一些色彩瑰艳的灯光下经过，他不明白县长为什么不接电话，难道出了什么事？好像连家里的用人也睡着了。

一个穿着棉猴的孩子在灯光下哭泣。到处是臃肿的人流，郊外的农民穿着白板皮袄，戴着狗皮帽子，张着嘴，神情木然地驻足于某一盏造型古老的灯下。纵使是这样的寒夜，一些女人的嘴也不肯闲着，她们一边浏览灯光，一边若无其事地将零零碎碎的瓜子壳吐进人流之中。张珍走在漫天飞舞的雪花中，如同在梦境中驰骋，舞旱船的男人对浓妆艳抹的船娘开着相当下流的玩笑，他们露骨的趣味不断地像没有重量的雪花一样融化在他的耳边。

刚才，林艳芳在哭诉过后，挂断了电话。隔了几十分钟以后，又来了一次电话。这一次她没有哭，声音也不像第一次那样伤心凄楚。林艳芳问张珍，宋参议的噩耗是不是已经传达出去了？张珍歉疚地说，还没有，也不知怎么了，靳县长、张书记长、赵司令，家家的电话都打不进去。林艳芳说，你不能不告诉他们。张珍说，我眼下正在努力，请宋太太放心，今天晚上我一定要打通。不过，电话好像有点儿失灵，不像上午的时候那么对劲了，外面下着那么大的雪，线路上会不会出了什么毛病？

转过一个街角，一群人围成一个圈子，中间有一个人反穿着皮袄，正在扮演一只猴子，在众目之下上蹿下跳，蹦来蹦去。不久，又有一个人走到中间，两个人扮演两只积怨颇深的狗，开始龇着牙互相撕咬，发出汪汪的叫声。人群中有人笑出了声。张珍向圈中瞥了一眼，看到其中一个人是长城剧社的一位丑角演员，另一个不认识。围观的人群冷落了附近一带的灯火，张珍从灯下走过时，只有一个老人站在灯下，老人若有所思地喃喃自语，念念有词。

再经过一条斜坡，就能看到县长家的飞檐了，这条路对张珍来说是熟悉的。坡上有一家姓武的人开办的铺子，出售煤油和又薄又脆的连史纸，武氏店铺里的雪白的糖花生吸引着远近一带的许多孩子，玻璃柜里的小人书散发着一种雨水和木头的气息。以前，张珍每次从县长家出来以后，都要在斜坡上停下来，在武家的店铺里买一包糖花生，边走边嚼。后来，不知从什么时候开始，张珍有了一种吸吸溜溜的牙痛的毛病，再从斜坡上经过时，他就不停下来了，只是或远或近地打量一眼那个年久发黑的低矮的铺子，然后走开。县长家红色的檐角很容易使初次望见它的人想起香烟缭绕的庙堂或寺院，在夜晚的时候，那些朱红的檐角都变成了一种黑色的剪影，看上去像一只只从天而降的孤独的兀鹰。

今天晚上，武家的店铺里一片漆黑，门前连一只照亮的灯笼都没有。张珍走上那道斜坡以后，脚下闪了一下，带着寒意的雪花像飞扬的粉末一样向他迎面吹来。张珍打了一个寒噤，感到雪花附在了他的睫毛上，粘住了他的眼睛。他想，如果迎面而来的这些东西是白色的石灰呢？现在看来，林艳芳的提醒也许有一定的道理，不完全是女人式的胡搅蛮缠。林艳芳在电话里说，今天下午宋参议起来喝了一杯茶，又从盘子里捡了一块点心，吃了一多半，他感到精神很好，想到庭院里随便走走。林艳芳看了一眼外面的阳光，依允了他。她在给他找衣服的时候，宋参议已独自走出去了。但只过了一小会儿，林艳芳还没有找到他的外套，宋参议已突然气喘吁吁地回来了，他半闭着眼睛走到床前，重新躺了下来，林艳芳感到奇怪，过去询问。宋参议起初一直闭着眼睛，像睡着了一样。后来，他忽然伸出一只手，指着窗外。刚才，他独自走到庭院里以后，刚想做一次深呼吸，忽然看到花栏墙外闪过几个人影。他屏声敛气，走到墙边向外面观望时，墙那边露出一双眼睛，正在瞧着他，一种腥甜的气息透过墙上镂空的花栏徐徐而来，犹如暖风扑面……

这以后，宋参议开始了断断续续的呓语，他提到了城头……旌旗……烟雾……砒霜……水泄不通……出卖……

张珍问林艳芳，宋参议说这些是什么意思，想表述什么？

林艳芳说："我想他可能是想起了他年轻的时候，在学堂里制造炸弹、攻打武昌的情形。"

攻打武昌？张珍还没有回味过来，林艳芳又在那边说，有两个面孔生疏的人，下午以来，一直在他们的住宅附近转来转去，她后来出去的时候，那两个人已经不见了。宋参议看见的那双眼睛，很可能就是他们之中的一位。张珍想，那两个会不会就隐藏在附近，根本没有离去？林艳芳在门前翘首眺望的时候，他们很可能看见了这个女人的姣好的容貌与迷人的身段。可是，他们躲在这里干什么呢？宋参议后来勉强入睡以后，林艳芳去后院里煎煮草药，炉中强劲的火焰使林艳芳一直守候在翻滚的药锅前，无法脱身，宋参议就是那个时候死去的。炉中传来的一声突如其来的闷响，把林艳芳吓了一跳，她以为药锅碎裂了……

张珍走下斜坡，又绕过一排栅栏，来到一处青砖的门楼前。黑暗中，远处有依稀的星星点点的火光，一只狗在狂吠。

张珍伸手按响了县长家的门铃。


# 五


正月十五夜晚的灶火照亮寒冷的陈塘山区之时，常七郎一家还没有吃饭。天色越来越晦暗了，空中出现了一些纷纷扬扬的东西，四周的墙垣与铅灰的树林都笼罩在炊烟里面，冷风吹动失修的门扉，吱吱呀呀的响声回荡在行人稀少的街巷之中。有人点燃了鞭炮。

常七郎正在加固鸡窝的小门，远处传来的爆竹声像他手中的榔头一样无精打采。他的女人已生着了火，几个孩子在弥漫的烟雾中跑来跑去，他们从家里跑到院里，又从院里穿过烟雾跑回家里，几道目光一直都在关注那口好半天不动声色的铁锅。烟雾中传来女人的咳嗽声。常七郎举起手中的榔头砸下去，一颗钉子立即软软地向一边歪去，他低声咒骂了一句，拔出弯曲了的钉子，含在口里。铁锅里发出了咝咝咝的声响，渐渐地，热气越来越大，越来越白了，常七郎的女人揭开锅盖，几个孩子停止了奔跑，一齐来到锅边，他们失望地看到一些褐黄的米粒从母亲的手中徐徐流出，到了锅里，很快使刚刚泛起的水泡重新平息了下来。目睹过后，两个大一些的孩子叹息着走出来，闷闷不乐地坐到低矮的屋檐下，望着对面的几段短墙和墙外的昏暗的田野。这时，最小的那个孩子在屋里哭出了声："我不喝粥——"

"你们他妈的也该知足了，在陈塘，并不是所有的人都能喝到粥，谁想喝粥就喝粥。"常七郎矫正了那个弯曲的铁钉以后，终于把它敲进了木头里，铁钉被砸得几乎没了踪影，成了一个极小的黑点。他伸手摸了一下，脸上划过一抹冷笑。"你们出去看看，去李德胜家看看，去胡孩家看看，看看这会儿他们在干甚，在吃甚？喝粥？那是上一辈子的事情了。"

屋檐下的一个孩子望着远处的炊烟，嗫嚅道："我又没说不喝。"

常七郎看了一眼那个乖巧的孩子，心里说道，这就对了。也只有他能说出这样适时的话，这个孩子，将来没准是个人物。

天越来越黑了，冷风从墙外呼啸而过。常七郎把加固好的小门安装在鸡窝上，原来的缝隙与漏洞没有了，尺寸非常合适。他满意地看着，又操起榔头结结实实地敲了几下，然后把鸡捉进去，关上了小门。面对如此结实的像牢门一样的小门，他突然感到自己像一名狱卒。

今天早上黎明时分，从村外窜进来的一只黄鼠狼叼走了他们的一只母鸡，常七郎在睡梦中被一阵鸡飞狗跳的声音惊醒，他披着衣服追出来时，院里已经平静下来了，仿佛什么事情也不曾发生过，只有几根在门前旋转的鸡毛飘入了常七郎的视线之中。他来到鸡舍前，剩下的一只鸡正在咕咕地叫着，身体抖成一团，像一个经常胃疼的人。常七郎懊恼万分地站在黎明时的院中，诡计多端的黄鼠狼叼走了那只最肥最大的最有前途的鸡，把一只瘦骨嶙峋的鸡留给了他。除夕那天，常七郎在院里转悠了很久，他想杀了那只鸡，全家人吃一顿。几个孩子知道他要杀鸡，都跟在他的身后转，他走到哪里，他们就紧紧地尾随到哪里。但常七郎的女人不让杀，她说，再熬一两个月，鸡就要开始下蛋了，去年一年它一直下得很好，又大又多。常七郎说，不杀它，我们除夕晚上吃甚？我要杀它。女人说，先把我杀了，再杀它，你碗里的肉就更多了。常七郎说，你看你，你这个女人——不久，他扔下菜刀，出去了。

天快亮了，远处开始发白。常七郎跑回屋里，女人仍在熟睡，他揪住她的散落在枕边的头发，猛然将她从睡梦中拽醒。女人惊叫了一声，翻身坐起来，莫名其妙地看着他。常七郎指着她的脸，大声对她说道：

"起来，找那只黄鼠狼去，把鸡给我要回来，你他妈的一定知道它住在哪里！"

正月初六上午，一声清脆的枪响划破了寂静的陈塘山区。常七郎从一道墙垣后面探出头，向远处观望着，灰色的田野只有一些大大小小的坟堆一样的土丘，阡陌上的树木稀稀落落。最初，常七郎以为是一支雷管的爆炸声，从前年春天开始，有人常在附近一带炸石头，飞沙走石，烟雾腾腾，插在石缝里的雷管干裂的爆炸声常常出现在午后或傍晚，陈家大院里的一位老太太有一次正在台阶前闭着眼睛晒太阳，一块剪刀大小的石头突然从天而降，陈老太太还没有来得及哼一声，便被击昏在阶下。

常七郎站在土墙后面，抬起一只手遮挡着略显刺眼的阳光，响声过后，四周一片寂静，有一个人在不远处的一个菜园子里埋头耕作，似乎根本没有听见那种响声。常七郎想，眼下离播种的季节还很远，土冻得像铁一样，他在那里干什么呢？难道他能松动园中的墒垄？常七郎还从未见到过有人对土地施行法术……这时，一阵低远的窃窃私语贴着地皮，传到了常七郎的耳边。他从墙后探出头，看到有三四个人出现在远处的一座废弃的石灰窑后面，他们指点着周围的荒芜的田畴与垄旁的便道，他们像是几个县里来的丈量土地的人。常七郎这样想着，一只手无意识地摩挲着几株生长在墙头上的枯草，他已经把适才的那种清脆的响声完全忘记了，墙上的土顺着他的衣袖扑扑地往下掉，菜园子里那个一声不响的人仍在埋头耕作。

这会儿，白色的石灰窑的遗址，在上午的阳光里发出一片刺眼的光芒，那里到处是被挖掘过的坑洞和堆积如山的石灰渣滓。常七郎听到那几个人中的一位咳嗽得非常厉害，似乎胸腔和喉咙里钻进了石灰。

一匹白马从远处飞驰而来。骑马的人在快要从石灰窑旁边的大道上经过时，突然从马背上栽落下来。常七郎看到一直转悠在窑后的那几个人，这时一齐向出事的地方跑去，跑在最前面的那个人拦住了那匹咴咴鸣叫的白马。

常七郎把两只胳膊架到墙头上，一动不动地注视着那边的情形。他忽然感到有人在他的肩上拍了一下，他吃惊地回过头来。

　　那个人对常七郎说，趴在这儿看什么呢？墙外有女人？二奶奶让人到处找你呢，她这会儿手脚灼热，胸口发烫，让你去河里取冰。

　　常七郎说："这样的天气，要吃冰？"

　　"让你去你就去，不会亏了你，你取一筐冰回来，至少给你一升麦子。"

　　"你回去告诉二奶奶，我这就去。"常七郎离开墙头，最后朝那边望了一眼。那几个人已经不见了，石灰窑的遗址闪着白光。


　　背上的冰块换成了麦子，淡红色的麦粒，在他行走的过程中发出沙沙的响声，一点一点地磨蚀着他的耐心。常七郎环顾左右，被阳光照耀了一天的村庄，这会儿到处都弥漫着醋沉的睡眠的气息。寂静的村庄里，只能听到河水的声音，河水在冰层下轻声喧哗，绕着田野和树林向远处流去。午后的一段时间里，他曾在那条河流上面奔跑，滑行，蹲伏，谛听冰下的流水。他背着一筐晶莹剔透的冰块离开河边的时候，迎面遇见了村长。村长用十分狐疑的眼光打量着他，常七郎告诉村长"有人发烧"。走出很远之后，他回头看见村长心神不宁地在河边走来走去，翘首眺望着南边的大道。村长好像在等什么人……走进犬声四起的陈家大院之后，常七郎感到背上的冰块正在融化，他的衣服在午后的阳光下变得越来越潮湿，像盔甲一样沉重。在那种滴答不休的残漏声中，他飞快地瞥了一眼陈家二奶奶高耸的胸脯，一只手停留在她的胸前，正在替她分担一部分灼烫，那只手像一片雨前的浮云。有人带着他来到火炉边烘烤衣服。陈家老太爷端着茶杯来到他的面前，对他说，你今天看到什么人了？常七郎说，是几个丈量土地的人，还有村长。陈老太爷说，村长？常七郎说，村长在河边转来转去，他好像有什么心事。陈老太爷望着窗外的庭院，自言自语地说道，他在那里干什么呢？

　　回到家门口的时候，屋里传出的一个孩子的呓语将他吓了一跳。夜风吹拂着院子里的草垛，白日里微微发红的草垛，这会儿看上去漆黑如铁，滴水不漏。常七郎放下麦子，来到炕上，刚在女人身边躺下，忽然又疼痛似的翻身坐了起来。


正月十六上午，常七郎从陈塘赶到县政府。一位脸色苍白的职员正在一个黑色的木头匣子前发呆，常七郎咳嗽了一声，那个人昏昏沉沉地抬起头，露出一双惊恐不安的眼睛。

"昨天晚上，我正在修理鸡窝上的一扇小门，一个浑身血污的人突然从外面爬了进来，寻求隐藏……最先看到他的，是我的一个八九岁的孩子。"

常七郎的述说很快引起了那个人的注意，并驱散了他的那种昏昏沉沉的倦意，他捡起桌上的一块黑布，他的一双手颤抖着将那个带有一排旋钮的黑色木头匣子蒙了起来，然后抱起来向墙边的一张桌子前走去。常七郎不安地望着，那个用黑布罩起来的东西让他多少感到有些不祥。现在，那个人挺直了腰板，匆匆地向窗外瞟了一眼，示意常七郎往下说。

"你老贵姓？"常七郎颤声打听道。

"姓张。"

"大约几天前……"常七郎眨动眼睛，努力回忆着，"初一？初六？那天半夜，我从外边回来，我的女人……"


# 六


一些似是而非的、令人不安的消息，在乡间和城镇的街道上悄悄地流传着……在大雪压弯的树枝下，在隔街相望的居室里，某些经过演义后的细节变成了拂天而过的庞然大物，传说中的人数在不断地增加，重复出现在四面八方，不祥之兆一个接着一个。

雪过天晴，大地闪光。

靳文焕站在窗前，昨夜的一场大雪将院中的几棵榆树装点得面目全非，所有的枝丫看上去都又白又胖，像无数只拥挤在一起的肉虫。从天空放亮以后开始，靳文焕就看到一只似鹰非鹰的鸟蹲伏在一根树杈上，一直没有离去。那只羽毛漆黑、头顶上有一片猩红的鸟，一动不动地望着站在窗前的靳文焕，目光中流露出一种十分轻蔑的神色。靳文焕用力把一个吸剩的烟头从窗户里抛出去，烟头在树前划出一道短暂的弧线后，很快便一头扎入了茸厚的雪地里。那只鸟没有被迎面抛来的烟头吓跑，仍然像先前那样轻蔑地打量着靳文焕，也许它毫无察觉，也许它的身体早已被冻僵？这会儿，靳文焕感到自己的眼帘跳得十分厉害，耳边嗡嗡作响。那些模棱两可的，更多的时候是自相矛盾的消息，使他在不知不觉中陷入幻想的泥淖之中，恐怕永远也不会有理清头绪的那一天了。昨天晚上，他接到一个来历不明的电话，一个声音劝他不要外出，否则……放下电话以后，他的心跳骤然加快了许多，否则怎么样，后果不堪设想？这是明火执仗的恐吓，还是含糊的暗示与提醒？……不久以后，他要通了县政府的电话，等了半天，那边一直没有人接。他不明白这样的节日的夜晚怎么会没有人值勤，是一时的疏忽还是都回家团圆去了？

　　现在看起来，连日来的那种合家团聚、喜气洋洋的节日气息是那样的刺眼而不合时宜，多么可笑，大敌当前，人们居然还像傻瓜一样地在舞狮子、扭秧歌，人人笑逐颜开，忘乎所以……每当想起这些，靳文焕便会感到非常羞耻，感到自己同样也是一个十分可笑的人。舞吧，跳吧，总有舞不动的时候，总有不想跳的那一天。近来，听说南门一带出现了一些形迹可疑的人，其中包括一名爱磨磨蹭蹭的鞋匠和一个笑容可掬的跛腿男人……南门，那里的生长着重重苔迹的城墙，今天看起来，无论如何都不如很多年前那样牢靠而管用了，它已腐朽颓败得不成样子，靳文焕不清楚它能抵御什么，它下面的那道吱吱呀呀的城门在事实上也早已形同虚设，成了聋子的耳朵。

　　正月初十上午，他的女儿靳芝在北平的一位同学突然来访。靳文焕把来访者看作是女儿的一个朋友，一个比较要好的朋友，只有这样的认可，才能解释他为什么会在冰天雪地的季节里来到这个偏远的塞上小县的原因。靳文焕望着女儿的这位同学，想起了二十多年前那些身着长衫、意气风发的年轻学生。中午，靳文焕陪他一起饮酒，轻描淡写地打听一些来自北平的消息。午后，他们一起到了郊外。这样的季节，到处荒草萋萋，朔风凛冽，行人极为稀少，他们当然不是去踏青……

昨天夜里，靳文焕做了一个奇怪的梦，他梦见一阵清晰而迟疑的铃声，一个形迹可疑的人按响了外面的门铃。铃声初响之际，靳文焕以为自己正置身于一个开演前的剧场之中，过了没多久，他即意识到那是自己的错觉。梦中的铃声仍然时断时续，飘忽不定。靳文焕惊讶地看到，那个人不屈不挠的精神使家里的人在一段时期之内乱作一团，烛台倾翻了，红色的蜡油开始恣肆地流淌，看上去像是谁的黏稠滞重的鲜血；垂在后厅的帷幔突然翻飞飘动起来，它的猎猎作响的声音如同风中的旗帜；成群结队的梨树绕墙而生，怒放的花朵仿佛漫天飞雪；飘飘欲飞的裙裾遮掩着靳文焕的心事与目光，他一知半解地想象着外面发生的一切，天知道出了什么事情……很久以后——似乎已过了很多年，先前曾一度错乱无序、四处行走的物品，都先后回到了各自的指定位置，厅中的帐幔也不再飘拂，安静地垂着，如同风景中悬挂的流水。随着喧嚣的消逝，靳文焕感到自己的视线恢复得像童年时代一样清澈无邪，一个脸色苍白、心灰意冷的人正在他的纯净明亮的视线里渐渐远去。靳文焕的身体向前倾了一下，看清了那个神思恍惚、心事满腹的人，他悬着的一颗心放了下来，脸上溢出一抹笑容。那时候，他已经认出那个人是谁了，他想叫住他，从背后喊他一声，这个念头刚一闪过，那个人已经偏离了他的视线，那个人虽然像一位老人一样走得很慢，但还是很快在一道无人的斜坡下面消失了。坡上的一家店铺打开了潮湿的门扉。

……

早晨刚刚过去，靳文焕接到了县政府书记员张珍打来的电话，张珍那种噤若寒蝉、吞吞吐吐的语调使靳文焕感到有些反感。他在电话里对张珍说，不要夸大其词，危言耸听，事情是什么就是什么，到了什么地步就说什么地步，你这样草木皆兵，成何体统！

张珍说："靳县长，您老去街上听听，人们都在说什么，我今天早上从家里出来，西城一带的人正在议论一件事情……"

"什么事情？"

"昨天晚上，在鼓楼街，那个男扮女装的、扭秧歌的人，听说是小分队的……一位排长，在观灯的人中间……"

"这是谁说的？不可能。"

"听顺裕商行的人说，他后来又唱了一段道情《花亭》。"

"张书记员，这么说，你昨天晚上是出去观灯去喽？"

"没有，我只是打那里路过，路过……"

"西城一带的焰火很好看吧？"

"靳县长，您老等等，我觉得事情好像有点儿不大对劲——"

对面的朱色护栏在上午的阳光里变幻出一道道貌似暖意的光泽，空中的云彩像滚动的雪球一样正在迅速地远去。靳文焕惊讶地注视着窗外的情景，他从未看见过如此仓皇移动的云彩，他记忆中的云霞一直像流连在草地上的羊群一样一动不动，如同河边的石头。现在，奔跑得越来越远的浮云使他在追望的过程中忽然想起了一些事情，那些近在眼前的事情，犹如荒废已久的学业，变得难以应付，难以亲近，谁能从容有致地进行一番准确无误的梳理？一个笑容可掬的人是多么令人可怖，多么阴气袭人而不可思议。从城外奔驰回来的马匹冒着热气，滴着鲜血，马背上的人有时奄奄一息，有时下落不明，只剩下一副皮鞍。今天早上黎明时分，他梦见一只火焰一样的公鸡，梦见有一家老小正在刚刚返青的菜园里辛勤耕作，梦见了西边的城门和城墙上的几道致命的缺口，来自城外的风像护城河里的水一样灌满了那些令人担忧的缺口。太阳升起来了，平静暗哑的钟声在雾蒙蒙的光线里四处受阻，扭曲变形，如同一根根松散无力的看不见的绳子。从天亮开始到现在，那只似鹰非鹰的鸟一直一动不动地蹲伏在那里，不肯离去，仍然轻蔑地注视着他。如果它是一个人，一定是那种居心叵测、良知泯灭的人，它的那种样子，使他怀疑它似乎在一早的飞行过程中发现了什么，难道这个庭院里有什么值得留恋的东西么，是什么气息使它长久地滞留在这里？靳文焕的眼前迅速地闪过一些不祥的阴沉沉的片段与念头，他若有所思地望着那个羽毛漆黑的丧门星，突然朝窗外挥了下手，大声喝道：

"滚，走开——"

靳文焕的喊声还未完全落尽，电话那边传来了张珍战战兢兢的声音，张珍急促而灼热的呼吸通过话筒远远地传过来，靳文焕感到耳边一阵奇痒，伸手在脸上摸了一下。

"靳县长，您老生我的气了？"

"哪里，"靳文焕笑着说，"我在说那只鸟呢，天刚亮的时候，它就来了，一直蹲在我院里的树杈上。"

"一只鸟？"

"张珍哪，昨天晚上我做了一个梦，我梦见你了，你好像很冷，我从后面几次叫你，你都没有听见，你在一道斜坡上越走越远，你在坡下消失的时候，我最后一眼望到的是你的帽子——"

"县长，靳县长，卑职以为，我们之间，好像在时间上……出了一点毛病……"

"好啦，好啦，"靳文焕打断张珍的话，"我梦见你站在外面，三番五次地摁我的门铃，你为什么要摁我的门铃呢，有什么重要的消息要告诉我么，你这个张珍啊……"


# 七


天不亮的时候，赵长生就跟着东家李永福上路了。他们牵着一头毛驴，离开睡意弥漫的村庄以后，听到了从远处传来的哗哗的河水的声音。五十多岁的李永福一边张望着周围的房屋，一边在路上灰白的雾蒙蒙的光线里咳嗽着，沿途的树木不像树木，像多年以前锈死的兵器，像攀援在梦中的铜枝铁干。冷死了冷死了。赵长生哆哆嗦嗦地说着，嘴里发出咝咝的声音，他的两只手抄在袖筒里，一会儿跑到驴的这边，一会儿又跑到那边。冬日的早晨，路上没有行人，天空里看不到飞鸟。赵长生看到团团白气从李永福的嘴里呼出来，胡须上结了一层白白的霜雪。

驴身上搭着一条两头装着东西的口袋，嘚嘚作响的蹄声回荡在坚硬的冻土之上。昨天晚上，赵长生从偏屋里吃过晚饭出来以后，看到李永福正在有条不紊地捆扎那条口袋，口袋从中间扎紧，一头装着炒面，另一头装着烟丝。赵长生看了一阵，心里立即明白了，东家又在故伎重演了，他们每次离家外出，他都是这样，从家里带着炒面和烟丝，他从来不允许自己和跟他的人在客栈或饭店里吃饭，他把在那些地方乱花钱的人，一律看作是败家子，钱花在哪里不好，为什么非要白白地送给那些地方……一年一度的陈塘庙会已经来到了，赵长生这是第三次跟随东家出来逛庙会了，李永福在人来人往的庙会上既不听戏，也不喝茶，只是不住地围着庙会上那些等待出卖的牲畜和农具转来转去，流连忘返，两只眼睛闪闪发光。

天色开始发亮，田野里的那些坟包一样的土堆已清晰可见，远处的重重雪山在闪光。李永福的喘息越来越重。

"东家，骑上吧。"赵长生看着吃力行走的李永福，虽然李永福的头上冒出了热汗，但鼻子仍然冻得通红。赵长生对他说："您多少骑它一会儿，我跟在后面走。"

"你让我骑它？你以为它多大了，它才六个月。"李永福不高兴地瞪了赵长生一眼，目光在小毛驴的身上瞟来瞟去，"长生哪，我一直以为你是一个有良心的人。"

"东家……"

"这是一头牲口，这要是一个六个月的孩子，还不得让人抱在怀里吗？你能骑它？"李永福来到驴身边，将口袋的两头平衡了一下，对赵长生说，"它一路上替我们驮着炒面和烟丝，这还不够么，我要是不带它出来，这些东西都得你背着。"驴向前走着，忽然停下来，分开两条后腿，一道灼热的水流夹带着白气倾泻到地上。李永福一边看着，一边笑着说："你看它，你看它，又尿了，怎么又尿了？从家里出来，这是第三遍了吧？"

"第二遍。"长生说。

路上开始出现稀稀落落的行人，南边的一片灰色的树林子里传来了一起一落的锯木头的声音，明亮的河沟在远处蜿蜒蛇行。一年一度的陈塘庙会吸引着附近所有的人，天色完全放亮以后，沿途的一些村庄里响起了上路前的各种声音，整装待发的马车，急躁不安的家犬，穿戴一新的女人、孩子，都或远或近地出现在早晨的炊烟下，村中的土墙沐浴着初升的阳光，有人沿着梯子爬上屋顶，向远处瞭望。

李永福做了一个梦。

他梦见自己的那只年仅六个月的毛驴突然怀胎，身孕越来越明显，几乎谁都能一眼便看出来。年幼的毛驴躺在一堆金黄的干草上，不吃不喝，不喊不叫，它不像一位慵懒无力的孕妇，它那种温顺害羞的样子，更像一名待出嫁的姑娘。李永福每次过来的时候，它都会仰起一张白白的脸长久地望着他。李永福蹲下来，伸出手慢慢抚摸它的耳朵和白色的鼻梁，李永福在做这些的时候，心中似有所动。他压低声音对它说：

"你有什么事情要对我说么？这会儿没别人，只有我们两个。我是你的主人，你知道么？只有我最疼你——"

毛驴卧在金黄的干草上，伸出粉白的舌头，轻轻地舔着李永福的灼热的手掌，它身下的干草在簌簌作响。

"有人欺负你了么？"李永福仿佛自言自语地说着，他的一只手从它的消瘦的脊梁上慢慢滑下，停留在那滚圆饱满的肚皮上，他感到自己的手指在不听使唤地跳跃着，松散无力的手指，几次都难以合拢，握不成一个拳头。草房里散发着一种六月里的干燥的气息，驴的鼻子在轻轻地抽搐。李永福手里拿着一根干草，六神无主地注视着光线昏暗的草房，某些无形的迹象使他感到事情有点不对劲，但他不明白在哪一个环节上出了毛病或差错。他望着被舔得湿漉漉的手掌，轻声对驴说道：

"你真像一个含冤的孩子……"

外面起风了，屋顶上的瓦片与枯蒿发出响动，仿佛有人在上面行走，蜻蜓点水似的一掠而过。一有风来，到处都变得天昏地暗，幽深无边，狭窄的街巷呜咽不休。

一天晚上，李永福吃过晚饭后，听到草房那边传来一阵响动，他急忙跑出来，站在台阶下，提高声音问道：

"谁？"

"东家，是我。"

是赵长生，一边答应，一边窸窸窣窣地从草房里走出来，站在屋檐下的黑暗中，他的一双手好像在摸索什么。李永福看了一阵，没有看清，向前移动了几步。

"是长生啊，你在那里干什么？"

"切草。"

李永福终于看清赵长生的那双忙碌的手了，他正在慌乱地系裤子。李永福听着那种轻轻的摩擦声，心中感到十分不快：

"长生，你又在草房里尿了？我说过多少次了，你为啥还在草房里尿？"

"东家，我实在憋不住了。"赵长生终于系好了裤子，放下衣襟，磨磨蹭蹭地从屋檐前的黑暗中向李永福面前走来，他的身体看上去似乎十分虚弱，嘴里的牙齿在暗夜里闪闪发光。李永福叹了一口气，对他说道："天气越来越热了，不能再往那里尿了。里面到处是跳蚤。"

"不了，这是最后一次。"

几天后的一个中午，万氏钱庄的一名伙计送来一沓去年的账单，李永福找来算盘，坐在炕上仔细核对。他的孙子，一个七八岁的孩子正在门前弹玻璃球。李永福出神地注视着显示在算盘上的数字，小孙子收起黄蓝两种颜色的玻璃球，跑过来告诉李永福，赵长生是一个力大无比的人，他的身体像一座山一样，他刚一趴到那只小毛驴身上，小毛驴就立即被他压倒了，他们一齐滚在干草上。

"压倒了……"

李永福停止了思索，把惊奇的目光从紫红色的算盘珠子上移开，停留在孙子的脸上，小孙子的话好像触动了他的某一根神经，使他意识到了一种什么。压倒……山……滚动……干草……他试图从中发现某种联系，他推开眼前的那堆账单，问小孙子说：

"铁蛋，告诉爷爷，他真的把咱们的小毛驴压倒了？"

"嗯。"

"他在干草上怎么滚来?"

"就这样。"铁蛋说着,就要在地上模仿,李永福拽住了他的胳膊。孩子这时看见爷爷脸上的颜色变得像算盘珠子一样。

"你亲眼看见了,在咱们的那间草房里,对不对,铁蛋?"

孩子点点头。

"你喜欢咱们的小毛驴吗?"

"喜欢。"

孩子告诉李永福说,赵长生在金黄的干草上噢噢地叫着,眼睛望着草房的泥巴屋顶,像一只狼一样。

"这个兔崽子,他这是在干什么呢?"李永福自言自语地说道。孩子早已跑出去了,但他毫无察觉。一束阳光照亮了屋里的一只瓷坛,坛子上的光芒反射到他的脸上。阳光在脸上反复跳跃。李永福慢慢地想起了不久前的一件事情,在尘土飞扬的陈塘庙会上,赵长生跟在李永福的身边,两只不安分的眼睛四处张望,无孔不入。不久,庙会上闲散的人群突然混乱起来,县里保安团的汽车带走了一个浑身血污的外乡人,一同被带走的,还有陈塘村的村长。李永福打听到那个浑身血污的人藏在一个名叫常七郎的人的家里,庙会上的戏开演以后,村长趁机溜出人群,去看望那个伤势严重的人。村长刚开始与那个人说话,忽然听到背后有异样的响动传来。村长回过头,无比惊愕地发现保安团的士兵已包围了常七郎的院子……常七郎嬉笑着从门后钻出来……赵长生从李永福手里接过毛驴的缰绳,对李永福说,东家,您听戏去吧,把它交给我吧,我带它去井边饮水。这时,戏台上尘土飞扬,杀声四起,北风将几道灰色的、天蓝色的帷幕鼓荡起来,吹拂得飘飘欲飞。李永福的脸色阴郁得十分难看,他不容分说地从赵长生的手里夺过毛驴的缰绳,对赵长生说,我不听戏,我不喜欢听戏。一名身穿月白色英雄大氅的演员翻着筋斗,突然从舞台上栽下来,落进台下的人群里,台上的锣鼓与胡琴戛然而止,人群像潮水一样向前涌去……李永福牵着毛驴躲在一边,驮在驴背上的那条装有炒面和烟丝的口袋不见了。李永福在喧哗声中四处搜寻丢失了的口袋,他忽然看见赵长生鬼鬼祟祟地与两个面孔陌生的人站在一棵树下，赵长生的舌头在飞快地跳动着……

……

一个月光皎洁的夜晚，一个婴儿的啼哭传进李永福的梦里。梦中的草房摇摇欲坠，血迹斑斑，到处都是凌乱的金黄的干草，苍蝇像飞机一样嗡嗡作响。李永福看到自己的那只年幼的毛驴像一名极度虚弱的产妇一样，软弱无力地蜷缩在一堆干草上。李永福让赵长生跪在草房的门口，对他说：

"你他妈的干的好事。"

"东家……"

"你不是人。"

"不，那不是我——"

……梦醒之后，李永福大汗淋漓，脸部和手指潮湿不堪。他披衣出来，西斜的月亮清白如水，院中的一棵梨树投下斑驳疏密的阴影。李永福穿过婆娑的树影，草房里寂静无声。李永福走进草房里后咳嗽了一声，他首先闻到那种熟悉的干草散发出来的呛人而暖烘烘的气息，接着，他看到了那只四肢僵硬的小驴，他的一只手刚一触到它的腹部，便立即颓然无力地坐到了草堆上。

纷乱的干草像丰收在望的庄稼一样簇拥在他的身体四周，骚扰着他的目光与心事。不久以后，这位勤俭持家、黎明即起的乡村地主发出了伤心而恐惧的哭声。


农历正月十五，傍晚。

失踪了几天的赵长生突然带着一身寒气出现在李永福的面前，李永福在灯下吃了一惊。外面下雪了，赵长生的头上、身上落满了雪花，他面带菜色，却满脸霞光熠熠。

外面的爆竹声此起彼落，尖厉的声音划过黑色的山丘一样起伏的草垛，消失在遥远的夜空里。赵长生推门进来之前，李永福还没有吃晚饭，正在灯下想心事。院子里的狗听出了赵长生的熟悉的脚步声。赵长生走进院里的时候，那只狗从墙边站起来，冲他摇了摇尾巴。

赵长生抖落身上的雪花，打量着张贴在屋里墙上的几幅彩色的年画，画面中的内容五谷丰登、六畜兴旺，一派风调雨顺的喜人情景。赵长生看过年画，告诉李永福说，他此番回来，是为了给小分队弄点吃的东西，他们此刻正在村外的小树林边。小分队很快就要从西门和南门两个方向攻打县城，他将为他们带路。

"让你带路？他们瞎了眼。"李永福说着，忽然想起了什么，"你赔我的驴——"

"东家，别给脸不要脸，不知好歹。"赵长生说，"等一打下县城以后，我马上就是农会主任了，我有的是驴。"

李永福说："你是农会主任？你猪狗不如。"

……

# 八

持续不断的昏睡……家门在风中启合，犹如翻动的书页……张珍感到自己像一个初次涉水的人，徒劳无益地挣扎在时光的泥淖之中，他惊讶地打量着远处的光线，他看到冬日的树木如同一片被风吹灭后的蜡烛。

午后，张珍听到一个消息：县长一家人突然乘车离开了县城，在经过东门的木桥时，靳文焕从车里出来，心事重重地站在护城河边的土壤上，注视着灰色的城墙，河边的风将他的长衫吹成一团。他的女儿靳芝在车里催促他赶快上车，司机小心翼翼地摁了一下喇叭。那声十分短促的汽车喇叭声使靳文焕在护城河边的土壤上打了一个冷战，他面色如土地撩起长衫的下摆，摇摇晃晃地向车前走来。他的女儿靳芝在车里埋怨他，靳芝的一只戴着白丝手套的手伸在车外，靳文焕像一个年迈体衰的老人一样，笨拙而吃力地钻进车里。不久以后，汽车开动了，渐渐地消失在卷起的尘雾里。

县立中学的一位国文教员孙促，吃过午饭后在东门外的木桥边散步，目睹了这一情景。

孙促望着远去的尘雾，慢慢走上木桥，护城河一带的矮树丛灰蒙蒙的，毫无生机可言。仰望午后的天空，孙促触景生情地默念了几句唐诗。眼前的城墙是潮湿的，苔迹浓重，由于河道久未疏浚，临近大道的那一段城墙一直泡在水里。淹没在水里的那些砖说不定都泡得像面包一样。孙促这样想着，走下短短的木桥，来到城门前。城门口的风很大，差一点儿将他头上的帽子吹掉。

街上有几个无精打采的人。

走进城里以后，孙促在县立中学门口突然遇到了张珍。

张珍从前也在县立中学执教，调入县政府以后，家仍然一直住在学校里，但他们见面的机会已不像以前那么多了，因为张珍总是很忙。

午后，张珍夹着一只黑色的公文包，正要去县政府，孙促迎面而来的时候，张珍停下来向他打了一个招呼。

孙促说，县长不在了，想不到你还这么匆忙，这么准时。

张珍说，你说什么？

孙促告诉了张珍他刚才在城外看到的那一幕情景。孙促说，他在桥下散步的时候，看到靳文焕县长一家人坐着汽车，朝东边走了。

朝东边走了？

一片烦躁不安的神色显现在张珍的脸上。太意外了，上午的时候，他还和县长通过电话，县长的口吻还是一如既往，丝毫没有什么不对头之处，现在竟然突然乘车离开县城，把一个突如其来的谜团留给了张珍。县长以前可不是这样的呀，在张珍的记忆中，他每次离家外出，事先总要交代得清清楚楚，去什么地方，什么时候动身，什么时候回来，一切都井然有序。而今天，他的突然出走，使张珍感到有那么一点不辞而别的意思，县长这是在搞什么名堂呢？难道发生了什么紧急的事情，需要他本人亲自出马？可是他为什么要带着家眷呢，是去什么地方观光，或者访友？孙促看见他的汽车从东边开走了，由此东去，除了北平，再没有什么好去的地方了。北平……张珍忽然想起了在北平读书的靳芝小姐，也许，什么事情也没有发生，县长只是心血来潮，想亲自送女儿去北平而已，张珍想，我是不是有点儿杞人忧天，自作多情地虚惊一场？他多么希望孙促的一番话纯属午后的呓语和玩笑，但他与孙促曾经一起执教，他知道孙促的品行，孙促不是那种捕风捉影、信口开河的人。张珍这时感到自己有必要澄清一些什么，他对孙促解释道，靳县长的小姐在北平读书，他是送她到学校去了。

但孙促对张珍的解释显得毫不在意，孙促似乎早已忘了自己刚才说过的话，忘记了不久前在东门外的木桥下看到的那一幕情景。孙促向张珍打听县里的款项，从去年冬天开始，学校里已连续好几个月没有给教员们发薪水了，一段时间以来，学校里的伙食坏得惊人。有些教员常在黄昏或夜里结伴去城外打狗，在宿舍里秘密地烹煮狗肉，一位物理教员因眼睛严重近视，被狗咬伤，至今尚未痊愈。教员们在屋里大肆啮啖的时候，都忘乎所以，没有人会想到窗外早已站满了垂涎三尺的学生。

"你看看，就是这样子，早就完了，早就不成体统了。"孙促说。

张珍说："你是知道我的，我无职无权，只能替大家问问，打听一下。"

"你当年离开学校是对的，"孙促看了张珍一眼，"你命好。"

张珍说："我好？你哪里知道，我也是风箱里的老鼠。在那个地方，我只是一个跑堂的，人人都是老爷，谁会把我放在眼里。"

"下一辈子，即使变成一只蚊子，我也再不愿做人了。"孙促说着，朝周围扫了几眼，"近来，好像有一些传说。"

"什么传说？"

孙促笑着，没有回答。张珍立即明白了他的所指，对孙促说：

"谣言，全是谣言。"

孙促说："我就盼着那一天呢。"

"小心你的脑袋。"张珍对他说，"朱先生近来好么？"

"早死了。"

张珍一惊，"什么时候，我怎么不知道，我一点儿都不知道。"

"你不知道的事情多了。"孙促说，"近来，学校里有一个教员，已经失踪好几天了，我看是凶多吉少。"

"谁？"

"你不认识她，"孙促说，"她是去年秋天，暑假结束以后才来的，先在图书馆。哎，她可是个人物，既能代几何，又精通国文，还会弹风琴，一个很好看的女人。"

"她怎么会失踪？"

"天知道，从正月初六开始，她就不见了，有十几天了。"

"初六？"张珍寻思着，"靳县长家的小姐也是初六才从北平回来的……"

"这事难道与她有关系？不会吧。"孙促睁大眼睛，看着张珍。

"当然不会。"张珍说，"素昧平生，她们之间毫无瓜葛。"


现在是正月十六下午，节日后的街道显得比平日更加萧条冷落，午后，从西方方向涌来的乌云遮住了雾蒙蒙的太阳。张珍走在街上，一度，他感到这是一座无人的空城，一座徒具其表的一触即碎的玩具小城，脚下到处是红色的纸屑和瓜子、花生的空壳。从除夕以来，经过半个多月的欢跳、折腾，似乎人人都疲倦得再也打不起精神了，都昏昏沉沉地蜷伏在家里，一些孩子在街上拾捡着昨夜未引爆的爆竹，不时地发生着认真而津津有味的争执。在满街灰暗沉闷的光线里，几乎所有的房屋都关闭着门窗，街上寂静得像一个死气沉沉的夜晚。

张珍边走边想，都睡过去了，都睡死了，这会儿，只有我一个人像傻瓜一样地醒着，在空荡荡的街上走着。

一切都像是劫后余生。

张珍打量着那些生长在房屋之间的黑色的榆树和杏树，现在离它们发芽开花的时间还相当遥远，再过一个月以后，也仍然还是现在这副半枯半死的老样子。连日来的那些熙熙攘攘的人群都不知哪里去了，像一种声音一样突然消失了。看来，无论什么人，每个人似乎都有一个去处，都有一扇他能够推开的门，谁都可以永远地关上他那扇门，一直都不出来，不在亮处喧哗，不在人前露面，省略掉寒暄与问候，省略掉彬彬有礼、大方得体，省略掉装模作样，省略掉所有心机和应付的措辞。

去他妈的对答如流，去他妈的风度翩翩、精明睿智，去他妈的高朋满座、大智若愚。

现在看起来，似乎谁都可以那样，但唯独张珍不可以那样。

张珍走进县政府，拿起电话，一连要了几次，县长家里一直没人接。现在，张珍完全相信孙促的那一番话了，孙促今天午后在东门外的木桥边的见闻是真实的，绝不是他的随心所欲的呓语与玩笑。县长一走了之，省略了多少事情，从某种意义上来说，县长像一个心系远方、轻装上路的游子。张珍有多少炙手可热的事情需要向他一一陈述。今天上午，好不容易通了电话，但县长老在打岔，像是在插科打诨。县长的那种口吻与措辞，很快便搅乱了张珍的心境与思绪。

张珍一时忘记了自己要说的话。几年前，县长去县立中学视察，在众多的教员中发现了张珍，张珍的苍白的脸色曾给他留下了很深的印象。县长对校长说，日本人刚刚赶走，国家正值用人之际，这样的栋梁之材你为什么一直隐瞒不报，这个人我要了。第二天，张珍便走进了县政府。

张书记长昨天去了省城。张珍放下电话，来到窗前，对面的房子里，机要室养的几盆柱顶红开花了，这会儿，一个女人正在花前浇水，女人的头发烫得曲曲弯弯的，像木匠手中的一堆刨花。从前院那边飘来了呛人的炒辣椒的气息，附在院墙上的一带琉璃瓦被梨树灰色的树枝分割得影影绰绰。张珍正在窗前出神，稽查科的一名职员端着一杯茶从门前经过，十分神秘地告诉张珍说，昨天晚上在街上观灯的时候，他看见财政科贾科长的太太了，贾太太满面春风，穿着裘皮大衣，与一个男人挽着手……

张珍说："好，真好。"

张珍离开窗户，来到桌子前。那个人探进头匆匆地向里边瞥了一眼，到别的房里去了。不久以后，张珍要通了赵司令的电话。

赵司令不在。接电话的是保安团的陈副官。陈副官告诉张珍说，赵司令这些天很忙，正在行刑室里拷问一个身份可疑的女人。

"一个身份可疑的女人？"

"是的，我们跟踪她很久了，"陈副官兴奋地说，"一个很漂亮的女人。"

张珍说："可以与林艳芳媲美吗？"

电话那边停顿了一下。"当然，"陈副官声音干涩地说，"她们不相上下，都不比对方差，各有千秋嘛，啊。"

"你很激动。"张珍说。

"哪里，没有我的事，"陈副官说，"赵司令亲自出面。"

张珍对陈副官说，他有很重要的事要立即见到赵司令。陈副官迟疑了半天，对张珍说："那你就来吧，直接到行刑室。"


张珍走进潮湿阴暗的行刑室以后，垂挂在墙上的一些刑具映入他的眼帘，他惊奇地看到，有些刑具很像是耕作的农具。

赵司令正在与那个女人说话，张珍靠墙站着，那个女人坐在一张宽大的桌子后面，一头长长的黑色的头发从中间分开，向两边披泻下来，使人几乎看不到她的面容。

赵司令在灯下时走时停，对那个女人说：

"你说说，你为什么不愿意跟我，你要是能说出个理由来，我就放你回去。"

女人说："我结过两次婚。"

"那有什么呢，"赵司令说，"我不计较，我不计较这些。"

"我有孩子。"女人说话的时候，仍然一直没有抬头。

"我喜欢孩子。"赵司令说。

女人许久没有说话，张珍看到她的肩膀在轻轻颤抖。张珍离开墙边，向赵司令走来，赵司令看到他后，微微吃了一惊：

"你怎么来了？"

"赵司令，我有要事相告。"

"我正忙着呢。"

张珍望着那个女人的头发，对赵司令说："她是不是县立中学的教员？"

"怎么，你认识她？"赵司令说着，转过脸看着张珍。

"不，我……"

赵司令满脸狐疑地望着张珍。

张珍说话的时候，那个女人忽然抬起头看了他一眼，但没有表示什么，很快又低下了头，一缕头发垂到了桌子上。

张珍感到一道刺眼的亮光从自己霉湿的心中一闪而过，行刑室里的灯光有些眩晕。他来到赵司令身边，低声对赵司令耳语了几句。赵司令忽然变了脸色，吃惊地说道：

"不辞而别？这个老狐狸，他是不是听到什么风声了？"

张珍说："近来，我听说西门和南门……"

"我早就发现他靠不住，"赵司令打断张珍的话，"他终于还是走了，你知道他为什么这么着急，这么匆忙吗？"

张珍摇摇头。

赵司令笑着说："我知道他怕什么，他是怕共军咬他的蛋。"

站在墙角里的几个行刑的士兵突然笑出了声，张珍没有笑，张珍看到赵司令含笑的目光瞟着桌子后面的那个女人。

张珍说："赵司令，您……大敌当前，犯不着为一个女人生气，卑职以为，不如把她放了，让她回去教书……"

"什么，放了？"赵司令不高兴地对张珍说，"走吧，你走吧。"

张珍最后看了一眼那个女人，她的乌黑的头发充满了他的视线，使他的眼前变得一片漆黑，他几乎什么都看不见了，他的身体在黑暗中到处撞击着，墙上的鞭子像一条条僵死的蛇一样扭曲成一团。水桶、长凳、天窗、锁链、手电筒、毛巾、废纸、气孔……走上行刑室潮湿曲折的楼梯以后，从窗口射进来的一抹阳光晃得他闭上了眼睛，湿漉漉的头发贴在额头上，赵司令幽深的声音从下面飘了上来：

"女人都是这样，不把她的衣服剥光了，她就永远给你装正经，来，给我脱。"

# 九

这一天中最后的一点光亮正在渐渐消失。远处的山峦上、树林上的红色越来越少了，那些残存下来的星星点点的红色，如同番茄的红瓤或零散的豆瓣，远远看去，像是成熟在多年以前的一种可望而不可即的果实，一种悬挂多年的珍稀而多汁的果实。

暮归的羔羊使早已沉寂下来的大地显得更加昏暗，苍茫无边。从经过安家堡以后，就再也看不到河流的影子与方向了，只能听到阵阵低远的流水声。断断续续的水声，像一些出没在傍晚里的小动物，在颜色深重的林中或壕沟里跳跃，闪烁，忽远忽近地回眸。

汽车在黑暗中奔驰。

靳文焕昏昏沉沉地睡了一会儿，一阵突如其来的颠簸使他在不安之中睁开了眼睛。醒来以后，他听到一种絮絮叨叨的声音，身边的太太正在抱怨，她的两条项链和一只镯子遗忘在家里的梳妆台上了，她是在汽车驶过安家堡以后才突然想起来的，她念念有词地唠叨着镯子的成色和一些莫名其妙的乱七八糟的事情。黑暗中，靳文焕看到她的牙齿闪来闪去。

靳文焕没有说话，将脸转向车窗，望着外面漆黑的景色，虽然根本什么都看不到，但他仍然将鼻子抵在冰凉的玻璃上，像小时候盼望母亲从外面回来那样望着远处。这会儿，他的睡意开始消逝，他突然对身边的这个喃喃自语的女人感到非常厌恶，虽然车内一团黑暗，但他仍然不想看到她。她的一条多肉的腿从上车以后就一直贴着他，现在他感到身上极不舒服，向车窗那边靠了一下，终于离开那条腿了。他刚喘了一口气，她忽然向他这边移动了一下身体，那条腿又贴了上来，他们的肩膀靠在了一起。靳文焕紧紧地贴着车门，已经没有可以回旋的余地了，再往那边挪，他就彻底从车里出去了。一大片黑乎乎的东西从窗外闪过，靳文焕匆匆瞥了一眼，没有看清那是什么。

一只手突然放到了他的身上，靳文焕的肩膀抽搐了几下，仿佛有一片蚂蚁正在他的身上悄悄蠕动，缓缓爬行。靳文焕的身体缩成一团，此刻，他多么渴望摆脱那只灼热的手。车窗虽然一片冰凉，但他的脸颊贴上去以后，并没有感到多少寒意，反而使他的呼吸畅通了起来。他望着外面，用一种沉闷的声音说道：

"你睡一会儿吧。"

"不，我睡不着。"

是的，她是睡不着，车内尽管黑暗，她的两只眼睛却一直炯炯有神，毫无倦意，颠簸起伏的行程使她一直说个不停。在靳文焕看来，那全是一派胡言乱语。首饰，大衣，钟表，接应，沐浴，人情，性命攸关……一段时间以来，她翻来覆去说的就是这些车轱辘话。

一路上，根据汽车行驶时发出的声音，靳文焕闭着眼睛分辨着沿途的地形，沙子，浮土，水沟，河滩，缓坡，每当汽车行驶在细密的沙土路上时，周围便会变得十分宁静，车轮下传来的缜密细碎的沙沙声仿佛流动在谷仓里的粮食颗粒。汽车时而轻而易举地下滑，时而喘着粗气吃力地翻越黑魆魆的高坡。

不知什么时候，车灯突然亮了起来，一团茸厚的土黄颜色的皮毛出现在路上，稍纵即逝，很快便从前方明亮的光线中一闪而过，窜入路旁的灌木丛中消失了。

靳文焕感到眼前一亮。

坐在他身边的太太忽然从座椅上弹跳起来，欢呼了一声：

"兔子——"

司机说："太太，那不是兔子。"

"什么？是一只过路的狼？"

"好像是一只狐狸。"司机说。

在徐徐而行的光线中，靳文焕看到路两边黑压压的，大部分的枝丫上部挂着白色的冰霜。循序渐进的灯光，像一条明亮而空旷的长廊，某些时候，路上荡起的尘土使那条长廊变得雾蒙蒙的，影影绰绰，灯光照亮了路边的土坑和黑色的落叶。温暖如火的灯光是一种假象，一度被驱散了的寒意又在光线中重新聚集。

沿途肃静而绵延的树木，像正在班师回朝的重兵。

靳文焕突然对司机说道：

"不要开灯。"


车灯灭了，一切又恢复了黑暗，长廊消失了。靳文焕现在感到身上很冷，他清楚地听到自己的上下牙齿磕碰了几声。走得太匆忙了，他身上只穿了一件夹衫，没有更多的衣服。夜深了，外面的寒气正在越来越多地向车里泄漏、涌入，他情不自禁地往太太身边靠了靠，她的温热柔软的肉体让他感到一丝欣喜。

这会儿，她并没有睡着，靠在座椅上，眼睛望着前方，似乎在想什么心事。黑暗中，靳文焕伸出自己的一只手，开始摸索着寻找她的手。太太似乎早已意识到什么，立即把她的一双手全送了过来，她的头也靠在了他的胸前。靳文焕握住她的手以后，心里不禁一热，若非多年的夫妻，是很难有这种默契的，眼前的情形，或多或少地含有一种滴水不漏、天衣无缝的意味，许多其他的东西是很难在这个时候插进来的。现在，女人头发上的幽香开始在他的脸前弥漫，靳文焕紧紧地握着她的手，身上似乎已不像刚才那么冷了。

刚才，在车灯亮起来不久以后，太太忽然恍然大悟似的想起了一个比较严重的问题，她记起来今天是正月十六，以前她曾不止一次地听人说过，正月十六是一个不吉祥的日子，尤其不宜出门远行。而此刻，他们一家人却正在黑暗而漫长的路上，前不着村后不着店，北风呼啸，霜寒遍地。女人语无伦次地说完之后，用一种焦虑不安的神色望着靳文焕。

靳文焕无可奈何地长叹了一声，这个女人，真是岂有此理。

"正月十六不吉利？一年三百六十五天，哪一天是黄道吉日？"靳文焕冷笑着，说道，"哪一天都不吉祥，你要是不愿意再往前走，这就把你再送回县里去。"

"你这个人，"太太说，"你怎么就不让我说话呢，我说什么都不对。"

"对。"

从上车以后，他们的女儿一路上一直都在昏睡。司机的嘴边叼着一支烟，红红的烟头一闪一闪的。这会儿，靳文焕握着太太的一双手，压低声音在她耳边说道：

"这些天我心里很乱，看什么都不顺眼，有些话……你不要怪我。"

"我从来没有怪过你。"女人柔声地说道，"我是你的人，我怎么会怪你呢。"

黑暗中，他们用力拥抱了一下。靳文焕的手在女人微弱的声音中停留在她的胸前，脸贴在她的乳房上，慢慢地闭上了眼睛。

……高大巍峨的城墙像海绵一样柔软，许多守城的士兵已身陷其中，不能自拔。靳文焕看不到他们的身体，只能看到一些密密匝匝的头正在不停地摇来摇去，他们的身体似乎都深深地浸泡在水里。有人在狂呼乱喊，陷阱……蚂蚱……大刀……天上奔驰的云彩像无数受惊后四散而去的羊群。靳文焕健步登上瞭望台，向下面频频地挥手致意。那时候，他突然看到了太太，面对呜咽浑浊的护城河水，太太独自一人在高大阴暗的城墙下低声哭泣，她的红色的披风被城门口的风吹落在河边的壕沟上。太太忧心忡忡地向靳文焕诉说道，到外地去，我们在哪里落脚呢？谁来庇护我们？太太的回声在风中回荡。这真是一个渐渐临近的实实在在的问题，这种时候，无论见到什么人，都不会有好果子吃。偏远的小城像一座安静的树林，护城河里什么也没有，每天飞临的鸟儿像循规蹈矩的安于现状的职员，日日来往于蛛网般的大街小巷之中。郊外的风挟裹着壕沟里潮湿的水汽，穿过城墙上的窟窿和漏洞，箭一样地射向城中的各个角落，针针见血地扎在四面八方。

天上下起了小雨，远处，敌人的帽子已暴露在雨中……

靳文焕解开上衣的第三道纽扣，从怀中掏出那块老牌的瑞士怀表，放在手中久久地端详着，然后，他校正了一下时间。

汽车突然停下了，靳文焕从昏睡中惊醒。司机划着了火柴，正在点烟。

"出了什么事?"靳文焕问道。

司机回答说:"县长,咱们好像迷路了,前面是沙河……"

# 十

傍晚。

县立中学国文教员孙促来到张珍家里。这个体质文弱的谦谦君子,先是小心翼翼地在外边敲了几下门,待听到里面传来说话的声音后,这才轻手轻脚地推门走了进来。

屋里的情景使刚刚走进来的孙促微微吃了一惊:张珍身体朝下趴在炕上,他的妻子钟芸分开两条腿骑在他的背上,正要有节奏地上下左右颠簸摇晃,张珍闭着眼睛在下面哼哼呀呀地叫着,"哎呀,我的妈,再使点劲,右边……不对,左边,哎呀……啊……"

孙促迟疑的身体僵立在门边,他轻咳了一声,说道:"这是……"

钟芸急忙停止了颠簸与摇晃,脸色绯红地从张珍的身上下来,抬手理了一下凌乱的鬓发,不好意思地对孙促说:

"他的腰痛又犯了,一回来就趴在炕上,我给他捶了一阵,没起作用,这才……"

"老孙,你说我是不是贱骨头,不受压迫就不舒服,"张珍睁开眼,望着孙促,"被压迫了,被践踏了,这才多少好受一些。钟芸,给老孙倒茶。老孙你坐。"

孙促来到张珍面前,十分关切地问道:"怎么样,痛得厉害吗?"

"老毛病了。"张珍说着,翻身从炕上坐起来,皱着眉头活动了一下腰身,嘴里发出吸吸溜溜的声音,像是岔了气。

"我听说南门有一个张小鹤,会推拿,治腰酸腿痛很有一手。"孙促说。

"我找过他,"张珍说,"他不行,捏着一根银针到处乱戳。"

这时,钟芸端着一只茶盏走进来,放到孙促面前,请孙促喝茶。

张珍说："我也喝。"

钟芸对孙促说："老孙，我不知道男人们为什么总叫喊腰痛？"

"不清楚，不清楚，"孙促摇着头说，"大约是太劳累了吧。"

张珍说："就是南门那个张小鹤，我问他我为什么时常腰痛，他半天不吭气。老孙哪，我看他不是个什么好鸟。有的人不干那种事情，可他们也照样腰痛。去年腊月二十三，我跟随靳县长去静安寺，一个老和尚手里拿着几块膏药，正在韦驮殿里的一尊佛像前哼哼。"

孙促今晚到张珍家里，是来向张珍打听学校里那位失踪的女教员的下落。不久以后，张珍就看出他的来意，孙促对这件事情看上去十分关注，表现出一种与他的性情相悖的罕见的热情。张珍暗自想，孙促这样做，就不再是以前的那个孙促了。张珍想起了午后在保安团行刑室里看到过的那一幕情景，那个女人又长又黑的披泻下来的头发给他留下了一种很深的印象，孙促难道与她有什么特殊的关系吗？想到这里，张珍用一种失败的口吻开门见山地对孙促说：

"我还没有打听到她的下落，我问了很多人，都说不知道。"

"是吗？"孙促微微仰起脸，现出一种几乎不易察觉的失望和惊讶，随即又低下头去，伸手端起面前的茶盏，注视着上面的兰花，平静的脸上毫无焦渴的迹象，他就那样一直把茶盏端在手里，既不放下，也不往嘴边送。"难得你还记着，你要不提起，我倒忘了。"

张珍说："你嘱咐过的事情，我怎么能不记在心上呢？"

孙促说起了学校里面临的一些困难，薪水，秩序，粮食，书籍，误人子弟，等等事情。窗外传来了阵阵嗵嗵的声音，有人正在操场上踢球。对面的一间房子里亮起了灯光，灯光透过树枝照射过来，把张珍家里白色的窗纸映得微微发红，恍惚中窗前已滞留了一种似是而非的暖意。张珍用平缓的声音安慰孙促：

"会有她的消息的。这么一个小小的县城，骑一辆自行车，半个小时就能跑遍全城，不用说找一个大活人，就是一根绣花针也能把它找出来，除非它长了翅膀——"

钟芸做好了晚饭，将一个小方桌摆在炕上，又将几个小碟摆在桌上。这以后，张珍与钟芸一齐挽留孙促，孙促放下手里的茶盏，执意要走。经过一阵争执之后，张珍看到孙促的脸变得通红，呼吸十分急促，便不再勉强了，孙促在张珍惊愕的目光中推门出去了。张珍出神地望着，耳边听到一声门响，张珍感到孙促那个仓皇离去的背影，带有一种十分明显的逃之夭夭的意味。

钟芸端来饭，在收拾刚才用过的茶盏时，她看到了那杯原封未动的水，钟芸问张珍说："他没喝水，一口都没喝？"

张珍坐在小桌前，一副等待吃饭的样子，他望着扎着花围裙的钟芸，嘴唇动了动，似乎想说什么，但又终于什么也没说。钟芸飞快地瞥了他一眼，看到窗纸上的亮色在张珍的身后形成了一片微暗的红光。

漆黑的夜风吹拂着窗纸，窗户上众多的小木格一齐震响，发出呜呜的声音。距此很多年前的一个夏天的黄昏，七岁的张珍微闭着眼睛，连日来时起时落的高烧使他一直呓语不断，他躺在一只小巧的枕头上，嘴里含糊不清地说着一些互不连贯的话。"马车来了……妈妈再见……"那时候，有一个人突然走进了院子，那个人大步流星地来到屋檐下，把一张脸紧贴在窗户上，然后鼓起两片厚厚的嘴唇，将窗户上的白色的麻纸吹得呜呜作响，使张珍误以为是黄昏里飘来的琴声。琴声里，张珍看见那些整齐玲珑的木格窗户变得越来越大，窗棂上的浮土被震荡起来。有一种眼泪常被人称作断线的珍珠，张珍现在看到的那种正在簌簌下坠的浮土，就很像那种伤心的泪水。……不知过了多久，母亲带着大夫回来了，她们焦虑紊乱的脚步声出现在门外的时候，正在鸣响的窗户突然平静了下来，此前的一切声音全都消失了……很多年，那个从黄昏里走来的吹琴人，一直像一个坚定的影子一样活在张珍记忆之中，随着张珍年龄的长大，吹琴人黑色的身体轮廓也日复一日地变得越来越大，如一棵渐渐长高长粗的枝繁叶茂的大树。后来，终于有一天，张珍感到记忆中的这棵大树已大得不得了了，到了一种不能再大的地步，那种无穷无尽的扩张和延伸令人难以置信，张珍有限的记忆再也难以使他栖存了，他要出去了。一天夜里，张珍听到一阵呼啸，吹琴人巨大的黑色轮廓像水一样漫过张珍的记忆和身体，终于远去了，张珍感到自己的记忆和身体在一瞬之间变成了一具寂静的躯壳或空巢……

　　眩晕的体验一直持续到天亮。

　　县长靳文焕突然出走的消息笼罩着钟芸的情绪。晚饭之后，钟芸在收拾残局的过程中，失手打碎了一只杯子，她望着地上的碎片，惊叫了一声。灯光下，显现在钟芸脸上的团团阴影，使张珍意识到自己在不经意之间又犯了一个错误，他怎么会想起来把县长出走的事告诉她呢，是一时的疏忽，说漏了嘴，还是心绪飘荡，不吐不快？最初的起因与背景他想不起来了，他说过之后便很快忘记了，但钟芸却记住了，整整一个晚上，她都在认真地琢磨这件不可思议的事情。张珍在心里对自己说，女人啊，真是什么事情都不能对她们说，好话坏话都不能对她们说，好话使她们忘乎所以，得寸进尺，坏话使她们翻脸无情，形同陌路。无论从哪个方面去看，结果都是相当棘手的。张珍觉得自己是犯了糊涂，他不知道自己为什么会突然想起说那件事情，难道在说它的时候，能从中得到一种什么快乐吗？似乎也并没有多少快乐可言，说到底，那本来就不是一件什么好事。

　　"我真是发昏，我怎么会把政府的机密泄露给你呢？"张珍对钟芸说，"除了我，没有几个人会知道这事。"

　　"你是有点儿发昏，"钟芸鄙夷地说道，"能跑的都跑了，就剩下你这个木头了。"

　　"哎，我说，你怎么知道他是跑了？"张珍说，"堂堂一县之长，能说跑就跑了么，假期结束了，他是送他女儿去北平上学。"

　　"等着看吧。"钟芸解下腰上的围裙，塞到一边。

　　晚些时候，住在对面平房里的周太太来了。今天午后，家里忽然来了两个她不认识的人，不久以后，她的丈夫周先生就跟着那两个人走了，临出门时，告诉她说他们去县里开会。下午，周太太在隔壁一家人那里打了几圈牌，回来后又洗了几件衣服，时间很快就在不知不觉中过去了。晚上，她早早地做好了晚饭，可一直等到现在，周先生仍然没有回来。她向张珍打听县里在开什么会，商议什么事情，为什么会如此冗长，至今仍不见结束。

张珍貌似平静地望着焦虑不安的周太太,他突然感到有一种不可名状的东西在自己的心里坍塌了,周太太讲述的事情和她的那种情绪像一种可怕的病菌一样很快便笼罩了他,使他吓了一跳。如果周太太所说的完全是实情,事情就非常不对劲了,因为县里根本没有开会。靳县长走了,张书记长去了省城,赵司令整整一下午在行刑室里对付那个漂亮的女人,这种时候当然是不可能开成任何会议的。再说,县里的任何一次会议,没有他这位书记员不知道的,以往的许多会议都是直接从他的手里上传下达。那么,周先生今天下午到底去了什么地方,来找他的那两个人会是什么人呢?

"周太太,请坐。"

"县里根本就没有开会,是吧?"周太太距离很近地盯着张珍,仿佛要把她对面的这个吞吞吐吐的人彻底看穿,她从张珍的那种惴惴不安的神色中似乎已意识到了什么。她对张珍说:"打我从窗户里看见你的那时候起,我就明白了他们说的开会是假的。"

张珍点点头。以前,他一直以为这是一个糊涂的女人,现在看来,恰恰相反。此刻,张珍不知道自己该怎样对周太太说,更不知该对她说些什么。他一直在心里努力搜罗措辞,一边试图把连日来的一些莫名其妙的事情和某些征兆联系起来,琢磨这些东西,他感到自己的脑子里很乱,他看到的只是一些零零星星的碎片,没有哪一件事情是有头有尾的,非常完整的。他知道许多看似杂乱无章的风马牛不相及的事情,实际上最终都是要朝同一个方向去的,殊途同归。只要有一根能够指明方向的绳子,那些似是而非的谜团一样的东西便都会不邀自到地联结在一起,现出原委,真相大白,成为一条藤上的手足。可是,他找不到那根贯穿其中的绳子,他不知道它们所有这些最终要归向哪里。

钟芸来到周太太身边,让她在一张椅子上坐下。坐了没有几分钟,周太太忽然又站了起来,对张珍说道:

"他不会是去找什么女人吧?"

"周太太,这话用在周先生身上,是不恰当的,"张珍无可奈何地苦笑了一下,"周先生是什么样的人,你还不清楚么?"张珍现在也在考虑周先生的真正去向，周先生埋头学问，在教学之余，致力于塞上民谣的搜集与研究，他恪守孔孟之道，信奉君子之交淡如水，由此看来，今天下午来找他的那两个人也不会是什么狐朋狗友。周太太说周先生的朋友本来就不多，寥寥的几个她都认识，但那两个人她却从未见过。周太太说话的时候，目光里凶多吉少，张珍一边安慰她，一边暗自思索，他不认为这事与谋财害命有关，周先生为人古板，家境清贫，学校里又连续几个月没发薪水了，当然没有人会因此打他的主意，除非那个人是个傻瓜。……难道是出了别的什么事情？

夜深了，周围安静了下来，傍晚以来先后亮起来的灯光正在逐渐减少，像一束束寿命短暂的花朵一样很快都凋落了，到最后，只剩下张珍一家还亮着灯光。周太太带着满腹疑问与迷惑离去了，钟芸一直将她送了出去。钟芸在黑暗中站在一棵树下，目送着周太太回了家。树梢上似乎挂满了风声，簌簌作响的风声听起来十分萧瑟。周太太进门的那一刻，钟芸看到她的衣服被吹拂得飘飘欲飞。

钟芸在树下打了一个冷战，急忙回到屋里。她对张珍说："周太太来咱们家，是想向你讨个主意，宽宽她的心，你倒好，你显得比她还没主意，比她还慌乱。"

张珍说："我是那样的么，我一直都在考虑她说的事情，脑子里一刻也没闲着，我看上去真的比周太太还没主意吗？"

钟芸说："你自己当然看不见你自己，我和周太太看得清清楚楚。"

"我这会儿非常头晕。"张珍说。

钟芸关好房门，落下插销，她忽然若有所思地对张珍说："哎，我想起一件事情，你说周先生会不会……"

"说什么傻话，睡觉。"

张珍满脸倦意地在灯影里躺下，侧着身体，伸出一只手在背后捶了几下。这会儿，他感到腰部又在隐隐作痛。

早上出来的太阳带着一种水蒙蒙的雾气。张珍在睡梦中突然被钟芸用力摇醒，他昏昏沉沉地闭着眼睛，没有理会她的近乎粗暴的动作，他还想继续蒙头大睡，连日来的疲劳使他感到心力交瘁，他渴望能够长睡不醒。他在心里埋怨钟芸，这个女人，竟一点也不懂得体谅男人。

"还睡？"钟芸说，"你起来看看，一夜之间发生了多大的事情——"

钟芸刚从外边回来，她的身上沾满了早晨的寒意。黎明时分，她忽然听到一阵枪声，起初她以为是持续不断的梦境在延伸，不久以后，她听到了另外的一些声音。她悄悄起来。那时候，窗外似乎有不少人正在走动，奔跑，窃窃的低语，大声的喊叫。一阵锣鼓声突然在附近响起。钟芸看了一眼睡在身边的蜷曲成一团的张珍，她伸手抓过自己的一件衬衣，飞快地穿上，一种模糊而执着的征兆使她突然意识到，外面发生了不同寻常的事情。锣鼓声响在正月十五与除夕之间的任何一天，都是正常的，但现在已是正月十七的早晨……钟芸穿好衣服出来，跟在几个人的后面来到街上。走了没有多远，这时，她忽然看到一些"庆祝解放"的横幅标语正在早晨的空气里缓缓飘动，她立即惊讶地停下来，开始抬头仰望，她闻到了早晨甘冽而清冷的气息。不久，她看到身边的一些人也像她一样在抬头仰望，视线中的标语如渐渐聚集的飞鸟一样似乎越来越多，有些人感到手忙脚乱，目不暇接，他们的头像向日葵一样随着出现在四周的标语而不停地旋转，改变着方向和角度。有些标语从树梢上垂悬下来，有的出现在房屋的山墙上和高高的屋脊上。

钟芸来到街上的时候，街上已到处都是人，钟芸对那么多闻风而动、黎明即起的人感到难以置信，与他们相比，她起来得太晚了，而她的丈夫张珍此时却仍然熟睡不醒，像一堆没有知觉的衣服。沿街一带的房屋前站满了早起的人群，街上传来隆隆作响的声音，在徐徐而行的吉普车与蒙着绿色帆布的卡车后面，城外的部队正在有条不紊地入城。钟芸看到了乌黑的枪口与骑着白马的军官，辎重的马匹像骆驼一样缓缓地穿过城门……

鲜艳的红绸在地上旋舞。

早起的人们正在奔走相告……钟芸突然看到了一个忙碌而熟悉的身影，他风尘仆仆，像一个旅途中偶尔停下来的行人，正在煞有介事地向身边的几个披红挂绿的人交代什么。他注视着一队载歌载舞的县立中学的男女学生，伸手摘下眼镜，擦拭着蒙在镜片上的水雾。

钟芸想起了此时尚在家里熟睡的张珍，她觉得有必要立即回去叫醒张珍，外面如此喧嚣，仿佛一切都已乱了方寸，而他却破天荒地睡得像一头死猪，像一个中了蒙汗药的珠宝商人，张珍以前可从来不是这样的，每天早睡早起，谨小慎微……钟芸从人群里闪身出来，开始向自己的家里走，她围着一条红色的围巾，嘴里不时呵出一阵寒冷的白气。这个温柔贤淑的少妇，一点儿也没有意识到自己白净柔滑的脸上正滞留着一种久驻不散的红晕，她在回家的路上，只感到自己的脸颊在隐隐灼烧，像当年第一次初识张珍的时候那样。

在大门一侧，她遇到了国文教员孙促，孙促拎着一只冒着热气的水壶，正在匆匆地向外走。钟芸叫了一声老孙，但孙促没有听见，孙促似乎根本没有注意到她。她一边向家里走，一边想，老孙看上去很忙。

钟芸回到家里，生着了火。不久，锅里的水发出了咝咝咝的声音。她走到炕前，轻轻地摇晃着熟睡的张珍。她从颈上取下围巾挂到一边，屋里弥漫着水汽使她渐渐感到润泽而温暖。

"让我再睡五分钟，"张珍含糊不清地说道，他的头在枕上摆动了一下，"靳县长回来了，县里今天又要开会了……"

"军队已经进城。"她说。

张珍身上的被子滑落到一边，她的冰凉的手指触到他的裸露在外的肩膀时，张珍突然浑身哆嗦了一下，睁开眼，翻身坐了起来。

……

现在，张珍打开窗户，远远地从窗口望去，张珍看到了那片熟悉而亲切的显露在树枝中间的院落。此刻，在那片灰色的屋顶上面，一面红旗正在迎风飘扬。

"我看到周先生了。"钟芸说着，将那个小方桌摆到炕上。

一个女人从窗外走过，嘴里唱着："猪啊羊啊，送到哪里去……"是周太太。张珍叫了一声："哎，周太太……"

钟芸将早饭放到小方桌上，对张珍说："吃过饭，咱们看秧歌去——"

"不，我不要……"张珍回过头来，愣了片刻，突然惊恐万状地向窗外的那棵树下跑去。张珍紧紧地抱着发黑的树干，眼睛望着钟芸手里的一只饭碗，他说："我知道你，你端的是毒药……"

# 芬　芳

*1*

　　天宝站在河边，看着发红的河水。太阳已经落下去了，马太还蹲在河边，看样子仍没有要离去的意思。马太的位置在河流的上游地段，河水就是从他那里，从他的手中，从他的两腿之间，开始变红的，清澈的河水在流经马太身边的时候，忽然面目全非，改变了颜色。

　　天宝牵着羊来到河边的时候，马太已经把整整一条河水变红了。马太已经干了一个下午，整整一个下午，他一直蹲在河边洗刷一大堆猪下水，霸占着大家的河水。

　　面对满河发红的流水，天宝的羊发出一阵凄惨的叫声，不停地向后退缩。羊不愿喝猩红的河水。天宝对羊说，怕什么，又不是你的血。多肥的水，你闻都不闻，你想喝什么？

　　羊像一个满腹心事、烦躁不安的人一样，在河边的草地上转来转去。天宝看到自己的耐心劝慰没有奏效，开始有点不喜欢这只羊，天宝觉得这只羊很狂，还有点忤逆不孝，像崔小平的子女，像刘旺的儿媳。

　　他们在河边的草地上一遍一遍地兜圈子的时候，天宝忽然看见马太家的一个八九岁的孩子拎着一只桶向河边走来，那只桶看起来不轻，里面盛着什么？一堆脏衣服？几只碗？或者盆子，几斤需要淘洗的米……

　　会不会又是一堆猪下水？

　　那孩子送来的很有可能又是一副猪下水。这会儿，在河流的上游地段，马太得意扬扬地吹起了尖厉的口哨。

天宝停止了与羊的周旋，迷惑不解地望着眼前的情景，他不明白马太为什么这么高兴，他家里发生了什么事？一会儿一副猪下水，一会儿又一副猪下水，不是要办喜事吧？

他哪来的那么多猪下水呢……

送桶来的那个孩子，这时拎着一只腾出来的空桶，顺着来时的路晃晃悠悠地走了。马太点了一支烟，把两只手浸在河里，不久，天宝看见马太的那两只手又从水里出来了，仿佛从中捞起了一团紫红色的布。天宝出神地望着那团东西，很快，还没有想明白的时候，马太又把那团东西沉到了河里。

马太好像在干什么坏事。天宝想。

那团湿漉漉的东西，又像紫色的布匹，又像一个刚出生不久的死婴，他这么鼓捣来鼓捣去，有什么意思呢？难道是一个什么见不得人的东西，要让它顺水漂走么？

天宝这样想的时候，突然意识到马太的那种尖厉的口哨声不知什么时候早已消失了，沿河一带静得出奇，只有马太轻轻搅水的声音。

蜻蜓在河边飞舞。

这时，天宝的羊突然将天宝仰面朝天地撞翻在河边的草地上，这只羊，今天已经是第三次这样撞他了。天宝猝不及防地倒下，又莫名其妙地从地上爬起来，他不知道这个一向温文尔雅的畜牲今天到底中了什么邪，变得翻脸无情，性情坏得惊人。它是不是疯了？被满河猩红的流水捉弄疯了？……天宝用力扯住一条羊腿，向上一提，羊哀叫了一声，立即倒下了。

天宝说，想干什么，要暗算我？

没见过这样的羊，三番五次地撞他，三番五次地向他反攻倒算。天宝的一只手从羊的骨架摸到羊的腹部，　只瘦羊，只有尾巴还比较大，摸上去感到茸厚，可尾巴有什么用呢？那只不过是一坨纯粹的羊油而已。

天宝对羊说，你这会儿瘦得像只鸡，你浑身没有一点儿肉，你要是多少有一点儿肉，我这就把你宰了，我也像马太一样在这里一遍又一遍地洗刷你的下水，我也要像他那样干整整一个下午。走着瞧吧，冬天下第一场雪的时候，过小雪的时候，我就要开刀问斩了……

河水突然清澈起来。

天宝抬起头，发现河流的上游地段这时已变得空荡荡的了。这么一会儿工夫，马太就不见了，已经离去了。在马太刚才蹲过的地方，现在来了两只乌鸦，在那里忙得不亦乐乎。

两边的树林，除了树梢上有一抹残红，其余的枝干都变成青色的了，看上去如同经过了长时间的浸泡与蜡染。

镀金的河水，表面上闪烁着一部分零碎的光芒。马太已经洗好了，心满意足地离去了，拎着两大桶洗好的猪下水，得意扬扬地吹着尖厉的口哨，向村里走去，他的女人正在门前虚情假意地迎接他……他这么说走就走了，竟连一个招呼都没打，全村就这么一条河流，平白无故地被他霸占了一个下午。

天宝站在河边，他很想面对河水大哭一场，身上的某些部位不知怎么已经不那么对劲了，仿佛不久前刚刚遭受过一次无情的毒打。从前村里有一个地主，很像现在的马太，那时候很多人都不愿理他……就因为那种发红的河水，天宝在河边等了整整一个下午，什么事也没干成，做了一下午观众，到头来演员悄悄地离去以后，他这个唯一的观众仍然被蒙在鼓里，一无所知。愚人。从前的那些愚人其实并没有走远，其实都还在，还在一茬一茬地延续。我就是个那样的人，马太其实也是，但是他自以为不是。这种事无论问谁，谁都不会承认，更何况是马太那种自以为聪明绝顶的人。天宝自言自语地说道。

他抬起头，看到村子上空出现了笔直的炊烟，灰色的烟柱，黄色的烟柱，像挤奶一样从众多平静的屋顶上被一缕一缕地挤了出来，当它们正式升起来以后，似乎有人在下面用力举着它们，一直要举到天空的最深处去。他的羊渴了一个下午，这会儿看见河水越流越清澈，开始向河边接近。

天快黑了，所有的山形墙的房屋都千篇一律地倾斜起来。

从某一个视角上望去，眼前的这个记忆中从未变过的村庄似乎并不

129

熟悉。它的一草一木，它的幽深的水井、蜿蜒的墙垣，包括那些像鬼一样走来走去的人，看上去竟是那样的古怪而生疏。这是谁的村庄？住在里面的都是些谁？为什么他们一年到头只在那些幽深狭窄的巷子里闲逛？有一个人，五官还算端正，四肢也很齐全，为什么他笑的时候从来没听他发出过声音，无声无息笑个没完？脸上的笑容像深秋的菊花那样令人手脚冰凉。密不透风的树篱依次消失了……天宝在河边转来转去，他感到自己的眼睛出了一点毛病，视线中，村庄里的房屋与墙垣正在无声地重叠，旧日的门窗和走道变得水泄不通。菜园和磨盘像风车一样转来转去……一个披头散发的露着腰的女人摇摇晃晃地站起来。

一滴无中生有的冰凉的东西突然滴到了天宝的脸上。

他抬起头朝天上看看，却并没有看见什么。

但是，另一种东西在不知不觉中钻进了天宝的心里，使他既舒服又难受。后来，天宝恍然大悟，终于作出了判断：是一种肉味，从村里飘来的肉味，是马太鼓捣出来的。只能是马太鼓捣出来的，这么一会儿时间，马太已经把那猪下水全都煮熟了？他灶里的火是不是烧得太大了？天宝在河边流连忘返，他闻到了生姜的气息，闻到了盐和花椒的气息，马太把那些调料全部放进了锅里？满满当当的一锅热气，这会儿沿着小路传送到河边来了。

这是什么意思？欺负我家里没粮么？他已经在河边洗了整整一下午了，现在算什么？是对河水的酬谢？……这会儿，马太说不定已经烫好了酒，一家老小就要准备开吃了。

我让他吃不成。天宝想。

羊喝足了水，天宝牵着它，心猿意马地向河流的上游地段走去，那里有马太留下的遗址。

有一个穿红衣服的小姑娘来到河边，叫了他一声。但天宝没有在意。

## 2

五儿背着书包，蹦蹦跳跳地从河边经过的时候，忽然看到了舅舅天宝。

天宝是五儿最小的一个舅舅，一般情况下，五儿叫他老舅。还是在很远的时候，五儿就看见老舅一个人站在河边，脖子伸得老长，像一只鹅。五儿笑了一下，向河边跑来。五儿觉得老舅的模样很滑稽，不知他在玩什么。

五儿叫了一声老舅，天宝回头看了一眼，没有说话，牵着羊朝河的上游方向走了。五儿不知道老舅怎么了。傍晚青色的河水从五儿的身边流过，五儿蹲在河边洗完手，重新站起来的时候，老舅刚才的那种古怪的神色引起了她短暂的回忆与注意。

他满脸阴谋诡计。五儿想。

## 3

整整一个下午，小学教师梁赞一直在狭窄的校园里走来走去，午后的太阳晒得他头晕目眩，脚下发烫。他那烦躁不安的样子，分散了不少学生的注意力。他们透过窗户，探头探脑地向外面张望，在他们的眼里，梁赞像一个刚从山里捉回来的动物，身上潜伏着一种极大的逃逸情绪，随时都可能挣脱羁绊而逃之夭夭。他们饶有兴趣地望着，开始交头接耳。

学生之间的骚动，引起了校长的注意。校长正在给学生上课，校长只代一门思想品德课。校长的声音戛然而止的时候，不少学生仍然望着窗外，视线停留在梁赞的身上。梁赞心神不宁、抓耳挠腮的样子，很像是遇到了魔法的孙悟空。一名靠近窗户的学生看着看着，忽然笑出了声，校长在笑声中变了脸色。

校长打开门，顺着学生们的视线，看到了外面的梁赞。

校长在门口愣了片刻，眼前的情形出乎他的意料，他没想到将学生们的目光全部吸引过去的，竟然是自己手下的一名教师。可是，朝夕相处的梁赞有什么好看的呢？难道他喝多了酒，现出了醉态？难道他的裤子破了一个洞，或者忘了将前面的两道扣子扣上，在学生们面前露出了不该露出的东西？眼前的情形多少有些莫名其妙。难道是……校长在学生们的注视下来到梁赞身边，压低声音问道：

"找什么呢？是不是把钱丢了？"

"书……"梁赞说，"一本书不见了。"

一本书？……梁赞的回答使校长吃惊得差一点叫起来。真他娘的，一本书也值得这样？太过分了吧，他打量了一下梁赞满脸消沉晦暗的神色，梁赞的气色看上去不大好，唇线苍白，印堂发暗，与一个久病卧床之人没有什么两样。是的，从去年冬天的时候开始，他就隐约地发现他似乎有病。梁赞，一个还不到三十岁的人，身体怎么竟糟到如此地步？一般的人，在过了三十五岁以后，身体才开始明显地走下坡路，梁赞还不到三十，还没结婚呢，他就成了这个样子，娶一个女人回来，不出三天，他准被搞垮了。女人是什么？无底洞，万丈深渊……

一个下流而罪恶的字眼突然出现在校长的脑海之中，校长也为自己的这种突如其来的想法而感到震惊。我怎么会想到那上面去？被培养教育了这么多年，竟像是白培养白教育了，动不动就总是这样轻而易举地对他人产生怀疑，可是，梁赞面黄肌瘦，又说明了什么？难道他真的每天都在暗中干那种下流的见不得人的事情？他真是那样一个貌似忠厚而不露声色的……？校长想起了自己从前的一位同学，班里的一名神思恍惚、走路飘飘欲仙的老大哥，老大哥的斑驳迷离的床铺，常使他们几个年龄小的同学感到好奇而莫名其妙，每逢老大哥外出之际，他们便会聚在一起，指指点点，研究老大哥那张复杂的风云变幻的床铺，一个斑点，一条曲线……一名同学曾断言道，老大哥至少把自己的几十名子女全部在黑暗中涂抹到了这张床铺上……

事后，老大哥恼羞成怒、暴跳如雷的样子，给校长留下了不可磨灭的印象。不管怎么说，事情多少有些荒唐。校长不相信梁赞会是那样的人，他是那样的文质彬彬。

也许，该给梁赞调整一下课时了，让他多休息休息，下周的劳动他就免了吧，就不去了吧。一年到头，他也吃不上个什么，马会计的孩子初十满月，请学校里派人去，干脆就让他去吧，我就不去了吧。眼下，可能数他最需要营养了……远远而来的恻隐之心，代替了校长因学生的骚乱而引起的某种不快，他拍着梁赞的肩膀，轻声说道：

"回你的屋里休息去吧，学生们都在看你呢。我白讲了半天，他们一点儿也没有听进去，对了，下周的劳动你就不要去了。"

"对不起，"梁赞说，"我没想到我会暴露在他们的视线里，我像刘成万一样犯了一个不可饶恕的错误。我这就走。"

校长望着梁赞转身离去的背影，他不明白梁赞在说什么，那两句近似自言自语的表白，听起来竟是那样的含糊而混乱，语焉不详，扯得也太远了一点，没想到……暴露……不可饶恕……错误……视线……刘成万……

刘成万……这个似曾相识的名字，把校长的心搞乱了。

校长在重新走进教室以后，讲课立即失去了一贯的章法，他的闪烁其词、语无伦次的讲述方法，很快使学生们的心收了回来，并将所有的目光都集中到他的脸上。


## 4


梁赞回到自己的屋里，积存在窗帘后面的浮土使他略感惊讶，他在找书的过程中偶然看到了那些面粉一样的尘土，一些图钉、铅笔被掩埋其中，犹如几件破土而出的古董。

这天下午，梁赞没有课。午饭之后，他去枕边抽取那本书，打算在床上读一下午，他有足够的耐心与热情度过这一个下午，他想象着阅读的速度与可能出现的事物，轻轻翻动书页的声音是任何一种声音都无法代替的，每一页里都暗藏着忧伤的哭泣与言不由衷的欢笑、阴雨、阳光、睡眠、河水、烟囱、车辙、裙带、断发、窥视的位置、劳动的意义……

那本书就是在梁赞的手伸向枕边的时候，突然消失了的，像一只受惊的鸟，在不安之中忽然闻到了手的气息，闻到了渐渐逼近的人的气息而突然逃遁了……在一度的慌乱之后，梁赞找遍了屋里的各个角落，窗帘后面，桌子下面，床铺下面，都搜寻遍了，那本书依然踪迹全无。一个人可以突然失踪，下落不明，但一本书怎么会自动销声匿迹？

我真是命苦，连一本书都不配拥有。

他沮丧万分地从屋里走到屋外，又从屋外走回屋里，午后刺眼的阳光发出阵阵呛人的气息，远处的树木与墙垣在波动、跳跃。不翼而飞的书籍，给梁赞投下的并非一道阴影，而是漆黑一片。连一本书都管不住，还能考虑别的什么，看起来一切都是妄想。

四周一片寂静，琅琅的读书声仿佛远在天边，远在从前的梦中。

……几个月前的一天，当梁赞初次接触到那本书的时候，他的心跳得十分厉害，多年来的秉烛夜读并没有使他的视线与心灵走向麻木不仁，他获得了某些经验。现在，他预感到这将又是一部比较有趣的书。后来的事实正是如此。这本名为《复述》的书，有四百多页，它的许多方面都使梁赞爱不释手，变得谦虚谨慎而小心翼翼。《复述》，一本多好的书，一个多么危险的名字，稍有纰漏，便会导致魂飞魄散、香消玉殒。这无疑是一部十分复杂的书，通常情况下的那种短短的一段内容提要无力概括它的全貌，它覆盖着一些貌似平静而危机四伏的时期，牵引着无数使人思绪联翩、想入非非的事物，萧条与繁荣事实上全是假象。这样的书，四百多页的篇幅是不是太少了？在梁赞看来，它完全可以达到一千页，甚至四千页。一个人一生，读这样一部书，或动手写这样一部书，就足够了，还图什么？

梁赞不想很快把这部书读完，每天读一章，在刮风下雨的日子里，略多几页。《复述》的结尾部分使梁赞感到由衷的自下而上的可怖，虽然他至今尚未正式领略，这也正是他一直不愿一翻到底的原因之一。

连续几个月以来，他一遍一遍地在《复述》的开头和中间部分流连忘返。他像一只迷途的羔羊，一个无家可归的浪子，他如同站在一条河边，河对岸秘密的交谈如在耳边，人影与树木相互重叠，烟笼雾锁。他想起了那些日常的物品，《复述》中的大部分的陶瓷器皿被勤劳的女人们擦得一尘不染，光可鉴人，都在各自的位置上闪烁着团团幽晕。就是这样的一些可爱的陈列之物，有时候被人搬来搬去，有时候突然碎裂在台阶前或马车旁。书中所有耐寒的鸟雀都隐匿在那些大雪纷飞的日子里，在它们的附近，隔年的金黄的谷物堆积如山。粮食，昂贵如珍珠的粮食，在某些章节里变得形同粪土，一文不值。……马车……耕牛……风琴……地雷……砒霜……帐幔……海棠……含情脉脉，暗送秋波……

鸟一样的女人。

黄玫瑰一样的铜号。

连环计一样的社会关系。

零星的几门大炮，如同几件不宜轻易示人的稀世之宝，隐匿在全书的深处。


《复述》中的某些简易的插图，常常与书中前后的内容都毫无瓜葛，第七章有一幅插图，上面画着一个女人，就是这个长发像柳树一样的女人，她身上的某些位置在阳光下看上去金光闪闪，虽然画的是黑白的图画，但那种光泽还是很容易感觉到的。插图下面有一行字。

在梁赞看来，图中所画的女人很显然是在向画外的另一个人呼唤，但梁赞在读过十几章以后，始终没有发现那样的一个人。《复述》中的大部分人物都不需要谁的召唤，他们有的来去匆匆，稍纵即逝；有的终年足不出户，闭门思过。还有相当一部分人没有受过教育，缺乏必要的礼貌与涵养，毫无节制地砸门，愣头愣脑地走路、说话，昏天黑地地蒙头大睡。更重要的是从来不会与别人打交道，更别谈与世界打交道。不知道如何才能让身边的所有人满意。几个从学堂里逃出来的孩子说，让我回家，我们不需要接受教育。就说图中画的那个女人，书中似乎根本没有她的位置，甚至连一个影子也没有。梁赞仔细核对过书中的一些女人，发现都与她对不上号，相去甚远。只有一个名叫刘菊的女人，情形略有所似，但出入较大，有些勉强。画中的那个女人至少三十五岁了，而刘菊是一个尚未出嫁的姑娘。

《复述》第三章里的一幅插图上，画着一个文质彬彬的先生，站在一棵树下，画中有一轮圆圆的东西，看不清是太阳还是月亮，插图的运笔与意境，近似于一种漫画。插图下面的那段文字是这样写的：

　　谢谢，谢谢，该看的都已看过了，连一些不该看的也看了，这么一大堆东西，都不知该往哪里放。

这是什么意思？连续几个月来，梁赞一直百思不解。什么东西一大堆？

对《复述》的阅读，使梁赞萌发了要写作一本书的念头。

这个多少有些羞怯的愿望，最初滋生于一个阴雨霏霏的午后……

# 5

刘菊是在大雨来临之前的那段晦暗闷热的时间里遭到侮辱的。

事后，她看到那个人惊慌失措地夺门而出，抱头鼠窜。

……

闷热终于结束了，在她略感凉爽之际，外面已下起了雨，午后传来一阵沉闷的雷声。她是从什么时候开始变得如此松弛的？那个人仓皇的背影，竟然引起她一丝笑容。他跑出去并没有多远，便迎面遇上了午后的滂沱大雨。

刘菊抬起手梳理蓬乱的头发的时候，又一次闻到了遗留在白色绸衫上的那种似曾熟悉的气息，这气息足以使她铭记一生。刘菊站起身来到门前，一手扶着门框，望着雨中的树林和林间的一条光线黯淡的小路。这会儿，她听到了从学堂那边传来的一阵钟声，钟声是短促而沉闷的，听起来一片潮湿，响了没有多久，很快便在外面的雨声中匆匆忙忙地消逝了。

昨天上午，刘菊在河边等待父亲回来，河水像丝绸一样在她的眼前飘着。她打开一块手帕，一边嗑瓜子，一边眺望着沿河一带的景色。有两个女人正在河流的中下游地段洗衣裳，她们裸露的小臂与小腿在阳光下看上去亮闪闪的，柔软的青草在她们的身后迎风起舞，如同绿色的帐幔。在磨坊后面的一片草地上，一个放牧的男人正在睡觉，草帽压在脸上，遮挡着阳光。

雪白的柳絮无声地在沿河一带缓缓飘荡，几簇红色的辣椒一样的花枝在刘菊的身边轻轻摇曳。刘菊回头向村庄里注目的时候，耳边忽然传来一阵窸窸窣窣的树枝的摇晃声，她看见了学堂里那位戴眼镜的教书先生，他穿着一件蓝色的长衫，沿着树林中那条光线晦暗的小路，向河边走来。

午后，刘菊坐在窗前。从墙垣之外，从芬芳的枝丫之间，传来了远处的一阵琅琅的读书声。悠扬而起伏的读书声，犹如清澈整齐的童声合唱，在午后疏松、黄白的阳光里奔走、流泻，在途经村中那些茅屋与石舍的旁边时，如同一条浅澈的流水。时间已过了午后，父亲仍然没有回来，刘菊心不在焉地打量着树荫以外的光线，一个男人正在对面的一片低矮的屋顶上晾晒麻黄，那个袒胸露臂的男人，在屋脊后面不断闪现，又不断消失。翠绿的麻黄像屋顶上茂密的青草一样簇拥在他的身边。

烟囱里已经看不到晌午时的炊烟了，那个人古铜色的脊梁在闪闪发光。

连日来，从村中的学堂里传来的那种琅琅的读书声，使刘菊变得心绪不宁，她仿佛从中听到了某种不该听到的声音。昨天晚上，她对一位前来看她的女友说，学堂里的那种读书声在村里四处飘散的时候，很像是一只只迷途的羔羊……在女友迷惑不解的目光里，刘菊打开午后的一扇窗户，放学的钟声像远去的鸽哨，余音仍在附近缭绕。暗红色的、锈迹斑斑的钟声，如同一条条晾着衣物的绳子，在傍晚潮湿的空气里轻轻抖动，不安地跳跃着……这时，她们从窗户里看到有一个人站在树林中的那条晦暗的小路上，站在纷乱的枝叶后面……在她们的注视下，一只苍白失血的手突然缓缓地从树叶后面举了起来，手势像是在作最后的告别……刘菊听到身后传来一声尖叫，女友惊恐不安地望着窗外那片寂静的树林，失声叫道：

"那是谁——"


午后那场来势迅猛的大雨其实并没有持续多久，临近傍晚的时候，雨水已经完全停止了，西边的天上出现了一片片沙滩一样的红色的云彩，挂满了水珠的树叶依次闪着亮光，街上出现了匆忙的人影。

刘菊站在门前，听到一些人从家里出来，正在奔走相告，查看漏雨的房子和发霉的麦子。

雨后的傍晚，空气异常清新，到处都湿漉漉、亮闪闪的，到处都弥漫着一种树木和青蛙的气息，四周灰色的屋瓦被洗得焕然一新，雨水在村前的南瓜地里和土豆地里流失。

就在那时，街门突然被推开了，刘菊吃了一惊。一个人从外面跑进来，脚下挟带着街上的泥水，看到站在门口的刘菊时，他焦虑不安的脸上放出了一线晴朗的光亮：

"小姐，老爷还没有回来吗？"

"丁二伯，出了什么事？"

"谷仓进水了，小姐……我打开仓门，里面全是……老鼠……"


# 6


天黑下来的时候，校长来到梁赞的屋里。梁赞的桌子上铺满了零散的白纸，梁赞歪着头坐在灯下，正在不停地斟酌、思索、自言自语。校长来到桌子前，随手拿起桌上的一张白纸，看到上面涂着一些墨点，这是一张作废了的纸，上面只有孤零零的一行字：

…… 一个夏天的黄昏，

校长放下手里的纸，对梁赞说：

"这是在干什么？你在写诗？"

"不，"梁赞说，"这不是诗。"

"看你愁眉苦脸、一筹莫展的样子，不是写诗，还能干什么呢？"校长笑着，轻轻地拍了一下梁赞的肩膀，梁赞的身体神经质地颤抖了一下。校长十分认真地对梁赞说：

"出去活动活动，别憋坏了，写诗应该到大自然中去，那里到处都是诗，一块石头、一只鸟、一口井……"

"校长，我……"

"我年轻的时候也写过诗，一天写十几首，差一点……"

"校长，我真的不是在写诗。"

梁赞的脸变得通红，抓起面前的一张纸，慢慢地在手里揉成一团。"再说，我哪能跟您比呢，我连书都教不好……上个月……"

梁赞把手里的纸团向墙角扔去。

校长抬起头，看到屋顶上布满了纵横交错的复杂的蛛网，校长皱了一下眉头，屋里的灯光多少有些昏暗。这会儿，梁赞抬起头望着校长，他的深度的近视眼镜一闪一闪的，那些从镜片上反射出来的亮光，像一些不易捕捉的银币，不断地在屋里的墙壁上、在校长的脸前一掠而过，校长感到有些昏昏沉沉，他对梁赞说道：

"明天就是初十了，你准备一下，去马会计家，他的孩子过满月。"

"为什么要我去？"梁赞吃惊地望着校长，校长的脸色是坚定的，似乎不容分说，他的目光瞟着桌上的那些凌乱的白纸。

梁赞在椅子里欠了一下身体，对校长说：

"我不去。"

"不去？说什么傻话，去，要去的，哪能不去呢，一定要去，马会计发了很多请柬。"校长的目光从纸上移开，停留在梁赞的脸上，"你应该明白你的身份，你是代表咱们学校去的。去吧，再说马会计怎么了？他又不是坏人。"

"换别人去不行吗？"梁赞恳求地看着校长，"我又不会喝酒，坐在那里只会给咱们学校丢脸。再说，那样的场合……没有三两个钟头，是吃不完的。您知道我，只要超过一个小时，我就会腰疼，我怕我坚持不下来……半途而废，不能够善始善终……"

"别傻了，你以为没人想去吗？你去问李富，你看他去不去？我敢保证他跑得比兔子还要快。我是为你着想，你营养不良，我每天看着都担心，忧虑。请柬上本来写着我的名字，是让我去的。"

"既然是让您去，那您就去嘛。您要是不去，就换个别人。我是真的不能去，也不想去。"

"你这个人啊，我又得说你两句，去了是让你吃饭喝酒的，帮助咱们学校与村里搞好关系。人家马会计又不是要剥你的皮，要把你怎么样。"

校长说着，来到梁赞面前，用一双手比画着，对梁赞说：

"我听说马会计准备了十几副猪下水，昨天在河边整整洗了一个下午……"


校长走了，吹着忧伤而缠绵的口哨，消失在无边无际的夜色之中。

梁赞站在门口，目送着校长的背影，校长很快便在一道残破颓败的断墙后面消失了，口哨声也越来越远了，仿佛沉入了潮湿的草丛之中。仰望乡村寂静的夜空，梁赞听到自己的心跳得十分厉害。一些破烂的窗纸在暗夜里被吹出了阵阵响动。有一瞬间，梁赞感到自己变得心血来潮，想立即冲上前去，出其不意地在校长的身后大喝一声——

潮湿的夜风吹过来，屋里桌子上凌乱的纸页发出哗哗的响声。梁赞回到屋里，关上门后，情不自禁地冷笑了一声。

现在，梁赞已可以初步认定，自己丢失的那本《复述》，十有八九已落入了校长的手中，校长在晚间无意中暴露出的某种蛛丝马迹，使梁赞在一筹莫展之中突然看到了一种歪打正着的喜讯，与其说那是一种有些含混的影影绰绰的线索，倒不如说是一线晴朗的生机，一个令人振奋的消息。梁赞事先根本没有想到自己与校长的一番谈话会变得峰回路转，柳暗花明。早知如此，梁赞会设法套出校长心中的更多的秘密。

一个可疑的人……梁赞想。

校长如果刚才不提后面的那句话，梁赞做梦也不会把丢书的事与校长联想到一起，但使他感到意外和震惊的是，校长竟然用一种十分平淡无奇的口吻将事情的眉目透露了出来。校长说的是那样的轻巧，梁赞现在想起来，校长真像一个隔岸观火的旁观者。"……马会计准备了十几副猪下水，昨天在河边整整洗了一个下午……"他是从哪里听到这些事情的？当然是从书上面看来的，那书里就是这么写的——

现在，梁赞想起了自己突然丢失的那本书《复述》。《复述》第二章的内容清晰地浮现在梁赞的眼前。

《复述》第二章一开始，村里的那个品行不良的人就出现在河边，那时候的时间正值一天中的午后，天气十分闷热。种种征兆都在十分明了地预示着不久以后的一场大雨。在河流的上游地段，栽种着一片刚刚生长起来的玫瑰花，远远看去，那些尚未开放的花苞像一只只紫色的铃铛，在有风的时候轻轻摇曳。现在河边没有风，到处都又潮又闷，堆积在河边的十几副猪下水，染红了整整一条河水……

如果一切顺利的话，校长无疑已经读过这一章了。校长在合上书不久，便开始火烧火燎地卖弄刚刚读到的某些细节，看起来他有些不太谨慎，忘乎所以，谁说他一向老谋深算？不也照样有马失前蹄的时候么。他这才看了几页，后面的事情还多得很呢，那里要比村里的阶级斗争复杂一百倍，每一扇窗户，每一只水罐，都是十分可疑的，每一道墙头后面都有阴险的目光在暗中窥视，每一条路上都有窸窸窣窣的跟踪的声音……

梁赞收拾起桌上的那些零散的纸页。刚才，校长的突然到来，打乱了他的思路，今晚看来再无法写什么了。梁赞现在满脑子转悠的都是与那本书有关的一些念头，包括《复述》的杏黄色的封面和其中的几幅背景空旷的插图。梁赞不知道是校长本人亲自偷走了他的《复述》，还是被一位学生或教师偷走后，转手孝敬了校长。有一点梁赞深信不疑，《复述》现在正在校长手里。按照时间和校长今晚的表现来推断，校长至少已经读过前面的两章了。校长刚才离去的时候，梁赞所以不动声色，是为了避免打草惊蛇。与校长相处很久以来，梁赞知道校长的性情与志趣，从某种意义上来说，校长是一个什么事情都能做得出来的人，用校长自己的话说，给我一队人马，我能将村庄和花园全部夷平；给我一块银圆，我会让全县的人民都能看到它银色的反光，到处都能听见银子的响动……这样的一个人，如果一旦把他逼急了，他会不会点一把火，将《复述》付之一炬？

这种事，别人也许不一定，但是校长完全有可能。

……昨天晚上，梁赞在临睡之前读完了《复述》的第十二章，那时候夜已经很深了，风吹树枝的声音犹如大兵过境，挂在外面墙上的一块木制的小黑板在风中啪啪作响，似乎上面写满了玄奥费解的难题。梁赞合上书，把一名学生的请假条夹在第十二章与第十三章之间，梁赞从来没有折叠书页的不良习惯，他更不愿意像许多人那样粗暴地翻动书页，某些用一根手指蘸着唾沫翻书的人常使他感到不可遏制的恶心。梁赞觉得，对书页的无情折叠，就等同于对寿命的折叠。

尽管某些心事使他感到疲倦，但熄灯之后，他仍然没有立即入睡。他把那本《复述》小心翼翼地压到枕下，躺在黑暗中，开始考虑自己将要动手写的那本书。他构想的开头部分比较简单，他首先想到了一个人，不远处的一座房子，一个夏天的黄昏……

那时候他做梦都没有想到压在枕下的那本书，会在第二天的中午不翼而飞，像一个熟人一样在突然之间不辞而别……将要入睡时，他听到外面传来一个女人的哭声，那个女人似乎坐在一条潮气弥漫的水沟旁，在她的身后，灰蒙蒙的月亮像一枚破土而出的从前的银圆，虚乏无力地悬浮在树林和山冈之上……

……

梁赞想起了从前的一张似曾相识的、疏而不漏的网。眼下，他多么想用一种勤勉而秘密的文字编织成一张类似的网，使狡诈的校长在不知不觉中迷途难返，束手就擒……


# 7


校长站在高处，向下面的一片错落的房屋之间仔细地俯瞰着，马会计就住在这一带。这会儿，那里传来了阵阵喜气洋洋的鞭炮声。校长注视着弥漫在鞭炮声中的蓝色的硝烟，马会计邀请的客人们正在陆陆续续地到来，一些孩子窜入蓝色的烟雾中，纷纷拾抢地上的鞭炮，一位闻讯赶来的讨饭的老人在树下突然吹响了唢呐，尖厉而凄楚的唢呐声很快将那些在烟雾中拾捡鞭炮的孩子吸引到了树下。一个高胸肥臀的女人从屋里出来，端着一只碗向树下走去，吹唢呐的老人停止了吹奏，取下肩上的一个肮脏的口袋，两手撑开口子……

这时，校长在来来往往的人群中忽然看到了梁赞，梁赞穿着一身崭新的制服，正在马会计的门前反复徘徊。梁赞像是羞于见人，他的厚厚的眼镜片在阳光下不断地闪烁，鞭炮释放出的烟雾笼罩着他。

校长看着看着，突然笑出了声：

也真够难为他的——

校长看到梁赞出现在马会计家的门前时，放心地松了一口气，感到如释重负。这会儿，校长发现周围没有人，便掏出自己的一串钥匙，打开了梁赞的屋门。

校长轻轻地走了进去。


梁赞的枕头下有一把粉红色的梳子，一把崭新的梳子，似乎从未用过。校长不知道梁赞为什么要把一把梳子藏在枕头下，梁赞的某些不可思议的行为，使校长越来越觉得他像一个感情缜密的女人。校长拿起梳子看了一下，又放回原处，手上却留下了一种十分滑润的感觉，校长把手举到脸前闻了一下。

这时，校长看到了那个灰色的硬皮笔记本，它掩盖在一件叠得整整齐齐的白衬衫下面，但校长还是一眼就看出来了。

校长轻手轻脚地把那个灰色的硬皮笔记本从衣服下面抽出来，翻开第一页，一片空白，第二页上有一首小诗，校长飞快地瞥了一眼，匆匆翻了过去。在第三页上，校长的目光停住了，喃喃自语地念出了声：

亲爱的尼古拉·尼古拉耶维奇·阿列克塞：

再一次请求您，看在上帝的分上，尽快汇四百卢布给我，这可算是我向《祖国纪事》预支的又一笔稿费。上帝作证，亲爱的尼古拉·尼古拉耶维奇，我会好好利用它，每一次写信都免不了向您借钱。请汇到彼得堡涅瓦大街36号我的住处。

尊敬的尼古拉·尼古拉耶维奇，我现在要办一件大事，如果没有钱，那就什么事也办不成了。

……

这是什么意思？校长皱着眉头，继续向下翻看，梁赞写道：

……我想起19××年秋天，我上小学一年级的时候，有一天他忽然喝醉了酒，躺在学校后面的那片疏松的小树林里痛哭流涕，谁也劝不回去，他似乎遇到了什么伤心的事情。我们几个一年级的学生，背着书包在一旁看他的醉相。他忽然发现了我们，对我们喝道："看什么？看你妈的×。"贺彪炳对他说："不许胡说！你这是在骂人么？你是在骂你自己，用肮脏的字眼儿比喻自己，你喝多了，啊。"

他哭着说："我不回去，我不想见到她……"

很多年后，我偶然遇到他时，他已经是一名校长了——校长看到这里时，专注的目光突然哆嗦了一下，似乎感到身上什么地方被人拍了一下，划出一道血痕——他用疲惫的目光打量着我，对我说："嗯，你长大了。"过了一会儿，他又问我："结婚了吗……"

144

我听人说，一天二十四小时，他在绝大部分时间里都处于半昏迷状态。从前他迷恋两样东西：女人和酒，现在，他已对女人彻底丧失了兴趣，天天喝酒，睁开眼就喝，每天有十几个小时烂醉如泥……

　　……

　　最初，有人常叫我梁赞诺夫。这个倒霉的称呼，曾给我带来多少意想不到的麻烦，他们伸出漆黑如铁的大手，梳理我出生以来的全部岁月，企图发现某些可疑的黑点或破绽……有一天早晨，校长皮笑肉不笑地对我说道："看样子你读过几本俄国小说？你为什么不叫谢苗诺夫呢？在那里，谢苗诺夫象征着一种身份或财富，凡是叫这个名字的人，至少也是一位不愁温饱的神父……"校长这话是什么意思？他当然是在讽刺我，冷嘲热讽，我又不是傻瓜，我知道他想干什么——

　　校长看到这里，将手中的笔记本放到一边，腾出一只手捂在胸前，他感到胸口有些疼痛，情不自禁地呻吟了一声。校长在屋里四处环顾，他的目光像一只受了伤害的动物。

　　墙角里摆着一只黑瓷坛子，校长看到那只瓷坛以后，立即感到自己的牙龈变得肿痛起来，他估计那里面盛放的很有可能是一坛酸牙的泡菜。校长的目光急忙从那只坛子移开。门口的墙上挂着一件雨衣，灰白的墙壁上钉眼随处可见。短短的几年时间，梁赞已经把这间屋子折腾得不成样子了。这会儿校长感到有些心寒，知人知面不知心，我一直以为他在练习写诗，没想到他竟然在偷偷摸摸地写我……他的口吻，他的词语，毫无斟酌的余地……校长想到这里，重新拿起那个笔记本想继续往下看，这时，他忽然听到外面轻轻地咳嗽了一声——校长吓了一跳，他还没来得及将手里的那个灰色的笔记本藏好，就看见一名女学生已经推门走了进来……

# 8

院子里的十几间房屋像一些疏松陈旧的梦境一样，虚浮而无声。梁赞第一次走进这个庭院以后，吃惊地看到几乎每一扇窗户前都有一只死去的或活着的蜘蛛，蜘蛛依靠着长长的丝垂吊在窗外，丝的顶端悬在屋檐上的木头的夹缝里，有风吹来的时候，弹丸一样的蜘蛛便在窗前荡来荡去，屋檐下细密的木屑和粉尘纷纷掉落。这个里外两进的院落，黑色的石头构成了四周高大而阴暗的墙垣，唯一的一扇临街的月亮形的窗户，如同一只镶嵌在墙壁上的车轮，窗户外面的石头平台上有一道空旷的长廊，几根朱红色的圆柱支撑在廊中。下雨的时候，经常有人站在空空的长廊下避雨。屋脊下半圆形的灰石像是低垂的乌云。

刘成立带着梁赞穿过第一道院子向里院走的时候，梁赞看到了山墙下的一片长方形的菜地，一个女人的身影正在茂密碧绿的菜垄和向日葵之间起伏出没，山墙下有几个幽深的地窖，耸立在两个院落中间的是一道高大的用浑圆的黑石头砌成的南墙，每一块石头上都分布着雨点一样的坑洞，南墙上爬满了墨绿的青苔。通向里院的一扇小门紧闭着，门槛下积着浮泛的尘土和落叶。

刘成立推开墙上的小门，梁赞躬身走进里院，沿墙一带长满了苍郁的榆树，粗疏的枝叶将无数斑驳的阴影投在他们的脚下。

屋里的地下满是过去日子的灰烬，一些陈年的木器家具在夏日的雨水里发出深长的腐烂的气息，几个霉湿的墙角里长着白伞黑褶的小蘑菇。梁赞的目光渐渐适应了屋里昏暗的光线之后，看到了正面柜子上的一幅照片，梁赞走过去仔细端详着。刘成立打开了一扇窗户，屋里开始明朗起来。刘成立站在雾蒙蒙的光线里，用一种沙哑的声音告诉梁赞说，照片上的那位年轻的姑娘，是他的侄女刘菊……

刘菊？

梁赞的手哆嗦了一下，将手里的照片重新放回到柜子上，茫然若失地对刘成立说道："我有一个学生，也叫……刘菊。"

"你说的是刘仁家的那个丫头吧？"刘成立说，"今年有十八九了，到了嫁人的年龄了，怎么还在读书？"

"她基础不好，"梁赞说，"上课的时候，又常常走神，眼睛瞟着窗外。"

"女大不中留了。"刘成立说，"留来留去，必定坏事。她们就像你地里的瓜，小的时候需要你松土、浇水、精心照料，一旦到了瓜熟蒂落的时候，你就得想办法，不能再留她了，即便勉强留下，也不会再往大长了，或者被人突然偷偷摘走，或者枯萎而死，最终烂在地里。"

从前，刘成立的侄女刘菊就住在这间木板墙壁的房子里，那时候，窗外常常飘扬着一些绿色的藤蔓，外面的花坛里栽满了花，充沛的阳光每天像流水一样映照着刘菊梳头时的美丽的情影……往事已经过去很久了，刘成立现在追忆起侄女临死前的某些征兆时，显得轻松而无畏，仿佛在述说一件与己无关的事情。

……随着夏天的到来，十九岁的刘菊很快就要出嫁了。此前，去年年底的时候，她的陪嫁的妆奁已全部办好。近来，从男方那边传来消息，家里上上下下的人都在为这桩喜事四处奔走，一片繁忙，准备摆酒席用的数百张桌椅已全部陈列在村西的一个闲置的打谷场上，前来迎娶的马匹和轿子也已备好。随着婚期的日渐临近，即将初为人妇的刘菊变得有些魂不守舍，沉默寡言。那些不平常的日子里，刘菊几乎天天都要到河边去。每当刘菊出现在河边的时候，在那里洗衣、种菜的妇女们都要向她打听她的嫁妆和彩礼的数目，但刘菊并没有在她们那种惊羡的目光中看到自己的身价。她心不在焉地徘徊在河边，像是在等什么人……

刘成立那时候是一名四处行医的民间郎中，侄女婚期的临近缩短了他在外面的行程。作为刘菊的叔叔，刘成立用行医所得的钱买了两只式样迥异的手镯，还有一些别的赠物。刘成立谢绝了一些病家的挽留，开始匆匆地往家里赶。如果他在侄女的婚事以后回到家里，不但家里的人要说他无故缺席、薄情寡义，他自己也会因此而自责，成为他一生中的一个难以弥补的罪过。"……为了赶上她的婚期，我两天两夜没合眼。"

刘成立对梁赞说。

刘成立终于在一天晚上回到了村里。

在冥晦的暮色中，刘成立看到河边散落着一些稀稀落落的人影。不久，他又看到有一个人被捆成一团。刘成立近前看去，认出那个戴眼镜的人是村中学堂里的一位教书先生，他的蓝色长衫上散发出阵阵血腥之气，释放在傍晚潮湿的空气里。面对眼前的情景，风尘仆仆的刘成立只是向周围匆匆地瞥了一眼，他不知道里发生了什么事情，也没有进一步多想，散落在四周的那些像鬼魂一样的人影看上去是那样的难以接近，不可理会。刘成立打消了询问的念头，匆匆地向家里走去。

不久以后，在走到家里围墙外面的两棵榆树下时，刘成立突然听到了一片哭声，他立即愣怔了一下，感到肩上的包袱正在开始下滑，（那里面装着他送给侄女的所有贺礼）……刘成立惊愕地抬起头，在围墙里面众多的哭声中，他毫不费力地辨别出了大哥刘成万的声音……


墙下有一口深井，井口用一块圆形的木头盖着，木盖上交织着几道龟裂的缝隙，几枝散发着酸味的绿草从裂缝中生长出来，一直伸向旁边的那个石头槽子前。眼下，院子里几乎听不到任何一种声音，所有的灰尘都原封未动，黄泥的烟囱掩映在屋瓦上茂密的青草之中。刮风的时候，这里到处都充满了呜咽不休的回声，仿佛有人躲在暗中吹号，风声从来没有超过高耸的屋脊，只在那些窗户和门扉之间低回穿行。

每逢天气晴朗的时候，刘成立便说"洗个澡吧"，然后从光线昏暗的屋里走到院里，穿着一身黑衣服，坐在水一样的阳光里，一坐就是很久。在那种时候，他似乎从明亮的光线中看到了自己从前的身影，每天骑着毛驴四处出诊，归来时，驴身上挂满了病人赠送的礼品，鸦片、茶叶、猪肉、铜板、瓷瓶、布匹……他用一副沙哑的嗓音说话，说天气，说雨水，说瓮里的粮食和笆箩里焦黄的烟叶，说远去的儿子和患软骨病的孙女。刘成立的那个患软骨病的孙女叫刘凤，很多年前死去的刘菊是她的姑姑。岁月如梭，一转眼刘凤也已经十八岁了，赶上了她的姑姑刘菊当年出嫁时的年龄。走路颤颤巍巍的刘凤，脸色苍白而浮肿，雀斑很多，一阵风就能将她吹倒在地。阳光明亮的时候，刘凤偶尔会从那道高墙下的小门里像幽灵一样走出来，到外面看看天，看看太阳。有风吹过来时，刘凤又开始颤颤巍巍地往那个幽深的院子里走，她的稀疏的黄头发和单薄的衣衫被风吹拂着。刘凤是一个尚未出嫁的姑娘，但她的形体却松松垮垮，步履蹒跚而臃肿，像一个生育过很多孩子的中年妇女。

刘成立有一个儿子，名叫老四。老四是一个黄头发黄眼珠的人，三十多岁了，仍尚未娶妻，每天吹着粗犷而嘹亮的口哨出来进去。老四很不孝顺，时常将刘成立打翻在地，再踏上一只脚，一只穿翻毛皮鞋的脚。

梁赞第二次来到刘成立的院里时，老四正在殴打刘成立，老四将刘成立打倒在院里的石头槽子前，边打边问：

"还敢不敢啦？"

"不敢啦，再也不敢啦。"刘成立的身上滚满了泥水，躺在地上哀求道，"老四啊，我怕你还不行吗？"

这时，从一间阴暗的房子里传来了一阵惊悸不安的尖叫声，是刘凤的声音，她好像在房里突然看到了什么……梁赞来到窗前，吃惊地看到刘凤的头巾正在屋里飘扬，里面的光线像一个雨前的傍晚，刘凤慢慢地转过身体，一张苍白的脸离窗户越来越近……

"老四，不要打了。"梁赞对老四说，"他是你爹。"

"你走开，"老四飞快地扫了梁赞一眼，眼前的这个文弱的书生引起了他一丝伤心的回忆，"我最讨厌你们教书的了，当年，在村边的小树林里，要不是那个教书先生的勾引，我的堂姐刘菊也不至于上吊……自杀……"

"教书先生？"

"跟你一模一样，都戴着眼镜，常像狗一样在河边走来走去……"

# 9

六月里的一个下午，天上下着一场很大很密的雨，在银灰色的雨雾中，有一个人正在垒院墙。那个人像是在与天气赌气，裸露着上身，不停地咒骂那些形状不规则的石头。院墙已有一尺多高了，浑浊的泥水在石头缝隙之间渗漏、流泻、淙淙作响。附近一带的房屋都笼罩在午后的雨雾中，树林里的烟水在缓缓飘移……

校长睁开眼，从这个潮湿泥泞的梦中醒来，看到了停留在窗户上的一片微弱的光线，外面的天色忽明忽暗。他疑心梦中的雨水淋湿了他的衣服，伸手在脸上抹了一把，手中只略感潮湿。屋里这会儿没有人，只有风吹窗纸时发出的一种细碎的声音。校长翻身坐起来，出神地注视着院里的两棵枝叶扶疏的绿树。

中午的时候，一个名叫刘菊的女学生匆匆来到校长家，这个叫刘菊的女学生告诉校长说，不久前，梁赞鬼鬼祟祟地离开学校，在村边的小树林里转了一阵后，突然走进了刘成万的那个阴暗曲折的宅院里……

刘成万？刘成万一家人已经死去很多年了，那个里外两进的院子早就成了一座荒草丛生的空宅，平日里只有喜鹊和山羊在那里出没，梁赞为什么会想起到那里去呢……

校长望着刘菊，眼前这个已发育成熟的女学生使他走神了一小会儿，她几乎是跑着进来的，这会儿她的胸脯还在不停地起伏……校长无声的目光顺着她的胸脯出溜到她的腹部，结实而平坦的腹部，仿佛蕴藏着无尽而新鲜的源源不断的果浆，一旦绽放，势必像春天的花蕾……校长的目光游动着，停留在那两条浑圆的腿上——不久又回到胸前，他的眼前浮现出那种雪白而丰盈的奶水……校长在不知不觉中突然伸出去的一只手把刘菊吓了一跳：

"校长——您——"

"……扣子……"校长喃喃地说道，"把扣子扣上。"校长的一只手像一种垂死的东西贴在女学生的胸前，费了很大的力气才将她胸前咧开的那道纽扣扣好。刘菊的身体颤抖了一下，她突然夹紧双腿，说道：

"我回去了。"

"我还有话要问你——"这时，刘菊感到自己的两条腿不容分说地被校长的那只手分开了，仿佛有一条虫子正在向她的深处蠕动……她的脸突然变得通红，耳边一片灼热，身体明显地弯曲起来……校长的声音如同回响在她的梦中：

"这么说，你一直都在跟着他？"

刘菊点点头，她的身体在不停地扭动，嘴里仿佛塞满了什么，好半天她才昏昏沉沉地说道：

"好像要出什么事了。"

"你没有去上课吗？"

"我不想上了。"刘菊说着，睁开眼睛，她看到自己置身于校长的羽翼与阴影之下，她的身体被包裹得严实而拘谨。她抬起头，校长的脖颈出现在她的视线之中，校长的喉结正在急促地上下滑动。她看到了他的颌下的一片粉红色的柳叶状的疤痕，墨青的胡茬，遍布在颈上紊乱无序的褶皱，一种腥气……她挺起箍在他两手中的腰肢，有气无力地说道：

"秋天我就要出嫁了。"

"出嫁！很好，这很好。"校长语无伦次地嗫嚅道，听起来像是一连串梦中的呓语。这会儿，他坐在那道木制的炕沿上，分开自己的两条腿，把浑身软弱无力的刘菊抱在了怀里。一双汗津津的手远远地在他的视线里奔走着，左右浏览着，跳跃着。几年前的时候，他在一所医院里用这样的方式抱过一个生命垂危的病人，不过，那是从一辆马车上往医院的病榻上抱……眼前的这位温顺无力、情窦初开的女学生多么像那个危在旦夕的病人……他听见自己正在不耐烦地行走，有人在笑他。想笑你们就笑去吧，他才不管哩，因为他还有更重要的事情要去做。对，是出嫁，有人要出嫁。他在她的耳边喃喃地说道……出嫁是一件多么美好的事情……洞房花烛……柔情似水，一切都很好。梁赞的事，你就不要管他了，他中了邪……已不可救药……

刘菊的头左右摇摆着，头发凌乱地披泻在脸前，她躲开了下面的双手，却仍然难以摆脱他的仿佛来自四面八方的关照。他咚咚地走着，每一声都像是走在她的心上。她听到了一种令人战栗的呜咽之声。

"你读过蒲松龄先生的《聊斋》吗？梁赞就像那里面的那些傻瓜书生一样，也被狐仙迷住了，用不了多久，他的血就会被吸得干干净净，他就完蛋了，只剩下一副空壳……"

"校长……"

"他为什么经常到刘成万的那座阴森的空宅里去？因为那种地方只适合他那种人去。那家的人早在很多年前就都死光了，那是一座凶宅，那些残破的墙垣，那些乱纷纷的一人高的荒草丛中，有的是狐仙。"

"狐仙？"

"是的，这个世界上到处都是狐仙，每一个女人都有可能是狐仙，都有可能是白骨精。"他在到处找她，走得热气腾腾，大汗淋漓，不过还好，最后总算是找到她了。看见她嘴唇湿润，担心她又逃跑，立即压了上去，过了一会儿，他感到有些憋气，又急忙松开了，对她说：

"你也是一个狐仙。"

"校长，我不是狐仙——"

"是的，你是一个狐仙。"

那时候，她的手伸到她的后面，不知在干什么。唉，管她干什么呢，世上那么多的事，哪能都管得过来呢，别说你只是一个小小的乡村学校的所谓的校长，就算是比你更大的，很多时候也很扯淡呢，不是么？谁想做什么就做吧。屋里的光线黯淡得像一个雨前的傍晚，影影绰绰的轮廓，门窗似乎都已封死。他身上挂着的一串钥匙突然叮叮当当地响了起来，他腾出一只手，几经摸索之后，终于把那串叮当乱响的讨厌的玩意儿扔到了一边，他对她说："你当然是一只狐仙，你要不是狐仙，我怎么会被迷住出不来呢？来吧，把我身上的血全部吸干，我不准备再活了。"

外面好像起风了，满树的枝叶在风中摇晃得天花乱坠。

从很远的地方传来了马车奔驰的声音，院里有什么东西被吹得东倒西歪。

　　他永远记得她身上的某些位置，他希望她能够把他变成一个没有血肉没有性格的标本，一个具有警示作用和启迪意义的能够教育他人的标本。就像一只没有水分的蝴蝶或者别的什么东西一样，干干地钉在墙上，或者悬挂在随便什么地方。他的心中溢满了一种从未有过的情调，仿佛他的一生从今天——从这个光线黯淡的午后才算正式开始，以前的那些年月，现在看起来形同虚幻的泡影，是那样的失真而不可信。眼前的这个将要在秋天出嫁的姑娘，这会儿像一只可怜的迷途的羔羊，浑身上下颤抖不止，凌乱的鬓发像乌云一样遮挡着她的目光。不知从什么时候起，她身上所有的那些机关全部裂开了，如同突然洞开的门户，她身上的那些细小的几乎不易察觉的金色的茸毛像是门户中的一部分情景或不可或缺的内容。她的声音越来越微弱了，屋里昏暗的空气在颤动，时光在他们的手势与摩擦之间不胫而走，不知不觉过去了许多，这时，她抬起头，轻声哀求道：

　　"要下雨了，我会被大雨截住的——"

　　"说什么傻话，为什么要这么看待一场大雨？"校长说着，用力箍紧她的腰，他想趁势举着她的身体离开地面，但试了几次均未获成功，他的脸因吃力而憋得通红。他盯着眼前的这具散发着青春气息的躯体，她的重量显然令他感到非常吃惊，远远超出了他的想象。他注视了一阵以后，开始用一种十分含混的口吻转移着话题。他莫名其妙地说起一个篾匠——一个四处出没的箍桶匠，也不知是何方人氏，据说办事滴水不漏，奇怪的是身上常常散发着一种皮匠才会有的气味。

　　不久以后，校长又一次听到天上的云彩正在集合，正在行动起来。接着就又看见山墙下有影子开始晃动。

　　他的忍耐也是有限度的。这会儿，他站在一个高处，决定往下跳。在跳以前，忽然又想起有些东西需要托付一下。

　　但是她并不是他要托付的那个人，她只是轻轻地、试探性地看了一下，便立即惊恐不安地撒开了手。那时候他才终于发现整个世界其实空无一人。

刘菊离去的时候，太阳已经快要落山了，西边一带的山墙微微发红。望着那个渐渐远去的孤独而行的身影，校长的嘴边浮起一丝云彩般的笑容。现在，他感到自己很想干点什么，每当他心满意足以后，他都会凭空滋生出某些难以遏制的情趣，有时候到河边走走，或者到谁家看看，打量一下石堰里来回走动的猪或长势良好的向日葵。他喜欢与村中的女人聊天，几乎无所不谈，粮食，镜子，婚姻，家具，头发，频繁的房事，青黄不接的岁月，甚至包括女人的经期。他所掌握的某些知识足以使她们惊讶而大开眼界，足以使她们把他当一名医生看，他知道阴道炎、肩周炎和肾炎，从她们某些人的脸上一望便知。他还明白什么样的征兆是愁肠百结，什么叫心如止水、万念俱灰……

　　现在，刘菊的身影在一道逶迤的墙垣后面消失了，街上传来一声短促的口哨。校长无所事事地站在屋里，他想不起这会儿做些什么。他在一面镜子前打量了一下自己，发现脸颊有些虚弱，头发像草一样。他回忆着不久前发生过的一幕幕情景，他有些拿不准，这个下午以来所经历过的那些事情算不算醉生梦死？刘菊的那种近乎窒息近乎垂危的表情使他记忆犹新，一时半会儿难以平息，那些桃花一样的血迹像一种抹不去的记忆，留在了他的颤抖不止的记忆中、手指上，留在了他的寂寞的视线之中，只要他一闭上眼睛，眼前便会升起一片猩红灼热的血光，睁开眼睛之后视线内落红点点……

　　他拉开一个抽屉，取出一本异常残破的书，刚翻了两页，肩膀突然抽搐了一下，仿佛有人在后面打了他一下。

　　……当学校里的那种暗红的携带着铁锈气息的钟声在村里回荡的时候，校长已来到河边，他在安详的夕照里走来走去，走来走去，偶尔向河对面那些寂静的土堡匆匆一瞥。更多的时候，他的目光停留在村边那片疏朗翠绿的小树林子里，停留在林中那条光线晦暗的小路上。远处的山冈的色彩越来越重了，河水低声喧哗着向南边的暮色中流去。校长抬起手看了一下表，钟声不知什么时候已经消失了。这时，他听到从村中的某一个角落里传来了一阵叮叮当当的斧声，斧声似乎已响了很久，而他现在才突然发觉，在他观望的时候，看到几个人从一道土墙后走了出来，他们用绳子和木杠抬着两口尚未油漆的白茬棺材，向村子深处走去。

又有人死了。这一个多月来，好像每天都有人死去……校长自言自语地说着，离开河边，来到树林中那条晦暗的小路上……

# 10

早晨过后不久，一辆满载粮食的马车突然倾翻在刘成万家的院墙外，车轮陷在一个幽深的洞口上以后，车上的粮食开始向周围流泻，那些被突然震裂开的口袋，像一个个流脓滴血的伤口，珍贵的粮食从其中蜂拥而出……

那时候梁赞还是一个腼腆而勤于幻想的少年，他夹着书本在上学的途中目睹了马车的倾翻与粮食流泻的前前后后，拉车的一匹马受到了重创，前蹄蜷伏在地上，但没有引起一个人的注意。附近的人们携带着簸箕、铁桶和口袋，像潮水一样涌来，面对不断流泻的粮食，他们嘴里发出了心痛的叫声，而手脚却异常灵活敏捷，每个人都高兴忙碌得像过节一样。

有人站在倾翻的马车前，仰起脖子，抓着粉红色的麦粒源源不断地灌进嘴里，梁赞吃惊地注视着那张神奇的无底洞一样的嘴，那个人仰起的喉咙在急剧地变化着……眼前的混乱而繁忙的景象使梁赞想起了《双城记》里的居民在巴黎圣安东区那条狭窄的街道上抢喝葡萄酒的情形，不久前梁赞刚刚读过那本书。不过，由于一大桶葡萄酒的破裂，那条狭窄的街道上的空气是湿润的，充满了醉人的甜丝丝的气息，而眼前的这些被粮食弄疯了的人们却被笼罩在弥漫的尘土里面。《双城记》里的居民在一阵混乱之后喝光了流淌在街上的所有的葡萄酒，仍然回味无穷地、啧啧有声地舔着残留在指头上的酒渍，眼前的这些人们身上却落满了灰尘。梁赞在尘雾中看到一位远房的叔叔，躲在马车的车辕下面，紧紧地守护着一袋已扎好了口子的粮食，他的眼神机警、慌乱、心满意足

155

而四分五裂，伺机寻找着出路……

那个可疑而不祥的洞口幽深莫测，倾翻的马车被挪开了，整整一天，霉烂而腥甜的湿气不断地从洞口释放出来，这么多年来，它一直天衣无缝地掩映在一片茂密的蒿草下面，瞒过了几乎所有的目光，现在，它的突然暴露，使所有看到它的人都感到难以置信，不可思议。中午的时候，马车被移到了一边。从洞里飘散出来的那种又冷又湿的似乎已经腐烂了一千年的气息在村庄里四处回荡，渗漏……

午后，一位姓沈的组长带着一名随从的秘书从县里来到村里，洞口边站满了闲着无事的人。沈组长与他的秘书俯身向漆黑的洞内看了一下，立即向后退去，他们面面相觑。这时，沈组长听到人群中有人呼喊道：

"让我们进去——"

"我们要进——那里面去——"

"你们要进哪里去？"沈组长一边说着，一边心猿意马地打量着周围的颓败的墙垣和狭窄的通道，水井、草垛、树木、屋脊……依次从他的眼前闪过，茂密的荒草似乎遮住了他的目光，使他的视线受到了重重的阻隔，不能够继续远眺。他掏出一根烟，秘书刚把火点着，从洞中飘然出来的潮气便将火柴熄灭了，人群中发出一阵窃窃的笑声，沈组长手里举着烟，突然熄灭了的火柴使他吃了一惊，他显然没有注意到人群中的那种不怀好意的笑声，只是压低声音对秘书说道：

"这一带的地形太复杂了。"

"是的，一切看起来都是可疑的。"秘书说着，挺挺胸脯，情不自禁地抖擞了一下精神。随即背转过身体，在胸前划着了火柴。

"小鬼，不要怕，有我哪。"沈组长点着烟，深深地吸了一口，他的吸烟的姿势受到了注目。他轻轻地拍了一下秘书的肩膀，转过身体，对着围观的人群说道：

"你们能进去吗？你们进不去。"

人群中传来声音：

"我们要进去——我们就要进——那里面去——"

"好哇，我带领大家进去看一看，到底有什么名堂。"沈组长说着，扔掉手里的烟头，一边吩咐准备灯笼火把，一边率先走向洞口。"不入虎穴，焉得虎子？"他相当轻松地说着，伸手拨开丛生的青草。不久以后，他的身后响起了紊乱而窸窸窣窣的声音。

……洞内的四壁上挂满了水珠，湿漉漉的水珠不断地掉到他们的脸上、手臂上，不时地有人打着寒噤。眼前的情形，从某些方面看来，像是一个霜露遍地的早晨。从走进洞里以后，沈组长让一个提灯笼的人走在自己的身旁。糊着红纸的灯笼，光线异常昏暗。但一滴又一滴的冰凉的蕴含着某种气味的水珠纷纷落到沈组长的脸上以后，他命令那个提灯笼的人将糊在外面的一层红纸全部撕掉，以便增强光线。揭去了红纸的灯笼，这时候只剩下一支蜡烛了，几乎在一瞬之间，洞内狭长而漆黑的阴风将那支蜡烛吹灭了。沈组长轻轻地"啊"了一声，有人在他的身后哮喘似的咳嗽了几声，又有一个细嗓门的人说了一句非常下流的话……沈组长正要发作，身边的那个提灯笼的人将熄灭了的蜡烛重新点亮了，借着亮光，一个人来到他的身边，是他的秘书。"沈组长，我在这儿。"秘书说着，伸手在潮湿的鼻梁上摸了一下。有几滴水珠掉进了他的嘴里，使他禁不住干呕起来。黑暗中，他的眼里闪出了泪花。

潮湿的阴风像欢快的舌头一样不断地舔舐着沈组长的薄薄的衣衫与渺茫的目光。秘书在一阵干呕之后，稍稍恢复了镇静，他听到沈组长的牙齿正在上下颤抖，铮铮作响。几乎就在同时，沈组长忽然打了一个响亮的喷嚏，把走在后面的那些人吓了一跳。

"沈组长，您……"秘书低声问道，关切的声音里充满了战栗。

"不要紧。"

秘书停下来，转身阻挡着后面的人，他大声对他们说道：

"同志们，不要挤，不要再往前走了，前面的情况看起来很复杂。"他停顿了一下，随即又补充道，"沈组长受了一点儿风寒，再往前去，好像有些不妙……"

后面有人高声说道："不行，我们要一直进到底。"

"不要散布这种悲观情绪，要注意工作方法。"沈组长稍事停留了一下，听到后面的喊声后，又开始继续往前走。边走边对秘书说："不要瓦解大家的积极性，把他们的热情挫伤了，事情就不好搞了。"

"是的，他们的热情就像这蜡烛，只需一阵风，就可以吹灭。"秘书挺了一下胸脯，感到自己发挥得差强人意。

这时，一直走在沈组长身旁的那个提灯笼的人小声告诉沈组长，他手里的蜡烛已经不多了，马上就要流完了。他说这话的时候，身体不自然地抽搐了几下，仿佛蜡油滴到了他的身上。"为什么事先不多预备几根？"沈组长问了一句，没有听到回答，刚才说话的那个人，这时像是睡着了。脚下有什么东西在打滑，沈组长的身体向一边摇晃了一下。洞里变得比任何时候都更加寂静，那些人似乎全都失去了知觉，没有一点声息。"漏洞，全是意想不到的漏洞。"沈组长独自说着，接着又猛然想到，看起来——实际上只有我一个人在走——

这条黑暗而冗长的地下通道，从某些方面来看，它像传说中的鬼打墙一样可怖而迷途难返，它的潮湿的水汽与突出的触角像嶙峋的锯齿一样不动声色地磨蚀着走近它的人的胆量和信念。早在身边的那支蜡烛第一次熄灭的时候，沈组长就感到呼吸有些困难，仿佛有人恶作剧地捏着他的鼻子，不让他正常喘息。许多的迹象都在表明，这儿是一个早已过去了的旧日的时代，漆黑，潮湿，遥远，窒息，暗无天日，霉烂的空气犹如暖风扑面，明确的标记荡然无存，沿途的阴暗的积水不断被走近它的脚踩响，水声听起来像是夏日夜晚里的蛤蟆的叫声。

死水一潭。沈组长摸了一下冰凉的鼻子，如释重负地想着。

前面出现了一片较为宽敞的地方，就是说，可以同时并排着容纳五六个人的位置。沈组长正在观察的时候，后面那些死气沉沉的人突然开始蠕动起来，蜂拥着挤到前面，他们的身体很快便塞满了那片宽敞的地方，手臂像枯枝，遥远地伸展在身体上方。沈组长吃了一惊，他感到冰凉的积水灌进了他的鞋里，很快便洇湿了他的雪白的袜子。自下而上的寒气从他的敏感的脚掌下开始—— 一直蹿到头顶上，他不容分说地接连打了几个喷嚏，浑身上下冰凉袭人。

他的秘书走在他的前面，累哑了嗓子，一边推搡周围的人，一边大声制止着混乱的情形：

"不要挤，让一让——请大家让一让——让列宁同志先走——"

"住嘴！闭上你的嘴！"沈组长低声呵斥着秘书，用一只手在他的腰上捅了一下，"不会说话就少说几句，或者不说，我怎么能与列宁同志相提并论？这不是成心让我吃官司吗？"

秘书抬起一只手掩住了自己的嘴，悄悄地用另一只手揉着被捅得有些生痛的腰部，在不经意之间犯下的这个错误，使他既感到不可饶恕，又有些满心委屈。这时，他抬起一条腿，朝一直晃动在他前面的一个人的身上狠狠踢了一脚，一声惨叫过后，前面的人影立即消失了。秘书长长地出了一口气，拉着沈组长的一只手，向深处走去。"您老慢着点儿，跟着我就行了。"沈组长顺从地点点头，像个听话的孩子似的乖乖地跟在他的后面。

前面的路突然消失了。

走到尽头了。周围传来滴滴答答的残漏之声，一线光亮出现在头顶上方，那道纤细的亮色像刀刃一样。秘书抬起手向那道"刀刃"上伸去，上面立即出现了一条缝隙。他屏住呼吸从缝隙中看到了一间光线昏暗的房子，堆放在里面的所有的陈设之物，都散发着一种陈旧的气息与幽晕。一位鼻梁上架着一副老花镜的老太太正在做针线，一个像瓷人似的小姑娘坐在她的身边。秘书急忙合上了那道缝隙。

"沈组长，我们好像到了女儿国。"他的脸从光线中分离出来，迷惑不解地说道。

"胡扯。"

黑暗中，沈组长眨动着一双疲倦的眼睛，他在回忆，辨别，斟酌，反省，他不明白自己到这个冗长的黑洞里来干什么，现在看起来，多少有些鬼使神差……


午后。

刘氏拿着一把钥匙打开房门。小姑娘拽着她的衣襟，跟在她的后面走进屋里。一束微弱的光线照在窗前的一只凳子上。窗户又小又窄，如同挂在墙壁上的两只镜框。

刘氏来到窗前，俯身向外面看了一下，她的脸色不像刚才进来的时候那样了，小姑娘站在那只凳子旁，伸出一根手指划着那道微弱的雾蒙蒙的光线，她抬起头打量刘氏的时候，发现了她脸上的那种微妙的变化。

"你在看什么呢？"

小姑娘好奇地说着，挤到刘氏的身旁，向窗外伸着头，窗户的位置对她来说显得很高，她踮起了双脚，也只能看到一些像灰色的河坝一样的东西。她继续踮起脚，嘴里发出一种吃力的声音，一只胳膊挤到刘氏胸前。"我还是什么也看不见。"她尖声说道，她的胳膊肘在不知不觉中弄疼了刘氏的胸脯，但她毫无察觉。

"下来，给我下来。"刘氏揉了一下胸前，将小姑娘推到一边，小姑娘满脸委屈地看着她。

刘氏对她说道：

"别这样看着我，这儿没你什么事。"她停顿了一下，飞快地向窗外瞥了一眼，又接着对那个小姑娘说："我告诉你，打听这些不相关的事，对你可没有什么好处。"

"为什么你，"小姑娘瞟着窗户，"不停地朝那里看个没完？"

"啊……别管我。"刘氏愣了一下，眨动着一双眼睛，脑子里飞快地斟酌着对付小姑娘的词句。但她很快就停止了思索，显然是因为一时没有找到更为合适的满意的措辞，于是用一种近乎蛮不讲理的口吻对小姑娘说道：

"那是我的事，大人的事，明白吗？我愿意朝那里看，什么时候想看就在什么时候看，因为，我是过来的人，而你——不是——你还是一个刚孵出来没几天的……"

小姑娘望着刘氏夸张的口形，她的一番滔滔不绝的声音让她多少感到有那么一种暗含着的强词夺理的味道。

"……你还是一只不懂事的小绒鸡，看见老虎，你会以为是一只猫，看见……"刘氏漫无目的地说着，一双眼睛在屋里来回逡巡着，忽然说道："行了，把外面的罩衫脱了，扎好围裙，看能不能帮我干点什么。"

小姑娘脱掉身上的蓝花罩衫，扎上围裙又将一块旧头巾罩在头上，头巾遮住了她的小辫，使她看上去像一位小老太太。

她在屋里转了一圈，来到刘氏的面前。

"我擦凳子吧。"她说。

刘氏坐在一堆灰白的旧棉絮中间，透过鼻梁上的老花镜，瞧着改变了装束的小姑娘，瞧了一阵，忽然笑出了声。

小姑娘站在灰蒙蒙的光线里，手里拿着一块抹布，抬头望着窗外的天空，她看到了一片云彩——几根树枝。

刘氏总是闲不住，不断地生着各种方法给自己找活儿做。在这种时候，她就声音低低哑哑地哼着一种模糊不清的、似是而非的曲调。她的手不断地在那些蕴藏着呛人的尘埃的棉絮中穿行、出没，十个手指一会儿深深地埋了进去，一会儿又清晰地露了出来。她的这种近乎游戏的方式吸引了小姑娘，使她感到非常有趣。小姑娘心不在焉地擦完凳子后，来到那堆棉絮旁边，刘氏的那双手又伸了进去。

"你掏来掏去，"小姑娘说着，蹲在刘氏面前，将自己的一双小手也伸进去，在棉絮里面一边摸索，一边翻动，"这里面有什么东西呢？"她侧着头问刘氏说。

"有宝贝。"刘氏说。

"是糖吗？"

"真是没见过世面，"刘氏轻轻叹了一口气，"糖算什么东西，那也能叫宝贝吗？你见过的东西太少了。"

"你见过什么？"

刘氏想了一下，没有说话，她把小姑娘的那一双伸进棉絮里的手像赶羊似的赶了出来。接着，她又抓起小姑娘的一只手，凑到老花镜下仔细端详了一阵，说道：

"还缠人呢，瞧你这一双胖手，往后哪个男人敢要你？我告诉你，男人可不喜欢笨手笨脚的女人，他们喜欢……"

"你才没人要呢，"小姑娘抽回自己的手，坚定地回敬道，"你的手不胖，可你一辈子都……他们为什么不要你？"

她听见伶牙俐齿的小姑娘这么说，脸上立即失去了血色，变得一片煞白，她的嘴唇半张半合，微微颤动，仿佛在突然之间丧失了继续表述的能力与愿望，她的那双手似乎在厚厚的棉絮中间永久地消失了，一直没有露出来，老花镜滑落到了鼻梁上，快要掉下来了，她仍然毫无察觉。小姑娘很乖地坐在那里，睁大眼睛，用一种惊讶而期待的神情望着她。

过了好一会儿，她从地上站起来，开始收拾屋子，她像是把刚才的事情全忘记了，一边清扫墙上的灰尘，一边用一种劝谏的、息事宁人的口吻说着一个人的婚事，是关于一个十八九岁的年轻姑娘的婚事。她又来到窗户前，在擦拭那些疏朗的窗棂的时候，忍不住又朝外面看去。天色已近黄昏，附近一带的树枝在风中沙沙作响，夕照在屋脊上闪光，流泻。

扫过灰尘以后，刘氏洗干净手，打开一个藏在柜子里的小包袱，里面尽是些零碎的华丽的绸缎，她把那些色彩瑰艳的绸缎拿在手里，比画来比画去，放下这一条，又捡起另一条，迎着光线展开，仔细地注视着。这以后，她又找出了针和线，像是要准备缝制一件什么东西。她一边做一边小声地唱着，有时候，她做手里的活儿做得出了神，一句话就唱得很轻，很慢，甚至要反复地唱好几回，微弱的歌声随着她手里的针线一起在一个地方结束，又在另一个地方开始。时光就在那种宁静而轻松的空气里不知不觉地流着，无声无息地流走了。

她唱完一段以后，低头做着手里的活儿，嘴里却对那小姑娘说：

"你再说一遍，他是怎么死的？"

"他们用乱棒打死了他。"小姑娘说着，坐在地上系她的鞋带。

"他们是谁？"

"敌人。"

"是仇人。"她抬起头，从镜子上方瞟了小姑娘一眼，纠正道。之后又低头做活儿去了。小姑娘系好了自己的鞋带，伸开两腿趴在地上的一片余晖里，在那里画着什么。

"知道冤死是怎么回事吗？"

刘氏低头缝了一阵，又开口问那个小姑娘。

"不知道。"

小姑娘说，她歪着头，在那里画得很入迷。

"刘成万就是那样的一个……屈死的鬼，这些天，我总梦见他身上的血……"

"我知道，"小姑娘心不在焉地漫应着，"你说过好多遍了。"

"你知道？你当然不知道。再过几年，我才打算正式告诉你。这会儿你就知道了？你是不是觉得你很伶俐？"

"我听着呢。"

小姑娘侧着头，把一只耳朵贴在地上听，她忽然觉得那种姿势很难受，手上弄满了灰尘。"你接着说吧。"

"我的天！"刘氏从镜片后面吃惊地扫了小姑娘一眼，"你躺在那里干什么呢？你不知道地上有灰尘吗？"

"你好像困了。"

小姑娘说了一句，换了另一只耳朵，继续贴在地上听着，一条腿晃了一阵，后来突然不晃了。

刘氏说她不困，人老了就睡得很少了。后来，她手里拿着针线，一再地打着哈欠，这说明她也疲倦了。

"好像有人来了。"

小姑娘说着，从地上爬起来，跑到窗户前听了一阵，接着又回到原来的那个地方重新趴下，将一只耳朵贴在地上，她的辫子上沾上了灰尘。

"你还躺在那里？你不知道地上有灰尘吗？"刘氏停下手里的针线，摘下老花镜，看着那个小姑娘，"你要是再不起来，我可要拿这针扎你了，听见没有？"

"我听见了，"小姑娘抬起头，从地上爬起来，走到刘氏面前，伸出一只手指着地下，说道，"有人在这下面说话……"

# 11

在村外的那片紫色的旷野上，原来可以望见一些耸立在壕沟边的水车，它们转动的时候，倒映在水沟里的天空和云彩也跟着一起转动。清风吹拂着草丛，几条明亮的水沟像战后的大刀一样丢弃在旷野上，在胡麻地与黄芥丛中显露出耀眼的边缘或触角，胡麻地一直延伸到北面的土崖下面，在那里和一片瓜地连到一起。看瓜的人在那一带挖筑了众多的洞穴，或者在地中央搭一个泥草的棚子，整整一个夏天和秋天，他们日日夜夜住在那里。

一个夏天的黄昏，梁赞来到村外，走在灿烂刺眼的葵花丛中，那种灼热的金色的光芒簇拥在他的身体周围，阻挡着他的视线。这一带有刘成立的一片菜地，刘成立告诉梁赞说他在那片地里种满了辣椒，但梁赞在附近找了许久，始终没有发现。水沟那边坐着一个人，梁赞走过去向他打招呼，那个人显得很诧异，一边说附近一带没有辣椒地，一边蝎蝎螫螫地从水沟旁站起来，心绪不宁、神色慌张地越过梁赞的身体，向梁赞的身后的某一个地方张望着。梁赞以为有什么人跟在自己的后面，回头去看时，却又发现什么也没有。梁赞重新审视了一下对方，眼前的这个人，他的那种虚惊失常的举止使梁赞感到有些莫名其妙，难以理解，好像是处在一件事情的漩涡中心。

"我是说，刘成立的那块菜地——"

梁赞不知道该如何把话向眼前的这个人说清楚，抬起手向旁边的一片苜蓿地里指了一下，说道：

"他在那里种满了辣椒。"

"他的地？"

这个叫天宝的人惊奇地看着梁赞——他认得他，知道他是村中学堂里的一位教书先生，常在河边的那片树林里转来转去，可是，这个梳着偏分头的教书先生怎么会想起来打听一片无中生有的辣椒呢？"他怎么会有地？他没地，他是一个鬼。"……

"那边有一片辣椒——"天宝说道，脸上现出一丝不怀好意的笑容，"你过去看看，那说不定是他家的。"

顺着天宝手指的方向，梁赞看到了水沟对面那片红得令人不安的、被当地人称为"鬼辣椒"的草本植物，在某些时候，它又叫"头痛花"，此刻，它的那种米粒一样的花蕾正在风中释放出阵阵不祥的气息。梁赞望了片刻，忽然感到自己的头剧烈地疼痛起来……

水沟里出现了远处的一片歪歪斜斜的房屋的倒影。


这天晚上，夜色四合之后，梁赞来到街上，村庄仿佛完全关闭起来了，只留下了某些难以弥合的缝隙，有人正在其中敲敲打打，夜晚潮湿的空气中布满了灰白的雾气，梁赞不时地停下来，摘下眼镜，擦拭模糊一团的镜片。一些高处的窗户上亮起了灯光，里面的人影像幻灯一样闪来闪去。

来到那个镶嵌在灰色宅墙外的车轮状的窗户前时，梁赞停下来谛听了一阵，里面传来几声轻轻的叹息……

月亮升起来了，树枝灰绿，阴凉的湿气从墙苔之间向外面延伸、散发。刘成立正在院里的井台边汲水，水声哗哗作响，仿佛他坐在一条流淌不息的河水的旁边。

梁赞来到井台边，刘成立抬起头看到梁赞时，脸上显出一种微微吃惊的神色，接着，他低头看了一眼梁赞的鞋——他显然是由于刚才只顾汲水，没有听到梁赞进来时的脚步声而感到有些缺憾或困惑。不知怎么回事，他把自己浑身上下弄得湿漉漉的，而他身边的那只水桶却依旧是空的。梁赞在走近他的身边时，感到一阵冰凉的水汽向这边迎面袭来。

"我吓了您一跳？"梁赞说。

"没有，"刘成立看着湿漉漉的手，手臂上的水珠在月光下闪着一种冷光，"在我这个年纪，大概再不会害怕什么了。我没有听到敲门声，你是怎么进来的？"

"门没关。"梁赞说。

刘成立回头向高墙下的那道又窄又矮的门望了一眼，门虚掩着，梁赞进来后，留下了一道一尺宽的缝。这会儿，高墙上的柔软的藤蔓在轻轻飘动，发出一阵沙沙的摩擦声，刘成立汲水的声音消失了，院子里一片寂静，灰白滞缓的雾霭从高处的屋脊上弥漫下来，笼罩了一切。

刘成立轻松地对梁赞说道：

"今夜的雾很重。"

梁赞瞟了刘成立一眼，立即将脸转向一边，望着那边的黑魆魆的墙头，墙外的一条巷子里这时传来几声狗叫，梁赞将目光收回来，看着井台边的一片泛着亮色的积水，他的那种闪烁飘移的眼神像是即将要遭逢不测，毫无掩饰的变化被刘成立看在了眼里，这个细心的人，脸上现出一抹浅澈的笑容，轻声说道：

"你好像有什么事？"

"没有。"

梁赞说着，又用刚才那种闪烁游移的眼神从刘成立的脸前一掠而过。刘成立眨动了一下眼睛，仿佛在躲开一道斜射过来的刺眼的光线，墙边的树影在他身后形成一道虚实不定的屏障，有的树枝直接垂到他的肩头。

"说吧，年轻人，什么事？"

"我出来走走，"梁赞艰难地说道，他刚在一根木头上坐下，还没有坐稳，又立即站了起来，仿佛那根木头上有刺，"我跟您说过，我的那个学生——与您的侄女一样，也叫刘菊，昨天中午的时候，出事了……"

"出了什么事？"

"在一座谷仓里吊死了，就是木匠们常在那里做棺材的那个空谷仓，人们把她放下来，发现她的肚子——"

"肚子怎么了，破了？"刘成立抢过话头，"怎么回事？"

"你还一个劲地追问我干什么？您其实早已明白是怎么回事了。"

梁赞垂头丧气地说道，张大嘴，仿佛干渴似的，深深地吸了一口并不算是清新阴凉的空气，"作为她的老师，她的事，我实在羞于启齿，虽然她已不常到学校里来了。"

"哦，哦。"

"您哦什么？非要我说出来吗？"

"哦，哦，"刘成立猝不及防地点点头，"不要再说下去了，我明白了，我确实没有别的意思。"

"您怎么看？"

"什么怎么看？"刘成立重复了一句，随即又恍然大悟，"哦，哦，我早就说过，女大不中留，她们就像你地里的瓜……"

"瓜熟蒂落了，你不摘他就摘，总有人要下手。"梁赞抢先说出了刘成立没有来得及说出的那些话。

"要是一直没有人摘，就自己烂在地里。"

刘成立像是被突然抽去了元气，神色惊讶地望着梁赞。现在，他忽然感到自己以前对于这个年轻而文弱的教书先生有些小瞧。他在心里对自己说，这些秀才，原来也不全是书呆子，他们可能并不傻，也知道很多事情，对过日子也越来越熟悉了……想到这里，刘成立开始打破眼前的寂静，十分关切地探询道：

"知道是怎么回事了么？是自己挽了绳子，还是有人害了她？"

"还不清楚。"

"我是说，那个……"刘成立急忙掩住口，停顿了一下，"就是那个让她……蒙羞的人。"说完之后，他立即会心地笑了一下，他还不至于老迈糊涂，还能在关键时刻约束住自己的嘴，使那些下流粗鄙的字眼在脱口而出的时候戛然而止。蒙羞……一个多么好的说法，他为自己能够及时使用这个文雅得体的词语而感到高兴，这会儿，他愉快地搓着双手，又摸摸下巴，一脸轻松地看着梁赞，等待着回答。

"那个人不是那么容易暴露的。"梁赞忧心忡忡地说道，"也许，永远也没办法知道他是谁了。因为，她已死了，不能再开口说话了，不能再指出什么了。"

"一点蛛丝马迹也没有吗？"刘成立问道，"比如说，她喜欢到什么地方去，和谁走得很近，再比如……"

"有人怀疑谷仓里干活儿的那几个木匠。"梁赞说道。

"木匠？"刘成立眨了眨眼睛，"他们三个一起？他们当中的一个？一边做棺材，一边在脑子里转动着那种念头……"

"再过几天，她就要出嫁了。"梁赞神色黯然，惋惜地说道。

"天哪！"刘成立失声地叫道，"她的情形和我那个死去的侄女一模一样，名字都一样，看来，那是一个不吉利的名字。"

"春天的时候，她还常找我给她补课，"梁赞回忆道，"她的底子不好，脑子也不够灵活，常常走神，后来就开始无缘无故地请假，从那时候起，她的心已经乱了。"

"可是她的身体已经完全熟透了，像一颗葡萄，"刘成立说道，"只要轻轻一碰，就会不可避免地流出水来。"刘成立说到这里，感到自己的嘴边挂着一线湿润的口水，急忙抬起衣袖遮住，在暗中不动声色地擦去，他观察着梁赞的反应，看来那一位毫无察觉。

院子里的雾气不知什么时候已经散去了，屋脊和门窗的轮廓重新呈现出来，高大的死气沉沉的院墙仿佛挨着天，它的上方也像寂静的夜空一样隐隐发蓝，寥落而久远。墙边的树丛里传来一阵簌簌声，梁赞抬起头朝那边望了一阵，像是风声在作祟，他对刘成立说道：

"我听人说，您……"

"说吧，没关系。"刘成立睁大眼睛，看着梁赞，"他们说我什么？"

梁赞本来想说，你早已死去多年，你是一个鬼，但他感到无法开口，他当然不会把那种带有捏造色彩的道听途说告诉眼前这位老人，但他不明白为什么许多人都说刘成立已死去多年，与他的兄长刘成万成了一对阴魂不散的鬼。梁赞绞尽脑汁，斟酌着……他忽然想起了自己的那本书，想起了阴阳怪气的校长——昨天午后，当刘菊的尸体被放下来，人们看到她的微微隆起的腹部时，校长的眼睛忽然湿润了……

"又是在说我的那些……历史问题吗？"

刘成立漫不经心地问道。他感到自己猜中了使梁赞吞吞吐吐、难以启齿的那些话。这会儿，他轻轻笑了一下，安慰梁赞说："别害怕，那些事，我早在很多年前已经说清楚了，已经没有什么了。"

停了一阵，他又补充道：

"我的生活就像一个在沙滩上写字的人，写一段，擦一段，边写边擦，边擦边写，写到今天，擦到今天，连一个脚印也没有留下。"

"真像一只猫……"梁赞想道，"排泄之后立即用土埋起来。"

# 12

昨天上午，校长在走近学校附近的一截断墙时，墙上的一行用白粉笔写的字忽然映入他的眼帘：

> 你是一个卑鄙的人——你干的好事——你他妈的——别以为没人知道。

校长停下来看着，一阵风吹过来，他忽然感到脸上有些火烧火燎，眼皮跳得十分厉害。他不知道是哪个促狭鬼干的，是写着解闷，还是有感而发？校长惴惴不安地向四周看了一眼，远处有一个人正在伸长脖子向这边张望，校长吓了一跳，立即离开墙边。

我这是怎么了？那上面的话又不是说我，我为什么这样不自在，这样没出息？校长边走边想，努力在心中宽慰自己。他想到了那个脖子伸得很长的人，由于距离较远，他无法看清那个人的面目，不知道是干什么的。如果在从前，那个人毫无疑问是一名特务……想到这里，校长渐渐放慢了脚步，就凭他现在这种惊慌失措的样子，谁见了都不免大吃一惊。走过几间临街的房屋之后，那个暗探一样的人不见了。

校长来到学校以后，钟声刚刚响过不久，两名女学生正在一棵杨树下吵架，其中的一个穿花衬衫的女学生嘤嘤咽咽地哭着，另一个又黑又胖的女学生跳起来，喊道：

"……小卖×的，你就是个小卖×的，你快成刘菊了。"

骂声是那样的嚇人而刺耳，又像一种灼热的光线一样晃得人睁不开眼睛。校长脸色通红地注视着树下的情形，他打心眼里不喜欢那个又跳又叫的黑胖的女学生，她后来的那句话使校长变得怒气冲冲。岂有此理。校长一边在心里说着，一边快步向那棵树下走去。

"去你妈的，滚！想卖回家里卖去，不要在这里卖——这是学校。"

校长真生气了，他的样子有点发狂。那个黑胖的女学生看见校长边骂边向树下走来时，立即向教室里跑去。跑了一阵，又不甘心地回头对那个哭哭啼啼的姑娘说道：

"回去和你算账。"

校长大喝一声："住嘴！唐桂莲，你还要不要脸了？"

那一位听到校长的喊声，肥胖的身躯停顿了一下，钻进了教室里。

"好啦，别哭了。"校长来到那个穿花衬衣的女学生面前，"她骂你，你就不会骂她么？人若犯我……"校长说到这里，停住了，似乎感到所说有些欠妥，他的眼睛转了转，咳嗽了一声。

"说吧，她为什么要骂你？"

女学生一边轻声抽泣，一边对校长说，她（唐桂莲）的老姨来了，要带她进城，唐桂莲看中了她的这件花衬衣，非要借去穿一天。她觉得唐桂莲的身材太胖，根本穿不上去。这以后，唐桂莲就生气了，开始骂她。

校长打量着眼前的这个亭亭玉立、眉清目秀的女学生，虽然她的一双眼睛哭得有些红肿，但仍然可以看出这是一个很漂亮的姑娘。校长忽然想起了一句话，红颜薄命，眼前的这个漂亮的姑娘，将来还不一定会有什么遭遇呢。校长想起了刘菊……眼前开始模糊起来。

"难怪她要借你的衣服，谁让你穿得这么好呢，还是丝绸的。"

校长说，伸手捏了一下女学生的衣袖，一种柔滑飘逸的感觉迅速通过手臂，传遍了校长的全身，他的喉结急速地滑动了几下，他看到树荫以外的阳光如烟似雾。他伸出舌头，小心翼翼地舔了一下干裂的嘴唇，一缕幽香从那件柔软的丝绸衣服上飘到他的脸前。

女学生轻轻地不易察觉地蹙了一下眉头，她感到校长的手很用力，她的胳膊被捏疼了，这时，她听到校长对她说：

"知道唐桂莲为什么要骂你吗？"女学生不知所措地摇摇头。校长接着说道："嫉妒，纯粹是嫉妒——人类的大部分悲剧都出于嫉妒，当然还有仇视。你穿得比她好，你比她漂亮，你应该感到高兴。无产阶级为什么要对资产阶级进行斗争？因为资产阶级穿得比无产阶级好。当然你不是资产阶级，你是一个好姑娘，唐桂莲，她才是个小卖……"

校长忽然闭上了自己的嘴。

"看到你们梁赞老师没有？"过了一阵，校长问道。

"在学校后面的小树林里。"

女学生说着，趁势将自己的那条胳膊从校长的手里抽了出来。


## 13


经过一个多月的冥思苦想，梁赞写完了最令他殚思竭虑的那部分内容，抽屉里零散的纸页像路边的浮土一样越来越厚了，他粗略计算了一下，有四百多页。在已经逝去的那些黄昏与深夜里，他绞尽脑汁，一遍又一遍地修改那些看起来有些阴郁的文字。

时间进入夏季以后，梁赞几乎每天都要来到学校后面的小树林里，一个人坐在那些低矮的树桩上，聆听着远处的略带着萧瑟的风声。雨前的树林，光线昏暗得像一些夜晚，树桩下蠢蠢欲动的蚂蚁沿着他的踝骨一直向上爬行，常常使他发出神经质的颤抖或痉挛。

昨天晚上，他正在灯下涂改不久前写下的一段文字，眼前却不知不觉地出现了一片密集的屋宇——接连不断的窗户与炊烟，在其中的一片屋顶上，几簇红色的"鬼辣椒"正在随风摇曳，眼前的情景使梁赞想起了那本突然消失了的《复述》……

令人不安的红色花蕊……

外面传来了脚步声——

梁赞抬起头，一个三十多岁的女人推门进来，这个头发上插着一朵白花的女人把梁赞吓了一跳，他迟疑着从椅子上慢慢站起来，闻到了一种浓烈的油漆的气味。油漆味是这个女人带进来的。女人对梁赞说：

"别怕，我不是鬼，吃不了你。"

梁赞的脸上浮起一丝难堪的笑容，不知道说什么好，他的手扶着桌子，手指在不停地抖动……接下去的一段时间里，这个女人一直都在喋喋不休地说着什么，她头发上的那朵白花在她说的过程中掉了下来，她捡起来，又重新插到头上。不久以后，那朵不祥的花又一次掉了下来，她捡起来后没有往头上插，就拿在手里，不时地瞟上一眼。她穿着一件袖子很短的白色上衣，圆润的胳膊上依稀闪烁着一种若有若无的光泽。

梁赞坐在她的对面，像一位多少有些拘谨的、应邀而来的客人，又像一个智力低下的人一样，一知半解地听着她的话。梁赞觉得她所说的好些话，自己与其说是没有听清，更不如说是根本没有听懂。他只是一鳞半爪地明白了眼前的这个女人是他的学生刘菊的姐姐，她已出嫁多年，此次回来为妹妹奔丧，还带着一个尚在哺乳阶段的孩子……从她的言谈中，梁赞知道刘菊的棺材已经做好了，就是那几个木匠在村中那座废弃的谷仓中做成的。棺材运抵刘家，今天下午刚刚油漆完毕。"上了两道油漆。"她整整一个下午都在旁边看漆匠干活儿，难怪她刚才进来时身上带着一种簇新的油漆气味。

她的脸还算白净。梁赞睁大眼睛，在数她脸上的雀斑。

"告诉我，"她瞟了一眼手里的白花，"我妹妹肚里的孩子到底是谁的？"

"孩子？"

"是不是你的？"

"我的？你是说……我有一个孩子？我还没有结婚，哪来的孩子？"

"去年暑假的时候，"她把那朵白花又插到鬓边，用手按了按，开始回忆道，"她到我那里去住了几天，帮我干活儿……她常说起一个人，一个戴眼镜的人，好像是个什么教书先生，温文尔雅，穿一件蓝色的长衫……"

"蓝色长衫……"

"……她天天往河边跑。我做好饭，喊她回来吃饭的时候，她从来就没有听见过。……她的心已经乱了，我看得出来，有一个人勾走了她的魂……她站在河边，不停地向远处长久张望，她是在等那个人。"

"那是谁？"

梁赞的身体向前倾斜了一下，压低声音问道。他的姿势和神色像是在与她共同密谋一件什么事情。她清晰地听到了他的越来越急促的呼吸。灼热的气息冲到她那张还算白净的脸上，使她皱了一下眉头。老实说，他的那种近乎虚脱的表现并没有博得她的好感，甚至连她的注意也没有引起。然而，他还是压低声音，又一次说道：

"那个人……他是谁？"

"我以为是你。"

女人不放心地按了按头上的那朵白花，直至感觉牢固后才放下手。"我觉得是你，不然我深更半夜跑来找你干什么？只有你能对号入座。"

"我？"

梁赞像是受到惊吓似的眨了眨眼睛，颤声问道："你说那个人是我？"

他听不见自己的声音在战栗，屏住呼吸，盯着对面的那个女人，仿佛要把她一下子吸进自己的身体里，渐渐地，一种看上去比较欣慰的笑容出现在他的脸上，他轻声说道：

"被一个美丽的姑娘日夜想着，那该是一个多么有福的人，我敢说没有任何事情能比得上。我梦想成为那样一个人——"

笑容突然从他的脸上消失了，代之出现的是一种黯淡的、有气无力的神情。"可惜，"他像被抽尽了血液之后，沮丧地跌坐回椅子里，"那个人不是我——我很想知道他是谁——很想知道。"

他闭了一下眼睛，又慢慢睁开了，用那种绝望的目光打量着对面那个女人。

"我猜错了。"

女人刚说了一句，她头上的那朵不安分的白花又掉了下来，但她仿佛毫无察觉，冷冰冰地说道：

"等棺材上的油漆一干，她就要下葬了。"

"什么时候？"

梁赞猛然抬起头问道，声音像是从地窖里发出来的。

"明天——后天——大后天，"她说，"总得干透了，才能抬出去。"

"我要去看她，我是她的老师，曾经为她补过那么多课，虽然她总是走神。不管她是否对我抱有好感。"他的声音里透出疲倦和烦躁，在椅子里欠了下显得沉重迟钝的身体。

"我想送送她——最后一次——送送她。"

"你想来，到时候你就来吧。"她站起身，开始告辞，走到了门口时，又回头说道：

"来的时候，你不要吃饭，我们那里预备着饭呢，还有酒。"

# 阴 沉

清明节前的一天，树枝还没有发绿，在灰蒙蒙的天色里，有一个人来到刘小秋的家里找刘小秋。刘小秋的邻居吴门礼在自己的家门前劈木柴的时候，听到一个尖细的声音从隔壁的院里飘了过来。吴门礼劈开一个木墩子，当他再停下手里的斧子时，隔壁院里的那个尖细的声音已经消失了。吴门礼握着斧子，竖起耳朵，他的手忽然猛烈地抖了一下，斧子差一点儿砸到自己的脚上。

天黑以后，刘小秋从外面回来了。刘小秋一边在自己的院子里干活儿，一边低声哼唱着。后来，刘小秋无意中抬起头，忽然看到他的邻居吴门礼的一张脸出现在两家之间的墙头上。吴门礼站在院墙的那边，脚下踩着一架梯子，将一张脸搁在墙头上，目不转睛地向刘小秋的院里看着。吴门礼的那张脸很苍白……刘小秋朝吴门礼笑了一下，又低下头干自己的活儿去了。

过了一会儿，刘小秋起身去找一把榔头。他抬起头以后，不无吃惊地看到吴门礼的那张苍白的脸还在墙头上，刘小秋听见自己的脑子里嗡嗡地叫了两声。吴门礼睁着两只眼睛，但样子分明已经睡着了。刘小秋笑了一下，开始到处寻找那把榔头。刘小秋知道自己的脸上此刻没有笑容，他的一条腿刚才蹲得有些麻木。有些事情使他感到奇怪，比如现在，他的心里一直在笑，可那种由衷的笑意就是不能在脸上表达出来。比如吴门礼，这么半天来一直趴在墙头上干什么呢？既不说话，也没有什么表情，以前他从来不这样。……刘小秋慢慢地在自己的院子里走着，到处看着，像一位初来乍到的客人。榔头他没有瞧见，他在菜畦的

175

一边找到了一个无柄的木槌。木槌没有什么用处，安上手柄也没有什么作用。天越来越黑了，许多东西都看不清了。刘小秋边走边想，要不是还有我在院里来回地走来走去，这个院子会一点儿声音都没有，所有的一切都像是死了。活着真是可怕呀，没有人的日子真可怕呀！吴门礼的那张脸像是一张面具，什么作用都不起，要起也只能是某种坏作用。

晚间的炊烟在他们的头顶上面散去以后，两个邻居正在黑暗中说着话，一个在墙头上，一个在墙头下。刘小秋仰起头，他看不到吴门礼的脸，只看到墙头上浮现着一个黑乎乎的东西，那就是吴门礼的头。更高处，是深蓝的夜空，是他们永远都无法看透的地方。

刘小秋站在院墙下面仔细地听着，吴门礼把上午发生的那件事对他说了一遍。吴门礼说的那种"尖细的声音"把刘小秋吓了一跳。那会是谁呢？刘小秋在黑暗中想道，他的舌头飞快地跳动着。他不知道谁会来找他。

"你真的没看见那是谁吗？"刘小秋仰起脸朝上面问道。

"没有。"吴门礼在黑暗中说道。

刘小秋的脖子有些酸困，他垂下头，一个人低声地自言自语。一些含糊不清的声音飘入他的邻居吴门礼的耳中。

"你真的没看见那是谁吗？"刘小秋又仰起脸朝上面问道。

"没有。"吴门礼在黑暗中说道，"你问过几遍了。我没看见。"

"我平时天天在家，从没有人来找我。"刘小秋说，"今天，我有事出去了一下，偏偏就有人来了……他喊我的名字了？"

"当然。不然我怎么会知道有人来找你？他就用他那种尖细的声音在叫你，他说，'刘小秋'……'老刘'……'你出来一下老刘'……又喊了几声，他的声音还是那么又尖又细，可越来越低了。"吴门礼趴在墙头上说着。

刘小秋仰起头朝上面看着，他看到墙头上有一道白亮的东西，像半只梳子。他想，那一定是吴门礼的牙齿。

"你敢肯定他不是一个女人吗？"刘小秋说，"那么细的声音……"

"我听着不像。"吴门礼说，"你今天干什么去了？一白天都没看见你的影子。"

"你觉得他会是谁?"

"我觉得?我没觉得他是谁,我连他的影子都没看见,我怎么敢肯定他是谁?"吴门礼说,"他那么压低声音叫你的名字,叫得我心烦意乱。等我后来拿着斧子,顺着梯子上来以后,他早就不见了,他跑得比鬼……"

"你拿着什么?"刘小秋说,"你站在梯子上,手里举着斧子?"

"是呀。"

"你站在梯子上,手里举着一把斧子?一把明晃晃的斧子?"

"怎么了?不让我拿吗?我正在院里劈柴,不拿斧子拿什么?难道我应该端一只碗吗?"

"唉,唉,你拿一把斧子干什么呢?"

"你是说我把他吓跑了?他以为我要杀他?是不是?"

"难保他不那样想。你想想,这个世道是多么险恶,每个人都像是惊弓……"

"不管多么凶险,那也轮不着我下手。不管什么世道,你,我,咱们能保证不被人杀,那就烧高香了,哪里还轮得上去杀别人?我为什么要杀他?我连他是谁都不知道,我只听到他在你的院子里像鬼一样叫个不停……"

"你没错。"

"咱们做了二十多年的邻居,你是了解我的,我连只鸡都不敢杀。"

"不说他了,好吗?既然他要找我,他还会再来的。"

这以后,吴门礼顺着梯子下去了。不久,刘小秋听到吴门礼的院子里传来一阵泼水的声音,接着是关门的声音,吴门礼嘟嘟囔囔的自语也最后消失了。墙上的一根青藤忽然飘拂起来,在刘小秋的脸前打了一下。刘小秋捂着脸回到屋里。前天上午,刘小秋的老婆带着他们的五岁的孩子回娘家去了,临走时发誓说永不再回来了。女人走了,刘小秋不曾在意。发誓算什么呢?这个世上的人哪个没有发过誓?发誓只不过是热血涌到了脑门上,迫不得已说一两句过激的、强硬的话,过去之后,该干什么照做不误，谁让她们是女人呢，刘小秋想，天下的女人都是一样的，大同小异。想想她们生气时的那种激愤的样子，难道不可爱吗？是的，没有什么大不了的事情，痛心疾首也不起什么作用。

他在黑暗中躺下。

不久以后，刘小秋没有吃晚饭便不知不觉地睡着了。梦中的景象平静而神秘。一开始，邻居吴门礼的那张苍白的脸浮现在两家之间的院墙上，看上去如一种祭祀的供品。刘小秋痛哭流涕，逢人便说，真是可怕呀，活着真是可怕呀！真是想不到啊，想不到吴门礼会成为恐怖的象征，成为一种不祥之兆。吴门礼的身体像一张纸，在单薄而充满裂缝的梯子上飘动不息，仿佛没有人能够用手按得住，谁都无可奈何。沙子湿漉漉的，到处都能看到那种又湿又红的细沙子。两个女人在沙子上扭成一团，她们在互相撕扯，都想吃掉对方，但情形极为亲密。两头健壮的母兽。

那时候，有人正在拼命地敲打吴门礼的房门，刘小秋被惊醒以后发现窗户被吹开了，一些凌乱的帷幔在黑暗中飘舞着，发出连续不断的簌簌的声音。刘小秋感到自己在虚浮的帷幔中出没着，像一片起伏的树叶。敲打吴门礼房门的那个人深夜出来找人，找错了地方，他摇摇晃晃地进入这条巷子以后，几乎敲遍了沿途经过的每一家的门。他看到每一处房子都似曾相识，但敲过房门之后才发现每一处又都不是他要找的。渐渐地，随着夜晚的深入，巷子里差不多所有的房屋都被他敲遍了，但他始终没看见有一个人出来。深夜敲门的人愤怒了，他忘记了自己的麻木的手指，开始用头和肩膀拼命地撞击那些死气沉沉的房门。

巷子里灌满了风声。刘小秋站在窗户前，望着外面的漆黑的夜色。也许天快亮了……他想道。被风吹动的帷幔这时从他的头顶上面滑落下来，像一条长长的围巾一样搭在他的脖子上，刘小秋毫无察觉，因而，丝毫谈不上什么体面或惊悸，垂落的帷幔没有给深夜伫立的刘小秋带来什么。他听到那个人的头在吴门礼的房门上撞破了，敲门的人声音沙哑地惨叫着。敲门的人一定是个夜不归宿的醉鬼，刘小秋想。一个人只有彻底醉了，才会这样不顾一切。是的，他醉了，也许他一直规规矩矩，一直在夹着尾巴做人，这算是破天荒的头一回，难得一醉，而眼前的情形……他的头撞破了，黏稠的血遗留在木质的纹路里，甚至门环上。在没有灯光的夜晚里，血是一种漆黑而腥甜的液体，黑暗掳走了它的红晕，它艰难地流动着，无声地渗漏着，像一摊倾翻的水墨。

刘小秋正要关上窗户，这时，他忽然听到隔壁的房里传出吴门礼的声音，吴门礼用一种气急败坏的声音对那个不知疲倦的敲门人说道：

"别敲我的门，我不在！"

听见吴门礼这样说，刘小秋在黑暗中笑出了声。

他伸手扯过一条帷幔，捂住自己的嘴。帷幔上的灰烬和尘埃使他想起了一些尘土飞扬的日子，大风将周围的道路刮得干干净净，没有花朵，没有叶片，沿途的枯枝像干涩的蜡烛……是的，别敲我的门，我不在，我什么时候都不在。庭院里满是过去岁月的灰烬，水槽倾翻了，一个人的枯槁无神的影像浮现在发黄的雨水里，沉浮，漂泊，随波逐流……燕子的巢在滴血，像钟表一样不回头地走动着。生命苦短，时乖命蹇，此后的日子里，此后的每一天，每一年，再也不会与哪一个女人发生可笑的龃龉了，不是自己的老婆，不是某一个女人，而是所有的女人。天意苛刻那是另一回事。一个与女人都无法相处的人，有什么可得意的，有何荣耀可言？活着不如死去……刘小秋关好窗户，伸手在自己的脸上抚摸了一下，脸上的水迹使他吃了一惊，他不知道那是什么。隔壁院子里吴门礼的声音消失了。房子里的某个角落好像在漏风。受潮的木器……生锈的铁……裂痕隐现的瓷器……尘埃下的纱……从头至尾，没有什么值得骄傲的东西。

现在，那个人从吴门礼的门前离开，来到巷子的尽头，敲响了刘小秋的门。

"老刘，"那个人停住敲门，压低声音叫道，"你在家吗？"

"吴门礼不在，"刘小秋说，"我也不在。"

"吴门礼是个王八蛋，难道你也是吗？不敢学他那样。"

"我真的也不在。"

"是的，你在家里，你在。"

"我不在。"

"唉，我敲了那么久，没有一个人给我开门，这个世界上好像到处都是墙。老刘啊，你在哪里？我怎么看不见你？"

"你用不着看见我，我对你一点儿用处也没有，知道吗？"

"唉，你这样说话让我感到很难过。老刘啊，你不知道我活得多么没有意思。"

"你用不着找我，我活得也没有什么意思。我一点儿也不骗你，我说的是真话。"

"你当然是在骗我，谁不知道你活得很热闹？表面轻松，内心得意，什么事都想插一手，向别的女人献殷勤，对自己的老婆既吵闹又安抚，那不是意思又是什么？"

"那也能叫意思？那是没有办法的办法。就算那是活着的意思，以后也越来越少了，我再也不会向谁献殷勤，也不会与谁吵闹了。"

"老刘，你出来一下好吗？"

"不好。"

"老刘你出来一下。"

"我为什么要出去？我不出去。"

"你应该见我。你要是想活过明天，你就应该开开门，大大方方地出来……我在来时的路上遇到一个哭泣的女人，她说她是你爷爷的老婆。"


第二早晨，刘小秋刚睁开眼睛，就听到隔壁的院里又传来了吴门礼劈木柴的声音。刘小秋一边吸烟一边想，吴门礼这是怎么了？昨天晚上已经劈好一大堆木柴了，整整齐齐地码在窗户下面，今天早上一起来怎么又噼噼啪啪地劈开了？准备那么多的木柴干什么呀？劈柴也会上瘾？

刘小秋穿好衣服以后，没有给自己做早饭，一个人在院子里走来走去。早晨的空气很新鲜，有一种微湿的带土味的下雨后的气息。昨天夜里也许落过一阵小雨，几分钟，十几分钟，还没有将地皮打湿，雨线就又突然断了。是的，夜里的情形一定是那样的。刘小秋仰起头朝空中看着，没有阳光，又是一个阴天。隔壁的院子里，吴门礼劈木柴的声音听上去很不集中，东一榔头，西一棒槌，他的咳嗽声倒是接连不断，一鼓作气的。

很多人活得都像一些瘟鸡一样，刘小秋想。天黑了，上床睡觉，早上一睁眼，首先想到的就是要吃饭。吃饭干什么呀？完全可以免了。刘小秋低声对自己说。是的，今天早上我就不想吃饭，坚决不吃，说什么都不吃，谁劝也不行。是的，木柴，粮食，都去它们的，我没有心情摆弄它们，哪怕它们都发了霉！吃饭是一件多么麻烦的事呀，即使只喝一小碗粥，也得首先把火生起来，不是吗？吴门礼不断地劈木柴，正是为了一次又一次地生火，一顿接一顿地吃饭，不至于青黄不接。

暖水瓶里空空的，刘小秋使劲摇了几下，从里面倒出一股黏稠的白浆。于是，他端着一只空缸子，踩着梯子爬到墙头上。这时，他看到吴门礼蹲在地上。刘小秋吃了一惊，早上一睁眼他就听到吴门礼在使劲地劈木柴，可是现在看上去，吴门礼并没有在劈木柴，打扫得很干净的院子里连木头渣子都看不到。真是奇怪呀！我怎么会听到劈木柴的声音？刘小秋端着那只空缸子，呆呆地站在梯子上。

吴门礼蹲在地上，很久没有动一下。他们的院子收拾得很干净，洒了清水。吴门礼不像是因劈柴劳累而停下来休息，倒像是在研究地上的蚂蚁。蚂蚁有什么好看的？刘小秋迷惑不解地想道。吴门礼是一个很谨慎很精明的人，怎么会把自己的时间花在那上面？有点不对头呀！刘小秋在心里对自己说。他眯起眼睛，仿佛看到了一些来自隔壁家庭内部的缝隙或暗穴。这时，他忽然发现自己的手里拿着一只空缸子，他低头看了一下，感到有些莫名其妙，他不知道自己怎么会拿着一只空缸子来到墙头上。是的，肯定不是为了接雨水，天是阴的，但并没有下雨。

吴门礼的身后放着一碗水。不久以后，刘小秋看到了那碗清水，他忽然感到自己的身体被什么东西狠狠地拽了一下，他急忙用另一只手抓紧了长着青草的墙头。他的脸上露出一线笑容，仿佛一次成功的脱险。许多早已或正在涌到他身边的事情他没有去多想，他站稳身体，继续望着隔壁的院子。他想，观看无疑是一种幸运，一个人可以没有职业，没有家庭甚至姓名，但不能没有眼睛，就算你拥有一切，但只要你的眼睛什么都瞧不见了，那一切就都不能算是你的，你不知道别人在你的身边或眼皮底下干什么，你连他们坐着或站着都分不清，财富与心计帮不了你的忙，努力想象也丝毫……

刘小秋收敛起脸上的笑容，他看见吴门礼的女人从屋里出来了。刘小秋吃了一惊，他一直以为她不在家里。他的女人不辞而别，他以为所有的女人也都弃家而去了。大多数的女人，她们的头脑像茶叶一样很容易串味，很容易被改变，这个女人难道是一个例外吗？……吴门礼的女人来到吴门礼身后的那碗清水边，她的并在一起的几个手指突然松开了，刘小秋无比惊愕地看到一种白色的粉末状的东西落进了那只水碗里，紧接着，吴门礼的女人又变戏法似的拿出一根筷子，在碗里轻轻搅了几下。

那是什么东西？糖？盐？毒药？刘小秋听见自己的心咚咚地跳了起来，身上的血不住地涌到脸上，漫上头顶。真是可怕呀！我看到了什么？吴门礼蹲在那里一动不动，像一个又聋又哑的死人，那碗可怕的水就放在他的身后，他只要回手一摸……刘小秋感到自己的喉咙里有一只虫子正在慢慢蠕动，使他忍不住要大声叫喊起来。谁说吴门礼精明过人，我看他像个傻子。刘小秋想。就要出事了！马上就要出事了！多年的老邻居，他的一只脚已人不知鬼不觉地进到另一个世界里去了。在这样一个空气湿润的早晨，他的老婆悄悄地来到他的身后，完事后又悄悄地离去，作为一个不乏谨慎的活人，他难道一点儿察觉也没有？他的女人在施行罪孽的时候显得不慌不忙，分寸不乱，比很多男人都强，以前的那些年真是轻看了她了。了不起呀，她像是什么事情都没有发生过一样。

现在，吴门礼回过手端起了身后的那碗水，放到嘴边。

"不能喝呀！"刘小秋突然在墙头上情不自禁地叫了起来，他绝望地看着那个准备喝水的吴门礼，"千万不要喝！"

突如其来的声音使吴门礼吓了一跳，他抬起头，看到刘小秋脚下踩着梯子，上身趴在墙头上，手里举着一个十分斑驳的搪瓷缸子，满脸晦气。吴门礼笑了一下，对刘小秋说：

"你今天起得比哪天都早。"

说话之间，吴门礼一口气喝尽了碗里的水。吴门礼将碗放在旁边，他看到刘小秋的表情很难受，仿佛一种冥顽的暗疾正在发作，扩散。"家里没个女人真是不行。"吴门礼看着刘小秋，不禁设身处地地想道。

刘小秋的身体在墙头上轻轻地摇晃着，他的嘴张得很大，昨夜的敲门声使他的梦变成了梦魇。吴门礼蹲在院子里看上去倒是很平静的，可那又怎么样呢？不是照样糊里糊涂地把一碗骤然间变得复杂无比的水喝下去了吗？是的，把谨慎和精明这样的词强加给吴门礼是不妥的，非常不适合的，谨慎什么呀，有何精明可言，等着收尸吧。

刘小秋注视着吴门礼的一举一动，留意着他脸上的所有变化。吴门礼没有什么反应，仍旧蹲在那里，像不久前一样。

"这么好的天气，他一直窝在那里干什么？为什么不站起来四处走走？"刘小秋皱着眉头，暗自思忖道，"是不是药力……也许，靠他自己一个人的力量，他已经站不起来了吧？是的，他一定很想站起来与我攀谈几句，是的，他有这种愿望，问题是他的双腿已经发软，周身无力，他不便轻易暴露自己眼前的处境。愚蠢的人呀，为什么不及时发作起来？你这时候要是发作起来，被立即送往医院，或许还有救……是的，要强是一种多么害人不浅的东西呀，就像榜样一样，为了顾及声誉，连停下来休息一下都不行，只能一刻不停地向墓地走去。

刘小秋说起了昨夜的那种殃及整个巷子的敲门声，他明显地流露出一种因被惊扰而没有睡好的迹象。野蛮的敲打，失败的睡眠，损人害己，故弄玄虚。吴门礼蹲在院子里听着，他的脸上渐渐浮现出一种疲倦困顿的神色。在刘小秋说话的同时，他偶尔插上一句，简短，软弱，含糊不清。说起那敲门声，他显得很是吃惊，像一只陀螺一样转了一下。

"有这样的事？"吴门礼说。

"药劲可能上来了。"刘小秋看着吴门礼，暗自想道。刘小秋听到自己的心怦怦直跳，脑子里传来嗡嗡的响声。吴门礼的反应是迷惑而淡漠的，他不曾听到昨夜的敲门声，在刘小秋看来，如果吴门礼不是在撒谎，便只能是药性使他丧失了记忆，他做过的事、说过的话全都不记得了。周围的情形现在多么安静啊，一切似乎都不再发出声音，一切都像是死去了。

可是，奇怪呀，他怎么还不见倒下去？在地上翻滚，折腾，口吐白沫，面色发紫，七窍流血？她在那碗里下的是一种什么毒？西方有一些毒，进入人体以后，一两年，甚至十年以后才开始生效，置人于死地。难道……

这时，吴门礼突然从地上站了起来。

刘小秋惊愕地看着吴门礼。老天！他怎么又站起来了？竟然还能站起来？吴门礼的身体摇摆了一下，刘小秋的心一下子悬了起来。真是可怕呀！最后的挣扎？回光返照？是的，一只兔子临死前还要长长地悲鸣一声，何况是一个满腹心事的人，他的几个孩子尚未完全长大成人，女人也还不太老，财产，梦想，一切都让他放心不下。

吴门礼稳住身体，刚才从地上猛然站起来的时候，他感到天旋地转，眼前一片漆黑，现在，那一切正在慢慢过去，消逝得很快。他重新看清了自己的熟悉的院子和屋里屋外的大部分的东西。轮廓是清楚而牢固的，一切都不曾改变。他也看见了墙头上的刘小秋，刘小秋手里拿着一只十分斑驳的空空的搪瓷缸子，看样子是因口渴而要讨水喝，奇怪的是他竟一直没有说。他不解地看着刘小秋。几十年的老邻居了，难道讨一杯开水也值得羞羞答答，不好意思？他是一个怕羞的女人吗？女人也不应该这样呀。女人们适当地羞羞答答一下很有必要，也能够被人们理解，可要是一味地推行或施展……这时，吴门礼忽然听到刘小秋对他说道：

"你怎么了？"

"可能在地上蹲得久了。"吴门礼用手捂着额头说道，"猛一站起来有点儿头晕。"

"老吴，你应该回屋里去躺下。"刘小秋隔着墙头恳切地说道，"你听我的，你这就回去躺下，啊？你需要好好休息一下，补补身体。早上一醒来，我就听见你在劈木柴。"

"我不想躺。这不是什么病，很多人都有这种一站起来眼前就一阵发黑的毛病。"吴门礼活动了一下胳膊，对刘小秋说道，"我想出去到镇上走走，咱们一起去？"

"不！我不能去。"

刘小秋又一次对吴门礼说起了昨夜的情形。那是一个多么漆黑一团的夜晚，那个敲门人告诫刘小秋说，明日是你的劫日。刘小秋躲在暗处，听着那冰冷的话语，帘子飘到他的脸前，打酸他的眼睛，缠住他的身体，他也毫无察觉。

"他说你半步都不能离开自己的家？"吴门礼说，"一离开家就会遭逢不测，就没命了？他是这么说的？"

"我当然不信他那一套鬼话。"刘小秋对吴门礼说，"可是，我后来越琢磨越觉得有道理。这种事情，宁可信其有，不可信其无。不就是在家里待一天吗，不就是二十四小时不出门吗？我能做到。权当是病了，躺在家里养病；权当是在街上调戏妇女，被警察拘留了一天。"

吴门礼笑了，没有再说下去。

吴门礼在院子里站了一会儿，不久以后，他隔着窗户，对他的女人说，中午我不回来吃饭了，不必等我了，有人请我小酌。说罢，便摇摇晃晃地出门去了。


摇摇晃晃的吴门礼多么像一个初来乍到的新手，他好像虚脱了，需要接风洗尘。谁会请他吃饭，随意小酌？阎王派来的人？

刘小秋拿着那只空着的搪瓷缸子从梯子上下来，他紧闭街门，一个人站在自己的院子里。真正的宁静降临了，就在眼前，就在周围。他的四肢酸楚而麻木。院子里没有他的影子，他不停地行走，最终也依然还是他一个人。他想起在天气晴朗的时候，在光线强烈或柔和的时候，院子里常常飘满了他的影子，有时映在墙上，更多的时候贴在地上，匍匐在门前。

现在，刘小秋一个人坐在门槛上，他垂着头，看着脚下的青砖，他开始相信世界是一个有知觉的世界，任何一个地方，任何一种东西，只要触动它，它便会伸缩，蠕动，遇到灵性充沛的时候，会产生相应的反应。是的，世界像一个巨人，你触摸他的脚心，他不一定马上发出寻常人的笑声，但他的鼻翼却在微微振动，那就是他的笑，经过引申与转化后的笑。平常人不具有的种种特征，在他那里含而不露地汇聚着。真是不可思议呀！刘小秋一遍又一遍地回想道。我刚说没有心情，不想生火做饭了，耳边就不断听到噼噼啪啪的劈木柴的声音，还没有睁开眼的时候，那声音就已经响了很久了。

他坐在门槛上不断地安慰自己。无论从哪个方面来说，一天的时间都不能算太久，很快就会过去的，他能够让自己做到足不出户。是的，出去干什么呀？难道有什么引人入胜的去处吗？没有。到处都是垃圾，街上飞扬着尘土，有些认识的人也仅仅只是认识、熟悉而已，根本谈不上什么深交或友情，那么，一个人孤零零地出去干什么呢？是的，完全没有必要去冒那个险。你的家都留不住你吗？你想到哪里去？

走在别人的街上，观看人家的婚事或葬礼？

大约中午的时候，一个女人的哭声远远地传来。刘小秋的蜷曲成一团的身体猛地向前一倾，之后便突然惊醒了。他睁开眼，吃惊地看到自己依然坐在门槛上，满脸潮湿不堪，睡梦中流出的口水将半截袖子都湿透了。

他慢慢抬起头，附近一带的徐徐上升的笔直而弯曲的炊烟使他感到惊喜。他从门槛上站起来，在院子里轻轻地走着，踮起脚向远处望着，已经中午了，再熬不了多久，天就黑了，这一天就算过去了。他喃喃地说着。真是没想到呀，一上午的时间这么容易这么快就过去了？时光多像一个滑冰的孩子，转眼之间就已经不见了，滑到谁也找不着的地方去了。活着多好啊，天天都在滑冰，时时刻刻都在移动，人不知鬼不觉地朝着前面走了一程又一程，熟人，菜园子，家门，村庄，都远远地落到身后去了，越来越模糊，渐渐地终于什么都看不清了。

那样的一种感觉，仿佛一个在外浪迹多年的游子，终于回到了阔别已久的故乡，不停地在自己从前住过的屋子里和院子里走着，这儿看看，那儿摸摸，一切的旧物，标志，迹象，都在一种远非从前的心情的关照与注目下，变得像一种书本上的故事一样不痛不痒，徒具观赏之美。看到贫穷依旧，也不致太过伤心，一声伤感的叹息也就足够了。目睹殷实甚至华丽，也不致手舞足蹈，狂态毕露，心只在安稳与远虑——隐隐的远虑，轻描淡写，不足以伤及身心——之间跳动，扑腾。

他想到该给自己准备一顿午饭。这个时候，差不多所有的家庭都笼罩在湿闷的蒸气之中，日常的器皿用具互相磕碰，叮当作响。多么诱人的食物！多么短暂的一去不复返的时刻！去年的这个时候，还围坐在一起边吃边说，而今年却再也凑不齐了，有的人已经不在了，永远消失了。是的，谁也不可能重现昔日的某个济济一堂的时刻，不管他是谁，所有的本领只剩下一种回忆。

他在一只小筐里找到一些又干又硬的蘑菇，取出几只泡在水里，晚上当它们发胀变软以后就可以食用了，现在却无论如何不行，冒着热气的午饭距离他竟相当遥远，简直不知从何谈起。

冷水。黑锅。

午后的天色依然阴沉着，没有风。刘小秋从屋里出来，在院子里四处看了看，然后踩着梯子出现在墙头上。吴门礼家的屋门开着，一个女人的声音在小声唱着。是吴门礼的女人。刘小秋在恍惚中看到了她的侧影，她好像正对着墙上的一面镜子在梳头。刚吃过中午饭，她梳什么头呀？刘小秋想。他一手扶着墙头，很响亮地咳嗽了一声。很快，他看见那个女人从里面出来了，站在门口，看到墙头上的刘小秋时，她笑了一下。她的手里果然拿着一把梳子。

"老吴真的没回来吗？"刘小秋说，"早上出去，到现在一直没回来？"

"没有。"女人说着，拿起手里的梳子在头上轻轻梳了一下。

"我还以为他是开玩笑呢。"刘小秋说，"他干什么去了？谁请他吃饭？"

"我不知道。"女人说，"你吃过饭了吗？你的烟囱里好像一直没冒烟。"

真没看出来，真是个心细的女人，居然注意到了我那死气沉沉的烟囱……刘小秋吃惊地想道。不冒烟的烟囱算什么人家？不过是戳在房顶上的一个难看的摆设。

刘小秋说："你没出去找找他吗？"

"找他干什么？"女人说，"又不是三岁的孩子，还能丢了他么？"

刘小秋点点头，他的目光在她的身上来回流动着。他说："你穿得这么漂亮，要出远门去吗？"女人靠在门框上，似嗔非嗔地撇了一下嘴。她的嘴唇多么红呀！一定涂过什么。这个年纪的女人，不经过涂抹与装点，是不会这么鲜艳的。是的，放着那么多的美丽的颜色，为什么不涂？一定要涂。稍微修饰修饰就比原来好看多了，毕竟谁也不是常青的树。谁能永远都是二十岁，一直豆蔻年华，姹紫嫣红？那是传说中的妖精。但妖精们也有尊长老幼之分，不是吗？——在那传说的山中，白雾漫卷，露珠奔跑，小妖敲着锣，老妖坐着轿。

越过她的身体，从这里望出去，能看到远处的从黄到绿渐渐过渡的树林和白亮的河水。天上的白云，乌云，山间的破落颓败的古寺，路上的马，水沟，都能看得清清楚楚。

多么安静的一天呀！没有人朝这边走来，四周一片寂静。一个疑问渐渐在刘小秋的脑子里浮现，凸起：翻墙过去，到吴门礼的家里去坐坐，算不算出门？是否犯忌？从多年来一贯的情形来看，他们无疑分别属于两户人家，财产，成员，来历，结构，日常习俗，各不相同，一家姓刘，一家姓吴，初看起来，连亲戚都谈不上。可是，一旦将两家之间的那道院墙推倒，拆除了，他们在形式上不就变成一家人了吗？是的，一切都连起来了，一切原本都是能够连起来的。这个时候要是遇到战乱或灾荒，他们两家也许早就过到一起去了，不是吗？远亲不如近邻，那说的是什么意思？方便，近捷，声息相闻，一切看上去都对我们有利。想想看，我们之间是多么的没有距离，缺少隔阂，真正的近在咫尺呀。我知道你能听到我夜里喘息、磨牙的声音，而我常常知道你会在什么时候教训你的孩子们，你的手掌啪啪地打在他们的身上，有时候隔墙听上去像是在制作年糕。是的，我很清楚你们夫妻何时在肉搏，何时处于胶着状态。一只碗从柜子上掉下来摔得粉碎，那意味着什么？我很理解，不言而喻，这些日常生活的声响在我们之间长期地流动，碰撞，反弹，我们模模糊糊，清清楚楚，我们都醒着，我们在叹息，睁一只眼闭一只眼。种种的努力都试过了，一些知道的或不知道的花样也用过了，就是难以达到满足，不能说是美好，万事如意。……吵什么呀？生那些闲气干什么呀？有什么真正过不去的吗？我们自己，我们相互之间过的是一种什么日子，我们明白一点，但并不完全清楚，有时候连一知半解也谈不上。实际的情形就是这样。

吴门礼的女人将那把红色的梳子从头上取下来，对刘小秋说："你怎么了，愣在墙头上干什么呀？后悔吵架了？去把她接回来呀。"

"我不去接她。"刘小秋说，"我还有事呢。"

"别嘴硬了，"吴门礼的女人说，"你以为我不知道你们男人在想什么？"

"什么？说出来我听听。"

女人的目光从墙头上离开，看着紧闭的街门，门边的一棵树上挂着稀疏的鹅黄的叶片，女人的眼睛里有一种水一样的东西，一直流向那里。刘小秋看着她。

"你怎么能知道我在想什么？"刘小秋说。这会儿，他脚下的梯子仿佛在渐渐地升高，他回头看了一下，梯子仍然放在原地，并未移动，院子里也还是空空的，只有他一个人。

"想过来你就过来吧。"女人对刘小秋说，"别把我的梯子踩坏了。吴门礼会不高兴的。"

笑容在刘小秋的脸上渐渐离开，仿佛水中的涟漪。多么寂静的一天呀！耳边什么声音都没有，一切都像是睡着了。幼小的毛毛虫睡在蜷曲的树叶里，像一些不懂事的婴儿，把它们摘下来，扔进水沟里，顺着水流走，流得远远的，它们也没有什么知觉，更谈不上抵抗。老天！我好像管不住自己了。他眼前一阵阵发黑，就要从墙头上栽下去……至少现在，刘小秋仿佛感到自己的目光里充满了罪孽，他的心思从她的脸上滑到她的饱满结实的胸前，很快又在她的身边完成了一次迅速的盘旋。

"有人警告过我，"他用一种打趣的口吻说道，眼睛里带着微微的笑意看着她，"让我一直在家里待着，说不能出来。"

刘小秋从墙头上翻进吴门礼的院子里以后，吴门礼的女人并没有感到吃惊。刘小秋没有弄坏他们的梯子，他是从墙头上直接跳进院子里的。事情的结果使他感到满意。吴门礼是个勤劳而务实的人，心疼自己的每一件财产，无论巨细，刘小秋知道这一点。

他们的院子收拾得非常干净，井井有条。屋檐下——雨水淋不到的地方——堆满了码得整整齐齐的木柴，桦树皮和裁成小块的油毡卷在一起。窗台上没有浮土，玻璃一尘不染，真他妈的勤快呀！刘小秋边看边暗自思忖。照吴门礼的那种勤劳劲儿来看，说不定给他一块炭，他也照样能给你洗得雪白而明亮，让人气短。是的，人的一切禀赋都是天生的，有些东西想丢都丢不开，别人也学不来。

"够烧就行了，劈这么多木柴干什么呀？"刘小秋站在吴门礼的屋门口，对吴门礼的女人说道，"好像要备战备荒。"

吴门礼的女人说，吴门礼天生是个闲不住的人，一天到晚找活儿干，这里整整，那里抠抠，一点儿也不觉得累，心情舒畅。可是，要是一没事的时候，他就要生病了。

"怎么，他有病？"刘小秋吃惊地问道，"哪方面的？"

"心上的病。"女人说。病因来自于因没活儿干或无法干活儿而产生的焦虑和不安。她说，整治吴门礼，最好的办法是把他供起来，养起来，什么也不让他干，什么也不让他插手，而且，还要事事都让他看在眼里，眼看着别人把一件事情干得尘土飞扬，乱七八糟，一塌糊涂，那情景能把他急死。

"有一个人是个瘫子，除了五官和两只手能动，其他哪儿都不能动。"吴门礼的女人对刘小秋说，"他的女人当着他的面，与别的男人在同一个屋里的另一张床上睡觉，就是要让他看，每一次他的眼睛都瞪得有鸡蛋那么大，可是他不能动呀，他想起来一下还得靠人家扶着。没出一个月，他就死了。"

"怎么死的？活活地急死了呗。"女人说。

"换了我，我……他难道不能合上眼睛不看吗？"刘小秋说。

"合上眼睛也不起作用。身体废了，心还没有废。合上眼骗谁呀？那是在骗自己。"

"是的，换了我，我也会急死。光听一听，就让我感到急躁，上火。那真是非人的日子呀。"

他们坐在屋门前，一人一只凳子。女人坐在刘小秋的对面，腿分得很开，透过她的薄薄的裤子，有一道山冈似的曲线明显地微微隆起。他妈的，吴门礼的女人，竟然是这样的？刘小秋抬起头，他吃惊地听到一个低沉的声音从自己的身体里飘了出来，如一种手术后的分离。"谁在说话？"他暗暗地问自己。女人的两条腿一会儿在他的眼里变得浑圆健壮，一会儿细瘦得令人吃惊。那是怎么回事呀？在一起住了几十年，今天好像才头一次认识她。她看上去对什么都不在乎，身上释放出一种懒散而又飘忽不定的东西。……不知不觉中，刘小秋的一只手伸了出去，他看着它，像看着一个与己无关的东西。

"别这样。"

坐在对面的女人轻声说道。她把放到她腿上的那只手推开。

怎么回事？我这是在干什么？刘小秋仿佛被从梦中惊醒一样，突然缩回了自己的手。他盯着它。真是可怕呀！它是什么时候悄悄离开我的？一个小时以前？别人吃午饭的时候？

吴门礼的女人将两条腿并拢起来。不久以后，大约是感到有些不大舒服，又分开了，与先前的时候一样。她轻轻叹息了一声。

"怎么了？有什么不顺心的事吗？"刘小秋看着她，"难道，你们也吵架了？"

"早上，"女人说，"我听你跟吴门礼说，昨天夜里你做了一个什么梦，梦见有人敲你的门？我猜，你的老婆快回来了。"

"怎么是梦呢？不是梦。"刘小秋急躁地说道，"真事。真人真事。"

"真事？"

"那个家伙，他妈的，他先敲的是你们家的门。"刘小秋说，"那时候我还没有睡，一个人正在屋里坐着。他不停地敲你们家的门，一开始用手敲，后来就拿头往门上撞。我听见吴门礼对他说，'不要敲我的门，我不在。'吴门礼一定是被他吓糊涂了，才说出那样的话。"

"我怎么没听见？"女人说。

"你当时也在？女人们一般睡觉都很轻，有点儿动静就醒了，可是，"刘小秋笑了起来，"一旦要是干活儿累了以后，那就很难说了，她们往往会睡得很死，有时候比男人还死。因为，她们真的感到乏了，整个身体全垮了。"

"你胡说什么？"女人说，"我们没有，我们已经很久……"她忽然不再说下去了，嗔怒地看了刘小秋一眼。

"后来他就来敲我的门。"刘小秋说，"他妈的，他把我折腾苦了，整个晚上都不能入睡。他什么都说，满口胡言。"

"你没出去看看是谁吗？"女人说着，露出惊讶的神色。

"他让我出去，我没出去。"刘小秋说，"我为什么要出去？我听他的调遣，听他的吩咐？他算什么东西？万一……他是鬼呢？"

"鬼？"

女人注意地听着，情不自禁地将身下的凳子向前挪了几步，她的两个浑圆的膝盖与刘小秋的腿挨到了一起。

"他说，'老刘，你出来一下。'我说我不出去，我出去干什么？"刘小秋说，"过了一会儿，他又说，'老刘你在哪里呀，我怎么看不见你？'我在我自己的屋里。他怎么能看得见我？我心里很烦，一天没吃饭，不想见他。后来他又恐吓我，用卑鄙的手段恐吓我。他对我说，'我在来时的路上遇到一个女人，她是你爷爷的老婆。'"

"你爷爷的老婆……天哪！那不就是你奶奶吗？"吴门礼的女人惊奇而兴奋地看着刘小秋，说道，"他怎么那样说话？为什么他不直接说是你奶奶，而非得费着劲拐那么大个弯，说是你爷爷的老婆？那是什么意思？"

"什么意思？能有什么意思，神经病嘛。"刘小秋生气地说，"要不怎么叫神经病呢。所有的神经病人都那么说话，拐弯抹角，兜圈子，拿黑布蒙着你的眼，目的就是要把你转晕了，把你领到一个没人烟的地方去。"

女人轻轻地笑起来，他们的腿贴在一起，但他们谁都没有发现。

奇怪呀！又不是炎热的夏天，我的腿为什么感到那么热？刘小秋一边看着坐在对面的女人，一边想道。待他垂下眼帘后，他微微吃了一惊。女人已经不再发出笑声了，四周一片寂静。刘小秋的耳边忽然响起了零零星星的劈木柴的声音——木头被劈开，沿着不同的方向纷纷倒下，躺在地上，发出一片相似雷同的声音；不久，它们又都被施了魔法似的集合起来，堆在一起，那耀眼的白色使刘小秋情不自禁地闭上了眼睛。多么温暖的季节呀！到处都开着花。

"吴门礼快回来了吧？"

"一定有什么事把他缠住了，他肯定急躁坏了吧？"

"我知道他一般总在家里，这儿敲敲，那儿打打，为什么他今天一去不回？"

"我记得早上临出门时，他只喝了一碗水。你在他的碗里放了什么？一小撮白色的粉末。盐？他喜欢喝盐水？每天必喝？"

"他天天盗汗不止？他的身体里需要盐？我知道他剥树皮很有一手，多么难缠的桦树皮，他都能够干净利落地把它剥下来。"

"身体里一缺盐，他就什么也不能干了吗？只得坐在太阳下叹息？他把桦树皮卷成一个又一个的卷儿，像出发前的行李。"

"你看见他那无神无力的样子了吗？你看见了，一定会惊讶地叫出声来；你看见了，一定会垂下失望的头。"

"那么多的桦树皮卷成的行李卷儿放在那里，有多少人要出发？"

"翻墙而过算不算离家出门？我以为不算。解除那顾虑对我多么重要！"

"让我看看你的秘密所在。"

"你能把身体转过去吗？你能把身体再转过来吗？"

"是的，就这样。"

……

起风了，从高处吹来的一些麦秸在空旷寂静的院子里飘旋起来。女

193

人的头发垂到脸前，遮住了她的眼睛，使她一时看不到身边的那个男人了。她的身体倾斜着，像是在躲避，像是在努力放弃什么，毫不相关的麦秸在不远处奔走相撞，热情升温。那是她亲手丢掉的东西吗？多么不可思议的姿态呀！有人在用力推门。认真的流露。麦秸。去年的金黄的麦秸。

不久以后，风刮到他们的脸上，他们站起来，相拥着向屋里走去。在那个过程中，他们周围的光线骤然暗了许多，许多细微而引人注目的东西一下子都不见了，大的轮廓他们忘记了识别。不是忽略不计，而是来不及细看。

世上的东西，什么都能够从容不迫地看上一眼吗？什么都能够想澄清就澄清吗？并不是的，完全不是。


女人率先躺下去，低声而急促地说道："快点！"说过后便迅速地闭上了眼睛。她的一只手像是睡着了，一动不动地停留（倒）在自己的身边，另一只手则明显地毫无倦意，异常活跃，像是一对性格完全不同的双胞胎。

"我很久没吃东西了，两天来连一口水都没喝上。我现在尤其感到虚弱得厉害。"刘小秋站在那里，低声说道。他像一个犯了错误的孩子，正在祈求母亲的宽恕与原谅。他的温顺而闪烁不定的目光小心翼翼地沿着她一路而上，最终停留在她的脸上。看到她闭着眼睛，凌乱的头发垂在枕边，他不禁暗暗吃了一惊。怎么回事？她睡着了？这个时候她怎么有心思睡觉？一个多么粗枝大叶的女人呀！让我说她什么好呢……就在他不知所措的时候，她的一只脚忽然动了起来，分明是在用力蹬他，向他传来催促的信号。

于是，他鼓足勇气又一次对她说道：

"你看，我能不能先……"

她突然睁开眼睛，看着他。

"什么？你要吃东西？你两天没吃东西了？"她充满哀怨地说道，"难道你也和吴门礼一个样吗？你就不能完了再说？"

"你别生气好吗?"刘小秋低声哀求道,"我并不是特别想吃东西,我只是担心要是长时间不吃东西,人会垮掉,那样一来……"

他像是在为自己的某种迫不得已的罪行作出真正的解释。

"你别生气好吗?你一生气,我就觉得我更加虚弱不堪,像是马上要散架了。"刘小秋说,"你听我说好吗?你听我说,我真的并不是特别想吃什么,两天来我什么胃口都没有,我觉得我很像一个怀孕不久的女人,眼馋嘴懒,又看见什么都恶心。是的,你听我说,吃不是主要的,我只是想多多少少补充一下,恢复恢复体力。……你知道我现在最怕什么?有人警告我,就像下了一个通知,让我不要离开家。是的,你不知道,我就怕中间出错,有什么闪失。"

他说他现在翻墙过来,也不知算不算离开家?说这话时,手上这回稍稍用了一点儿力,使她感到了疼痛,她扭了几下,很快又不动了。

"去吧!去补充去吧,去恢复去吧!"女人对他说,"水果行吗,能帮你恢复吗?堂屋的桌子上有一只篮子,篮子里有。"

刘小秋如同得到豁免的赦令似的,立即跌跌撞撞地向堂屋走去。他没有找到她所说的那只装着水果的篮子,他的头在摸索的过程中撞到了墙上——眼前闪出一片转瞬即逝的金星——不久又碰响了靠墙放着的桌子。他伸着手在上面摸了一阵,只有一杯水。他的手指感到一阵冰凉。老天!这是一个光线多么黯淡的世界呀!周围的一切几近于漆黑。真不知道他们平日里是怎样生活的?行走起来是吃力的,困难重重,而要想很快地找到一件需要的东西,那岂不是一个笑话?

他从地上爬起来,继续在黑暗中摸索。他依稀看到墙上有一面镜子,但镜子也不起什么作用,反倒像一口幽暗的井一样深不可测。有一些缨子似的东西纷纷扰扰地出现在他的头顶上方,他凝神注视了一阵,但最终也不能确定那是什么。与其他的一些东西一样,很难说它们是怎么回事。他不再想它们琢磨它们了。

现在,他感到先前的虚弱已不再是一个困扰他的问题了。

虚弱什么呀?担心什么呀?他趴在桌子上,轻轻地咬着手里的一个苹果,那咀嚼的声音不免使他吓了一跳。桌子的棱角很硬,紧紧地抵在他的胸前，使他不便走开。“我得移动移动。”他想，“是的，我不能总趴在这里呀。”很难说现在的时光是一天中的什么时候，听不到鸡叫的声音，听不到下雨的声音，咀嚼的声音似乎把一切的声响都压倒了。“怎么回事？难道我在制造巨大的震耳欲聋的噪音？”

真是可怕呀！……假如吴门礼这个时候突然从外面推门回来，我还需要在这里伸着手四处摸索，到处碰壁吗？不需要了，完全用不着了，到那个时候，真要是那样，那就什么都不需要了，有一种东西会照亮这间黑暗狭长的堂屋。有一种东西叫命中注定。

女人的叹息声从里面飘了出来，在刘小秋的眼前像拂动不已的马尾一样扫了一下，他如同被突然惊醒一样，急忙用手捂住酸痛的眼睛。有泪流出来了，他的脸颊上又涩又湿。“她在发脾气。”他想，“她好像已经完全不耐烦了，不想再等下去了。”是的，他在黑暗中也许盘桓得太久了，以至于——在她看来——变得一去不回，杳无音讯。是的，罪孽在我，一切都是我的错呀。

搜寻，补充，恢复。一连串的事情使他感到晕头转向，昏昏沉沉。有一种不太明显但不容分说的东西正在拉他下坠，他徒劳无益地挣扎着，他快要哭出声了，他一筹莫展，无计可施。他忙中出错地抚摸着自己那潮湿不堪的脸，周身战栗不止。真是让人难受呀！多么不舒服的一天啊！天气连续不断地阴沉着，一直摆出一副要下雨的样子，但一直没看见空中有一滴水；曾经积累了很久的黑云不知什么时候全跑光了，换上了镶金边的乌云；是的，乌云不是又厚又重的黑云，乌云是一种介于黑云和白云之间的过渡性的现象，如同混迹于黑鸡和白鸡之间的芦花鸡，如同一张柔软的印花被，不管男人女人都得盖着它，一口气渡到天亮。

可是，不管怎么说，他都无论如何不能再拖延下去了。是的，这就去找她，她躺在离他不远的地方，也许这会儿正噘着嘴暗自抽泣呢。罪过呀！他妈的。

于是，他兴冲冲地、跌跌撞撞地向里面跑去，低声的呐喊一路伴随着他。“来了，我来了！我这不是已经来了吗？”他的声音夸张而过分，严重失真。

他像一只口袋一样倒在她的身上，使她情不自禁地尖叫了一声。


咚咚咚的敲门声就是在那个时候突然响起来的，他们不约而同地都听见了，他们立即起来。街门外的确有人在敲他们的门，还有叫门的声音。他们敛声屏气地听着。

"怎么回事？"刘小秋脸色灰暗地看着女人，"吴门礼回来了？"

"不知道。没听出来。"女人一边扣上胸前，一边继续听着。

"果然有事，果然不该出来。"

"你怕什么？没有什么大不了的。"女人说，"你待在屋里别出去，我先去看看是谁。万一是个走村串户的卖豆腐的呢？"

"我知道了，是找我的。"刘小秋说，"果然是祸躲不过呢。"

"我先去看看。"女人说着，站了起来，向屋门前走去。

"你先别去。"刘小秋拉住她的手说道，"不是找你的，是来找我的。"

"不管找谁，都得去开门。"女人说，"他越敲越响，你听听——"

"我本来还打算要告诉你一件非常有意思的事情，"刘小秋说，"现在一切都完了，全都过时了，作废了。"

"你别怕，你不了解吴门礼，我还不了解他吗？"女人对他说，"就算外面真的是他，又能怎么样？他是老鼠的尾巴。"

老鼠的尾巴？那是什么意思？

透过明亮的窗户，他忽然看到了搭在外面的那架梯子，他眼前不觉一亮，急忙踮起脚向外面跑去。他很快踩着梯子爬到墙头上，那边就是他自己的院子了，他欢欣得几乎说不出话来。这时，他看到她也出来了。

女人来到梯子下面，仰起脸看着他，压低声音问道："你想告诉我什么？"

"现在哪里还能来得及说那个？"刘小秋坐在墙头上，他的一条腿已垂到墙的那边去了。"说什么都来不及了。"他对她说，"明天再说吧，明天我一定抽空告诉你。"

说完，他就立即消失在墙的那边。

这天黄昏的时候，一个女人领着一个孩子来到刘小秋的院里。那是刘小秋的女人和孩子，她是自己主动从娘家回来的。她看到自己家的街门紧闭着，但没有上锁，她伸手轻轻一推，门就开了，院子里静悄悄的。

女人领着孩子走进院里。她踌躇了一下，不想贸然进屋去，想让刘小秋出来迎接她，向她赔礼道歉，只要他说几句软话，她就打算与他言归于好了。事实上她早已消了气，并原谅了他，否则她不会主动地回来。

透过家里的窗户，女人依稀看到刘小秋正坐在屋里的一张椅子上。女人的牙齿轻轻咬了一下自己的下唇，然后弯下腰对孩子说：

"进去问问他，看他还惹不惹我生气了？他要是还惹咱们生气，咱们就马上再走。"

孩子跑进屋里，来到刘小秋坐着的那张椅子前，大声地说：

"爹，我妈问你，你还惹不惹她生气了？你要是还惹我们生气，我们就马上再走。我们就不管你了，啊？"最后的一句话，是孩子经过思索后自己加上去的，他觉得很有必要。

刘小秋一动不动地坐在椅子上。

"爹，你说话呀！"孩子抓住刘小秋的手使劲地拽着，"你怎么不说话？"

椅子就在那个时候突然倒了。

一直站在院子里向屋里张望的女人听到屋里传出的响声后，立即跑了进来，她看到她的男人刘小秋倒在地上，一旁的孩子被吓哭了。

……

不久以后，周围的人们听到刘小秋的院子里响起一个女人的哭声。那时候天已经黑了，住在附近一带的人们，很快就都知道刘小秋死了。刘小秋死去已多时，身上已发出明显的腐味。黑暗中，一些模糊不清的飞禽在他的屋顶上面和院子上空长久而无声地盘旋着。

# 我听见青草附近有大声音

## *1*

夏天，一个叫五仗的孩子爬到于氏的树上，伸手去摘树上的李子，正是中午，一根树枝忽然断了，孩子从树上掉了下来。坐在不远处打盹的于氏在树枝的断裂声中睁开眼睛，急忙跑过去，当她看到树下那个哭泣的孩子，并确信他的手里既没有李子，也没有吃剩的李核时，不禁又喜又怒地说道："活该！再让你嘴馋！敢摘老娘的李子？"

孩子从树荫下爬起来，抽泣着向远处的河边跑去。他不敢回家，不敢放声大哭，回去后少不了一顿打，也许还没等他回到家里，于氏先就去了。

## *2*

晚上，这个叫五仗的孩子在家里昏暗的灯光下无缘无故地放声大哭。

他几乎哭了整一个晚上。夫妻二人一筹莫展，面面相觑，他们不知道发生了什么事情。他们想尽了各种办法，仍然不能使孩子的哭声停止下来。他们把他们的手在他的脸前扬起，做出要打他的样子，但他紧闭着眼睛，看都不看；他们说出一些在他们看来很可怕很邪恶的事物，威胁他，恐吓他，也无济于事。渐渐地，孩子脸上那越来越多的泪水使他们夫妻俩也感到害怕了，他们将不安的目光投向黑暗的窗户，又紧张地环顾着他们的房子。

有一瞬间，处于绝望和呆痴中的女人自以为获得了一个良方，她解开自己的衣服，将那多年闲置不用的奶头塞进孩子的嘴里，她有理由认为这样一来会将孩子的嘴堵住，从而隔断那令人不安的哭声。这样想着的时候，她如获大赦似的喘了一口气，但就在她的脸上那过于紧张的神色刚刚试图要放松一下的时候，孩子放弃了那曾经一向能给予他安慰的奶头，他将它像吐杏核一样吐了出来，随之很快又继续号哭起来。

女人一下就没办法了。

她刚才做那一切的时候，她的男人已停止了烦躁不安的走动，他仔细地关注着她的一举一动，脸上布满了期待的神色。还真是个好办法呢，他在心里对自己说，这一招也许最灵。是的，不能说她没有头脑，现在看来，恰恰相反。女人啊，他妈的，关键时刻也不全是水泡。他凑到她的近前，屏声敛气，认真地瞧着。可是，当他看到孩子将那个发黑的乳头像吐杏核一样毫不稀罕地吐出来以后，他的头马上嗡地响了一下，他知道女人的那一点点可怜的意图和努力全都失败了。当那令他发疯的号哭声重新像哀音一样传进他的耳朵里以后，先前的那种关注的神色早已从他的脸上消失不见了，他抬起一只脚，狠狠地在门上踢了一下。

"我还以为是甚的法宝呢。"他烦躁而鄙夷地看了女人一眼，说道，"真没见过你这样的女人，他多大了还要吃奶？两个月？半岁？动不动就把你那稀松奀拉的玩意儿掏出来，掏出来干甚呀？啊？起甚的作用？你以为那是甚？万能胶？甚都能粘住？宝葫芦？要甚就能倒出甚来？"

"你嚷啥？我这不是在想办法哄他吗？"女人脸红了，在灯光下看上去，颜色很重。"以前他不是这样的，"她说，"他的嘴只要一叼住奶，马上就不哭了，会很快睡去。"

"那是以前，是他小的时候。"男人说，"这会儿他多大了？再说，你还有奶么？有么？早就没有了，不是么？别人不知道，我还不知道么？"

因为是夏天，孩子剃着光头，这会儿，他像一个饱经沧桑的小老头一样坐在那里，伤心无比地哭着，他闭着眼睛，明亮的泪水在他的那张小脸上四处横流，他哭出一身汗，他的父母也都是一身汗。

男人走到女人身边，看了女人一眼，又立即向门口走去。在孩子的哭声里，他看上去如同一只没头的苍蝇，他的一些莫名其妙的动作使女人变得更加不安。女人对他说：

"你别来回走了，德胜，我好头晕。"

男人停下来，望着女人。"不让走，你想让我干啥？啊？"他说。他靠在门上，听到外面似乎在下雨。

女人看了男人一眼，没有说话。不久以后，在孩子的号哭声的掩护下，她也低声抽泣起来。靠在门上的男人没有听到女人的哭声，他是通过她抽搐、耸动的肩头，才判断出她也在哭。于是，他对她说："你这是干甚？和他比赛吗？凑甚的热闹？"

后来，这个叫德胜的男人打开屋门，向外面走去。外面没有下雨，周围的树叶在风的吹拂下发出沙沙的响声。这个晚上，他不时地从屋里走到外面，向院子里和屋顶上长久地观看，眺望，一些不祥的念头在他的脑子里反反复复地涌起，湮灭，孩子的哭声使他如同变了一个人。屋顶上什么也没有，烟囱里不见炊烟，四周寂静无声。夜风吹过来，他湿漉漉的身上忽然打了一个冷战。他在院子里漫无目的地走了一会儿，然后来到窗前，仔细向里面看。

屋里，孩子还在哭，像一只失控的闹钟。


# 3


第二天是一个天气晴朗的好日子，孩子早早地穿好衣服，从屋里出来，他一个人在院子里站了一会儿。太阳早已升起来了，可他的父母还没有起来，孩子穿衣服的时候，看到他们的睡相如同在搏斗，又像是垂死挣扎，他从炕上往地下跳的时候，发出咚的一声，也没有惊动他们。

要是在往常，这个时候他们早就醒了，做饭的做饭、浇菜的浇菜，尖厉的呼哨将落在金针上的麻雀吓走，玫瑰在菜园子里举着露珠。

孩子在院子里站一会儿后，打来一小桶水，掺进一堆土里。小水桶只有一只罐头盒那么大，上面系着手提的铁丝。太阳照在他们的瓦上，窗前亮晃晃的。层层叠叠的瓦，一只鸽子蹲在上面，发出咕噜咕噜的胃痛似的叫声。孩子开始蹲在院墙下捏泥人。这个早晨和所有的早晨一样，不能说多么寂静，远处和近处都有一些声音，孩子只顾捏泥人，只是没有注意罢了。人们都起来了，无论大人还是孩子，每个人都要或多或少、或大或小地发出一些声音，有的与自己有关，有的与别人有关。

孩子将手中的泥分成均匀的几块，摆在眼前，脑子里渐渐浮现出他的母亲蒸馒头时的情景，她也是这样，将面均匀地分成一块一块的。……我给他们做一盘包子吧。孩子对自己说。他的脚边有一些颜色纷杂的碎玻璃，他捏起一些包进泥里。这时，他的眼前仿佛出现了袅袅上升的炊烟和明亮的火，白茫茫的蒸气弥漫过来，很快就将他罩住了。

不久以后，孩子转过头，他看到屋门开了，他的父亲神色疲倦地从里面慢慢走了出来。父亲形容枯槁，仿佛卖了一夜的力气。孩子的手里握着一团泥——一只包子的雏形——眼睛望着刚刚起来的父亲。做父亲的起初并没有注意到自己的儿子，他蹲在院墙下显得太小了，很不起眼。父亲仰起头在朝天上看。

天有什么好看的？孩子想。天空里现在什么也没有。

父亲在院子里站了很久，早晨的阳光披挂在他的身上，有一阵子，他闭上了眼睛。孩子一边看着父亲，一边将泥团放在手里揉着，玻璃馅被挤压出来，孩子尖叫了一声。

父亲终于发现了院墙下的孩子。他慢慢地走过来，用一种吃惊的不认识的目光看着自己的孩子。父亲的样子使孩子觉得他异常口渴，又不明白他为什么不回去喝水。孩子的一只手很疼，他已经不再使用那些颜色纷杂的玻璃馅了，将它们连泥弃置在一边。现在，在父亲的注视下，他将一只手里握着的一团泥倒到另一只手里，他感到脸上有点儿痒，伸手挠了几下。有一种东西微微地吹拂着他的脸，使他感到很痒，那是父亲的呼吸。

后来，看了一会儿，父亲就对孩子说话了。

"昨晚你怎么了，那么拼命地哭？"父亲看着孩子的脸，轻声问道。

孩子愣了一下。"谁哭了？"孩子说，"你才哭了。"

"还敢说你没哭？"父亲说，"晚上的饭让你闹得都没吃成。我们都以为你在外面见了鬼，中了邪。你到底怎么了？"

"我没哭。"孩子说，"我真的没哭。我从街上回来就睡着了。"

"有甚事你就说嘛，"父亲说，"做甚非要那么拼命地哭？"

"我真的没哭，谁哭了？"

"你是不是在街上看见甚了？"

"我没看见。"

"五仗，我和你妈都让你折腾怕了。告诉你，以后再不能那么刺激我们了。啊？我们受不了，我们要是让你刺激得有了毛病，变成两个疯子，你还能有甚好结果？难道你愿意和两个疯子天天生活在一起吗？"

"我没有刺激你们，我从街上回来后就睡着了。我也没吃晚饭吗？"

"你在街上，有人惊吓过你吗？"

"没人。"

"经常有人把树皮做的面具戴在头上，那叫'鬼脸'，你看见了吗？是不是有人用'鬼脸'恐吓你？他们常躲在一些没人住的烂房子里，你刚从墙外走过，他的头就伸出来了，高一下，低一下，一会儿有，一会儿又没有了。"

孩子摇摇头，吃惊地看着父亲。夏天里"鬼脸"很多，可父亲说的那又是什么？孩子感到自己的身上很热，他蹲在这里已经半天了，但一直什么也没有捏成。

"既然甚事也没有，那么，你为啥要那么拼命地哭？我不明白。"

"我没哭。我没哭。"

孩子忽然不说话了。父亲的话越说越重。孩子将泥团托在手里，望着父亲从自己的身边离开，又望着他走向门口，消失在门外。过了一会儿，他看到他又回来了，这次他没有在院子里停留，而是直接回到了屋里。孩子悬着的心落了下来，他很怕他再走过来，蹲在这里没完没了地盘问自己。拿什么回答他呀？该说的都说了，他只是不信。他没哭过，他也没有刺激他们。他从街上一回来就睡着了，他们一定是把别人家的哭声听成是自己家的了。他暗自想着。又过了一会儿，他看到母亲也从屋里出来了，她的眼睛下面有一些乌青，像是被人打过。母亲心事重重地走着，似乎没有注意到蹲在院墙下的孩子，孩子正看着她呢。甚叫刺激？那是咋个一回事？很严重很危险吗？孩子眨动眼睛，仿佛要从手里的那团泥上找到一个令他满意而信服的答案。父亲刚才说他不明白自己的孩子昨天晚上为甚要那么拼命地哭，孩子想，有的事情他还不明白呢，比如，昨天晚上他很早就睡了。可父亲却一口咬定他哭了很久，他哭了吗？

院子里的阴凉在逐渐减少。那凌空突出的屋檐仿佛马失前蹄。


# 4


上午，有两个女人边说话边走进他们院里，孩子认识其中的一个，三十多岁，穿着很漂亮很干净的衣服，有两条很长很健壮的腿，因为不会生育，至今没有孩子。一个从河东那边搬到附近不久的傻女人曾关切地问她，难道连一个孩子都没有？她说半个也没有。后来，五仗就听说自己成了她的干儿子，有很长一段时间，他不知道那是怎么回事。

女人走进院里，看见了蹲在院墙下的孩子。她走过来摸了摸他的头，笑着说：

"五仗，又在捏泥人儿？"

接着，她又吃惊地说："天气不热呀，你咋一头汗？"

与她一同进来的那个女人对她说："你摸谁，谁就要出汗，你的手放到哪里，哪里就是湿的。"说罢，很有意味地笑着。这是一个长得很不好看的女人，笑的时候也仍然不好看，孩子以前从未见过，但又觉得这样的人随处可以遇见。在孩子的记忆里，没有几个人能称得上美丽。

"管她呢，"孩子想，"反正她又不是我妈，好看不好看都与我无关，那是她自己的事。"

仿佛一片轻柔的云彩从天上落下，孩子抬起头。他看到一块散发着芳香的手帕为他带来一种凉意，被称为干妈的女人正看着他，眼里流露出亲切与疼爱。她旁边的那个女人呆若木鸡。孩子看着她们从自己身边走开，向屋里走去。不久以后，他听到屋里传来了忽高忽低的说话声。

孩子用一块红色的泥捏了一辆小汽车，他的本意是要体现一种精良和准确，流线，光泽，棱角。捏好以后，他放在手里端详了一阵，发现许多的关键之处不但不太像，而且看上去很窝囊，稀松，歪仄，委顿，像一个无精打采的人，瘫成一堆。看了一会儿后，他握紧拳头，将它揉成一团，开始想象另外一种新的东西。

孩子举着那团泥，第一次感到自己原来也很笨，他很想哭一声。捏个甚呢？什么东西最容易弄好，一捏就成？

……

大约快临近中午的时候，街门被推开了，一个秃顶的老头轻飘飘地走进院里。老头走路没有声音，像是没有穿鞋，如同一个受潮的纸人一样从外面飘了进来。

那时候，孩子刚刚又捏好一个东西，是一头牛，他小心地将它放在地上，与另外的两头摆在一起，然后神色严峻地观察着。

# 5

秃顶老头叫陈大褂子，也住在附近一带，他院子里养着鸡，栽着梨树，所有的门窗都蒙着绿纱，有一头无比健壮的大羚羊站在两棵梨树之间的空地上，两只坚硬的带花纹的角弯曲得像两张弓。每逢外出的时候，陈大褂子就骑着大羚羊，翻山越岭，穿村过户。大羚羊很能干，陈大褂子满意极了。

几年前，陈大褂子张罗着为他唯一的儿子成了亲。儿子办喜事的那天，陈大褂子忽然病倒了，待在房里不出来，大羚羊从梨树下离开，来到他的身边，有好事者在它那坚硬弯曲的角上系了一根红布条。大羚羊翘着花白的胡子，慢腾腾地从外面走进来的时候，陈大褂子被吓了一跳，他发出一声沙哑的叫声。

一个有月亮的夜晚，刚刚沉入睡梦中的陈大褂子感到一阵温热由远而近地向他袭来，时令仿佛进入了盛夏……睁开眼后，他看到大羚羊站在地上，它的花白的胡子正无声地在他的枕边飘拂着。陈大褂子吃了一惊，他不知道大羚羊是怎么进来的，屋门并没有敞开，只有一道细细的透着亮光的缝隙。他扶着它那弯弓似的角坐了起来，大羚羊身上的气息弥漫在屋里。

"出了甚事了？"

他低声说道，似在自言自语，又似在向大羚羊发出问询。他划了一根火柴，看到了大羚羊一双蔚蓝色的眼睛，那稀疏而微翘的胡须使它看上去恍如一位年逾七旬的老人。

"看样子，它比我还要大几岁呢。"陈大褂子疑疑惑惑地想道，"到底大几岁？一岁？五岁？也许咱们同岁哩。"

他披了一件衣服，一手牵着大羚羊来到门口。打开屋门后，借着满院的月色，他惊讶地看到大羚羊正在那两棵梨树之间的空地上安安静静地卧着，看上去睡得很死。眼前的时令也并不是炎热的令人昏昏沉沉的盛夏，而是春天，树上开满了雪白的梨花。

……

几天以后的一个傍晚，陈大褂子在树下看见了儿子。喜事刚刚过去没多久，儿子看上去比以往更加瘦小了，脸色灰黄，沉默寡言。儿子背靠着发出芳香的梨木，在地上坐下以后，陈大褂子对他说：

"有些事，得说一说。"

"甚事？"儿子说。

"你没睡好？"陈大褂子看着儿子，他发现儿子靠在树干上，眼睛微微合着，鼻孔里喘着气，鼻翼在轻轻振动。

"睡好了。"儿子说。

儿子说话的声音很轻。父子之间若不是相距很近，陈大褂子将很难听到儿子在说什么，他的嘴唇似乎都没动。

"你知道，给你娶媳妇儿的钱全是我出的，"陈大褂对儿子说，"你自己一分也没出，对不对？"

"对，"儿子说，"花的都是你多年来的积蓄，我心里有数。"

"你明白就好。"

"就这事？"

"当然不是。不止这些。"陈大褂子说，"我是说，有些事情，你应该知道。"

儿子慢慢地睁开苍白而疲倦的眼睛，满院子飘荡着的梨花的芳香仿佛使他有点儿透不过气来，他张开嘴，深深地呼吸了一下，背后靠着的树木很粗糙，但他一点儿生硬的感觉都没有。他坐在满院银色如水的月光里，消瘦，沉默，无声无息，像一个清心寡欲的僧人，他依然用那种轻得几乎要溶化的声音对不远处的那个等着他表态的人说道：

"你想做甚你就做吧，跟我说甚，我没甚可说的。钱是你出的，就算入股，你也是这里面最大的股东，唯一的股东。"

亮莹莹的月光下，陈大褂子笑了。

陈大褂子非常得意，在这件在他看来至关重要的事情上，他不费吹灰之力就战胜了他。凭的是甚？当然是他手中的钱，他那多年的积蓄。它们像活泛的水一样哺育着他，滋养着他，使他能够经久不衰，自由舒展。儿子还年轻。但年轻算个甚，顶什么用？不也照样得乖乖地听他这个老头子的话吗？是的，年龄从来就不说明什么，姜年轻了不辣，倭瓜年轻了只是一包水，不是吗？关键的时候，只有手中的钱才能够站起来说话，挺身而出，发出悦耳迷人而又无比威严无比重要的声音，战胜一切，支配一切。人活着本身就是一件很玄的事情，有些事情他不敢多想，懊恼与后怕时常会将一个人击败，打垮，瘫在床上，虽生犹死。

儿子在西边的石灰窑工作，每天凌晨三四点钟就走了，从家里动身，路上要翻过两个山冈以后才能到达。他带着一天的干粮和水，他是一个真正的披星戴月的劳动者。只是，他从未看见过劳动的欢乐与意义。他们天不亮就开始点火，察看风向，把石头在火上烤熟烤酥，变成另外一种食物一样的东西。无论白昼还是夜晚，几乎有一半以上的时间，他们都在去粗取精，去伪存真，沉淀，提炼，积蓄，上升，制造出弥天的大雾。

待儿子一走，他的身影无声无息地沉入黑暗的夜色与广袤无边的田野上之后，陈大褂子就像一只猫一样地过来了。

儿媳叫他公爹。他说，不要叫我公爹，不要这么称呼我，难听死了。他对儿媳说，我的真名叫贝贝，陈贝贝，叫我贝贝就行了。

儿媳说，公爹，五六岁的孩子才叫贝贝，你咋能也叫贝贝？

陈大褂子说，谁能让自己长生不老？我从小就叫贝贝，到了一百岁的时候，我也还是叫贝贝。你嫁过来得晚，没赶上认识他，我还有一个哥，他叫宝宝，两年前死了。

他躺在她的身边，一种不可名状的心情连他自己也难以形容。唏嘘，激动，喘息，咳嗽……隔一会儿就要爬起来抽一阵烟，还让她帮他拿着火柴。他用手拍击她的身体，他喜欢那种来自女人肌肤上的嘹亮的回声。

"我要你听话。"他对她说，"你要是不好好地听我的话，我就要像砍树一样砍你，说到做到，听见了吗？"

于是，她腾出一只手替他拿着火柴，在他需要的时候就哧地划一下，火柴划亮以后，她用另一只手挡着那光亮，只照他的那张老脸和几根鼠须，不照自己的皮肤。

"叫呀！快叫我！"他不断地催促她，动员她，"叫我贝贝，快叫！我是你的贝贝，怎么不叫呀？快叫我！"

他翻来覆去，搂着她的腰。时而鱼跃，时而猿鸣，忘记了卧在院里两棵梨树之间的大羚羊。他袒露出自己的希望和欢乐，心潮起伏，他想起了距此多年以前的一个银色的月夜。

"啊！人活着，真不知道是咋回事。"

# 6

陈大褂子一走进院里，首先看到了孩子捏的那些小玩意儿。

"啊！牛！三头健壮的牛，多能干的三头牛呀！比我的大羚羊也不差多少。"他轻飘飘地奔过来，带着一身苔藓的气息站在孩子的旁边，"这要是都能耕地或者拉车该有多好呀！那样一来，你可就成了最年轻的小财主了。"

"从前有一些能人，"他对孩子说，"也是用泥捏各种各样的东西，捏得很像那么回事，有时候用纸剪出各种各样的东西，剪得也很像。捏好剪好以后，嘴里吹一口气，所有那些东西，牛啊马啊，狐狸呀黄鹂呀，就一下子都活了，乱纷纷地闹腾得很厉害，灵活极了，该飞的飞，使劲往高处飞，该跑的跑，该叫的就拉长声音叫，有的声音很粗，有的吱吱的。"

孩了出神地听着，目不转睛地望着这个脸上交织着麻子与重重褶皱的秃顶老头。孩子开始神往。"那么些厉害的人，都到哪里去了？如今还有吗?"

"都在天上呢。"陈大褂子说，"也有的住在山洞里。"

孩子的目光从他的脸上移开，向东边的山上望去，那里也有一些山洞，四周长着茂密的茅草和灌木丛，下雨的时候……

"别往那里面想，"陈大褂子对孩子说，"那儿甚也没有，只剩下一些从前的空棺材，连个有头有脸的像样儿的鬼都没有了。我说的那些人不住在那里，谁也找不到他们。"

孩子不说话了。在他的记忆里，那一带时常刮风，高大挺拔的旋风从那狭窄的山谷里分离出来，到处移动，旋啊转呀，像会跑的柱子一样，谁见了都得远远地躲着，没有人能惹得起它。柱子将要倒下，那是一瞬间的事。

"我要是能吹出那样的一口气来，我就厉害了。"孩子想。

他背靠着墙坐在地上，脑子里不断地闪现着各种各样的古怪而光滑的念头，有些念头刚一浮起，就不由得使他感到害怕。他仿佛被一种冰凉而有力的东西不容分说地领到一个很湿的地方去了，那里潮湿，幽深，不见天日，石头上蒙着滑湿的青苔，深绿色的小动物在他的眼前跳来跳去，天在漏水，滴滴答答的声音自上而下地顺延下来，连接成一条真实的虚线。

"我要是也能吹出那样的一口气来，我就厉害了。"他又想道。

以后很长一段时间内，他都在暗中反反复复地琢磨那件事情，在他不断的想念和无边无际的追问声里，那事情渐渐地显得越来越大，大得连先前的轮廓和模样都相继失去了，大到什么都没有了，他的脑子里早就装不下了。多么奇怪的事情呀！越大反而越什么都没有了，一切都成了空气，而空气里是没有凭据的。有人杀了一只羊，血淋淋地吊在木杆上，但过了没多久，附近一带就再也闻不到羊的气味，想惹一身膻，也只能成为一种不切实际的空想，流到地上的血虽然还是红色的，保持着最初的痕迹，但分明已经是另外的一种东西了。

中午过后，孩子的父亲和母亲才从外面回来。孩子不知道他们是什么时候出去的，整个上午，他一直都在院子里捏泥人，竟没有注意到他们在什么时候离家而去。孩子不禁有些后怕地想道：还是大人厉害，他们要是忽然不想要我了，想悄悄走掉，原来也是很容易的，等我最终发觉的时候，他们早已远走高飞了。

这样想着的时候，孩子从墙下站了起来。父亲和母亲的垂头丧气的样子引起了他的注意。他走过去，告诉他们说，陈大褂子来过了，至少在院里坐了有四十分钟。但他们似乎没有听见，两个人的脸色都很难看。父亲抬起一只脚在家门上狠狠踢了两下，母亲在屋里翻箱倒柜，不断地发出一些难听的声音。

孩子坐在一只低矮的小凳子上，父母的那种样子使他忽然想到了一些非常狼藉的场景，血腥的事件，人命，尸体……他的脸渐渐变得赤红而灼热。一只空水罐摇摇晃晃地向他的脚前滚来，他站起来，接着又坐下。他听到有一件玻璃做的东西被打碎了，镜子？玻璃碗？他不能肯定那是什么。屋里现在虽然只有父母两个人在，但在他的感觉里却拥挤得非常厉害，他们似乎想转动一下自己的身体都很困难。有些东西搬到一边去，不搬开就不行，那样一来会什么都无法进行。把最上面的那个摘下来。

孩子听到一种簌簌作响的声音——那是粮食，流泻的粮食像沙子一样。


这天晚上，孩子在灯光下见到了一个远道而来的面目奇丑的人，那个人仿佛是他们的一个亲戚，孩子躲在他母亲的身后，他很害怕那个人，却又忍不住想看上几眼。孩子听到那个人对父亲说，路上说不上多么太平，总有一些鬼鬼祟祟的人让你觉得非常不踏实，耳朵里嗡嗡地响个不停，总觉得就要出什么不祥的事情了。那个人坐在灯下，不吸烟，脸上的线条扭结在一起，有时看上去如一些花瓣。

"你在路上走了几天？"父亲问那个人。

"四天。"那个人说。

"大舅好吗？"

"去年冬天已经死了。"

"死了？"

"那是一个晚上，我去关大门的时候才想起翠还没有回来。天又阴了，好像要下雪，我出去找她。刚打开大门，就看见蓝脸儿站在外面。蓝脸儿告诉我，下午的时候，他已经来找过我一次了，是他打发他来的，我不在。我顾不上去寻找翠了，我对蓝脸儿说，你各处转转，帮我把翠找回来，她已经一天没回来了。我和蓝脸儿在大门外分了手，一个往东，一个往西。我们分手的时候，雪花已经飘起来了。街上没有人。……快到他的房子附近的时候，我听见有人在叫我的名字，叫得有气无力又诡诡秘秘。'华章……华章……'我停下来，没看见周围有谁。我的脸上热烘烘的，雪花刚落上去就很快化了。甚叫鹅毛大雪？那天晚上的雪才叫鹅毛大雪。不一会儿工夫，附近一带的房子呀树呀就全白了。"

"他死就死了吧。那么，翠呢？找到了吗？蓝脸儿找到她了吗？"

"找到了。回来后，我说了她一顿，又让我给说哭了，饭也不吃。"

"华章，本来说好了我今年要去一次的，可是，唉……"

"我来了也一样嘛。"

"华章，下次你来的时候，带着翠一起来，好吗？带上她。"

"这话可以说说，哪能真的带她来呢？路那么远，一路上住店呀，吃饭呀，很费劲，很麻烦，哪能带她呢，不能。"

"华章……"

"我在来时的路上看见这一带很热闹，到处都能看到新造起的土板墙。垒那么多的土板墙做甚呀？是不是要打仗呀？"

"打仗？"

"连庄稼地里也立着一道一道的土板墙。"

"那是为了防风。"

"这里也刮风，我是说，也像我们那里一样常刮那种毁灭性的大风？"

"没有那里的厉害。"

……

父亲的不安分的影子在墙上晃来晃去，孩子目不转睛地注视着，那影子似乎马上就要飘走了，但还没有飘起来，很快就又回来了，仿佛有一根异常结实的绳子在暗中拽着它，使它插翅难飞，尽管它时时都表现出一种展翅欲飞的形状。孩子的心也像那受难的影子一样虚虚地悬着，上不到更高的地方去也落不下来。有一段日子了，这孩子一个人独自坐着坐着，就会十分清晰地听到一阵老年人才会有的喘息，他小心地环顾四周，看见还是只有他一个人坐在那里，并没有见别的人出现。那个声音很艰难，很烦琐，吃力地蠕动着。"那是谁？在干甚？"孩子有时不免要问自己，"谁在我的不远处呼哧呼哧地喘气？"询问当然是无声的，只有他自己心里清楚。这样暗暗地问着问着，有时就忽然感到害怕了，不敢再问下去，也不敢再想下去了，于是就立即起身到墙外的草丛里去捉虫子、逮蚂蚱，这样一来，不久就把刚刚的那些还挺吓人的问题全忘记了，又变得一身轻松，自由自在。他跪着，趴着，捉住一种名叫"扁担"的绿蚂蚱。附近一带有很多蚂蚱，式样与颜色都各不相同。红蚂蚱叫蚂蚱，绿蚂蚱却叫扁担。

孩子说，为甚叫扁担？难道它们也能挑东西吗？

父亲说，扁担就是扁担，非要问个为甚！你为甚叫五仕？

孩子看着父亲，想了想，说，我也可以不叫五仕，叫别的？

父亲说，那当然，这还用说嘛。别看你是个人，其实你的名字也完全可以叫扁担，或者叫斧头。我当初要是给你取名叫扁担，你现在就不能叫别的，只能叫扁担；我当初要是给你取名叫斧头，你现在就非得叫斧头，不愿意叫也得叫，你就是斧头，斧头就是你。我没有给你取名叫扁担或是镰刀，是不想让你吃苦受罪。

父亲这样说，使孩子想起了他所知道的几个名字。在他们的屋后，有一个人叫聚财，聚财的兄弟叫守财，他们的父亲叫富贵，他们这一家人姓要，要富贵，要聚财，要守财。工作组里的一个人曾气愤地说，想得倒美，天底下的好事全让你们一家人占了，大言不惭，不要脸！为什么不叫要债？嗯？为什么不叫要命？其实，要死要活都由你们，就是富贵发财由不得你们。什么都不想，只想要富贵发财，那万万不能。想来那些名字都是有用意的，但有用意又有什么用，斜对面有一个孤老头子叫满天红，听名字很发达，事实上什么都没有，每天连正常的炊烟都谈不上。

我的名字应该叫大刀。孩子想。

## 7

夜里，下起了小雨。

那个远道而来的叫华章的人，临走的时候，过来摸了摸孩子的头，孩子那时候已经在一个靠墙的角落里睡着了，他的一条腿平放在他母亲的身后，另一条则搁在窗台上。

孩子的父亲送客人去另一个地方睡觉。名叫华章的客人只能在这里再待上几个小时，度过一段短暂的黑暗的时期，天不亮他就得立即动身，前往距此四十里以外的一个地方，去看望另一位比较重要的亲戚，在那里待上一天。最多两天，然后就要返回原籍了。

名叫华章的客人是一个心细而周到的人，从家里出发的时候，他就特意带了一把雨伞背在身上，这会儿正好派上了用场。相形之下，倒是孩子的父亲显得仓促而忙乱，糟糕无比，在送客人出门的时候，根本找不到一把雨伞，一件雨衣。一个下午的时间，他们夫妻把家里翻得乱七八糟，所有的东西都被挪动过了，纷纷错了位，这时候要想找到一件要找的东西，那是难上加难。最后，他从一张帆布下扯出一顶缺边的破草帽戴在头上，与客人出了门。

孩子的母亲追到门口，对客人说：

"常来啊。"

"哎，我记住了，快回吧。"

他们两个人出了大门，来到蒙蒙的细雨中。街上很暗，几乎一点儿亮光也没有，空气倒很新鲜。孩子的父亲边走边说：

"女人们就是虚，眼看着客人就要走了，却还要说'常来啊'，常来甚呀？这不是刚刚才送出门嘛。"

"那是礼貌。"名叫华章的客人说，"不能叫作虚伪。"

"华章，咱们去高城那里睡吧，他家里就他一个人。"

"其实，我完全可以不睡觉，这就动身往那里走，第二天中午就到了。我喜欢走夜路，这会儿又下着小雨，既安静，又凉快，路上没有白天那么多的车。我这就走吧。"

"那怎么能行？那怎么能行？你不能那样，华章，人哪有不睡觉的？鹰飞累了都要闭闭眼。你是不是嫌高城那里不好？他老抽旱烟，屋子里一年到头总是一股子又辣又呛的烟味，干脆，就回我家里去住吧。"

"烟味有什么可怕的？我不怕。我只是怕惊动了他，他上年纪了，这会儿恐怕早就在梦里了，咱们惊了他，他就再也睡不着了，免不了就又要不停地抽烟，边抽边咳嗽边流泪。"

"那咋办？"

"让我走吧，表兄。"

"那怎么能行？不行。路上这么黑，又下着雨，我把你放走了，我成了甚了？你至少也得天亮以后才能走。"

两个人在黑暗的街上站了一会儿，雨下在华章的雨伞上，发出一些清晰安宁的声音。远处，树叶哗哗地响着。

"表兄，你是不是遇到甚难缠的事情了？当着表嫂和孩子的面，我不便问起。家里的东西翻得那么乱，到底怎么了？"

"没有，没有甚事。"

"没有就好。我们要把那剩下的几十年平平安安地度过，真不是一件容易的事，我常常感到很吃力，很费劲。今天，我在来时的路上看到一辆牛车拉着黑压压的一车炭，明知上不去那个坡，可还是得硬着头皮上，那牛哭了。"

"哭又有甚用？它要是不给人家把那车炭拉上去，它要是显出它老了，表示它再也不行了，回去后它就得挨刀。没有人会给它说情、周旋，谁也救不了它。"

"表兄，你的孩子是个好孩子。"

"小毛孩子，现在还看不出来。你瞧，河东那边有个寡妇，叫于氏，有几棵杏树、李子树，他没事常去人家那树下转悠。那些树是于氏的眼珠子、命根子，看得很紧。我说他了，你去那里转悠个甚？"

黑暗中，名叫华章的客人转动了一下头顶上的雨伞，一阵细雨斜着飘到他的脸上，微凉的雨丝仿佛一种善意的提醒。

"走吧。"他说。

"去哪里？"

"还是去惊动高城老人去吧。"


有人叫着他的名字，叽叽喳喳地向远处跑去，越来越远。

孩子竖起一双警觉的耳朵，他听到院里忽然响起一阵纷乱无比的脚步声，仿佛有十几个人抬着沉重的箱笼正在异常吃力地行走，呵斥声，训示声，不时传来；还有讨好的声音，耐心解释的声音，劝解的声音，此起彼落。有一些清脆的东西被冒失莽撞的人变得哑口无言，讪讪后退。

不久，一切的声音都消失了，不是渐渐消失的，而是一瞬间就什么都没有了，似乎所有的人都在一个眼色的命令下，全部无声无息地撤走了，他们上了同一辆车，或者钻进同一只箱子，悄悄地被运走了。

……后来，孩子听到家里的窗户被人敲响了，声音不是很大，但十分坚决，有一种不容分说的意味。孩子睁开眼睛，他看到父亲披着衣服出去了，屋里漆黑而又斑驳，密不透风，孩子的鼻子抽动了几下，他闻到屋里有一种强烈的灰烬的气息，似乎刚刚燃烧过什么东西。孩子闭上眼睛，暗中想道。在恍惚中他看到自己正在河边奔跑，河边不时留下他的迅速的影子。东边的太阳很大很亮，河东一带的榆树、柳树夹杂在那些稀稀落落的房屋之中，一切看上去都是透明的，泛起水一样的亮光。在山坡上，在树木掩映的最高处，一张警惕的脸在翠绿的枝叶后面忽隐忽现，时远时近。孩子眼尖，一眼便认出那是于氏，六十多岁的寡妇。每年夏、秋两季，她日夜看守着自己的几棵杏树和李子树，废寝忘食，夜不能寐。大约十几天前，有一个十多岁的女孩瞟着树上的青杏，不久以后，于氏就找到她们家里去了。于氏对那女孩儿的父母说，你们不管教怎么能行呀，再不管就迟了，一个女孩儿，小小年纪就馋成这样，长大了那还不是看谁有钱就跟谁跑？女孩儿的母亲说，她在哪里，等她回来，我给您骂她，让她去给您赔礼。女孩的父亲说，等她一回来，我就打断她一条腿。行吗？于氏说，那倒不必，那样一来，倒显得我是一个恶人。我不是一个恶人，也没有恶意。女孩儿的父母说，她摘了您多少李子？您数一数，我们要给您赔钱，按秋天的价格计算。不必了，于氏说，秋天还没到，她一个也没摘……孩子在河边跑着跑着，忽然看到于氏从纷繁的树叶后面站起来了。

于氏从身后拿出一副简易的望远镜，举起来，仔细地向她的树下观察着。

孩子急忙蹲下自己的身体。身边的一片玉米地里水汪汪的，像一个浅澈的湖，里面传来说话的声音，看不见一个人影，只听见嗡嗡的说话的声音和一种不容商量的语气。这是谁呀？敢这么说话？孩子想。这个人可真厉害呀，把什么都不放在眼里。树上的乌鸦向远处飞去，孩子伸出一只手在自己的脸上悄悄抹了一下，手上全是水。他吃了一惊，不知道那是怎么回事。玉米地里明镜似的水使他很快将手持望远镜的于氏忘记了。

## *8*

早上起来后，孩子发现屋里只有自己一个人。他刚睁开眼，就听到了钟表的走动声，往日里是听不到的，因而，他感到这个早晨里钟表走动的声音要比平日大得多。孩子在地上走来走去，他不知道父母都到哪里去了，锅里也没有给他准备饭。一只水壶咝咝地冒着气，孩子用手拎水壶的时候被壶柄烫了一下，壶柄仿佛比壶里的水还要烫上许多。在他的记忆里，父亲和母亲总是一个在家，一个不在家，两个人很少有一起出去的时候。而这些日子以来，有一种突如其来的东西把他们捆到了一起，差不多变成了一个人，孩子不知道那是一种什么东西，以前，它没有在家里出现过，它像院子里的蜜蜂一样，是最近才飞来的。

孩子来到屋外。一个人坐在门槛上一边等父母回来，一边看着早晨的天空。在蔚蓝色的天空里，孩子看见一匹像马一样的云彩正在拼命地追赶另一匹也像马一样的云彩，孩子聚精会神地盯着它们，它们跑得多么快呀！他的眼睛里流露出无限的钦羡。不久以后，天上的事情发生了变化，原先跑在前面的那匹像马一样的云彩忽然变了样，失去了马的模样，变得像一头骆驼一样大了，它不再继续飞奔，而是像驮着沉重的货物一样，慢腾腾地朝西面移动着。孩子坐在低矮的门槛上，鼻尖上沁出了汗，焦虑而紧张地注视着。这时，追在它后面的那匹也像马一样的云彩忽然也不像马了，开始像一种颜色一样到处涂抹起来，弥漫起来，一片一片地向前面压过去，洇过去，越来越湿，越来越重，乱纷纷的颜色浓重地抹在天上。很快，前面的那骆驼也不像骆驼了，它被湮灭在颜色里，被一下子吃掉了。孩子惊愕地仰望着，在那附近，这时正有一些帽子一样大的云彩零零星星地从四面八方飘来，在寂静的天空里，奔跑着热闹的云，欢乐的云，兴高采烈的云。

"它们好像要集合了。"孩子想，"它们马上就要混在一起分不出来了。"这样想着，他听到一声呼哨嘹亮地响了起来。

……

父亲和母亲后来回来的时候，孩子仍然坐在门槛上。

孩子看见他们的身上沾满了夏天的露水，他们的样子不像是这个家里的男女主人，倒如同两个远道而来的，多年不相往来的远房亲戚。他们拘谨，烦躁，心不在焉，神态远不如那个叫华章的客人自在。昨天，他们两个人一起将家里的东西翻得乱七八糟，劲头十足，今天，他们似乎已经没有力气了，两人都脸色灰暗地坐在那里，谁也不开口说话。

"他们好像病了。"孩子想，"他们看上去像两只瘟鸡。"

早饭没有做，他们吃着昨日剩下的干粮，每个人喝了一碗水。做母亲的几乎没怎么动嘴便不再吃了，坐在一边看着男人和孩子。孩子举起自己的那个被水壶烫疼的手指让他们看，但他们都没看见，他只得将举起的手重新放下。没有人说话，蜜蜂和蝴蝶在宽大而翠绿的葫芦叶子上面飞来飞去，金色的花粉在太阳下闪着亮光。早晨已经过去了，这一家人还在死气沉沉地吃着早饭。

孩子嚼着有些坚硬的干粮，听见父亲对母亲说："坐在那里做甚。给我收拾行李去吧。你想让我罪加一等？"

母亲如同被从梦中惊醒一样，立即起身出去了。孩子的嘴里塞得满满的，好奇的目光追随着母亲，待母亲的身影消失后，很快又移到父亲的脸上，但一只大碗挡着父亲的脸，使他什么也看不到。孩子警觉地竖起耳朵。他好像听到什么地方在低低地敲鼓，敲的是一只小鼓，敲小鼓的人内心得意而又小心翼翼。

不久以后，母亲又进来了，她用商量的口吻对父亲说：

"两件线衣，两件绒衣，够了吧？那件蓝色的绒衣去年让虫子咬了两个洞，你迟走一会儿，我这就给你补好。"

父亲不耐烦地瞪了母亲一眼。"带那些干甚？"他说，"我不带！把我的棉大衣带上就行了。棉大衣。"

"棉大衣？"

"对，就是棉大衣，你不认识吗？不知道甚东西叫棉大衣？"

"这是夏天，再过些天就要入伏了，你要带你的棉大衣？"

"我就要带棉大衣。"

"我就不让你带棉大衣，人们会笑话你的。夏天，你穿着棉大衣。"

"笑话我？你以为你的男人去干甚？赴宴？登基？赶快把我的棉大衣给我找出来，你收拾出来的那些玩意儿我一件也不带。"

"夏天，你穿着棉大衣，人们会以为你是个甚的东西。"

"甚的东西？就这么个东西。"

"爹，你要去哪？"孩子说。

他们不再争执了，互相看着，屋里重新安静下来。孩子从屋里走出去，不久又拿着一个陀螺走了进来。这一带的人们不把陀螺叫作陀螺，而是叫作"冰猴"，放在冰面上，用鞭子抽着它让它转起来。现在，孩子把"冰猴"放在炕上，试图让它旋转起来，"冰猴"东倒西歪的样子使孩子情不自禁地笑出了声。后来，他把它拿在手里，听到母亲又在对父亲说：

"衬衣总得带一件吧？"

"又来了。"父亲说，"衬什么衣！你不想给我找棉大衣就算了，我甚也不要了，我这就走。中午十二点以前，我必须到了那里，过了十二点，连饭都没有了。"

母亲立即转身出去了。不一会儿，她抱着父亲的棉大衣站在他的面前。

"爹，你要去哪？"孩子对父亲说道，"我也要去。"

"吃饱了吗你？"父亲对孩子说，"吃饱了就出去吧，啊。不要上树，不要下河去耍水，更不要和别人家的孩子打架，记住了吗（孩子点点头）？即便有孩子打了你一下，你也不要计较，不要还手。打一下又能怎么样？打两下又能怎么样？打十下又能怎么样？咋也不咋，甚也短不了，是不是？从前，那些练武的人，有的还专门出钱让别人来打自己呢，实在找不到人打，他们就拿自己的拳头往树上打，往沙子里杵，拿头往石头上碰，一弄一身血，就这样才能慢慢地练出一身好本事。"

孩子又点点头。父亲最后的几句话在他听来非常有道理，他相信那没有错误，父亲的描述使他很感兴趣，使他看到了一种隐隐约约的模糊而感人的情景，树林，石头，河流，矫健的身影，鲜红的血，飞檐走壁，披星戴月，一些东西不断地在他的眼前浮现。

他忽然明白了一个道理：父亲为什么要在大夏天里吵着闹着要穿自己的棉大衣？为甚？那不正是要磨炼一种常人所没有的意志吗？是的，一定是那么回事，一个人在炎热的大夏天里都敢穿棉大衣出去，那还有什么可怕的事呢？剩下的一切都会不在话下。……孩子用敬佩的目光看着自己的父亲，看着这个敢在盛夏时节穿棉大衣的人，他是多么的了不起呀！

想到这里，孩子立即转身对母亲说：

"妈，我也要穿棉大衣。"


# 9


有一天，是一个阳光明亮的上午，这个女人一个人在院中的菜园子里剪金针，几只白蝴蝶在她的身边飞来飞去。

昨夜里下了一场小雨，空气很湿润，葱绿的树木上还保留着一些精致的水珠，既不蒸发，也未坠落。女人在剪金针的时候，看到孩子蹲在门口捏泥人，但只过了一会儿，孩子就扔下一堆泥跑出去了。园子里的一排一排的甜菜正在抽条，一些顺竿而上的菜叶和藤蔓遮住了女人的脸，一些金色的花粉粘在她的手臂上。

剪下十几支金针以后，女人从园子里回到屋里。外面灿烂明亮的阳光使她不想闲着，很想干点儿什么，然后再干点儿什么。

山区里有的是懒惰而闲散的女人，但她不是，别人不认为她是，她自己也不觉得是，她和那些不沾边。山区里有的是性情放荡而又豁达的女人，她也不是。那个将五仗认作干儿子的女人就是一个性情放荡而又豁达的女人，她和她很能合得来，但很难说有多么亲密。

这样好的天气，这样好的太阳，也许该把家里的被褥拿出去晒上一天，到晚上收回来以后，它们会变得喧软，温热，满屋子阳光的味道，人睡在上面，如同乘着云彩云游，在梦里远去……这样想着，她抱着一床被子来到外面，将被子搭到院子里的一根铁丝上以后，才发现地上的潮气实际上还很重，一些轻纱似的白雾在蒸发的过程中渐渐脱离粗糙潮湿的地面，正在轻轻腾起，徐徐地向上而去。

就在那时候，有一个人像一只猫一样悄悄地从外面溜了进来，那个人就是陈大褂子，尽管他进来的方式比较隐秘而突然，但女人并没有感到吃惊，有人进来就进来吧，有什么可意外的，谁还不偶尔到谁家里去走走。

陈大褂子嘴里说着闲话，眼睛里放射着一种兴奋而稀有的光泽。

地上潮气还很重，女人不打算再继续把被子抱出来晒了，已经晾出来的那床不妨就搭在那里，充沛的阳光使她产生信赖，这样好的光线使她不担心会有什么发霉，午后，满地残留的湿气就差不多蒸发完了。

女人走到哪里，陈大褂子就跟到哪里，他颠颠地跟在她的后面，如同她的一名助手。好几次，女人回头对陈大褂子说：

"坐吧。"

"不坐，不想坐。"陈大褂子说。

"那边有凳子。"女人说。

"有凳子也不坐，不能坐。"陈大褂子说，"这几天腰疼得厉害。"

也许不完全是腰疼，而是牙疼兼腰疼。女人不时地听到从他的嘴里传来阵阵吸吸溜溜的声音。女人回到屋里，他跟到屋里，女人站在菜园子的边上打量里面的菜，他也伸着脖子往里面看。他们之间的距离很近。

园子里大部分的带绿叶的菜对陈大褂子来说视而不见，他只对那些顶花带刺的黄瓜和微微弯曲的丝瓜表现出极大的兴趣和热情。

"瞧它们，"他兴奋地说道，脸上放着光，"长得多好，多光滑呀！"

他不时地将他的胳膊在空中挥舞起来，落下去的时候总是有意无意地、不可避免地要碰到她的身体，他的勇气和信心在逐渐增强。他的眼睛花了，湿润了，几乎看不清园子里还有些什么。很多年前的一个夜晚，在皎洁的月光下，他看到一个一尺左右的穿红衣服的小姑娘在他的院子里蹦蹦跳跳，他还没来得及咳嗽一声，嘴里突然就被东西塞满了，随后而来的一场大病使他几乎死去。现在，他又一次战栗起来，仿佛又回到了那个皎洁的月夜，但这次已大大不同于从前了。他对自己说，你就是个吃人的妖精，我也要下决心碰碰你！他这样想着，他的一只手情不自禁地来到她的身后，在她的微翘的臀部上轻轻拍了几下。

"你多了不起呀！"他对她说，"你看你把它们种得又粗又长！没有你尽心尽力，它们无论如何不可能长成现在这样，不可能！"

"你真会种呀！又会种又会养。"

女人从园子边上的栅栏前离开，回到屋里。陈大褂子愣了一下，紧接着也跟了进去。他们站在柜子前，对面是一面圆形的镜子，他站在她的背后，几乎是贴着她。

"我也种着一棵黄瓜，想请你……抽空……去看看。"他喘息着对她说道。这个处于极度眩晕中的人似乎快要站不稳了，他的那种有气无力的声音使女人略感惊讶。

"你咋了?"女人说，"中暑了吗?"

他没有听见，他把自己的一只手大胆而不失时机地——他认为时机已到——贴到她的某一个地方。他闭着眼睛，像一个盲人，什么也看不见，一切全凭手感，全凭多年的经验与生活的积累，此外，还有一种魔力的驱使。手感很好，他的心狂跳起来，继续向前。多么宁静的时刻呀！一切都在昏睡，只有他的手醒着，机灵，活泛，清醒，果断，大胆，无敌，有勇有谋，智勇双全，长驱直入，啊，他妈的，这日子过的！这难道不是在触及她的灵魂吗？是的，是那么回事，她的身体在摇晃，思想被撩拨，受到了极大震动，她的脸红了，是突然间红起来的，还是渐渐泛红泛潮的，不去管她！她的身体颤抖起来了，头发贴到脸前，遮住了她的眼睛与赤色的红晕，几经努力，也仍然无法替她再撩上去。

啊！成功了！眼见得她已垮下去了！刚才她还是一副贤淑端庄的贞妇烈女的模样，仅仅几分钟，一切就已土崩瓦解，改朝换代了。

陈大褂子抬头朝对面的镜子里看了一眼。镜子里只剩下他一个人了，那个女人好像不见了。他露出一副惊愕的神色。

他急忙腾出一只手捂住自己的嘴，他感到他的心不断地往上跳，此时已跳到他的嘴里，灼热而沉重地压在他的舌头上面。

"我不能说话了。"他想。只要一开口，那个玩意儿就会立刻掉出来。他妈的，来得这么巧。镜子里浮现出一张焦躁而接近于疯狂的脸。"那是谁？"他吃惊地想道。

煮熟的鸭子飞了。他在寻找那个女人。她到哪里去了？一度时期，她曾与他交手，进行挣扎，不久，挣扎变为协助。

从那时候开始，他省了多大的劲啊！为了不使自己跳到嘴里的心从唇齿间滑落出来，他可以腾出一只手来去堵自己的嘴，而仅仅在几分钟前，这还是绝对不可能的，没有能力，也没有机会，抽不出手来。现在行了。无数事实证明，成功必须有善意的协助，需要最有效的配合，单独的一个人翻不了天，三头六臂也不行。是的，谁不承认这一点，谁无非就是一个可笑的自大狂。

女人几乎消失得无影无踪。他到处摸索着，在找她，想把她捞起来，捞出来。

……

就在那时候，院子里忽然响起了孩子的说话声。谁也不知道他是什么时候回来的。他一个人蹲在门口捏泥人，捏好第三个泥人以后，他发现第一个泥人的两条胳膊已经不见了，于是，他尖声叫了起来。

陈大褂子朝镜子里匆匆地看了一下，急忙向外面跑去。

屋顶在上升。女人站在柜子前，那面圆形的镜子像一道开在墙上的门，门内盘旋着回廊，回廊曲折地通向一些庭院，活在其中的人有的感到沉闷，有的被病痛折磨得欲死欲活，走投无路。柱子后面传来呜咽和呻吟。女人无暇顾及那些零散而遥远的声音，她感到自己的手指肿胀得十分厉害，她将一根手指放进嘴里咬了一下，灼热的呼吸使她失去了耐心。红指甲，绿鸟。黄色的浮云像烟一样浮动在庭院的上空。纱窗破了，头痛病在蔓延。

在一道低矮的树木掩映着的小门边，她听到一位老人对一个孩子说："守着这么一大摊稀泥，想捏个甚呢？苹果？山羊？大头辫？"

"……"

"我来给你捏一个好吗？来一个亭亭玉立的大姑娘，要不要？"

"不要。我要一个坦克。"

"傻瓜！生瓜！坦克有甚意思？那不过是一堆堆砌起来的废铁，不打仗的时候，它连一只小鸟都不如，甚的作用都没有，放在那里，只会生锈。我决定了，就来一个大……"


一天上午，女人从河对面的镇上回来的时候，迎面遇到了正在那一带闲逛的陈大褂子，女人踌躇着，想从别的地方绕过去。就在那时，陈大褂子忽然向她走来了，他将一个小布包塞进她的手里后，转身便跑了。

女人回到家里，打开那个散发着檀香味的小布包后，看到里面竟是一件……她的脸红了。还有一张小纸条，上面写着几个字：献予我的小鸡。女人放下手里的布包，飘散在眼前的檀香味她不但不喜欢，反而使她感到头晕，恶心，像当年怀孕的时候一样。

晚上，女人告诉了自己的男人。

男人把这事看得很严重。第二天是一个天气晴朗的好日子，他本不想在这样的日子里看到有什么不好的事情发生，更不想自己本人身体力行地去从事那种他所厌恶的令人不快的事情，但郁结在他心头的某种厌食症一样的感觉使他坐卧不安，蠢蠢欲动。他很烦躁，早饭也没有吃。后来，他终于下了决心。

他手里拎着一根木棒，去找那个老坏蛋。他们住得不远，都在附近一带，一些多年的老树分布在其间，有的树很高，树头上浮着结实而黝黑的鸟巢。他手里的木棒不算光滑也不算粗糙，上面原来有一个钉子，他把它起掉了。

老家伙正在自己门前的台阶上坐着，手里抚摸着他的大羚羊。他拎着木棒进来以后，老家伙吃了一惊，抚摸大羚羊的手停住了。

"没想到吧？"他冷笑着对老家伙说道。木棒被他握得很死。

大羚羊从台阶下站起来，挡在老家伙的前面，保卫着他。

"找凳子坐吧。"老家伙对他说。

他觉得自己有许多话要对这老家伙说，但又不想开口。有什么好说的呢？他感到很累，慢慢地向台阶前走来。

老家伙突然从台阶上站起来，撒腿就跑，一边跑，一边叫："救命呀！救命呀！"

他并没有追赶他，老家伙却越跑越远，过了河以后就不见了。

这事大约发生在一个多月前。

# 10

蔚蓝色的天空里，有一些地方像是用朱笔精心地描过。鲜红，艳丽，柔软，茸厚，孩子喜欢这样的红颜色，它们放在天空里，使天上变得很好看。孩子不喜欢棺材的那种红颜色，他的许多小伙伴也都不喜欢棺材的那种红颜色，那上面散发出来的油漆的气味使他们感到恶心，害怕。棺材是一种陈旧而又天天刷新的事物，它凶险无比地躺在那里，成为一种不祥的现象，里面无论有没有死人，都让活着从那里经过的人从头到脚、从里到外感到不自在。它鲜红而刺眼地停放在每一个散发着死亡气息的院子里，停放在高高的打谷场上，吸引着一些飞来飞去的东西，吸引着一些勤劳而平庸的乡村画匠。它们叽叽喳喳地俯看着它，他们饶有兴致地围绕着它，津津乐道，各抒己见，之后在经验与报酬的驱使下，在那上面画出最新最美的图画——无数的乡村是他们最理想的画廊。

什么时候，广阔而僻静的乡间不再有棺材那刺眼的影子？

在几个孩子的怂恿与推推搡搡的协助之下，傻梅被动而又主动地抬腿跨进一具未油漆的空棺材里。几个孩子拦在棺材的四周，防止她出来。接着，有人从旁边搬来砖头，放进棺材里。他们纷纷对傻梅说：

"这是你的枕头。"

"好好躺着，不要动啊。"

"闭上眼睛。"

傻梅是一个和五仗年龄一样大的女孩儿，留着男孩子式的短发，两只眼睛永远只能睁开一半，睁到最大的时候也只是一条缝。傻梅是陈大褂子的孙女，每天起来后就站在街上，头不梳，脸不洗，东张西望，像一位颤颤巍巍的老太太。有人问她：傻梅，你是谁的孩子？是你爹的孩子，还是你爷爷的孩子？傻梅就说：我不告诉你。别人在一起说话的时候，她也站在一旁仔细听着，聚精会神地歪着头，注意着别人的一举一动。有时，听着听着，她会突然咧开一张大嘴，发出一些含糊不清的笑声。她听懂他们说的话了吗？他们在说什么？夏天的洪水？家庭纠纷？谷仓里的老鼠？谁也不知道她听懂了什么。更多的时候，人们不叫她傻梅，都叫她大愣子。一个五六岁的孩子都能将大愣子傻梅轻而易举地弄哭，然后看着她一溜烟地向家里跑去。

……傻梅头枕着砖头，闭着眼睛在棺材里面躺了一会儿，忽然说什么也不再继续躺了，她尖叫着爬起来，闹着要出来。孩子们纷纷拦在棺材的四周，不让她出来，傻梅跑到这边，他们就堵在这边，傻梅跑到那边，他们又堵到那边。眼看着没有出来的希望，傻梅趴到棺材上呜呜地哭起来。

"哭甚哩！还不躺回去！"

"你已经死了，还哭？"

傻梅停住哭声，她的一条腿已经从里面出来了。几个孩子一拥而上，七手八脚地抓住傻梅的那条腿，将她重新扔回去。他们还想将她摁倒在里面，但两三个孩子一起上都失败了。傻梅的力气出乎他们的意料。

附近有一座浑圆的山冈。

孩子们转过头，他们看到山冈那边隐隐约约的，有一个人从山冈后面正像一条年老的鱼一样向他们这边无声地游来，几个孩子如受惊的鸟一样立即四散而去。

那个人是陈大褂子。

陈大褂子飞快地向这边奔来。在冈后埋伏了半天，他没有逮住一个作恶的孩子，只是将尚在空棺材中哭泣的傻梅搭救了出来。傻梅那乱蓬蓬的头发上沾落的一些木屑使他气愤不已。他伸手在傻梅的屁股上打了一下，傻梅"哇"的一声哭了。接着，他又打了一下，傻梅不哭了。傻梅站在一旁，身体颤抖得很厉害。

"他们让你进去，你就进去？"他对傻梅说，"这是棺材，知道吗？专门放死人的东西，过几天就要埋进土里，永远不再出来。你以为这是甚？花轿？高级小汽车？"

他伸手将她头上的木屑摘掉。不久以后，他领着她回家。路上，他说：

"不是不让你出来吗，你咋又出来了？你这样会吃亏的。为甚不在院里和大羚羊一起耍？大羚羊不欺侮你，任何时候都不欺侮你。你让它卧下，它就卧下，你让它起来，它就起来。你要是对它说，'来点儿刺激的！'它就顶着两只弯弓似的角，拼命地在院里跑。从东跑到西，从西跑到东，先绕第一棵梨树，再绕第二棵，一遍一遍地兜圈子，有趣极了。"

傻梅牵着他的手，认真地听着。

"我计划再养三只羊，"陈大褂子边走边继续说道，"让它们四个成为一组。知道我要做甚么？是的。我要培养它们，加紧训练它们，我要让它们像学校的学生们一样赛跑，四个一组，接力赛。就在咱们的院子里赛，谁也不让他们看，就让你看，让你给它们吹哨子。"

# 11

几天以后的一个上午，名叫五仗的孩子正在院子里捏泥人，突然看到街门被推开，父亲回来了。还有两个人跟在父亲的后面，一个老的，一个年轻的。他们拖泥带水，看上去走得很累。这一天是一个阴天。

父亲没有像平日那样一走进院子就回到屋里，而是直接向孩子这边走来，那两个人也跟着走了过来，他们站住了。

父亲指着孩子，对那两个人说：

"这就是我那孩子，昨天我曾说起过的，他一定能提供一些情况。"

那两个人盯着孩子看了一阵，然后又将目光移向别处，在院子里到处看来看去，甚至连他们的房顶上也仔细看了看。两个人交头接耳，悄悄地说了句什么。孩子看着他们。

这中间，孩子的父亲急急忙忙地跑回屋里，搬出两只凳子，擦干净了，请那两个人坐下。那个年纪老一点儿的坐下了，剩下那个二十出头的年轻人还在到处察看，一双手插在裤兜里，这儿瞧瞧，那儿望望。也许他只有十八九岁。

"他们好像在找什么东西。"孩子想。他不知道他们在找什么，也不知道这两个人是干什么的。只知道他们是父亲领回来的，父亲客气，谦卑，毕恭毕敬的样子使孩子感到那两个人也许很有些来头。他们一言不发，但看上去非常厉害（一年前，孩子跟着父亲去城里的动物园看过狮子，孩子印象极深，猴子们在笼子里积极地上蹿下跳，孔雀展开彩屏，鸟叽叽喳喳地叫着，只有那只目光冷漠的狮子一言不发，但所有的人都很怕它。猴子有什么可怕的？孔雀有什么可怕的？鸟又有什么？没有人在乎那些花里胡哨的东西）。

接着，孩子的父亲又从屋里端出两碗水，他一路小跑，到了跟前又像在请神，烧香，假如他要把一套动作完整地做完，下一个动作就该跪下磕头了。他没有磕头，他请他们喝水。

屋里没人。

放下水碗后，他对孩子说："五仗，你妈呢？"

"不知道。"孩子说。

孩子正在捏一只鸟。他用一片破梳子在鸟的身体两边分别压出一些清晰的印痕，这样一来，翅膀的模样立即栩栩如生地显出来了。接着，他又压了几下，鸟渐渐地羽翼丰满了。

那个年纪老的坐在凳子上，一边端起碗喝水，一边很注意地看孩子抓捏小鸟。看了一会儿后，不禁脱口大声说道：

"捏得好！"

那突如其来的声音将专心致志的孩子吓了一跳，以至于他没听清他在大声地说什么，他抬起头去看那个人，那人有五六十岁了，头发花白，但身体看上去很结实，口音不像是本地人。他坐在凳子上，刚将水碗端到嘴边，那个与他一同来的年轻人忽然失声叫道：

"老队长，先别喝！切莫贸然行事，干咱们这工作的，时刻要提高警惕。你就敢肯定这水里没放什么东西吗？他进去那么半天才出来，不能不令人生疑。"

孩子的父亲听到这话，脸立即红了。"放甚了？我甚也没放。"他艰难地挤出一丝笑容，对那个怀疑自己的年轻人说，"看您说到哪里去了，我怎么敢？您要不信，我喝给您看。"说着，从老队长的手中抢过碗，喝了一大口，然后看着他们。

"有甚呀？"孩子的父亲说，"我要是放了甚东西，我敢喝吗？我原本想放一点糖进去，就怕你们看见了产生误会，以为不是糖，而是别的，所以才甚也没放。"

"老队长，你看……"

"扯尿淡！哪有那么多毒？"老队长对年轻人说，"小包呀，不要那么紧张，我谅他也不能那么干，他不想活了吗？其实，就凭他有这么一个聪明的孩子，他也不敢在水里放什么。我在这一带跑了几十年了，跟着我你就放心吧。小包呀，你看这孩子捏得多好！"

孩子的父亲听到老队长称赞自己的儿子，便也凑过来站在一旁，歪着头看孩子捏泥人。作为父亲，他从来没有这样真正地看过自己的儿子，他对儿子能引起老队长的赞扬感到多少有些不可思议，老队长这是什么意思？他想，他难道真的喜欢孩子吗？真的认为他的泥人泥鸟都捏得很好吗？未必是那么回事吧！那么，他这是在干什么？欲擒故纵，放长线钓大鱼？我算得上一条危险而严重的大鱼吗？我不过……这时，他听到老队长对他的那个年轻助手说："小包啊，要相信群众，依靠他们，要是对谁都信不过，看谁都可疑，这么多年，我早就饿死了，冻死了，还能活到现在吗？不依靠他们，我们就是聋子，瞎子，寸步难行。坏人永远是极少数的，大多数的人值得信赖，可以依靠。哪个人没有一点儿毛病呢？"

年轻的助手注意听着。孩子的父亲听到老队长这样说，脸上不禁布满了讨好和感激不尽的神色，他很想立即说点儿甚，但又恐因缺乏常识而说走了嘴，从而引起其他的变异，他很想诚心诚意地对老队长奉承上几句，但又怕将对方惹毛，触怒。他很作难，不知道该干什么，不住地搓着两只手，弯曲着脊梁站在那里。时间过得真慢呀！他想，像一把生锈的锯子，好半天才能勉强吃进去一点儿。

老队长放下水碗，对孩子说：

"给我捏一匹马怎么样？"

孩子抬起头，两只乌亮乌亮的眼睛望着老队长。

"还愣着干甚？"孩子的父亲急忙对孩子说，"听见没有，老队长让你给捏一匹马，快捏一匹。"

孩子摇摇头，说："我不会捏。"

"咋不会？会，就说你会。"孩子的父亲有些急躁而气恼地推了孩子一下，他从地上抓起一团泥不容分说地塞进孩子的手里，又要抬起一只脚踢那孩子，老队长立即瞪着眼说：

"干什么？啊，你要干什么？我又没和你说话，你张牙舞爪地干什么？你疯了？"

"李德胜，住手！"那个年轻的助手也大声喝道，他下意识地将一只手伸进衣服下面，露出了别在腰间的枪。

孩子的父亲立即不敢动了。

"闹了半天,"老队长对孩子说,"连一匹马也不会捏?"

"我会捏鸡。"孩子小声说,"还会捏蛇,戴眼镜的蛇。"

(年轻的助手在一旁插话:"会捏蚊子和跳蚤吗?")

老队长对孩子说:"咦,蛇谁不会捏,用手搓两下不就成了,那怎么能看出本事来?我来给你捏一匹马吧。"

说着,要过孩子手中的一团泥,放在手里使劲揉了揉,嫌泥团太小,遂又向孩子要了一块泥。转眼之间,一匹棕色的泥马很快就捏好了,孤零零地站在地上。

孩子盯着那匹马仔细看着,时而又抬头看那捏马的老队长,孩子的眼里流露出一种东西,像是深深的惋惜。

"看见了吗?这捏得有多好。"孩子的父亲沉默了一会儿后,不失时机地对孩子说道,"看这腿,看这耳朵——"

"耳朵怎么了?满口胡言!"老队长打断他的话,对他说道:

"他是个孩子,我要是真捏得好,他能不欢呼着跳起来吗?李德胜,你用不着讨好我,用不着贬低孩子抬高我,我还怕掉下来摔着呢。"

孩子的父亲讪讪地走到一边,脸上布满了绝望的愁云。

"不太威武,是不是?"老队长转身对孩子说,"是的,这是一匹老马,已经跑不动了,草也吃不了多少了,没什么用了,只好站在那里等死,哪里还能威武得起来?"

老队长说话的时候,他的那个年轻的助手站在屋檐下的台阶前,远远地望着他。不久前,他刚从院子西边的一间羊圈里出来,一缕白色的蛛网残留在他的背后。

时间慢慢地过去。

过了一会儿,年轻的助手走到老队长的身边,低声说:"开始吧?"老队长点点头。于是,年轻的助手对孩子的父亲说:

"你的孩子,还是由你来问吧。详细点儿,越细越好。"

于是,孩子的父亲对孩子说:

"五仗,别玩了。问你几句话。"

"我一起来就在这里捏泥人。"孩子说，"我不知道我妈到哪里去了。"

"不是问你妈，她去哪里先不管她。"孩子的父亲说，"要问的是陈大褂子。"

孩子看着父亲，又看看那两个人。老队长闭着眼睛，仿佛已打着盹进入梦乡，那个年轻的助手则望着他们父子俩。

"五仗，"父亲说，"你不是看见过陈大褂子偷鸡吗？他都偷过谁的鸡？"

"我不知道。"孩子说，"都是一模一样的鸡，我哪能知道是谁家的鸡？咱们不是也丢过两只鸡吗？"

"情况属实吗？"年轻的助手听到这里，立即对孩子的父亲说，"有过这回事吗？不要现编，不要捏造。"

"有过。"孩子的父亲想了想，说道，"两只很肥的母鸡，头一天还在下蛋，下了四个蛋，它们各下了两个，第二天就不见了，哪里也找不见。一开始，我以为它们死在鸡窝里了，我用棍子捅，用手电照，都没有。后来，我又想，也许是来了狐狸，黄鼠狼，把它们拖走了……嘿，闹了半天，还真是黄鼠狼，是一个两条腿的黄鼠狼。"

"行了行了，别再往下说了，"年轻的助手打断道，"让你的孩子说。"

孩子的父亲立即不吭气了，呆呆地站在那里，忘了自己该干什么。就这样冷场了一会儿，那个年轻的助手对孩子的父亲说：

"继续问呀！怎么不问了？你什么也不问，让他怎么说？"

孩子的父亲立即恍然大悟，意识到是自己不对，太迟钝了，太麻木了，竟然忘了说话，他咳嗽了一声，对自己的孩子说：

"五仗，陈大褂子一般是怎么偷鸡的？怎么个偷法？好好跟两位大爷说。"

"我就看见过几回。"孩子说。

"一回也行，快说！"孩子的父亲喘息起来，催促着孩子。

孩子的记忆像一片清澈的水。……经常总是在中午以后，人们都在睡觉，那时候，陈大褂子就从家里出来了，他戴着草帽，手里拿着用渔网线编成的罩子，走在寂静的街上或河边，有时就坐在那些枝繁叶茂的有阴凉的树下，装出一副饭后乘凉的样子。最重要的是，他的嘴里能发出一种很响的很准确的咕噜咕噜的鸡的叫声，致使所有的鸡以为他是它们的伙伴或它们的至高无上的王，这就为他下一步的行动打下了良好的基础和埋伏，事实上，这时候距离他成功，距离他顺利得手已经不远了。他只需再往前走走，在有鸡的地方，将事先带在身上的一把高粱和谷子掏出来，轻轻地撒在地上，不久以后，就看见有鸡趋之若鹜地跑过来了，兴高采烈地啄食那撒成一圈的粮食或秕子。那时候，隐蔽在一旁的陈大褂子就会带着张开的网子，以一种与他的年龄不相称的敏捷的方式和巨大的力量一个箭步扑上去……至少有两次，有两只贪嘴的只顾埋头啄食的鸡，当时就被他的迅速落下来的胸脯给活活地压死了。那些没有被当场压死的还要象征性地半推半就地与他挣扎一会儿，搏斗一番。陈大褂子一边喘息，一边对那些与他抗争的鸡说，他妈的，终于又让老子逮住你了，你这小贱人，还跟我扑腾呢，扑腾什么呀？把我的火煽起来，一会儿我就要将你收拾得光光的，洗得干干净净的，吃你的肉，喝你的血，你到我的肚子里扑腾去吧。……夏天的中午，从河里凫水回来的孩子们经常可以看到陈大褂子一边在过道的暗暗的阴凉里噌噌地拔鸡毛，一边愉快地哼着一些难听的歌。他的脸上常有血。但那不是他的血，而是溅出来的鸡血。公鸡的毛被他做成了一个个鸡毛掸子，母鸡的毛全都扔了，顺着河水向远处漂走了。

有一天下午，五仗和另外两个孩子追着大愣子傻梅一路跑回她们家里，傻梅边跑边哭，在堂屋里的一张桌子上，五仗和另外两个孩子看见陈大褂子守着一盘雪白的加了作料的鸡肉，正在手舞足蹈，载歌载舞。陈大褂子陶醉在无边无际的幸福里。他没有注意到哭着跑回来的傻梅，他一边手舞足蹈，一边欢快地唱着：

　　　哎，是谁帮咱们架桥梁哎，
　　　是谁帮咱们……

老队长打了一声响亮的呼噜，突然睁开眼睛。名叫五仗的孩子将自

233

己从前看到过的一些情景一件一件地不分先后次序地讲了出来。后来，孩子说着说着，忽然不说了，他吃惊地看看父亲，又看看那两个人。孩子听见父亲喘得很厉害，像一个卧床不起的老人。

孩子停下来以后，呆呆地坐着。父亲用手推了他一下，对他说：

"再说呀！怎么不说了？好好跟两位大爷说，再细一点。"

"什么大爷？"那个年轻的助手说，"我还没结婚呢。"

"啊，对不起，"孩子的父亲说道，在自己的嘴上打了一下，不无懊恼地说道，"看我这嘴，他妈的越来越不顶用了！正经该说的一点儿也说不清，还尽帮倒忙。"

回头又对孩子说："说呀！再说，多多地说。"

"没了。"孩子说。

"没了？"

孩子的父亲看看孩子，又看看那两个人。他对那个年轻的助手说：

"不知道他这样说行不行？我觉得还是挺重要的。有些事情我也是今天才头一次听说，不听不知道，一听吓一跳。我和他家的距离挨得这么近，竟甚都不知道。这个老家伙，前前后后一共吃了那么多鸡，还把鸡毛扔得到处都是，满山遍野的劣迹。"

年轻的助手没有说话，他用眼睛瞟着老队长，似在等待老队长的态度。孩子的父亲等了一会儿，对老队长说："够不够细？再细一点？"

老队长和他的助手都没有说话。孩子的父亲走到孩子面前，对孩子说：

"还是嫌粗，还应该再细一点儿。"

"爹，你还走不走了？"孩子对父亲说，"你的棉大衣呢？"

听孩子这样问，他没有说出话来，只是不住地朝那两个人看。看着看着，终于听到老队长开口了。老队长对他说："你先不用再去了。"

他高兴得差一点儿跳起来。老队长的话对他来说不啻是一种解放。一个巨大的喜讯，他一下变得异常活跃起来，他想与老队长及其年轻的助手握握手，表达他内心的感激与亲密，他几次热情洋溢地走过去，站到他们的面前，但那两个人均没有伸出手的意思。他终于站在一边不动了，再不敢去叨扰他们，麻烦他们。

"先别得意。"果然，老队长对他说，"问题终归还是问题，它们像显眼的牛粪一样摆在你的山路上，绕着走是不行的，回避也是不可能的，只能正视它，解决它。"

老队长的话像一些刺进他肉里的针，使他刚刚膨胀起来的一腔意志一瞬间又很快瘪了下去，他颓败无力地坐在屋檐下的台阶上，垂头丧气，心灰意冷。那些牛粪一样的问题是什么时候出现在他的路上的？回答真让人失望。当然，他更不知道如何解决它们，有些东西不是想搬掉就能搬掉的，这些他懂。

灰色的光线使这个数年前才落成的院子显得非常陈旧，假如没有那些碧绿的蔬菜和向上攀援的藤蔓，任何人活动在其中都势必会看上去老气横秋。大人自不必说，即使一个孩子，也会像是一个活在古代的孩子。

气氛就是如此的重要。

有不少人否认气氛，因为他们是罪人。

……

孩子来到台阶前，对自己的父亲说："爹，你的棉大衣呢？丢了？"

孩子的父亲慢慢地抬起头，孩子的话像一阵风，刚刚从他的耳边刮过，还剩下一丝余音在他的脸前嗡嗡地越来越微弱地响着。孩子的父亲想：拿一根棍子去敲击一只搪瓷脸盆。不要老敲，没完没了地敲，应该敲几下就住手，那样一来就会出现眼前这样的现象，嗡嗡的声音越来越小。什么东西去了，无影无踪了？什么叫棉大衣？

"说说他的别的事吧。"那个年轻的助手说，"那个方面的。"

"啊，他一贯就是那样，"孩子的父亲说，"老毛病了，不管家里家外的，都忍不住要动一动，谁都要动，谁都敢动。"

"不要夸大，他谁都敢动吗？"老队长说，"张月琴部长就是个很漂亮的女人，他敢动她吗？栾淑英主任也很漂亮，他敢吗？"

"那绝对不敢。"孩子的父亲说，"即便他有那种不良的念头，也不过空闪一下罢了。再说，他哪里能见得着她们？"

"见着了他就敢吗?"老队长说,"面对面也没有用。"

"是的。半点儿用也没有。"孩子的父亲说,"就像是看了一场戏。"

"他的那个孙女叫什么? 傻梅?"

"是的,是叫傻梅,也叫大愣子,动不动就尿到裤子里了,裤子经常是湿的。"

"那么,傻梅到底是陈大褂子的女儿,还是他儿子的女儿?"

"很难说呀老队长! 这种事情很难说。人们都说名义上是他的孙女,实际上却是他献给我们这个世界的一粒孽种。其实,有那样一个傻姑娘,就说明老天爷已经对他不客气了,已经给他颜色看了,要不然⋯⋯"

"好了,住嘴吧! 别让我再把你带走。"老队长说,"你这已经不是在提供情况了,而是在直接参加讨论和审理。我看出你对他很有成见,但你目前没有资格直接参加讨论。"

"你恐怕永远也没有资格了。"年轻的助手在一旁补充道。

孩子的父亲立即闭上了嘴,不敢再说话了。同时,他吓出一身冷汗,那个年轻人的话是什么意思? 什么叫永远也没有资格了? 老队长的话尚有很大的缓和与回旋的余地,不乏人情味,可那个年轻人却仿佛一下子就要将他置于死地,毫无条件和机会,毫无出路。他偷眼去看那个年轻人,小伙子最多不超过二十岁,唇上的小胡须还软得根本站不起来。真是可怕呀! 他想道,这样的一个初出茅庐的孩子,想必没有受过什么罪,没有领教过什么非人的折磨,为什么竟会有那样一些恶狠狠的令人吃惊的念头呢? 谁教他的?


## 12


孩子的父亲像一个初来乍到的客人一样,拘谨不安地坐在自己的院子里,一切都变得不熟悉起来,他已不再敢大声说话,不再敢说哪怕是仅有一点点刺激意味的过头的话。他暗暗告诫自己,说话一定要留神。

老队长刚才对他说"别让我再把你带走",不完全是一句玩笑,那结果随时有可能酿成,演变为事实。老队长对付过的人多了,绝大多数的人都无一例外地败倒在他手下,没有几个能滑落出去。

昨天晚上,在一间堆放杂物的旧仓库里,孩子的父亲见识了一种令他目瞪口呆的刑法,叫"猴看瓜",就是一个人坐在椅子上,将两条腿也放在椅子上蜷曲起来,再用自己的两条胳膊紧紧地抱住那两条腿,再将头低下去,将脸贴在两个膝盖上,最后用绳子一圈一圈缠到身上,捆紧,挽成死结,那样一来,整个人就成了一个差不多是圆形的包袱一样的重物,无论扔在哪里,都难以动弹,起初是什么姿势,最后仍然还是什么姿势,想伸展一下,万万不能。"猴看瓜",尤其让那些身材高大的罪人感到由衷的恐惧。

"我不可能像一粒小麦一样从老队长的手指缝里漏出去,"孩子的父亲想道,"即便由于老队长一时的疏忽大意,我侥幸漏出去了,那也不过是暂时的,最终又会被那个年轻的助手重新捡起来,再送回老队长的手里。真要到了那个时候,老队长可就该翻脸了,该真正地不客气了。"

"我无论如何不能让自己漏出去,"他想,"漏到地上又有什么意思?未必那就平安无事,遍地是鸡,狼奔豕突的鸡,无所事事的鸡,被它们撞见后就要不可避免地被啄去了,那样一来,还不如就留在老队长的手里不动呢,待着不动,也许就什么事也没有。"

"一个有家有业的人,多么难成为一条漏网之鱼啊!"

孩子的父亲如坐针毡地从台阶上站起来,他的脑子里仿佛在推磨,眼前的人影时而模糊远逸,时而清晰逼真,他的耳边传来刺耳的猪的叫声和母鸡振动翅膀的声音。

不久以后,他走到老队长身边,压低声音说道:"老队长,我再提供一个线索,一个最秘密的消息……"

这天傍晚的时候,人们看见陈大褂子低着头站在一张斑驳陈旧的桌子前面,桌子上有两只青瓷盘子,里面分别码着一些雪白的鸡肉。陈大褂子面对盘子,一遍又一遍地鞠躬,悔过,顶礼膜拜。有人将一只烂土豆砸到他的背上，陈大褂子的身体摇晃了一下，但没有倒下。他不知道是谁在向他扔土豆，腐烂的土豆落在他的背上，像一团冰凉的稀泥。

陈大褂子看着面前的桌子。太阳是在午后才出来的，现在已经落山了，树林上空残留着一线亮色，山冈，田野，街上，微微发红。

五仗的父亲也站在人群里，在他的前面，站着老队长和他的年轻的助手。过了一会儿，五仗看见父亲挤到老队长的身边，低声说：

"何不给那老家伙来个'猴看瓜'？"

老队长没有说话，斜着一只眼睛看着这个积极建议的人，孩子的父亲不敢看老队长的脸，默默地回到人群里。

老队长脸上的神色是厌恶的，很难说是一些什么东西使他不愉快。孩子觉得老队长没有太多的别的意思，他似乎只想早一点完事，然后一走了之。后来，人群渐渐散开以后，老队长蹲在河边洗手，他捞起水里的洁净而白色的沙子，一遍一遍地搓着自己的手。他的那个助手像一匹年轻气盛的马，在附近走来走去。

# 13

夜里，孩子睡得很死。……金色的向日葵在不远处开着，像车轮一样缓慢地转动着。人均一亩向日葵，使得漫山遍野都浮动着热情而浓郁的香气。

在那明亮的绸缎一样细腻柔软的黄色叶片后面，孩子听到一阵凄凄惨惨的哀鸣。接下来，使他感到吃惊的并不是看到了被捆成一团的陈大褂子，而是陈大褂子的蓝色的脸和黄色的胡须，一切都像是临时画上去的。孩子从旁边经过的时候，陈大褂子叫住了他。

"你咋了？"孩子停下来问道。

"我在'猴看瓜'。"陈大褂子说。

很难说他的姿势是坐着的还是躺着的，因为他几乎被捆成了一个圆球，他被扔在一道高大阴湿的山墙下面，遍地的潮气使他旧病复发，在他的旁边，蒿草丛生，灰色的、银白的鸟飞来飞去。

"你这个孩子，你干的好事。"陈大褂子憔悴不堪地望着站在他近前的孩子说道，"你为甚要告诉他们，说我把煮熟的鸡肉藏在炕洞里？啊？你要是不说，他们哪里能找得到？你的一句话就毁了我，你知道吗？"

"我不是故意的。"孩子说，"我根本不知道你会把煮熟的鸡肉藏在炕洞里，我是随便对他们说说的，我要是不说，我爹就又要跟他们走了，结果你真的就把肉藏了炕洞里。你为甚要把煮熟的鸡肉藏在炕洞里？炕洞是一个很脏的地方，烟熏火燎，不时地掉土，你还吃不吃了，你为甚不藏到树上去？"

"我也不愿意往炕洞里藏，我不是找不到更合适的地方么。我更不能照你说的藏到树上去，你以为我是甚？一只鸟？每天飞到树上去吃？我飞不上去，我快七十了。"

"全国人民都在吃玉米，而你却每天吃一只鸡。吃不了还要藏到炕洞里去，你也太过分了，哪有你这样的人。"

"我是劳动所得。为了捕捉它们，我几乎像老鹰一样，我费了多大的劲。"

"老队长说，现在，全世界有三分之一以上的人都活得不太好，过得很不顺心，想吃吃不上，想穿穿不上，想说的话也说不出口，想干甚都干不成，而你却想干甚就干甚。你也该停下来歇歇了。"

"他们是这么说的？"

"嗯，就是这么说的。"

"他们让我给那些被我杀了的鸡磕一百个头，我磕了，一个没少。"

"我爹说，人要是吃好了，磕头也有劲。"

"你爹是个王八蛋。"

"那是你。"

"明天，他们就要阉割我了。我要是被阉割了，我还活得个甚劲？甚的奔头都没有了。我不能让他们那样做。"

"你说，他们要咋割你？"

"阉割。"

"甚叫阉割？是不是先把你像肉一样用盐腌起来，等过些天入了味以后再开始割你？"

"唉，不是那么回事，不是你说的那样，你还小，你不懂啊！你说的那个方法更残酷，谁告诉你的？"

天空似阴非阴，灰色的光线使时间变得模糊不清，难以辨认。孩子站在那道阴湿高大的山墙下，不知道现在是一天中的早晨还是傍晚。柳哨在田野里嚁嚁地响着，一些白色的虫子从草丛里钻出来，贴着阴湿高大的山墙缓慢地向上爬行。孩子感到自己的脸上湿漉漉的。

"啊，我要是死了，我的傻梅就没人管了，人人都要欺侮她。"陈大褂子说，"把我家傻梅许给你吧，啊？"

孩子听到这里，一下被吓哭了。

"我不要你的傻梅！"孩子哭着说，"我不要你的傻梅，她是个有名的大愣子，我要她干甚？她连东南西北都分不清。"

"你小子，白吃的葡萄还嫌酸么？"陈大褂子说，"我的傻梅已经发育成熟了，而你——还是一个小毛孩子。过来，让我看看你那个小玩意儿长大了点儿没有，是不是还像小鞭炮一样，还像小拇指一样？过来让我看看，我看看它响不响？"

孩子从阴暗高耸的山墙下离开，沿着青草摇曳的河边奔跑起来。多么可怕呀！孩子边跑边想。有人在河边洗东西，河面上漂着一些泡沫，它们如同无数小型的帐篷一样支在水上，慢慢地浮动，不知不觉地湮灭，消失。不久以后，他看到了四处林立的向日葵，它们的热情洋溢的面孔给了他极大的勇气和鼓舞。他回头看去，耸立在他身后的阴暗的山墙已经不见了。

葵花在寂静的村里村外转动着，发出黄灿灿的光芒和铜盘似的低音。


早上起来，孩子一睁眼便说，陈大褂子要死了，他选中了河边的一棵丁香树，他现在最放心不下的，就是他的傻梅。以前，他还不放心他的大羚羊，几天前，他的大羚羊死了，他从此又少操了一份心。

"这孩子胡说些甚？"他的母亲说，"做梦吧？"

"他真的要死了。"孩子说,"这一回,他下了决心,无论再有多肥的鸡也留不住他了,甚也留不住他了。"

"不可能。"父亲对母亲说,"我不相信他会死,他没有那份羞耻心。"

"有人要腌他,割他的肉。"孩子说,"他害怕得不得了,他不想让别人动手折腾他,他要自己动手。"

"没人稀罕他。"父亲说,"就他那点臭肉,喂狗狗都不吃。"

父亲说完后便转身出去了。孩子看见他们早上一起来就很忙,他们没有工夫和孩子在一起说闲话。他们出来进去,有时皱着眉头,有时满脸喜气。他们在院子的西南角一带种了几畦甜菜。父亲松完土以后,又去挑水。

屋后有一口很深的水井。孩子在院子里独自站着的时候,耳边清晰地听到了辘轳滚动的声音。在一些晴朗的夜晚,趴到井台边,能看到井里的月亮,有时是油汪汪的一个,有时是半个,甚至只是一只黄色的弯钩。

孩子站在院中央,谛听着屋后传来的辘轳滚动的声音。突然,一个不祥的念头使劲推了他一下,他转身向外面跑去。跑出去没多远,就看见父亲挑着水回来了。

孩子停下来,目不转睛地看着父亲。

"是在迎接我吗?"父亲边说边挑着水往家里走。孩子跟在后面,望着父亲的背影。桶里的水不时地溅出来,淅淅沥沥地在地上形成一些洇湿的图案。快到家门口的时候,孩子看到母亲正焦急地站在那里张望着。

"你咋也出来了?"父亲对母亲说,"我挑的是水,不是金子,不需要一家人都出动。"

"我咋能不出来。"母亲指着跟在后边的孩子,对父亲说,"我正在屋里烧水,他突然隔着窗户喊了一声,说你掉到井里去了。我能不着急?你要真掉进去了,我还烧水做甚,给谁喝?"

父亲没有说话,回过头看了孩子一眼,挑着水进去了。

"你咋能那么说?"母亲对孩子说,"那不是在咒他吗?他真要掉到井里淹死了,你我不就成了可怜的孤儿寡母了吗?甚话你也敢说?这不吉利，你知道吗？"

"我没说，我没喊。"孩子说。

"还说没喊？我在屋里听得清清楚楚。"

"我真的没喊。"孩子说，"我听见房后的辘轳一直不停地响着，我忽然觉得很害怕，就跑了出去。我没喊那一声。"

"要不是听见你喊了一声，我能出来吗？"母亲说，"你又在刺激我们。"

"喊就喊了。"父亲说，"喊一声又有甚，反正我又没有掉进去。"

"我真的没喊。"孩子说。

孩子的眼泪快要出来了。他看着自己的父母。他很想再说些什么，说上许许多多，一大堆，但他逐渐发现自己有些张口结舌，很难说出什么来。他的脸红了。

太阳出来了，院里流动着黄白的光线。孩子一个人坐在早晨的门槛上，他听到他的父母一边做饭，一边互相调笑着。

"一个人只有一张嘴是不够用的。"孩子想，"一个人要是有五张嘴，那就厉害了，无论多么不易说清楚的事情也能说清楚了。"

## 14

现在，他们一家人在很从容地吃早饭，初升的太阳透过窗户照射进屋里，给他们每个人都披上了一层透明的霞光。丰盛的早饭使孩子感到吃惊，他还不知道摆放在他面前的许多小盘子都是为他而设的，这样的早饭与以往的任何一次早饭都迥然不同，有些过于复杂了。他多少明白今天的早饭为什么做了那么长时间才终于做好。

孩子握着筷子，仿佛在别人家里做客。"为甚今天要吃这么多的饭？"他望着自己的父母，不解地问道。

"问得好。"父亲大声说道，"以后，我们天天都要像今天这样。只有这样，人活着才多少显得有点意义。"

"每天都要吃这么多菜？每天都要把这些大盘子小盘子端上来，再端下去？"

"是的。怎么，你不信？"

当然不信。孩子在心里笑了一下。那怎么可能呢？父亲像一个神经病人一样眉飞色舞地说着话，不断地指手画脚。孩子想，毛主席的桌子上也不是每天都有这么多的盘子，我们这一家人又算老几，每天大盘子上来、小盘子下去？

父亲拿来瓶酒，还没打开，他的脸先红了。

"早上还要喝酒？"母亲说。

"咋，不合适吗？"父亲说，"我需要，我现在需要一点点酒，镇定一下我的心情。"

"酒咋能让人镇静？只会让人变得更加激动不安，一过了头，就像疯子。"

"我需要激动。我总算解脱了。有陈大褂子在那里顶着，我就没事了。"

孩子听到父亲的话后，吃了一惊，昨天晚上，在睡梦里他就听到这句话了，只是说话的不是父亲，而是另外一个遮着一半脸的人，孩子不认识那个人。在那个人的不远处，陈大褂子的大羚羊躺在一片阴影里，一些雪白的梨花飘落在它的身上。大羚羊是被两只瘟鸡传染死的。此前，它每天在院子里逗着几只鸡玩。陈大褂子从外面捉回两只鸡，他轻而易举地就得了手，它们懒洋洋地躺在那里，他朝它们走过去，一伸手就捉住了它们的翅膀。他不知道那是两只生命垂危的瘟鸡。回到家里，他拔掉其中一只鸡的毛，另一只还没来得及杀，他自己养的几只鸡就死去了。紧接着，一向身强力壮的大羚羊也倒下了。大羚羊的死去，仿佛使陈大褂子缺了一条胳膊，失去一只眼睛，他前面的亮光也越来越少了。

"陈大褂子已经死了。"孩子说，"吊在河边的丁香树上。"

"嗯，好好吃，"父亲沉浸在某种情绪里，心不在焉地对孩子说道，"这六小盘菜都是你的。"

父亲没有听到孩子的话。他灌了一口酒，对孩子的母亲说："啊，我总算解脱了，没事了，我今天想到镇上去逛逛。"

孩子的母亲说："我听说去镇上的桥被水冲断了……"

"瞧你，"父亲说，"我又不是一辆汽车，也不是一辆马车，非得从桥上过？我是个自由的人，头脑清醒，身体灵活，上面长着眼，下面长着腿……"

"你去吧。"

"我想好了。我要慢慢地走，直奔目的地，累出一身汗，也没甚意思，我要一边走，一边浏览沿途的一切东西，走着，看着，转眼就到了镇上了。我是顺路去的，不是专门去的。你觉得我这样安排有甚不妥？"

"我不知道，带五仗去吗？"

"他就不要去了吧？他总像一只耗子一样到处乱跑，我没有精力追他，喊他。桂花，我觉得我很虚弱，就像一个刚从医院里出来的病人一样，病是治好了，可身体还需要恢复。"

"你尽管去吧。你甚东西也不要给我买，裤子啊袜子呀鞋啊。我甚也不要，头巾也不要，扎辫子的头绳也不要。"

"啊，对了，你要不说，我差一点忘了，给你买一条裤子吧。"

"我说了，我甚都不要。"

"不，我一定要买。一条裤子。"

"我说了，我不要。"

"我一定要买。你要是不让我买，我就去死，我就再也不回来了。我要站在那座破桥上，等着水来冲我，我要站在镇里的主要街道上，等着汽车来撞我，它要不撞我，我就趴到它的轱辘下面去，用手抓住它的刮泥板和飞轮……"

"汽车好像没有飞轮，自行车上才有。"

"有没有，趴下去就知道了。"

"既然这样，那就买一条裤子吧。"

"买一条蓝色的。"

"我不要蓝的。"

244

"不要蓝的？……不要蓝的，那么，黄色的咋样？我看不错，周主任的女儿丽丽就穿着那样的一条，很漂亮，连她自己都说'我有什么？我有曲线'。"

"你知道我的腰围是多少？"

"量一下不就知道了么？"

……

孩子抬起头，看着父母，他说：

"甚叫曲线？"

"问这干甚？"父亲对他说，"曲不曲和你一个小孩子有甚关系。你吃饱了吗？吃饱了就出去耍去吧，我要给你妈量一下腰。"

"你的腰围多少？一米？"

太阳在天空里照着，满街的长短不齐的土板墙如同镀了金，橙黄，弯曲，绵延不尽，孩子来到街上。走在浓稠的阳光里。不久以后，他看到还有一个人也走在那种浓稠的光线里，那个人心神不定地徘徊着，像是在等什么人。那个人先是慢慢地向前面走，走着走着似乎遇到了迎面而来的风的阻力，于是又退着往回走，但并不转过身来，他的脸融在雾蒙蒙的光照里，模糊的灰色背影在孩子的视线里轻轻地耸动，摇晃。很像是一个与天色赌气，与自己开玩笑的人。孩子这样想着，忽然闻到鼻子下面飘起一阵很大的血腥气，他吃惊地用手去摸。手上竟干干净净，什么都没有。

"哪来的血呢？"孩子向四周打量着，浓稠的光照里，很多东西看上去都微微发黄，有些是陈旧的枯黄，有些是鹅黄。街道如同梦里的街道，熏黄，飘忽，街两边的房屋及其上面的黄色的浮云也不是头一次出现了。

孩子小心翼翼地呼吸着，他闻到周围有很大的血，很旺的血。

……

这时，那个一直在浓稠的黄色光照里倒退着走的人忽然转过身来了，孩子忘记了血，将目光移到他的身上和脸上。那个人一走近，孩子印象中的血就没有了。

那个人朝孩子笑着。孩子对他一点儿印象也没有，只感到背后很热。孩子看看周围，不远处有一只灰蒙蒙的羊。

你知道你们家发生了什么事吗？我在夜间看见你们的窗户上有红光。

那个人几乎是无声地朝孩子笑着，笑容稀松，柔软，陈旧，虚浮无比。

我们家甚事也没有。孩子站在橙黄的光线里想道。今天早上，我们一家人吃了一顿以前从来没有过的最丰盛最复杂的早饭，我们都吃得很饱，尤其是我，把属于我的六个小盘子里的菜几乎都吃光了。饭后不久，父亲换了一身新衣服后，就到镇上散心去了，他的心需要休息，他的身体和脑子也需要休息，需要一路上慢慢地走，才能渐渐平息下来。父亲是一个做事谨慎的人，当听说通往镇上的那座桥被水冲坏了时，他就决定不从那座坏桥上过了。另外，他还要为他的女人买一条黄色的裤子，那不过是一件顺手牵羊的事。可是一开始的时候，他的女人怎么也不同意他买，但他铁了心，执意要买，她的话也不如他的话有说服力。他说，不，我一定要买，你要是不让我买，我就去死，我就再也不回来了，我要站在那座破桥上，等着水来冲我！我要站在镇里的主要街道上，等着汽车来撞我！它要不撞我，我就趴到它的轱辘下面去，用手抓住它的刮泥板和飞轮……这样一来，女人立即就软了。她说，既然这样，那就买一条吧。其实，他今天的心情真可以说很好。不像平时那样急躁，火爆。早上起来他去屋后的井边挑水，孩子听到辘轳转动的声音，转动得很不寻常，像是突然失控了一样。孩子就以为他掉进井里去了。尽管是这样的事情，他知道后也没有生气，只是看了孩子一眼，什么多余的话、责备的话，都没有说。再后来就是给女人买裤子的事，两个人争论了一会儿，后来他们两个人的意见终于统一了，他们就决定不要蓝色的，而要黄色的，因为那中间包含着曲线。

孩子直到现在也仍然不知道曲线是什么意思，他从家里出来的时候，他正在量她的腰。一只喜鹊站在对面的墙上，望着里面的情形。

孩子这样想着，慢慢地向路边移动着。他沿着一条潮气不断上升的乡间大道向前走了一段，回头再看那个人时，已经不见了。他隐约看到那个人的背影重重地摇晃了一下。

那只灰蒙蒙的羊还在。

孩子停下来，他现在忽然觉得自己从前在哪里见过那个人。他努力思索，拼命地回忆，想方设法要把那个人放置在一片灰色的天空下，然后捡起一些他所熟悉的又必不可少的东西给他一一地安上，装在他的身上，贴到他的脸上，那样一来，孩子有把握将他变成一个与偶然相遇无关的人，将一张日常生活中最为熟悉的面孔完整而准确地恢复出来，使人人都认识他。

站在乡间的雨后的路上，孩子用自己的目光和心思在做着一种不为人知的不切实际因而徒劳无益的事情，尽管如此，也称得上辛苦，与正式的煞费苦心、绞尽脑汁不差多少，焦虑与期待也在他的稚气的脸上交织着出现，相持滞留。……渐渐地，他发现了一种现象：他想得越是深入，幽远莫测，那个笑容如梦的人就走得越快越远，匆匆忙忙，四处躲闪，芒刺在背，迅速凋零，他不能完整而熟悉地形成一个真实的轮廓，他东一块，西一块，不能合体，无法成形。孩子想重识旧人，直呼其名，并用手去触摸他，但他始终不予配合。他仿佛已被彻底打散，从此再难聚拢。

失败的回忆，加上难以为继的想象，再加上一厢情愿的想象，不久便使这个孜孜不倦的孩子感到了疲倦与无望，他叹息一声后放弃了那一切。橙黄的光线里出现了劳作的人影，黄芥花开了，"鬼辣椒"细密的小麦般的花瓣释放出阵阵令人眩晕的气息，贪长的柳叶桃急不可耐地从人家的墙头上爬出来，意外地腐烂在路边。


# 15


走到几棵黄色的柳树下面时，一个突如其来的声音忽然将孩子吓了一跳：

"你的腰围是多少?"

孩子抱住一根粗糙的树干,向四周张望。周围没有人,黄色的柳树枝叶垂地,柔软地簇拥着他,使附近一带显得更加寂静。旁边的水渠里传来一阵若有若无的流水的声音,不用心听是听不到的。一只牛蜂飞过来,在孩子的脸前嗡嗡地叫着,孩子伸手打了一下,牛蜂飞到树后面躲了一会儿,很快又飞出来了。孩子看着牛蜂那粗笨短小的身体,对它说:"你的腰围是多少?"

牛蜂盘旋在他的脸前,不断地划出一些没有痕迹的圆弧。

什么叫曲线?孩子想。是不是出现在水面上的那些一个一个的圆圆的圈圈?名叫华章的客人说,有一种东西叫韵,过去有一种古老的东西也叫韵,将一块石子投入水中,水面上荡起的一层一层的圈圈其实就是韵,它在不了多久,很难捉摸。事实上,那远去的波纹也算不上准确,还有另外一种东西,类似于芬芳馥郁的香气,它最动人的时候总是一闪而逝,比雨前的闪电还要光滑细腻,柔情似水,一个人不管有福无福,都无缘见识。

那样一种详细而罕见的东西。名叫华章的客人难道就见识过吗?孩子不相信那个奇丑无比的人会有那样的福分,他多半是在胡诌,坐在亲戚的家里,东拉西扯,没话找话,消磨时光,他知道没有人会拉着他去亲自验证,因此就什么话都敢说,他随身背着雨伞,随时准备一走了之,像人世间一切稀有的东西一样无影无踪。

孩子从那片黄色的柳树下走出来,过了水渠以后,他看见大愣子傻梅正在河边铲沙子。河边只有傻梅一个人,她手里拿着一把家里炒菜用的铲子,将铲起的沙子堆成几个圆形,看上去如同一些年久荒败的土围子。孩子来到河边后,傻梅被吓了一跳,她紧紧地将铲子抱在怀里,不安的神色使她像一只伺机逃走的松鼠。

"傻梅,你别怕,我不要你的铲子。"

"我不给你。"

"傻梅,你们家的大羚羊哪里去了?"

"大羚羊死了。"

"大羚羊是咋死的?"

"我不告诉你。"傻梅忽然低下头,羞涩无比地说道。

"你爷爷哪里去了?"

"我不告诉你。"傻梅忸怩作态地摇晃着身体,怀里的铲子差一点儿滑落出去。

"你这个大愣子,你说不说?你看我不把你的沙子踩扁,踩烂。"

"我就不告诉你。"

"你敢不听我的话?把铲子给我!"

傻梅听说五仗要她的铲子,忽然哭了,她紧紧地将铲子抱在怀里不松手。五仗说,你给不给?还不听我的话?傻梅愣了一会儿,突然发出一声尖叫,转身向回家的方向跑去,一边跑一边发出呜呜的哭声。五仗在她的后面说,把铲子留下!傻梅在他的声音里跑着跑着突然摔倒了,这个与她同龄的孩子使她感到害怕,感到心慌意乱,她趴在地上哭着,当听到后面的脚步声越来越近的时候,她突然站起来,摇摇晃晃地向家里跑去。


沿河一带的沙子被水冲刷过了,什么痕迹也没有留下。一些鸡扇着翅膀在街上奔跑,不断地将阵阵尖锐的呼声留在沿途。孩子站在玉米地边缘,里面亮得像镜子一样的水上映出几个歪歪斜斜的影子,有些互不关联的话仿佛柔软湿润的缨须,轻轻地拂动在人的脸前,令人手脚发痒。

孩子在河东的那些稀稀落落的残垣断壁之间刚一出现,坐在高处的于氏就看到了他。于氏悄悄地下来,借着树叶和断墙的掩护,一直跟踪到自己的一棵树下。孩子刚要抬起头往树上看,于氏突然出现在他的眼前。

"你这个倒霉的孩子,你咋又来了?"于氏气咻咻地说道,她手里拿着一根枣木棍(不是拐杖),望远镜挂在胸前。"你就不怕我把你的头捏扁?"她说。

"我又没有摘你的,"孩子说,"我是在等我爹。"

"甚？"于氏惊愕地张大嘴，看看眼前的孩子，又抬头向树上望去。"你爹在我的树上？"她说，"他难道是一只鸟吗？他躲在我的树上干甚？"

于氏举起望远镜，向树上仔细观察。看了一阵，又竖起手中的木棒，站在下面往树上最稠密的暗处又戳又捅。

"下来！你给我下来！"她边捅边向树上喊。她一直在高处看着，几乎没看到有人在什么时候藏到了她的树上，而现在，这个别有用心的孩子却大模大样地在这里等他的父亲，那个人是甚时候溜上去的？世事险恶，她感到自己的精力不行了，眼睛睁得再大也没有用，看着看着就让人钻了空子。

仰望与激愤使她很快变得头晕目眩，她低下头，扶住树身，接着又活动了一下酸困的手臂，正要再捅时，一旁的孩子对她说，"别再捅了，我爹不在你的树上。他到镇上去了，一会儿回来要从这里路过。"

于氏愣愣地看着眼前的孩子，一开始她好像没大听懂他的话，她看见他不住地向东南方向辽阔的河川里张望，还以为他要伺机逃走。后来她终于恍然大悟，她抬起头，看到树上寂静如初，连一只蝴蝶都没有。

"你这个瞎扯的孩子，你为甚要说他在我的树上？"她愠怒地看着那孩子。

"我没说他在树上。"孩子说。

"你没说？"她看着他。她也忘了这个孩子是否说过那样的话，但她清楚地记得，他抬头朝她的枝繁叶茂的树上看过。是的，他抬头看过，不管是在盯着那泛红的李子，还是在找他那个倒霉的并不存在的父亲，他从河那边一过来就仰起脸，眼睛向上，目光像钩子一样。

于氏看了一阵，突然扔掉手里的棍子，趴在地上。她又捅又戳的最终结果是使一些树叶和果实从树上坠落下来。她把它们一一地捡起来，抓在手里，流出了心痛的眼泪。

"多么短命的李子啊！都还年轻，根本不到落的时候，你就甜言蜜语地把它们骗下来了。骗下来就再也回不去了。"

"我没有骗它们，"孩子说，"是你自己拿棍子把它们捅下来的。"

"我还不是受了你的骗。"她突然伸开一只手，上面放着一个红黄的李子，对那孩子说："来，张开你的嘴，你敢咬它一口吗？你敢吗？你今天要是敢咬它一口，我就也要咬你一口，别以为我没牙，我还咬得动大豆。"

"我就不咬。"孩子说，"你的李子比醋还酸。"

树下是湿润的土，松软的叶子铺在上面。孩子不住地向东南方向一带望着，那里河汊很多，水面像弯曲的绸带一样绕来绕去，一些小树林子有的疏朗透明，有的密集黝黑，河面上泛着银白的亮光。父亲前去的那个镇子就在那些小树林子的后面。镇上有很多黄色的房子，镇子四周的山冈上放牧着无数只黑羊。不是天生的黑山羊、黑绵羊，而是烟尘将它们雪白的毛染得遍体污黑，蓬头垢面。

"你老子到镇上做甚去了？"于氏坐在树下，对孩子说。

"去散散心。"孩子说，"还要给我妈买一条黄色的裤子。"

"是去银行存钱去了吧？"于氏说。

"不是。"孩子说。

"你们家里有的是钱，你为甚还要老跑到这里打我这个孤老婆子的主意，啊？我甚也没有，只有这么几棵树。"

"我没有打你的主意。"

"手里有钱。甚的东西买不到？啊？"

"我爹没有钱。他一直抽的都是水烟。他要是有钱，咋还会抽水烟？早就不抽了。有钱的人没有人抽水烟。"

"他有。我说有就有。你知道个甚？你只知道过河来祸害我的李子。"

孩子还想说什么，忽然想起今天早上家里吃的那顿有史以来最丰盛最复杂的早饭，不禁有些心虚了。那样的饭，要花很多钱的，不是一个小数目就能办到的。

"抽抽水烟算个甚？"于氏说，"就不能做做样子么？从前，枯树镇有一个地主，叫沙大头，一年四季穿着破裤子，补丁也舍不得打一个，露着肉，里面连裤衩都不穿。出门的时候，背着粗糙的炒面，像一个要饭的……"

"他为甚要那样?"孩子说,"他要那么多钱准备干甚?"

"干甚?"于氏吃惊地看着孩子,"谁知道他要干甚。这事你得回去问问你的爹,他为甚还要天天抽水烟? 其实,他现在……"

"能不抽水烟?"

"当然能。"

"他不抽水烟,那让他抽甚? 抽晒干的葫芦叶子?"

"抽纸烟呀! 机器卷出来的纸烟,商店里有的是,合作社里也有。那些连水烟都抽不起的人,才会抽晒干的葫芦叶子,马粪面子。"

干燥的马粪面子使孩子笑了起来,他用一种有趣的目光看着坐在树下的于氏。以前,他们许多孩子都一直认为她是一个凶狠而诡计多端的老太婆,却从来没想到她竟也会笑,也会开玩笑。她不盼望果实甚时候变红,甚时候完全成熟,却非常在意树上是否繁华,枝条上是否一直沉甸甸的。能将枝头压弯的,只要不是虫子,别的甚都行。

……已经将近午时了,孩子仍然没有望见父亲的影子从那些小树林子后面出来,远处的河湾里现在没有人。父亲也许一高兴买了很多东西,拿不动了吧? 孩子想。一早上吃饭的时候,他还对孩子的母亲说他感到很虚弱,浑身没有力气,动一动就要出汗,像一个刚从医院里出来的病人,病是治好了,可身体还得需要一段时间才能恢复起来,现在,他却要拼命往回买东西……孩子焦急不安地在树下走来走去,一会儿踮起脚向远处的小树林子前和弯曲闪亮的河湾里看看,一会儿又向身后的村庄里望一下。他很想站到于氏的树上向远处眺望,但又很清楚那是无论如何不可能的,于氏宁可让他站到她自己的肩膀上,也绝不会让他的脚踩住她的任何一根树枝。

孩子一副猴急的样子。

"我从天不亮的时候起就坐在这里了,"于氏对孩子说,"没看见他从我的眼前过去。他真的去了镇上了吗?"

"他非常想去。"孩子说,"他说他一定要去,一定要去。"

"不去不行?"于氏惊讶地看着孩子,问道,"他咋了,咋这么说话? 他有病了吗?"

"他的病已经好了。"孩子又向那边引颈望去。

于氏摇了摇头。她慢慢地从地上站起来，将那些拢到一起的新树叶和旧树叶全部收集到树下，之后又用土将它们压住。


不久以后，孩子离开河东，一个人过了河，向家里走去。

孩子看见不远处的那几棵黄色的柳树先是一动不动，寂静地垂挂着，后来慢慢地在他的视线里轻轻地摇晃起来，树上似乎驻满了细碎而详尽的微风，树叶一片一片地先后动起来，十分低远地簌簌作响……树下有一个孩子，既不是五仗，也不是大愣子傻梅，仿佛是一个从从前的旧时代里走来的孩子，五仗叫不出他的名字，发不出他的声音。那个孩子像一个哑巴，安安静静地站在那些鹅黄的柳树下。

是谁带他来的？他的匆匆忙忙的伯父？他的行程诡秘的二舅？

不久前的一天，孩子在回家的路上遇到一个穿一身青布衣衫的中年人，如果不是眼前那灿烂的阳光里跑动着活生生的猪羊和女人们的说话声，而是单凭收音机里传来的紧急万分的电闪雷鸣声，孩子很可能就将那个穿对襟青布衫的人与过去年代里的那些日常出没于乡间的武工队员画上了等号，他太像那个时候的人了……孩子在路上迟疑了好一会儿，心跳得非常厉害，仿佛在异地他乡里迷失了方向。

那个人显然不是孩子想象中的那种人，但究竟是干什么的，到底也不知道。后来，那个人很快就再也不见了。

孩子边走边想：水烟其实也是一种很呛人的东西，只不过没有旱烟那么辛辣罢了。父亲不抽旱烟就算不错了，还想抽机器卷的纸烟么？


# 16


孩子的父亲没有到镇上去，他仿佛做了一个无法再继续下去的梦，那样的结果，连半途而废也谈不上，因为，还没有正式开始，一切就全都被忽然打碎了。

吃过那顿丰盛而复杂的早饭以后，他为自己的那个姿色尚未完全衰退的女人认真地量了她的腰围，另外还……不久以后，他从家里出来，心情很好地沿着一条最为熟悉的路往东南方向的镇上走去，心里计划着要买的东西。有人与他打招呼，他热情地回答着，但没看清对方是谁，甚至连是男是女都没有印象。

雨后的乡间，空气湿润清新，到处都能看到那些透明晶莹的、悬而未决的水珠，它们有的挂在草木上，有的摊在宽大的葫芦叶子上，还有一些垂在花瓣上的，令人心悬，眼看就要挂不住了，就要掉下来了，但就是掉不下来，你就是站在旁边守着它，认真地将它盯上一整天，它也不见得就能真的掉下来。

很多类似的时候，耐心与热情显得多余，心诚也未必就灵。

孩子的父亲就这样走马观花地从家里出来，又粗枝大叶地向河边走去。

他也不大清楚一个人应该忽略一些什么，又应该特别地注意一些什么。

明亮的河水随意地弯曲着，在某些地方显得多少有些过分。他注意到河对面的一条土路不算泥泞，虽然昨夜下了雨，但那条路上有沙子。过了河，穿过河东的那些稀稀落落的残垣断壁和一些树木，就正式走上通往镇子的路了。那个镇上有什么？有周围一带人们最为需要的几乎是所有的东西，大的小的，软的硬的。

孩子的父亲没有想到，他刚来到河边，眼前的一种情景就使他惊呆了……十几分钟以后，他像一个醉汉一样摇摇晃晃地回到了他的家里。他的样子使孩子的母亲感到突然而不安。

　　……

"咋又回来了？"她说，"出甚的事了？"他走后不久，她心血来潮地找出一件从未穿过的新衣服穿在身上，并在镜子前顾影自怜地盘桓了半天。是一件新的衬衣，有许多碎花。

孩子的父亲瘫坐在一只凳子上，他的腰仿佛断了。他吃力地看着自己的女人，他闻到一种气息，痛苦地捂住了脸。

"出甚的事了?"女人放下手里的一个什么东西,向他走过来。

"我完了。"孩子的父亲说。他将一只手从脸上移开,看着她。

"你咋完了?"

"那老家伙真的死了,吊在河边的丁香树上,像一截木炭。"

"你看见了?"

"很多人都看见了。"

"你害怕了?"

"何止是害怕。我刚走到河边,一抬头,就看见他那瘦小的身体像一截木炭一样挂在那里,我突然觉得自己再也不会走路了,我的两条腿像是没了,整个下半身都没了。"

孩子的父亲说到这里,突然软弱无力地从坐着的凳子上滑了下去。女人尖叫了一声,将他的头扶起来,放在自己的腿上。

"他为甚要死呢?"女人说,"你不是说他没有羞耻心吗?"

"我完了,再也藏不住了。"孩子的父亲翻着苍白的眼睛,女人顺着他的眼光看去,却不知道他在看哪里。

"那个死老头子。"女人说。

"他要是不死,还能替我顶一阵子。他死了,说死就死了。"

"没人让他死,他自己不想活了。"

"你要是再让他……他的眼前一点儿亮光也没了,他甚的盼头也没了,能不去死吗? 换了我,也会去死。"

"你不是说要杀他,还要杀我吗?"

早上曾经一度有过的欢乐,现在已烟消云散,荡然无存。屋里有一个地方在滴水,他们竖着耳朵听了一阵,他们听见了,但找不到漏声的出处,仿佛空气里出现了窟窿。

时光在慢慢地过去。街上,有一个人在大声地咒骂一只喜鹊,那可恶的黑鸟一个俯冲下来,弄脏了他正在喝着的一碗水,接着又扶摇而上,将一粒白色胶囊似的鸟粪丢落在他的额头上,使他大惊失色。

很久以后,女人说:"咱们得想个办法。"

"办法只有一个,"孩子的父亲说,"躺下等死。"

"你别吓唬我。"女人说。

"我没有吓唬你，"孩子的父亲说，"有人正在像赶鸟一样吓唬我们。"

女人吃惊地看着他。

"你知道甚叫水落石出吗？"孩子的父亲说，"让我来告诉你，最近一个时期以来，陈大褂子就是水，一池浑水。我是甚？我是一块石头，一块戴罪的石头，一块布满苔藓的石头。现在，水落了，池子干了，我被露出来了。你明白我说的话吗？池子里没水了，我被露出来了，谁走过来都能看到。"

"我不让你露出来。"女人说。

"妇人之见！难道我想露出来吗？难道我想躺在池底供人看吗？"孩子的父亲说，"已经露出来了，再想缩回去也不可能了。"

"早知这样，就该设法保住那池浑水，"女人说，"不让它干了，流了。我没想到他会这么重要，一池浑水……"

"天要灭你，你不得不灭。"

女人和男人离得很近。这时，她忽然闻到他的身上有一种气息，她被吓了一跳，不安地站起来，向屋里环视。转了一圈，最后她又将目光停留在男人的身上。"你哪儿破了？"她说着，伸手想掀起他的衣服，"让我看看。"

"咋了？"孩子的父亲说，"你这是要干甚？"

"我闻到了血。"女人说，"是从你的身上散出来的。"

"我还没死呢，"孩子的父亲说，"这时候哪来的血？"他认真呼吸了一下后说："我咋没闻到？"

"让我看看，"女人几乎哀求地说，"你身上一定有哪个地方被剐伤了，我不会平白无故地这么说的。"

"我没伤。"

"没伤我也要看看。"

女人说着，又将自己的手伸过来。孩子的父亲突然变了脸色，像一个害羞的女人一样紧紧地护着自己的身体，不让她的手碰到。他的脸越来越红，急促地喘息起来。当她的手越来越逼近，不可避免地要触摸到他的身体时，他忽然站起来闪到一边，像仇人一样看着她。

"别碰我！"他几乎是粗暴地说道。

女人惊讶地停下来。她看到他的那张脸正由红变白，越来越苍白。他的目光让她感到寒冷，陌生，羞愧无颜，于是，女人走到一边，不再去想那件事，不再去想她闻到的血。她不知道他为什么不让她看他的身体。

这时，孩子从外面走了进来。


"爹，你是甚时候从镇上回来的？"孩子说，"你是飞回来的吗？我咋没看见你？我一直在河东的树下等你，于氏也说没看见你。你是从哪条路上回来的？"

父亲没有对他说话，母亲也没有对他说话。孩子在屋里站了一阵，忽然感到眼前一亮，他看见母亲穿着一件他以前从未见过的崭新的衬衫，他知道父亲已经去过那个镇上了，那衬衫就是最好的证明。孩子只是对父亲回来的方式和途径感到神秘，奇怪，迷惑不解，他到底是什么时候从哪条路上回来的？

孩子没听说过从村里到镇上还有其他的多余的路，父亲早已安然地坐在家里了，而他却还在河东的树下傻等着。这样想着，孩子渐渐有些沮丧，觉得自己像个白痴。

孩子忽然感到害怕起来：傻梅是不是一开始的时候也不傻，后来才慢慢变傻的？

大羚羊正在院子里两棵梨树之间的空地上卧着，两只瘟鸡像两个各怀心事的女人一样，踏着银色的月光轻轻地向它走来。

……


# 17


天快黑的时候，村里的老支书来了。老支书进来带着一身露水。孩子的母亲刚把老支书让进来，自己突然打了一个响亮的喷嚏，她红着脸去看老支书，但那一位根本没有注意到她。

"该咋办就咋办吧。"老支书开门见山地对孩子的父亲说道，"德胜，你知道我也保不住你了。"

"我已经准备好了。"孩子的父亲说，"我不能再和你一起共事了，你重新物色一个大队长吧。"

"我很难受，德胜。"

"听说你的女儿要出嫁了，我想送一份礼，你要不要？"

"今天不说这些。"

"我不是送给你，我是送给姑娘自己的。她小的时候，我没少抱过她。"

"德胜，先别说这些。"

孩子的父亲将水烟推至老支书的面前，老支书看了一眼，有些吃惊地说："早就听说你已经不抽水烟了，咋又捡起来了？"

"谁说的？"孩子的父亲有些伤感地说，"那是巴不得我死。"

"不能这样想，"老支书说，"这样想事情，事情就会越来越大，就像人身上的粉刺，就像蚊子叮过的痕迹，只是那么小的一个红点儿，你要是忍住别理它。它用不了多久就消了，自己把自己整没了。可是，你要是沉不住气，不断地要用手挠它，它就会越来越起劲，变得越来越大，越来越红，越来越了不起。你再去看它时，连你自己都会感到吃惊：它已经变得让你完全不认识了。它自以为是天底下最大最红的一个东西，尽管它的实质只是一包脓。"

"有酒吗？……"孩子的父亲对孩子的母亲说，"把酒拿来！我们要就着那个不自量力的粉刺喝两杯。"

……干烈而又潮乎乎的酒气在夜晚的空气里悄悄地弥漫着，不知不觉地扩散着，不断地向一些地方渗漏，深入。

这时，孩子突然叫喊起来。

孩子看见黑暗的窗外有一只白色的手，一会儿握紧，一会儿又将五指张开……

"不要惊吓孩子！"老支书看着漆黑的窗外，高声说道，"想伸你就伸进来吧！忸怩个甚？"

老支书端起一杯酒朝漆黑的窗户上泼去……不久以后，孩子睡着了。

夜已经很深了，孩子的父亲对孩子的母亲说："你还不回去，还在这里等甚？"

"让我回哪里去？"孩子的母亲说。

"回你的娘家去。"孩子的父亲说，"就像当初那样，你好好在家里等着，二十年后我再去娶你。……看见红布在你娘家的门前飘起，你不要忙着出来。听见鞭炮声在墙外响起，你也不要出来。听见我走进你们的院里，听见我说话的声音后，那时候你再出来……"

女人听看，脸上流满了泪。

"你喝多了，德胜。"老支书说，"桂花，扶他去睡吧。我也该走了。"


# 18


这天夜里，名叫五仗的孩子在睡梦中听到寂静的村庄里传来的叮叮当当的砍树的声音。又有人在河边的丁香树上吊死了……仿佛雨过天晴一样，人们奔走相告。

木匠们模糊的身影出来了，木匠们耳朵上别着多余出来的纸烟，用匠人兼木材商的眼光打量着那些郁郁葱葱的树。一棵开着紫色小花或白色小花，能够散发一个月香气的树木，除去其纷繁庞杂的枝叶及根须，事实上并没有多少赚头。最终真正落到手里的，也许只是一些碗口粗细的货色。尽管如此，砍树声仍然持续不落……

天亮的时候，河边一带的丁香树已经砍尽。

名叫五仗的孩子来到河边，河边没有人，只有一些躺着的树枝。走了一阵，孩子看到前面不远处有个灰色的影子，那是傻梅，手拿着她们家炒菜用的铲子，在铲沙子。"一下一下又一下。"她边铲边说。时令已是秋天了，傻梅还像夏天时一样赤着双脚，穿着一件灰色的过膝的旧衣服，五仗过来之前，空荡荡的河边只有她一个人。

"傻梅。"五仗说，"河边的那些丁香树都到哪里去了？"

傻梅听到五仗问她，立即低下头，忸怩不安地摇晃着自己的身体，羞涩无比地说道：

"我不告诉你。"

# 我把十八年前的那场鹅毛大雪想出来了

## 一

想起来像是在梦里一样，先是鸡在墙头上飞，狗在咬，驴在叫，接着又听见铁匠在狠狠地打铁，木匠在呼哧呼哧地拉锯子，胶皮轮子的马车从一家一家的门前哗啦哗啦地滚过，灰褐色的酱油色的麻雀嗖嗖地从树上房屋上栽下来。还有人在那个过程中不断地咳嗽，粗声喘气，有碗从手里滑落，摔成几瓣，又有针掉在地上，在那一闪而过的亮光中，有女人在屏声敛气地解裤带，慢慢地或者迅速地蹲下，小雨般的沙沙沙的声音是未婚姑娘们的声音，像滂沱大雨一样的声音，像倾盆大雨一样的声音，表明她是一个真正的彻头彻尾的表里如一的已婚妇女，一蹲下去，大雨如注，泥沙俱下，一泻千里……其实这样的说法或常识我也并没有亲眼见过，我也是听人们说的。等大部分的声音都逐渐平息下去以后，我听到了工作组毛组长的声音。毛组长说，谁是我们的敌人，谁是我们的朋友，这个问题是革命的首要问题，这个问题要是不解决，弄不清，其他的问题就都是白搭，就都没办法解决。人活着，就像活在黑夜里，无论干什么都不得要领，都是瞎捅一气，有时候甚至连自己是谁都不知道，说不清。工作组是干什么的？当然不是来吃干饭的，就是来解决这些问题的。是的，谁要是以为工作组是来吃闲饭的，吃白饭的，那他就大错特错了，那他就会犯大错误。

那时候，隐隐地听见有人在附近一带不知什么地方磕磕绊绊地拉二胡，拉得吱吱扭扭，根本不成个调子，好作用不起，只起着一种副作用，让人牙根发酸。那时候，桃花和杏花漫天飞舞，如同红白两种颜色的雪片一样到处飘落，连毛组长的头上和身上也飘满了数不清的花瓣，他手下的那几个人就更不用说了，可以说，整个工作组都披上了盛装。空气是多么的芬芳啊，日子是多么的美好啊！在这样的情景里，我不禁有些冲动，想张开自己外面的嘴和里面的肺，狠狠地不顾一切地做一次真正意义上的深呼吸，想吐故纳新，想脱胎换骨，想丢掉包袱，开动机器，想鼓足干劲，力争上游，多快好省地建设社会主义！想水利是农业的命脉，想学制要缩短，教育要革命，想我们一定要把根治淮河和黄河的事情办好，想我们一定要解放台湾！想白求恩同志是加拿大的共产党员，为了中国人民的抗日战争，不远万里，来到中国，先在延安，后又去五台山，这是一种什么精神？这是一种崇高的国际主义精神！想人固有一死，有的轻如鸿毛，有的重于泰山，想砍头不要紧，只要主义真，砍头不过风吹帽，砍头不过碗大个疤，早死早托生，二十年后又是一条好汉，重新再来干革命……可是，看到毛组长手下的几个人都在盯着我，认真地注意着我的一举一动，我马上就决定取消这次不合时宜的深呼吸了。吃饭看家当，做事看时势，面对漫天芬芳灿烂的花瓣，我也只能像有些不胜酒力的人喝酒一样浅浅地尝一下，轻轻地舔一下了，没有办法。

毛组长像绣花一样将身上的花瓣一片一片地摘去，把自己抖落干净，仿佛一张照片一样站在两棵树之间。之后，他问我说，你们学校那个脸色苍白的人是谁。

那时候，我也正在打扫我身上的那些花瓣，有一片可能是带茸毛的花瓣掉进了领子里，怎么弄也弄不出来。毛组长手下的小刘看了我一会儿，忽然对我说：

"葛校长，你的样子像是在捉虱子。"

我说："是么，那就当我是在捉虱子吧。"

随后，一边捉，我就一边告诉他们说，有一年的联欢会上，大家非要我表演一个节目，不上去表演就过不了那一关。大家用无比热烈的掌声给我施加压力，让我不自在，让我如坐针毡，形同热锅上的蚂蚁。掌声持续不断，一浪高过一浪，大家都快把手拍烂了，再不上去我就得要负责任了，就真的不像话了。后来，实在没办法了，完全躲不过去了，我就只好上去了。我这人老实，厚道得像一条老棉裤，我是不表演则已，一表演就是两个，还不是一个节目。我表演的第一个节目是二胡独奏《送公粮》，第二个节目是现场表演捉虱子。

"给我们说说，你是怎么捉的？"小刘说。

"用手捉。"我说。

"我知道是用手捉，"小刘说，"你知道我问的不是这个意思，我是问……"

我知道他想问什么。我说，故事的情节大致是这样的：有甲、乙两个老头坐在墙根下晒太阳，聊天，甲老头（姑且就叫他甲老头吧）忽然觉得脖子里有些痒，于是就伸手进去摸索，摸了一会儿，摸出一个东西来。甲老头拿到脸前看了看，然后自言自语地说，嘿，我还以为是个虱子呢，闹了半天不是个虱子。说完，漫不经心地就把那个东西扔了。坐在他旁边的乙老头（姑且也就叫他乙老头吧）眼疾手快，马上把甲老头扔掉的那个东西又重新捡了回来。乙老头放在手心里看了一会儿，也自言自语地说，唉，我还以为不是个虱子呢，闹了半天还就是个虱子。

说到这里，我要顺便说一句，我非常感谢畜牧兽医站的老李，是他的帮助，使我很好地表演完了那个节目。不能想象，要是没有他的有力的配合，无私的奉献，我不知最后怎样下台。那天本来没有人家老李什么事，他是趁吃完晚饭以后的一段空闲时间来帮助我们学校劁猪的，被我发现了，我就把他逮住了，先没让他去劁猪，而是让他配合我表演节目。老李真的很能干，劁猪是一把好手，一两分钟就能解决一头，没想到上台表演也同样让人喜出望外。那天，我扮演甲老头，他扮演乙老头，紧挨着我，坐在我的旁边。

大约半个多月以后，在孙文盛家的菜园子外面，我走着走着，一抬头看见了毛组长。

毛组长正在给一名奶孩子的妇女讲革命道理，其间还要穿插一些国际国内的形势。那名叫玉梅的妇女坐在一根放倒了的木头杆子上，她怀里的孩子吃一会儿奶，然后就把头转过来，伸出一只小手，要抓毛组长。

"好好吃奶，不要捣蛋。"

毛组长对那个孩子说道，他显然把那个孩子也当成了一名能听懂道理的革命群众，却忽略了那还是一个什么都不懂的孩子。然后又对孩子的母亲说："综上所述，尽管局部地区有些恶劣，但总的方面是好的，形势可以说是大好，而不是中好，更不是小好。玉梅同志，我们应该看到光明的一面，对于那些黑暗的部分可以忽略不计。"

那个被高看成革命群众的孩子吃了两口奶以后，又伸出手去抓毛组长，被他的母亲马上抱紧了，做母亲的在那只小手上轻轻地打了一下。

"另外，不要怕乱。"毛组长瞥了一眼那个毛茸茸的小猴子一样的孩子，继续说道，"很多人都不理解乱，一说乱，就想当然地以为一切都坏了，一切全完了，实际上完全不是那么回事。很多时候，乱恰恰是一种好事，比不乱要好，甚至会好很多，因为最终只能是乱了敌人，锻炼了人民。历史的经验总在证明，无论大乱还是小乱，每一次乱过之后，人民的觉悟就会噌噌地往上走，就会有不同程度的提高，有的能提高一大截，有的就不只是一大截了，会是好几截。还有的，整个人会发生翻天覆地的变化，洗心革面，焕然一新。"

"这话我信。"名叫玉梅的妇女对毛组长说。她把一边的衣服放下来，很快又露出另一只乳房，瞄准孩子的嘴，准确地塞了进去。毛组长刚才所说的话让她忽然记起了一些往事，并在时隔多年之后的今天对那些早已随风远去的事情第一次有了自己的认识。

"那年我们去青泥洼看戏，"她说，"看到还不到一半的时候，戏台下面忽然就乱了，所有的人都乱成一堆，有的往东跑，有的往西跑，喊爹的叫妈的，哭得让人辨不清方向，好多人跑了半天以后才慢慢地醒悟过来，发现跑得离他们自己的家越来越远了。我们那时候多亏年轻，跑得快，要不然，早就也像坐在中间的那些人一样被挤死了，被踩扁了。

从那以后，无论再到哪里去看戏，我们都不往中间坐，我们总是站在后面，或者站在边上。"

毛组长兴奋地走来走去，嘴里不住地发出阵阵啜啜的声音。走了一会儿之后，他突然停下来，伸出一只手，近距离地指着玉梅的那只裸露在外面的带有乳晕的乳房说：

"这是什么？啊？这就是觉悟啊！这就是我刚才跟你说了半天的觉悟呀！你想想，要是没有亲身经历那样的一次乱，你们怎么会有后来那样的认识和行为？你们甚至可能还像以前一样在想，看戏不往中间坐往哪里坐？就得往中间坐，往前面挤，总不能像后娘养的一样站在后面，或者可怜巴巴地在边上溜达吧？可是，你们乱过了，从此就有了觉悟，就再不会像原来那么想了，宁可被人误以为是后娘养的，也要心甘情愿地站在后面，或者一身轻松地在边上溜达。而对于那些从来没有亲身经历过乱的人来说，他们可不这么想，每逢在人多的场合，他们至今还在执迷不悟，勇往直前，奋不顾身地往中间走，往前面挤，等到哪一天突然乱了，那就麻烦了，那他们就统统傻了，再想走也来不及了，最终等待他们的结果就只能是被活活地挤扁，踩死。"

"毛组长晚上到我们家吃饭吧。"

名叫玉梅的女人抱着孩子离去后，毛组长把我叫住，问我说："你们学校那个脸色苍白的人是谁？"

我告诉他说，我们那里有好几个脸色苍白的人，除此以外，还有几个一年四季脸色总是像黄梨一样的秧子人，不知他问的是哪一个。

我说："是霍起么？"

"不知道叫什么，"毛组长说，"就是那个经常穿一件旧的中山装的。"

"噢，那是邱亮。"我说。从他描述的样子来看，我敢肯定他说的就是邱亮。我只是不明白，邱亮除了脸白得像墙皮，总爱穿一件旧的中山装之外，再没有什么特别的地方，和别的人一模一样，他怎么会引起工作组而且是毛组长本人的注意呢？我对毛组长说，邱亮大名叫邱亮，小名叫亮亮，他爹是个矿工，日本人在的时候，就在井下挖煤，不止一次地亲眼看见过日本人往万人坑里埋人。就因为有那样的经历，后来成为周围一带好几个学校的革命传统教育顾问，经常给学生和老师们作报告。一辈子只喜欢两种东西，亮光和烧得滚烫的热炕头。邱亮小时候有个外号叫贼亮。我个人私下里猜想，他给他儿子起名叫亮，大名叫亮，小名叫亮亮或贼亮，小名比大名更亮，恐怕与他本人早期的黑暗生涯不无关系，喜欢亮光，渴望亮光，为什么那么多的字都不叫，偏偏非要叫亮呢。

"有一个问题我不太明白，"毛组长对我说，"他经常看见日本人往万人坑里埋人，为什么日本人不埋他呢？你不觉得很奇怪么？在那样腥风血雨的年代里，一个人能好好地活下来，不是一件容易的事情呢，那不是谁想做就能做到的。我说得对不对？"

毛组长的话把我着实吓了一跳，这么多年来，我还真的从来没有想过这个问题呢，而毛组长来了没多久就注意到了，到底是上面来的，眼光就是与长期生活在下面的人不一样，这也许就是人与人在觉悟上或别的什么上的差距吧？我这样想当然不是要存心嫉妒毛组长，在所有的方面我都不如他，那是肯定的，我自愧不如，嫉妒也没用。不过，他刚才突然提出的那种问题让我也很犯踌躇。说实话，我也一直不知道日本人当年为什么没有把邱亮的父亲像推其他人那样推进万人坑里埋了？万人坑，多一个人少一个人在里面又有何妨呢，难道是日本人忘了么，忽略了么？另外，毛组长对于一个人能从过去那种腥风血雨的时代里活下来感到很难理解。我想，全国解放以后，不是仍然还有那么多人从过去那腥风血雨的岁月里活下来了么？要是没有那么多人活下来，全国又如何解放呢，那简直是不可能的事。那么，既然别人能活下来，为什么邱亮的父亲就不能活下来呢？要是怀疑，是不是所有从那个腥风血雨的时代里活下来的人都应该受到怀疑呢？我不敢往下想了。

我只把我的另外的一点点理解告诉了毛组长。我说：

"日本人要是把所有的人都推到万人坑里埋了，那谁给他们干活儿呢，谁给他们挖煤呢？"

听见我这样说，毛组长的头抬得很高，有些愣怔地望着我，两个眼镜片一闪一闪的，不住地闪，让我完全看不见他的目光。

# 二

没有人在学校里，可是我听到外面人声鼎沸，摩肩接踵，人们像潮水一样涌来涌去，快要把我们那十几间房子挤得飘起来了。

一个声音在说：

"让一让，同志们，请大家让一让，让列宁同志先走。"

那声音既像是恳求，协商，又像是在发布命令，发布一个不太容易能贯彻下去，但又必须要贯彻下去的命令。

那好像是我本人的声音，但又过于稚嫩，年轻得让人不安，害怕。

有人贴着我的耳朵，嘴里呼着热气，带着家庭和社会的味道，用世界上最低微最弱小的声音告诉我说，今天早上，刚一吃过早饭，裴二和皇甫瑞就又赶着我们的猪出去了，上山，下河滩。我听了，心里一惊，像是微醺中撞到一面墙上后又被迅速弹回来一样，但也并没有感到有多么的突然和意外，因为这样的消息对我来说已经算不上是新鲜了，至少两三年以前我就听说过了，只是没想到他们能做得这么连贯，这么长久，这么持之以恒。一个人做一件事情并不难，难的是能够坚持不中断地去做那件事，日复一日年复一年地一直做下去，而且其热情和兴趣一直还如同刚开始的时候那样饱满，有力，不可遏止，并不因为时光的流逝而有所衰落，减弱。而且，两个既非亲人又非朋友，在性格上又完全不同的人，共同持之以恒地去做一件事，那就更难了，难得甚至让人有些无法想象和推断。那两个人，一个是我们学校食堂的管理员，另一个是食堂里做饭的大师傅。我问过他们，为什么我们的猪总是瘦得皮包骨头，还不如有的羊肥实呢？每逢那种时候，他们就做出一副思考的样子，低下头去想，或者干脆就直盯盯地看着我，想上半天，看上半天，想得太阳落了山，鸟儿回了窝，孩子们放了学，民兵们解散了，也说不出个正经的道理来。

窗户在一点一点地暗下去。有人在外面的树下说话，说的是近年来的一些债务，还有一些多年以前的旧账，每一笔听上去都既模糊不清又栩栩如生，无比逼真，似乎一伸手就可以真切地触摸到那鼓凸起来的一棱一棱的记载，触摸到双方在上面遗留下来的体温和气息。不时地有黑乎乎的东西簌簌地从树上掉下来，既看不清形状，又分辨不出模样。

"去，悄悄地出去侦察一下，看看那些讨债鬼还在不在了？注意，不要让他们发现了。"

一个人蹑手蹑脚地出去了，从背影上看去，好像应该是裴二，不过，也有可能是皇甫瑞，几年下来，他们也变得像猪一样能跑了。那一刻，我忽然有些明白了，就是他们两个，赶着猪满山冈地跑，怪不得我们的猪一直都不长膘呢，我原以为是猪本身有问题，还常想，人要是不走运了，干什么都不成，养头猪也和别人不一样。

出去的人很快又失魂落魄地回来了。

"还没有走呢，都在大树下坐着呢，看样子是不走了。"

"知道是谁么？"

"看不太清楚。不过，他们的手里好像有革命委员会的介绍信。"

"革命委员会还给他们出具介绍信？不可能！"

"真的有呢，不然他们怎么会这么嚣张？"

革命委员会还能助纣为虐么，真是让人想不明白。一些喊喊喳喳的声音像春天的小草一样在生长，有数不清的人在说话，但没有一个字能听清楚。皇甫瑞端着一盆切好的萝卜，一条不知从什么地方跑来的板凳一样的小狗紧紧地跟在他的后面。小狗也是有脑子的，也会想问题，很会判断和分析，为什么那么多的人它谁都不跟，偏偏要跟在皇甫瑞的后面东奔西跑呢，事实证明它认识他，而且知道他是食堂里的大师傅，常有吃的。

"应该仔细看看那个公章，"皇甫瑞拿出一片萝卜看了看说，"这上面也能刻呢。"

"革命委员会是用萝卜刻的？"有人说，"说得容易，你刻一个我看看。"

"刻一个就刻一个，我是怕犯法，你以为我不会？"皇甫瑞说，"你想要哪里的？"

人声还在嘈杂。

我想起有一次在徐有志的家里坐着，墙上的东西不时地掉下来，我和徐有志总共说了不到一顿饭的工夫的话，那期间，他们家墙上的那些东西就噼里啪啦地掉下来好几次。没有风，也没有人去碰，在墙上挂得好好的，说掉下来就突然掉下来了，无缘无故地就掉下来了。一开始的时候，我们都没有理会，该说什么还继续说什么，最多用眼睛向那一带瞥一下，觉得东西没挂好，掉下来也是常有的事。但是后来，它们一再地往下掉，该掉的掉下来了，一些不该掉的竟然也都掉下来了，每一件东西落地的时候声音都不一样。有的东西，掉下来以后，重新再挂上去，但过不了一会儿，它们就又掉下来了。

我们之间的谈话，渐渐地也就说不到心上去了。

我记得，最先掉下来的是一只细铁丝编的筛子，白亮白亮的那种，四周的边缘上用纸条粗细的黄木条箍着，它嘭的一声掉下来，还在地上蹦了几下，然后就开始正经地有规律地旋转，那情景，就像是有两只看不见的手正在用它筛东西。

徐有志说："我到现在还欠着供销社六十八块钱，怎么也还不上，王主任一看见我就说。"

我说："怎么会欠那么多？"

"唉，这事麻烦得我上吊的心思都有。"徐有志说，"有时候我就想，去他妈的供销社，去他妈的王主任，我干脆死了算了，省得他一见了就说我。"

听见徐有志这样说，我赶忙说：

"六十八块钱，不算少，不过要是和上吊比起来，那真不是一笔钱，更不是一笔一辈子都还不清的巨款。慢慢地还他，总会还清的，总有还完的那一天。"

"你知道，我不是那种有钱不还、想要赖账的人。唉，我算是完了。"

"我知道。"

正说着，又听见"当"的一声，一把镰刀掉下来了，明晃晃的有些发蓝的镰刀让我和徐有志都立即噤了声。徐有志看着那把镰刀，像是看着一个从外面走进来的生人，他的嘴半张着，弓着腰。

不久以后，他又看着我。我知道他想对我说："老葛，这是咋回事呢？"但是没有说出来。

就在那时，我忽然看见那件一直挂在墙上的草绿色的军用雨衣也掉下来了，它像一个软弱无力的人一样，软软地贴着墙，簌簌作响，一点儿一点儿地往下坍塌，往下出溜。

真是奇怪呀，我在想。

我对徐有志说：

"徐有志。"

徐有志愣愣地看着我，没有以为我是在叫他，或许，连听也没有听见。


三


我又听到了那暗红色的钟声。

每次听到那暗红色的钟声，我的嘴里就会充满了浓重的铁锈的味道。

毛组长在与我的一次谈话中又一次提到了邱亮。我说，这些年来好像没发现他有什么不对头的地方。毛组长说，任何一个人，除非他想让人认识，想被更多的人知道，都从来不会把他的标志写在脸上，好让你去辨认，那不成了傻瓜了么。

我听了，好半天坐着没动。

傍晚，我让皇甫瑞弄了两个菜，又找出一瓶六十五度的酒，给毛组长把酒斟满。毛组长对我说，现在世界上还有三分之二的人民在受苦受难，过着非人的生活，每天都在死亡线上挣扎，而我们却在这里喝酒，真是不像话啊。

听见他这样说，倒让我觉得我是一不小心又实实在在地犯了一个错，我看着他，一时不知该如何是好。菜已经炒好了，酒也倒上了，怎么办呢？我一下成了一个拉拢工作组的小人，不知有什么见不得人的甚至罪恶的事情要求庇护或者网开一面呢。可是，我又在心里问自己，难道我真有事需要这样么？回答是否定的，我没有事情。有时候我也很恨我自己，觉得自己不成器，说起来黄土已埋了三分之二了，可办事还是这样冒冒失失的，每一次都是欠考虑，火候不对，从来就没有那种完美无缺的恰如其分的正好的时候。我也不是从来没有想过，从来没有反省过。我想过，也反省过，我在想，这到底是怎么回事呢？

这时，我忽然听见毛组长说：

"看我干什么？别这么直眉瞪眼地看着我。来，干了吧。"

透过窗户，我看见院子对面的戏台上黑得深不见底，有人在石头台阶下面影影绰绰地走动。天虽然黑，可我的心里不那么黑了。

毛组长坐在我的对面，我看见他的额头上和颧骨上渐渐地有了光。

"其实我也教过书。"他忽然对我说。

我吃了一惊，顿时觉得原来横亘在我们之间的距离忽然缩短了一些。当然，我也是非常没有眼光的人，这么长时间了，竟一点儿也没有看出来，以为对方一直就是吃政治饭的。学校，学生，书本，师道，授业，解惑，育人，律己，等等这些，原本是应该能或多或少看出一点的，可是我竟然没有，也不知每天都在看什么，在忙些什么。

毛组长说，有一年，忘了是哪一年了，他带着一条羊腿去见一位手里有权的副主任，那条羊腿是他费了老大的劲，好不容易才从家里连蒙带抢地弄出来的。快过年了，全家人还就指望着那条羊腿过年呢。前好几天，他就把自己的想法说出来了，但除了他的女人，孩子们没有一个同意的，他们甚至还把那条羊腿给藏了起来，并且每天都要换一个地方，为的是不让他找到。就那么大个家，就那么大个院子，其实也没有多少秘密的地方可藏，所以，任凭他们怎么藏，任凭风云多变幻，他心里还是有数的。孩子们认为的秘密，在大人的眼里根本不算是什么秘密，有时候简直可以说一目了然，只是不愿意说出来，不愿意当面揭穿他们罢了。所以，到后来他临出门的那一天，他这个做父亲的一下就把那条连日来被反复地藏来藏去的羊腿找到了，一下就轻而易举地不费吹灰之力地拎出来了。那一刻，孩子们连日来精心构筑起的秘密完全都崩塌了，谁也不敢相信眼前的事实是真的，当爹的这个人究竟使用了什么法术？他们大眼瞪小眼地看着他，看着他迅雷不及掩耳地入木三分地大义凛然地六亲不认地王八蛋地不管不顾地杀人不眨眼地滴水不漏地心狠手辣地厚颜无耻地皮笑肉不笑地把那条羊腿塞进一条早已准备好的空口袋里，又不容分说地用一根麻绳（也是早已准备好的）扎紧了口子。任凭风云多变幻，我自岿然不动，俺要学那泰山顶上一青松，一条羊腿闯世界。当爹的背起口袋，转身要走，孩子们这才突然醒悟过来，恍然大悟，顿时哭成一片。都没有任何情意了，他还是我们的爹么？孩子们死活不让他拿着羊腿走，他死活也要拿着羊腿走。他们七手八脚地上来揪他，拽他，拉他，甚至用手狠狠地拧他，捏他，挠他，抓他，用脚从下面踢他，踩他。他们只是想把他拖住，让他走不成，倒没想着要把他放倒。但是，他的背上背着羊腿，心情又是极度的焦躁，突然他就倒下了。好虎架不住群狼，在倒下的那一瞬间，他的脑子里迅速地想了那么一下。想到有重任在肩，很快，他就又爬起来了。他没办法，不得不来硬的，不得不用手里的羊腿做武器，在他们每个人的身上狠狠地来了一下，只一下就把他们都打傻了，再也没有人敢上来了，再也没有人敢轻举妄动了。

那以后，他趁热打铁，乘胜前进，迅速地背起羊腿，叮里咣当地逃跑似的出了家门。

他听到身后的家里像是死了人一样，哭成一片。

他赶到那位副主任的家里的时候，正赶上副主任在洗脚，副主任闭着眼睛，手里夹着一支烟。

口袋是一条曾经装过杂面的口袋，没有人知道其中的颜色已变得有多复杂，连他自己也不知道。当他当着副主任的面，有些慌乱地解开绳子，把那条上面滚满了面尘的羊腿从里面掏出来的时候，连他自己也不敢相信那会是一条货真价实的羊腿……那时候他想，天哪，妈啊！但是，所有这些都不要紧，都还算不上要命，真正让他感到难过和罪过的是，他带来的那条上面滚满了面尘的早已面目全非的羊腿，把正在安心养神的副主任也吓了一跳，他看见副主任差一点从水盆里跳起来。

副主任吃惊地看着他，接着又更加吃惊地看着拎在他手里的那个叫人无论如何都不认识的东西，颤声问道：

"你拿的那是什么？"

听到副主任这样问，他差一点当场哭出来。

他先没敢说是一条羊腿，他无颜说是羊腿，那么一个说不上是什么颜色的东西，怎么可能会是一条羊腿呢，让谁看，谁也不会信啊，怎么偏偏能要求君子远庖厨的副主任信呢……那一刻，他真想眼前突然裂开一条缝隙，不管宽窄，无论深浅，宽窄深浅都不重要，重要的是能够容纳他，包容他，能够让他一点儿不剩地全部地从头到尾地钻进去，永远躲起来。

过了一些年以后，当他渐渐地有了一定的出息，有了一定的地位，认识了很多原来根本没有可能认识的人以后，他与那位副主任彼此也熟了，副主任早已成为主任了。有一次，副主任忽然告诉他说，当年，当他从那条口袋里把那条说不上什么颜色的羊腿掏出来的时候，副主任有些灵魂出窍，脑子里只有一个念头，觉得那是一把看上去有些笨重的老式的枪。有人上门来拿着枪，那是什么意思？副主任对他说，你可把我吓死了，一看见你从口袋里掏出那个东西来，我马上就觉得不对了，完了，要出事情了，要出人命了，报仇的，算账的，拿着枪终于找上门来了。

我问他，那位副主任如今在哪里，是否还健在？毛组长轻轻地挥了挥手说，都是过去的事了，当作下酒的小菜，当作笑话讲一讲罢了。既然是笑话，我不笑也不太好，于是我哈哈大笑。

毛组长忽然压低声音对我说："当年，我们伟大的领袖毛主席，在他老人家还年轻的时候，一次去见陈独秀，赶上陈独秀也正在洗脚。老陈很傲慢，不仅傲慢，而且有眼无珠，他就那样一边洗脚一边和毛主席说话。"

"有这样的事？毛主席没生气？"

"别把眼睛瞪得这么圆。"

皇甫瑞不知什么时候进来过一次，把我们放凉的菜拿回去又热了一遍。

我把脸转向窗户，听见风琴响了。


# 四


暗红色的草垛，土黄色的草垛，表面灰白的草垛，锈得像铁一样的黑褐色的草垛，草垛连着草垛，如同一座又一座的堡垒一样出现在那一带，风刮到那里的时候，也会晕头晕脑地迷失方向，忽粗忽细，没轻没重地乱刮一气。没有风的时候，常有人在那里练习骑自行车，骑得歪歪斜斜的，一闪，不见了，再一闪，又不见了。麻雀一只一只地嘭嘭地落下来，熟透了的果子一样，有的落下来后，还要在地上嘭嘭地蹦两下。当有骑自行车的人突然摔倒时，它们就会轰的一声从地上飞到附近的草垛上，然后默默地看着下面。

因为有不少的野菜野草，所以皇甫瑞常去那一带放猪。有一天他回来后对我说，他看到稀罕事了，原以为世界上只有人会笑，没想到其实麻雀一类的东西竟然也会笑。我说，它们对你笑了？他说，不是对我，是对别人。他说有的麻雀，不是所有的麻雀，看见骑自行车的人摔倒了，就躲在草垛后面笑。人里面有那种促狭的人，没想到麻雀的世界里也有，就像学校里那种给老师的书里夹死耗子，给女生的凳子上放图钉，从后面揪她们的小辫子的学生。

我说，下次它们再躲在草垛后面笑的时候，我也去看看。皇甫瑞说，你从来都不去，怎么可能看到，还以为我是在瞎说。你得常去，才有可能碰到。那种事，并不是天天都有的，有时候即使去了，也不一定就能碰上。

又说，照这么看，一定还有别的东西也会笑。

我想也是的。人总以为自己是天地间的主宰，那很可能只是人自己

274

的看法。天上飞的，土里爬的，它们也会这么看么？我近来时常觉得，人只有当他独自一个人的时候，看上去才像是个人，反之则值得推敲甚至怀疑。我们和其他人在一起，和很多人在一起的时候，每个人其实都处于一种警觉和防范的状态中，更像是地里的虫子，有的到处乱窜，有的在伸懒腰，有的在探头探脑地东张西望，还有的露出自己的微笑和长处给人看。那种时候，长长的触须和磁铁般的吸附力是处于开启状态的，有毒的汁液也已暗中调整到最佳的喷射状态，一旦需要，即刻喷出。另外还有随着周围环境的改变而及时地调整自己及时地变色的适应能力。凡此种种，目的都是为了更好地保护自己，使自己免于被消灭，乃至变得更加坚固强大。

有一种会变色的虫子，在春夏之交寄生在葫芦的叶片上，全身的颜色与叶片的绿色完全一致，你扛着工具从旁边走过，根本不会注意到它们，就算是停下来也很难发现它们。如果一旦它们被某种外力震落下来，掉落到土上，经过一个上午或晚上的努力，它们全身的颜色就会发生改变，变成与土地一样的颜色。它们就活在春夏之交，虽然寿命只有短短的一两个月，可也一直活得兢兢业业，小心翼翼。

人，各种动物，生物，如果不强大，就需要伪装，需要不停地变幻，不停地说谎，不断地适应。反之，则完全没有这些必要。

我们的学校里养着四头猪，有一个叫任勇的学生做了一道有趣的算术题。按照正常的一般的标准，一头猪生十二个小猪，那么，四乘以十二，就是四十八头，加上原有的四头，最后得出的结果就是我们的学校有五十二头猪。有的学生和老师说，不可能每一头猪每次都能生十二个，哪会有那么多，生八九个，六七个，倒是常事。但任勇同学坚持的是一种正常的标准，他的这道题是献给学校的。我对他说，谢谢你的运算和好意，你为我们学校的养猪事业做出了大贡献。

我们的学校里还有一头牛，十几亩地，如果按照任勇的计算，那一切也将会几何级地增加和扩大。

天上出现了星星。

已经很晚了，我听见还有人在嗡嗡地蠕动，还有拳打脚踢的声音和倒地的声音。

　　二月份的面粉早就没有了，可是我常看到二月的阳光里飘满了吃不完的面粉，每天总是雾腾腾的。在最近几次的忆苦思甜、斗私批修以及不忘本大会上，每次都能看到杜鲜花副书记坐在主席台上，语重心长又满怀阶级感情地向人们讲述她个人的一段不幸的遭遇。先是被叛徒出卖，接着便理所当然又无可奈何地落入敌人之手。被出卖这件事本身她并不难过，因为她懂得要奋斗就会有牺牲，革命本身就是一桩危险的事业，某些时候就等同于牺牲，应该说每一个人对这一点都是有所准备的，时刻准备为天下劳苦大众的解放而献出自己的生命。但是，让她感到痛心和愤怒的是，那个叛徒，那个出卖她的人，竟然是她多年来最信任的人。俺想不通呀同志们，无论如何也想不通！杜鲜花副书记坐在主席台上，声泪俱下地对下面的人们说道。要是一个毫不相干的人，或者是一个从来都不认识的人，那也就算了，俺也能理解他，人家凭什么不出卖你啊，对不对同志们？要是有仇，那更好理解。怕就怕没仇，不仅没仇，还有恩，有情，这就不好办了，这就让人想不通了。就像出卖俺的那个人，俺和他是多么熟啊，多么近啊，可就是这么一个人，说出卖俺就把俺给出卖了，二话不说就把俺给出卖了。同志们啊，前些年俺还一直想不通呢，后来这些年，俺终于以蚂蚁啃骨头的精神和愚公移山的精神把这些统统弄懂了，想通了。虽然是俺一天一天一点一点地琢磨出来，钻研出来的，但没有组织上的深切关怀和支持，那也是不可能的。远的不说，就说俺的这一头头发吧，曾经愁白过，后来咋又变黑了呢？那是因为解放了呗，人民翻身当家做主了。旧社会把俺的黑头发变成了白头发，新社会又把俺的白头发变成了黑头发，又把俺那一头黑头发还给了俺。此情此景，叫俺咋能不歌唱？歌唱新社会，歌唱伟大的领袖毛主席，幸福的生活万万年！同志们啊，忆往昔峥嵘岁月稠，看今朝，长江后浪推前浪，　　一代更比一代强。想当初，俺真是瞎了眼，认识了那么一个人，俺的觉悟低又低，到今天，俺的斗志比天高，俺的心里暖洋洋。因此上，俺要大声地说一句，过去的俺，从前的俺——苦啊！那时候，俺真是，一朵鲜花插在了牛粪上。

杜鲜花副书记被出卖以后，敌人立即对她进行了无情的拷打和蹂躏，不仅对她的身体进行惨无人道的折磨和摧残，还从信念上对她进行瓦解和动摇，能用的刑都用到了……有很长一段时间，会场里静极了，只有杜鲜花副书记一个人的述说声和哽咽声在回荡。人们用心听着，几乎连咳嗽声都没有，要在平时，早就咳嗽成一片了，甚至还会有人狗扯羊皮一样相互厮打起来，打得尘土飞扬，热气腾腾。女人们的眼里都含着泪，不时地掏出手绢，刚想放回去，眼里的泪水又流出来了。男人们则听得摩拳擦掌，义愤填膺。几个一直在会场维持秩序的民兵把背在身上的枪拿下来，拉动枪栓，哗啦啦的声音使在场的人们无不感到警醒又振奋，时光仿佛在倒流。终于有人忍不住了，站起来高呼道，打倒日本帝国主义！不准强奸杜书记！谁要是敢强奸杜书记，我们就和他拼到底！……事情都已经过去这么多年了，和谁拼去？人们表达的无非是一种决心和立场。可以了，够了，群众已经被发动起来了，这就已经让杜书记很满意很感动了。

# 五

一辆草绿色的摩托车飞奔着从南面的那条大路上下来，然后又沿着那条连接着北边众多村落的既不算窄但也绝不宽阔的沙土路一直开来，正好走出一个标准的直角，之后又向斜里插去，仿佛平白无故地在大地上多画了一撇。几乎没有人看见，那看似多余的一撇越画越长，越画越重，越来越深入。但正在那些颜色纷乱的草垛前站着的邱亮清清楚楚地看到了，他有些疑惑不解地注视着它，他觉得它有可能要凌空跃起，翻出三五个跟头，或者像一个旋转不止的陀螺一样，在转得失去方向和感觉之后狠狠地向某一个地方砸去。摩托车已经深入到村里面去了，它曾经停下来过两三次，找人，说话，询问。但是不久以后，它就又重新出现在邱亮的视线里。邱亮觉得，有一些不可名状的东西表明它好像正是冲着他来的。是的，随着距离的越来越近，那种近乎直白的表现也的确越来越明显了。邱亮觉得它有可能撞上自己，就往旁边闪了闪。离那些草垛越来越近了，那辆摩托车突然像一只绿色的蚂蚱一样又蹦又跳地叫唤了几声后，终于在他的面前停了下来，从上面下来长得一黑一白的两个民警。

那个黑皮肤的民警看上去要老一些，他一边解着制服最上面的两道扣子，一边来到邱亮的面前，对邱亮说：

"是邱亮吧？"

邱亮没有想到这个黑民警一上来就叫出了他的名字，他先是愣了一下，然后才点了点头。黑民警回头看了一眼后面的那个年轻的脸和手都很白的同伴，白民警立即撩起自己的衣服，从裤带上解下一副手铐，咔嚓咔嚓，几下就把邱亮的手锁住了，还拿着那把小钥匙在邱亮的眼前晃了一下，吱吱地吹了两声口哨。

邱亮说："这是怎么了？我又没犯法。"

"胡说什么！"黑民警对邱亮说，"没犯法逮你干什么？那么多人谁也不逮，为什么偏偏要逮你？"

"你们一定是弄错了。"邱亮说，"先调查清楚也不迟。"

"调查什么，早调查清楚了。"黑民警说，"快走吧，上车吧。"

"我知道你会说，但是要到县里去说，去和预审股的人说，别和我们说，我们只负责把你弄回去。"白民警说，"这儿的风这么大，不要在这里说。"

但是邱亮不愿意往那辆三轮摩托车上坐，黑民警和白民警两个人费了很大的劲也没有把邱亮弄上去。后来，他们意识到尽管他们是民警，但真要两个人对付一个人，其实也不是一件容易的事，甚至还相当棘手，相当的困难，眼前的事实就是最好的证明。尤其是当对手十分难缠，又完全不配合的时候，还真是极其麻烦。此外，他们还发现，光靠简单的例行公事般的推推搡搡和掐脖子、扭胳膊，是根本不行的，对方根本没有从意识深处生出恐惧，那他怎么能怕你，怎么能乖乖地听话？于是，黑民警和白民警两个人商量了一下，突然一起弯下腰，一人抱起邱亮的一条腿，一下就把邱亮举了起来。又怕他从后面仰面跌倒，闪出去，黑民警和白民警两个人齐声喊了声一二，一下就把邱亮塞进了摩托车的车斗里。

"这狗日的，看着挺瘦的一个人，没想到竟也这么难闹。"黑民警站在车旁，一边喘着粗气，一边说道。又对白民警说：

"把他按住，别让他再翻起来。"

白民警于是将自己的一条腿像一根栏杆一样横放到了邱亮的胸前，接着又往上抬了抬，正好到了邱亮的脖子的那个位置，这样一来，邱亮就被完全卡住了，上面被卡得紧紧的，下半身又全部陷在车斗里。

"你这个鸟人！"白民警对邱亮说，"我们好心好意地对你，你竟然这么不识抬举，还想跟我们搏斗，跟我们斗争……"这时，他一抬头，看见黑民警正站在不远处，一边从兜里摸出一块和他本人的肤色差不多一样黑的手帕擦汗，一边点了一支烟，狠狠地吸着。

"老周，别抽了，"白民警对黑民警说，"赶紧走吧。"

"不行，我得抽两口。"

黑民警说着，大口大口地抽着烟，转过身去看着远处。

白民警知道自己拗不过黑民警，知道自己得听黑民警的，就不再说什么了。后来，他皱着眉头想了一会儿，终于想出一个办法。他打开邱亮手上的一个铐子，把那个铐子和摩托车上的一个铁钩子锁在了一起。这样一来，他就再也不需要用自己的腿压着邱亮卡着邱亮了，这样一来，他等于把自己彻底从摩托车上解放出来了，他为自己的智慧和灵机一动而感到高兴，又倍感轻松。这以后，年轻的白民警高高兴兴地一身轻松地从摩托车上跳了下来，尽管那条在刚才起到了栏杆作用的腿刚一着地时有些麻，还有些酸痛，但他还是觉得自己如同一只出笼的小鸟一样快乐，他一瘸一拐地朝黑民警的身边走去。人，无论何时何地，能够把自己解放了，都不是一件容易的事呢，都应该值得庆幸和高兴呢。

黑民警这时候已经开始抽第三支烟了，烟头也舍不得扔掉，小心地接在一起，长长地吸着。看见白民警走了过来，对年轻的白民警说：

"啊呀，闹了我一身汗。"

"我也是。"白民警说。说着，解开上面的两道扣子，把帽子拿在手里扇着风。

"你还年轻，还不到那种动不动就冒汗的时候。"黑民警对白民警说，"我像你这么大的时候，根本就不出汗，不知道出汗是怎么回事。"

黑民警嘴里叼着烟，朝那边瞥了一眼，看见邱亮还老老实实地蜷缩在摩托车的车斗里，一个小旋风正在那里忽上忽下地盘旋着，就对白民警说："不会跑了吧？拴紧了吧？"

"跑不了。"白民警对黑民警说，"我把他和摩托车铐到一起了，他要想跑，还得先问问咱们的摩托车愿不愿意跟他跑。"

"其实我早就想告诉你应该这么做，"黑民警对白民警说，"可是我又想，我不能说，应该让你自己想出办法来。我要是把什么都包办了，那咋能带出好徒弟来。"

看见黑民警这样说，白民警忽然在心里笑了一下。那时候，白民警觉得自己十分真切地听到了自己的那一声笑声，尽管是在很深的地方，这让他觉得很奇怪。

"老了，不行了。"黑民警抽着烟，对白民警说，"我年轻的时候，像你这么大的时候，一个人对付两三个人一点儿问题也没有，绰绰有余。有一年在酸刺河那一带，我一个人抓住三个家伙，其中有一个还是个杀人犯。"

这时，他们听见邱亮在叫他们，黑民警和白民警两个人于是一起朝摩托车前走过去。邱亮像一个半身不遂的人一样只能活动脖子以上的部分，他的头转来转去，看着他们。"我不明白，我到底怎么了？"

"我也不明白。"黑民警对邱亮说，"临走前有两份材料让我看，说是让我先熟悉一下情况，心里有个底，结果我也没顾上看。"又问白民警：

"你看了么？"

"没有。"白民警说。

"都没看。"黑民警说。

"还是先走吧。"白民警说，"先回县里。等回到县里，就都清楚了，咱们都能闹清楚。"

说着，白民警先骑了上去，把钥匙插进去，狠狠地踩了几下油门，摩托车就发动起来了，浓稠的黑烟一股一股地从排气筒里往出蹿。又从口袋里掏出一副雪白的手套，认真地戴上。想想县里那些主要的领导，年纪都一大把了，出门开会办事，也不过就是坐一辆到处都嗯塌嗯塌地乱响乱叫的吉普车。而他，年轻的白民警，中学毕业还没有几年，年纪轻轻就每天驾驶着摩托车，在这个世界上呼啸而来，又呼啸而去……白民警的眼前这时清晰地浮现出一幅凯旋的美丽画面：他戴着墨镜，戴着雪白的手套，驾驶着呼呼作响的摩托车，上面带着经验丰富的黑民警和一个刚刚从下面捕获不久的犯人，威风凛凛地行驶在人来人往的大街上，他的昔日的同学、亲戚、朋友和熟人们，特别是他过去的那些女同学，要是看见了，一定会觉得他威武极了……是的，一定会是那样的。而那个坐在摩托车车斗里的蜷缩成一团的邱亮，无论谁看见了，都会认为那是一个货真价实的毫无疑问的犯人，刚刚被年轻的白民警逮到手不久……想到这里，他不由得回头看了一眼深陷在摩托车车斗里的邱亮。年轻的白民警忽然觉得，邱亮的那种样子，在不经意之间给他帮了很大的忙，无形之中为他这个年轻的白民警增色不少。啊，可不可以这样说，这个世界上，一部分人的存在，其实就是为了给另一部分人的存在打底色、作掩护、作陪衬的，是为了烘托另一部分人的存在而才存在的？纵观人类的历史，好像是的。

黑民警掐灭了最后一个烟头，坐在摩托车的后面，伸出一只手轻轻地放在邱亮的肩膀上。

"你也不要不高兴，"黑民警对邱亮说，"你以为我们今天下来是和你胡闹的么？我哪有那闲工夫！我那个小女儿得了肺炎，在城关卫生院里住着，我都顾不上管她，顾不上去看一眼。等把你闹回去了，一五一十地交代了，我才能抽空过去看一下。"

邱亮说："我就是不明白，你们把我闹回去到底要干什么？我见过的奇怪的事情也不算少，可从来还没见过这么奇怪的事。老周，我知道你叫老周，你们不能挖到篮里的就是菜，我是一个教员，教书育人的，不是一个没户口没工作的黑人。"

"哎，看你说的，哪能这么说呢。"黑民警说，"肯定是有事哩，没事哪用费这么大的劲。"

这时，年轻的白民警回过头来，用戴着墨镜的一双眼睛黑洞洞地看了他们一下，然后突然一哈腰，像运动员起跑一样，驾驶着摩托车跑了起来。

摩托车沿着来时的路往回走，等于把他们来时在大地上画出的那长长的一撇和那个标准的直角又重新描了一次，重新温习了一遍。

# 六

来的时候没人看见，但走的时候，有人注意到了那辆上面坐着三个人的摩托车。

不久以后，刘玉芝来找我，神色有些灰暗。不难看出，这个读过中学的女人，她是在极力地控制着自己的情绪和眼泪。要是换了别的女人，肯定早就哭成一堆了，人也许还在路上，哭声就已经提前先进来了。我打心眼儿里害怕那样的女人，因为她们完全不讲理，更不想讲理，她们会让我变得手足无措、目瞪口呆，又感到烦躁不安、走投无路，站也不是，坐也不是，可又不能一跑了之。

但是，我很快就注意到刘玉芝的两条辫子的辫梢是用两根十分显眼的白绳子扎着的，这一发现让我的脑子里嗡地响了一声。望着她那看上去还算镇定却又凄楚楚的样子，我不禁在心里喊道，这个女人啊，原来也不过是个普通的女人呀，真是胡闹啊！为什么要用那么一截显眼的白绳子给自己扎辫子，为什么不用其他颜色的绳子？比如红的，黄的，蓝的，绿的。她用白绳子扎辫子想说明什么？难道在她的心里邱亮已经变成一个鬼了么？已经被不知不觉地彻底消灭了么？没有啊，这不是才被抓走么，问题还没有搞清楚呢，她这么着急干什么？女人们有时候自作主张，自以为是，是很令人头疼的。至少，我认为她这样做是不对的。所以，我劝她，我让她，我命令她，刘玉芝同志，应该马上把她辫子上扎着的那根看上去非常不祥非常不吉利的白绳子解下来，越快越好。虽然我受唯物主义教育多年，但我还是想要让她明白一个道理，她辫子上的那根白绳子多扎一分钟，邱亮就会多一分危险，平白无故地多出一分危险。我不是在吓唬她，但也就是在吓唬她，女人们，有时候吓唬吓唬还是很有必要的。我是这样认为的，她们的心或者脑子有时会被某些说不上是什么的东西给糊住、堵塞，然后就直接导致出一些简单的直线或弯弯曲曲、莫名其妙让人哭笑不得的东西来，让她们做出种种奇怪的事来。

可是，刘玉芝不听我的话，不仅不肯动手去解，反而有些奇怪地看着我。她告诉我说，从她二十几岁的时候开始，她就一直用这样的白绳子扎辫子，这么多年来，从来就没有变过，也几乎没有用过其他别的颜色。

我说，是么，我怎么没有注意到？

她只是笑了笑，却没说什么。

但是，我却觉得她好像在说，那是因为你从来就没有注意过。如果她真是这样想的，我倒认为她是对的。的确，我从来没有注意过别人穿什么，戴什么，我连我自己每天穿的什么戴的什么往往都不清楚，怎么可能注意到一个女人用什么颜色的绳子扎她们的辫子呢？说心里话，就说我自己的女人吧，从她二十岁左右嫁给我以后，和我一起过了这么多年，为我生了五六个孩子，到今天，她究竟梳着一种什么样的头发，我都说不上来。不是谦虚，是真的说不上来，再说，这种事情有什么好谦虚的？尽管谦虚使人进步，但有些事情就是没办法谦虚，就是不能谦虚。至于她用什么样颜色的绳子扎她的头发，我更是一无所知。是不是也像眼前的刘玉芝一样用雪白的绳子扎着？应该不是，印象中她的头发上好像没有那样的显眼的颜色，至少我从来没有看见过。

我从此记住这种白颜色了，记住这种系在头发梢上的白色的小绳子了。

看着眼前的刘玉芝，我第一次发现白颜色是一种与所有的一切都截然不同的东西，特别，非常，还有一种十分孤单的不合群的意味。就以眼前的刘玉芝为例，那两截又细又短的白绳子扎在她的辫子上，带给她的却是一种很多人都没有的灵秀之气，使她整个人看上去显得清爽、洁净而又聪明。

踏着满地黄亮亮的草秸和烟叶般的树叶，我去榆树院工作组的驻地找毛组长。

想来想去，我觉得邱亮的事可能和毛组长有关，我想去问一下，到底是怎么回事。学校里的教员被带走了，我这个做校长的却一点儿不知道。

一路上，刘玉芝的那两条用雪白的细绳子扎着的辫子不停地在我的眼前摆来摆去。我在心里对自己说，啊呀，这真是一件奇怪的事情啊。

天气并不算热，可是我感觉我的脸前弥漫着水蒙蒙的热气，手掌心里也湿漉漉的，好像始终有一团一团的火在一步一步地跟着我，一堆一堆的阳光趴在我的背上，罩在我的上面，我走到哪里它们就跟到哪里，罩到哪里。从那座小桥下经过时，我心里首先轻松了一下，我想，有一座桥在上面遮挡着，这一回我能顺顺当当地摆脱它们了吧？可是，等从桥下走出来以后，我听见身上轰的一声，立马就明白它们并没有离去，一直就在桥上等着我呢，我一出来，很快就又跟上来了，暖洋洋地照耀着我。直到我后来走进毛组长住的房子里时，它们才不再跟我了。也许，它们也畏惧毛组长吧？工作组以及毛组长的威名可不是白吃喝的。

我松了一口气。接着，我把事情简单地说了一遍。我悄悄地观察着毛组长的反应，他先是十分认真地听着，听完之后，我看见他的脸上布满了不胜惊愕的神情。

"有这样的事？"他说。

他想了一下后，又说，一定是又有了别的事，肯定是又出了什么新的事情。

毛组长告诉我说，这些天以来他正在做一些别的方面的工作，关于邱亮，他只是在心里有一种印象，还从来没有形成过什么，更从来没有向上面汇报过。现在，公安局突然来人带走了邱亮，连他这位工作组组长本人也感到有些突然和迷惑不解呢。工作组尽管在某些事情上少不了与公安局有联系，但从根本上来说完全是两个相对独立的系统。像他们这样的工作组全县有几十个甚至上百个，而公安局却只有一个。工作组的工作十分庞杂，头绪繁多，几乎什么事都管，而公安局却只做他们该做的事。毛组长又一次向我强调，这件事他事先的的确确一点儿也不知道，也从未有人对他说过什么，而且，当事情发生以后，他知道的也要比好多人还要晚。

"你看，连你都比我知道得早。"毛组长对我说，"要不是你今天来告诉我，我到现在还什么也不知道呢。"

听见毛组长这样说，我不禁有些沮丧又无奈地看了他一眼，连他也不知道，那就只能等待了，再没有什么更好的办法。刘玉芝如果再来找我，我就劝她安心等待，冷静等待。

不知从哪一年开始，我嘴里的牙都完全变黑了，而眼睛里像是时常都有泪花在闪烁，尤其是在有风的天气里，有人要是看见我，常常会以为我是刚刚哭过。其实没有。

毛组长关切地问我："老葛，你是不是病了？"


没有人在山上，可是我听见山上的梯田里人山人海，尘土在飞扬，铁锹在上下翻动，红旗在迎风招展，用好几种杂面掺在一起做成的窝头骨碌骨碌地滚得到处都是，马的鬃毛像女人们的长长的头发。

有人一瘸一拐又急功近利地来找我，要求把晚饭以后的半个钟头的学习时间增加到一个小时，还可以利用课间休息的时间排练一些文艺节目，被我断然拒绝了。

我说，学制要缩短，教育要革命。

我说，农业的根本出路在于机械化。

我说，现在世界上究竟谁怕谁？不是东风压倒西风，就是西风压倒东风。

我说，世上无难事，只要肯登攀。

我说，世界上怕就怕认真二字，我们共产党人最讲认真。

我说，人民，只有人民才是推动历史前进的动力。

还没等我转身从帆布挎包里取出我们大家共同的读本和指南，他们就被我吓跑了。他们不是不清楚，他们很清楚，知道我接下来要干什么。

从北边的草地上吹来的风中，有时会挟带着浓重深长的药味，常见有些年老的人弯着腰，弓着背，手里拄着棍子，站在河边翘首期待，向远处，向河流的上游方向不时地眺望着。问他们在干什么，他们十分爽快又毫不隐瞒地说，在等着吃药，等着接受免费的无拘无束的不需要看任何人脸色的治疗，风里送来的药味足够他们疗养一些年的。不需要花一分钱，不需要听谁的话，受谁的气，看谁的白眼，听谁的含沙射影、指桑骂槐的言语，只要自己能够经常走到河边站一站，看一看，等一等，闻一闻，就能把病看好。咳嗽，哮喘，偏头痛，普通关节炎，风湿性关节炎，失眠，慢性胃炎，白内障，甚至脑膜炎，有的说没就忽然没了，比当初来的时候还要快，还要人不知鬼不觉。

我有时也会到河边那一带去，在那些柳树和杨树下面坐一会儿，但往往待不了多久，就又会被人叫走。那种时候，有的老人就会挽留我，劝我说，不要走，等着喝一碗药再走也不迟。我就对老人们说，不行了，这次就先不喝了，顾不上了，给我留着，下次来了一定喝。

我喜欢我们这个地方，很多时候尽管苦寒，尽管一出门就是在风沙里行走，可那又有什么呢。真要是让我有一天突然离开这个地方，永不再回来，我还不愿意呢，还有些舍不得呢。有一年，县里的红卫学校缺一个校长，原来的那个旧校长突然死了。教育局的聂局长对我说，老葛，你来吧。我说，不，我不去。聂局长说，你真是属狗肉的。我对他说，俺就是一块狗肉，血水泡，盐水浸，大火煮，小火煨，俺都认了，可就是不想到盘子里去，就是不想被装饰，被撒上绿叶，淋上明油，就是不想被隆重地欢天喜地地抬举上来。

一年一年地下来，在我们这个地方，我觉得我认识了很多人，已经通过日积月累认识了太多的人，或者也可以说，很多的人都认识了我。有时候，在路上走着走着，遇到一个想不起是谁又叫不出名字的人，但对方马上就会和我打起招呼，并攀谈一阵，说一些以为我能够一清二楚的事情。有时候还要就那些我根本一无所知的事情本身，极其认真地听取我的看法，征询我的意见，甚至在忽然之间又如同从地里牵牛一样牵扯出某一个人来，然后郑重其事地把绳子交到我的手里。我明白那是一种信赖和尊重，尽管有时候不免有些盲目，有些过于焦急。因此，每当有人忽然永远地离去之后，我都会默默地在心里感到难过，只是从未向任何人说起过。我是真的不想看到某一个人走了以后就再也回不来了的那种情景，为什么不回来了呢？羊挤在门口，在耐心地等待，等着你给它们剪毛，理发，然后在背上涂两个明显的巴掌大的红印，或者染一个别的什么记号，以区别于隔壁院子里的那几只同样刚刚理过发不久的精神焕发的羊。必须得赶在炎热的夏季来临之前让它们如同脱胎换骨一样。因此，要是没有人管它们，它们就会随着天气的转暖而一天一天地变得萎靡不振，无精打采，出去以后草也不好好吃，水也不好好喝，瘦得只剩下一张皮。谁家的羊是这样的？谁家的孩子是这样的？鼻涕，眼泪，脸黑得像小要饭的，手脏得像粪叉子似的，土豆一样到处滚来滚去，从这里被扔出去，又从那里被踢回来，要说经历了数不清的苦难，可能有点儿多，但也绝不算少。女人夜里做梦，梦见男人死而复生，走了几个月几年以后突然在天黑以前又悄悄地回来了，正在一声不响地为家里疏浚水道，疏通出水口，为的是日后不再让水到处流淌。男人背朝着她蹲在那里，却始终让她看不见他的正面，看不见他的脸。另外，别人家的豆子都已经磨成面了，谷子也去了皮，可你们家的葵花至今还站在地里。从早到晚，不管有没有人注意，那些金黄明亮的盘子，那些内心和外表都同样热烈的情切切意殷殷的面孔，一直都在使劲地转哪，转哪。

## 七

"十八年前你多大？"

黑民警慢慢地抽着一支烟，上半身靠在那堆上面蒙着一张满是灰尘的塑料布的行李上，两条腿顺着炕沿垂下来，离地面上还有一小段距离，满脸倦意地看着坐在靠近门口和墙根处的一只小板凳上的邱亮，脸前的烟雾有时会暂时遮住他的视线。

听着不像是在审讯，倒像是两个多年未见的人在饭后聊天。而且，从一开始，从前天下午天快黑的那时候，从外面一走进来以后，邱亮就发现这不像一个审讯人的地方，而更像是一间男人的宿舍。事实上，邱亮的判断是完全正确的，这正是黑民警本人和另一个老民警的宿舍，眼下，那个人正好不在。黑民警领着年轻的白民警和邱亮从外面一进来，就开始噼里啪啦地扔东西。帽子从头上摘下来，不管三七二十一地扔了。皮带从腰上解下来，也胡乱地扔到一边。还有枪，连枪带枪套，还有枪套里的一块红绸子，也正要打算胡乱地扔时，似乎想到了什么，忽然停顿了一下，回头很注意地看了邱亮一眼，然后又迅速地想了一下，掀起炕上的那堆行李，连枪带枪套一起塞了进去。接着，又操起一根火钩子去捅炉子。炉子里没有火，死气沉沉的，噌噌地捅了半天，也没有捅出一丁点火星来，倒是把满屋子弄得灰尘滚滚。那些灰尘被他捅得像妖怪一样从炉子里歪歪扭扭地蹿出来，然后在屋子里越变越大，越分解越多，顷刻间就弥漫得到处都是。黑民警站在雾腾腾的屋子里愣了一会儿神，然后忽然自言自语地骂道，姥姥！我一不在，他连火也不生了。骂过之后，又从炉子旁拎起暖壶，拿在手里使劲地摇了摇，发现暖壶也是空的。

邱亮听到黑民警在不住地叹气，唉了一声又一声，又看到屋子里每个人的头上和身上都落满了灰尘。窗台上的灰尘是旧日的灰尘，不是刚才黑民警捅出来的，看情形至少有十个月没有清扫过。当看到窗户上的那道皱皱巴巴的窗帘时，邱亮差一点儿当着黑白两个民警的面笑出声来。那道窗帘，像一块廉价的遮羞布一样，在窗户上东拉西扯，七扭八歪，胡乱地纠结在一起，上面还有一片一片的黄色的污渍和一些像是血迹一样的印痕。

邱亮听到黑民警和白民警两个人在议论说，哪里也没有多余的空房子，仅有的两个审讯室这几天来都是一直有人占着，有更重要的人在那里被审讯，根本腾不出地方。因此，审讯邱亮，就只能临时挪到黑民警的宿舍里进行了。而且，最让他们两个人感到麻烦的是，预审股的人都是一个人当好几个人用，根本抽不出人来，所以，审讯由他们两个人带回来的这个人，也只能还得由他们两个人来进行。邱亮听见黑民警有些丧气地说，我也不知道哪辈子倒了霉，原以为把他从下面闹回来就行了，就完成任务了……说着，又忽然问白民警：

"这是怎么安排的?"

"我也不知道，"白民警说，"好像就是这么安排的。我去找赵副局长，赵副局长不在。又去找老魏，老魏也含含糊糊的。老魏说，你们两个先在老周的宿舍里问一问。老周，他让我们先瞎胡问一问。"

"瞎胡问一问?"

这时，坐在靠墙的一只小板凳上的邱亮忽然对黑民警说："老周，我也看出来了，我其实一点儿也不重要，你们还不如把我放了，让我回去算了，我还得给学生们上课呢。你不是还要去城关医院看你女儿么，你快去吧。"

"你少给我扯这些没用的。"黑民警显得烦躁不安而又有些心不在焉地对邱亮说道，"老老实实地给我坐着，一会儿我问你什么你再说什么。"

这以后，黑民警的两只手在自己的身上摸来摸去，摸了一会儿，摸出一块钱，他把它交给白民警，让白民警出去替他买两包烟。另外，又让白民警顺便准备笔和纸，准备记录。

审讯正式开始以后，黑民警首先打起精神，坐得笔直，正襟危坐，并要求坐在墙角那个小板凳上的邱亮也要挺起腰来，坐正，坐直，两只手要平放在腿上，两眼平视。后来，年轻的白民警对黑民警说，反正这个时候又没有外人，除了我们两个，还有就是这个家伙（用手指指坐在小板凳上的邱亮）。白民警劝黑民警靠在行李上问话，反正都是询问，在哪儿问不一样，靠在行李上也一样问，姿势不姿势的实在不重要。听见年轻的白民警这样说，早已疲倦的黑民警不禁很感激看了白民警一眼，心里可能觉得这个年轻人有教养，有礼数，善解人意。于是，就半靠在那堆行李上，又点燃一支烟。

看见黑民警靠在了被子上，邱亮的身体也不禁向后仰了一下，也让自己靠住了身后的那面斑斑驳驳的墙。可是，刚一靠住，年轻的白民警眼睛很尖，马上就注意到了，并立即制止道：

"别听风就是雨，你不行，你得坐直喽。"

于是，邱亮的后背又离开了那面墙。

透过眼前的蓝色的烟雾，黑民警用一种听上去显得黑洞洞的声音问道：

"十八年前你多大？"

邱亮想了一会儿后说：

"你是说十八年前？"

"对——"

"那时候我可能多大？十六七岁？十七八岁？"

"到底是多少？"

"十七？不对，应该是十八。"

"多少就是多少，什么叫应该是？"

"就是十八，我想起来了，没错。"

"十八……那也就是说，那个时候你已经成人了？"

"成了，都十八了还能不成人？那一年，我正在师范学校上学。那一年，我还入了团。第二年……"

"别扯远了，没问你第二年。"

"你还入过团？"年轻的白民警忽然有些不相信地问道。

邱亮闭上嘴，看着年轻的白民警，他不明白他为什么要这样说，还要把眉头皱得那么厉害，非常愁苦地纠集在一起。难道自己真的不像是一个曾经入过团的人？自己目前的样子与一名共青团员的称号就有那么大的差距？

"不要停下来，接着说吧。"黑民警提醒道。

说什么呢？邱亮想。他慢慢地抬起头来，感到身体有些麻。

"我给你提醒一下。"黑民警对邱亮说。

邱亮不断地走神，因而一点儿也没有注意到黑民警不知什么时候已经脱了鞋，盘着腿坐到了炕上，鼻梁上还架起了一副老花镜，像是与人坐在炕上聊天一样。邱亮看到黑民警的手里拿着几页纸，纸的左上角那里用一个曲别针别着，估计是什么材料一类的东西。但从黑民警的那种认真的孜孜不倦的神态上来看，那几页纸更像是一份讲话或发言稿，更像是一份与黑民警本人有着密切关系的发言稿或事迹材料。现在，他正在通过自己的努力，在一点一点地试图更加接近它，熟悉它，以备到时候在需要它的时候照本宣读。想达到烂熟于心甚至倒背如流的程度看来已经无论如何是不可能了，但至少也应该从那种极度陌生的概念中慢慢地走出来。

　　有好大一阵工夫，黑民警既不看坐在墙角里那只小板凳上的邱亮，也不向邱亮问话，而是像一名刻苦学习的学生一样认真地聚精会神地看着手里的那几页纸，老花镜有时会不知不觉地滑落下来，他轻轻地用手扶一扶，然后又继续沉浸在其中。

　　那时候，邱亮忽然注意到，那个年轻的白民警不知什么时候已经不在屋里了，只剩下一支笔和几张白纸放在他曾经坐过的那个位置上。现在，只有黑民警和他两个人在这个屋里。黑民警盘着腿，戴着老花镜，正坐在炕上认真地学习，态度极其端正，极其严肃。邱亮一向对那些认真学习的人充满敬意，而一个戴着老花镜还要苦读的人，无疑会更加令人钦佩。年轻的白民警不在了，邱亮感到自由了很多，他的身体能够不时地倚到后面的墙上靠一会儿，只要那个年轻的白民警不在跟前，几乎就没有人再管他，再控制他，再对他吆五喝六了。黑民警老周只顾坐在炕上埋头学习，看样子根本顾不上说他。但是，那个年轻的白民警究竟是什么时候从这间屋子里出去的，邱亮竟一点儿印象也没有，完全没有看见，没有注意到。

　　那段时间我在干什么？邱亮坐在小板凳上暗自想道。难道是我睡着了？不可能呀，那个年轻的小公鸡一样的白民警不会允许你那么干的。

　　这时，炕上忽然传来一阵簌簌作响的声音。邱亮抬起头，看见黑民警终于放下了此前一直拿在手里的那几页纸，转过脸来，透过老花镜的镜片，有些蒙蒙眬眬地看着他。

"我给你提醒一下，"黑民警对邱亮说，"十八年前的那个冬天，一共下过两场大雪，两场都是那种大得不得了的鹅毛大雪，小的不算。"

"我们小的时候那些年，一到冬天就经常下雪。"邱亮说，"我不记得了。"

"我不说别的年份，"黑民警说，"我指的就是你十八岁那年的那个冬天。"

"我十八岁那年？我十八岁那年怎么了？"

"我再给你提醒一下，那两场雪，都是在一个月以内下的，具体地说，也就是你十八岁那年冬天的腊月。前一场雪下得时间不长，只下了一个下午，到晚上就停了。但是，第二场雪下了两天两夜，还要加上第三天的一个早晨。"

"有这样的事？"

"什么'有这样的事'！好像我在胡说似的。你好好想想。"

"我真的不记得了。"

"你连想都没想，你怎么会想起来？好好想，仔细想。"

"老周同志，我真的想不起来。"

"那不行。"

"……"

"要不我和你一起想？咱们先把炉子生起来，炉子里有了火，就很像是一个冬天了。"


# 八


腊月里，第一场雪下过以后，有一天晚上，小四告诉我说，他要准备结婚了，让我给他张罗。小四实际上是我的第二个儿子，按理应该叫小二，但因为他的上面还有一个哥哥和两个姐姐，所以他一直都被叫作小四，这么多年都早已习惯了，没有人会认为他是小二。

听到小四要结婚，我吃了一惊。我问小四，女方是哪里的，人怎么样，长得好不好？小四告诉我说，已经来过我们家好几次了，可是，每次人家来的时候你都不在。

　　我对小四说，其实我在不在都无所谓，因为那并不是最重要的，重要的是你们两个人好就行。不过，你要告诉她，我一定会认真地为你们张罗这件事的。

　　消息很快就传出去了。

　　在乡间，类似结婚这样的事情，往往会不胫而走，有时候如同一桩绯闻，但远比绯闻要体面得多，因为它能让相关的人抬起头来。我的意思是说，它的传播途径和速度如同绯闻，但绝不意味着是一件让人感到没脸见人的事，而是恰好相反，光荣得让人脸上冒油，心里开花。

　　我也不知道那些消息是怎么传播出去的。

　　我常怀疑世上有这样一种人，不为别的，似乎专门就是为了传播各种消息，散布各种谣言而生的。但是，你要是认真起来，在所有认识和不认识的人中间准确无误地找出这么一个人来，又几乎是完全不可能的，因为没有哪一个人会承认自己是这样的一种人。每逢这样的时候，每一个人看上去都显得相当正派，忠厚老实，本分，律己，大家都会说，是呀，这事到底是谁干的？真不地道。这样的话一说出来后，你就永远别想再找到那个人了。我想说的是，既然谁都不像，谁都不是那个人，那么，那些各种各样的千奇百怪的消息和形形色色的谣言又是怎么出笼，怎么传播起来的呢？总不会是长期以来它们自己一直都在到处流窜吧？从来没有借助过任何人为的力量？多年以来，这样的一些事情常使我感到迷惑，究竟是什么样的人一直在暗中乐此不疲地做着这样的一些事情呢？

　　假如有一天，我能够亲自确凿无疑地逮住这么一个人，当我再回首往事的时候，我会为自己没有完全碌碌无为地虚度年华而感到快慰。

　　有人找上门来，包括我们学校食堂的大师傅皇甫瑞和公社食堂的大师傅古大头，都是几个会做饭的有手艺的人。另外，还有县里的熟人为我推荐的一位真正的厨师，人虽然还没见着，但话已经捎来了。这些人，都主动地毛遂自荐地要求给小四的婚事当厨子，每个人都是有备而来，都根据各自多年的经验，认真地准备了一份菜单，有的还不止一份。你要便宜的，花钱少的，他有；你要好的，讲排场的，他也有，马上又拿出一份。

我没有详细看他们的那些菜单，因为我觉得已经没有什么必要了。我对他们说，已经有大师傅了。听见我这样说，他们又信又不信，就想知道是谁。我就告诉他们说，我说的那个大师傅谁也不是，就是我本人。是的，就是我本人。这一回，我要亲自扎上围裙，钻进厨房里不出来，给所有前来贺喜的客人做饭，也是以最实际的行动祝贺孩子们的婚事。他们说，那么多人的饭，你一个人能做得过来么？我说，能，一定能。说俺行，俺就行，不行也行。不信你们到时候看，俺做的饭菜香万里，俺做的饭菜人人夸，俺要是不把你们一个一个地香死，俺就不姓葛。古大头低声问皇甫瑞，这个人不是疯了吧？皇甫瑞说，没有，他没疯。是的，俺没疯，干吗要疯？俺的头脑明又亮，俺的耳朵聪又灵，俺的眼睛比针尖。要说疯了的，倒有可能是你们这些肥头大耳的家伙，为啥非要给俺来做饭？不管别人怎么说，不管别人怎么想，俺是不愿意，俺是不答应，一千个不答应，一万个不答应，俺这个人就是这么一根筋。后来，皇甫瑞悄悄地对我说，对得很，人就应该是一根筋，越是这种时候，就越应该是一根筋，越不能乱。其实我早就想说，这些人统统都不能用，一个也不能用。我说，俺不管，说一千，道一万，任尔东西南北风，咬定青山不放松，这一回，俺这个大师傅是当定了。皇甫瑞说，到时候，俺来帮你，俺在这些方面还是有点儿经验的。俺帮你磨刀烧水煺鸡毛，俺帮你剥葱捣蒜拉风箱。

月亮升上来以后，嘈杂声还在。


站在银色的月亮地里，有一种站在水里的感觉，会不断地往下看，怀疑自己的下半身是湿的。

看不清脸，只看见一个女人沿着通往南边的一条路走去，但走着走着，忽然又向东折去。

有风，有白天的记忆，还有人在唱：

　　毛主席的书啊我最爱读，
　　千遍那个万遍啊下功夫。
　　……

歌声渐渐远去，越走越远，似乎再也听不到了，但不久又返了回来。

　　……
　　只觉得心坎儿里面热乎乎
　　……

　　看不见唱歌的人，只觉得那声音里有一种银子般的东西，只觉得那声音正沿着一些沉默的墙头慢慢地下去，接着又慢慢地上来，所走的路线像是二月末三月初的柳丝，柔软，纤细，在银色的月亮地里缓缓地起落，舞动。

　　我又听见毛组长在说话，情景仿佛是在梦里，又像是在白天里。梁上的风把很多人都吹得团团乱转，又把站在下风头大声说话的人的声音全部瓦解，一点儿不剩地挡了回去，使他们看上去形同哑巴，只看见一张张嘴在徒劳地乱动，却没有任何声音，一个字都没有。
　　三面红旗插在我们的后面，它们猎猎飘动的时候，不时地从我们的脸前拂过，像是母亲的手在抚摸着我们的征战世界的风尘仆仆的脸。我看见毛组长的脸庞被映照得有些微微发红。他把我叫到他的身边，对我说，对于广大的干部，广大的人民群众，我一向是持保护和爱护态度的，我不愿意看到那种情景，似乎所有的人都有问题，都不干净。
　　我看着毛组长，耳边却又听到民兵们嘀嘀嗒嗒地吹起了冲锋号，有人倒下了。
　　我对毛组长说，我知道你一直都在暗中保护着我，每当想起这些……

又听见毛组长说，人，如果都不干净了，都有了问题，一个比一个肮脏，一个赛一个恶心，那我们这个世界还有什么意思，还有什么希望？不管有多发达，不管有多富有，充其量也不过是一座豪华的坟墓而已，一个热闹和繁华的人间地狱而已。

有风吹来，一直充当盖子和篷布、蒙着我们的干粮的一张白色的塑料布，突然离开我们，像一张神奇的飞毯一样腾空而起，向远处飘去。负责照看干粮和水的人及时地清醒，反应过来，紧跟在后面飞快地追赶了一段，却发现已经越来越远了，它早已飘过梁下一片小树林子的上空，又过了一座山头，消失了。

一番追赶以失败而告终，以一无所获而告终。回来后，这个负责照看大家干粮和水的人，马上对自己展开了严厉的自我批评和深刻的反省。先是犹犹豫豫、羞羞答答地不敢过来见毛组长，因为深感失职，深感辜负了组织对他的培养和希望，无颜见人。后来，经过一番激烈的思想斗争，觉得是福不用忙，是祸躲不过，躲得了初一，躲不了十五，跑了和尚跑不了庙，阎王让你三更死，不敢留你到五更。万事开头难，敢为天下先，世上无难事，只要肯登攀，丑媳妇迟早要见公婆，躲着不见是不行的……而他本人，也迟早得见毛组长，得面对他。

毛组长此刻就站在红旗下。

天近晌午，毛组长也是有血有肉的人，也一定感到饿了吧？这样想着，他终于鼓起勇气，走了过来。

他愁容满面，又十分无奈地对毛组长说：

"都怨我，一把没按住，一下就刮到天上去了。"

"干粮和水没被刮走吧？"毛组长问道。

"那倒没有，干粮和水都好好的。"

"那就行。"

被卷走的东西到了西边的山里，那些绵延起伏的群山无论任何时候看上去都像是一种梦境。

毛组长看看我，欲言又止，我觉得他似乎有话要对我说，这样的一种忽明忽暗又时远时近的感觉像是来自于梦中的一种暗示。一棵草，一湾浅浅的水，一支刚刚削尖的红蓝铅笔，一台看上去如同老式抽屉一样的收音机，一条女式的裤子……事实上，这些年我已经不怎么做梦了，有时一躺下去就呼呼地睡着了，睡得沉沉的，像是死了一样。有时候，会睁着眼睛或者半闭着眼睛从天黑挨到天亮，究竟在那种时候纷纷扬扬地想了些什么，也完全说不大清楚。但无论是像死人一样沉沉地睡着，还是通宵达旦地清醒着，这两种情况都与做梦没有关系，绝不再是过去的那种涂着姹紫嫣红的浪漫色彩的咿咿呀呀的所谓的梦。

老了，我觉得我真的是老了。这种事情只有自己最清楚，别人无论说什么，都不过是应付你一下。有时候我会十分明显地感到我的心像是一座几百年前的庙，梁上结着蛛网——尽管在白天的时候也会发光，甚至看上去亮闪闪的，但再发光，再亮闪闪，那也毕竟是蛛网。几案上蒙着灰尘，院子里没有人，偶尔有几个小孩子一样的小鸟。空荡荡的院子，从早到晚都听不到一声脚步声，焚香炉冷清得如同一面没有人照看的镜子，没有人在它的面前轻理云鬓，顾影自怜，也没有人面对着它流连忘返，神采飞扬。河边的芦苇黄了又绿，绿了又黄，也不见那庙里有人吱吱呀呀地开门出来提水。

……

看看身边没有人了，毛组长对我说，有人说你听过苏联的电台，有没有这回事？老葛，不是我吓唬你，光凭这个，你也有资格进县里的学习班了。

一只灰黄色的野兔突然慌慌张张地从我们的面前跑过。

很多人都在弯着腰干活儿，只有极个别的人偷偷地躲在山梁后面挖甘草，割麻黄，然后把挖出来的甘草和割好的麻黄藏到一些灌木丛里，等天黑以后再来取。这些人当中，不乏那种常常因为没有头脑而导致事情败露了的，连东西带人被十拿九稳地堵在灌木丛里，走投无路，插翅难飞。暗红色的灌木丛，棕黄色的灌木丛，葱绿色的灌木丛，无论灌木丛有多么纷杂，多么的蓬松和茂密，也不能让他们得以逃脱。而且，一旦败露了，就会顺理成章地因小失大，不仅仅是在钱上，在其他别的很多方面所付出的代价即使再埋头挖上十年甘草，割上二十年麻黄，也根本填补不起来。

我看见一些单耳和双耳的灰色的罐子像地雷一样被辛劳的人们从土里起出来。

供销社的门开着，几个土豆一样的孩子坐在外面。

一只公鸡被拴在拖拉机上。

十月革命一声炮响，为我们送来了马克思列宁主义，从此以后，一直处于黑暗中的我们有了一盏指路的明灯。人在什么时候什么情况下最需要安慰？当然应该是在他最困难的时候。我对毛组长说，我没有别的意思，我就是想听听十月革命的声音。毛组长有些生气地说，现在哪里还能听到十月革命的声音，他们早已背叛了列宁同志，红场也早已不再是当年的红场。长流水学校的王生，你也认识吧？情况和你的差不多，但是早就进去了。前不久我又听说，他的手续已经从学习班办到了看守所，这一回，是正式办过去了。以我的估计和看法，几年之内，他别想出来。

我心里一惊，看到梁上已经没有人了。傍晚时分的风像凉飕飕的黑绸子一样裹在人的身上。

我忽然想起了邱亮。


# 九


"邱亮，这样下去不行啊。"黑民警说。

邱亮低着头，坐在那只小板凳上，看着砖地上的几个小坑，有灰尘积累在那里。眼前的这几块方砖都算不上平，上面都有一些或大或小的坑坑点点，这让他想起了一些脸上有麻子的人。从很小的时候起，他就觉得，无论怎么看，那些人看上去都和正常的人有些不一样。有一次，他们一家人正在吃饭，忽然来了一个脸上有麻子的人，他不愿意看见那个人的那张脸，可是又忍不住，不时地抬起头看一眼，看过后马上又觉得后悔。就那么前后看了好几次，后来终于放下碗出去了。

顺着几块方砖再往前面看，他看到了两只脚，确切一点来说，应该是两只鞋，是那个年轻的白民警的鞋。邱亮的目光落到那双鞋上后终于停了下来，没有继续沿着那双鞋和鞋上面的那两条腿往上看。他知道，不管有没有理，不管对不对，他只要一看到白民警的脸，白民警就准会说他，准会百分之百地说他，而且口气非常不好，从来就没有好过。这样的情形常常迫使他去相当费劲地琢磨一个问题，年纪轻轻的，怎么会这样呢，为什么要这样呢？

　　这时，他听见白民警对黑民警说：

　　"我打听了一下，这一段时间以来，人家别的那几个组收获都很大，几乎每天都有新进展，每天都有新突破。只有咱们两人这个组，死水一潭，一点儿成绩也没有。"

　　黑民警先是没有说话，叹了一口气，后来说：

　　"那还不知道是怎么闹出来的呢，肯定又是打出来的。不打，他们能闹出成绩来？杨智他们那个组昨天又打了吧？我听见那个人一直在呜呜地哭，哭一会儿，叫唤一会儿。"

　　"我觉得，"白民警说，"不管用什么办法，只要能撬开他的嘴，搞出成绩来就行。"

　　黑民警瞥了一眼白民警，没有再说什么。

　　"老周，"白民警对黑民警说，"咱们两个人是不是对这个家伙有点儿太客气了？客气没错，可是咱们跟他客气，他可不跟咱们客气呀！都这么长时间了，一点儿面子也不给咱们。"

　　说着话，年轻的白民警忽然呼的一下站了起来，走过来，用他的那双刚刚映入邱亮视线内的穿着皮鞋的脚，狠狠地在邱亮的一只脚上踩了一下。邱亮感到痛极了，不禁叫了一声，那只被踩过的脚马上缩了回去。

　　"你他妈的，你倒是说说，"白民警对邱亮说，"你这么死不死活不活的，究竟是要干什么？你安的什么心？是不是成心要把我们都耗死，熬死？"

　　"我不是不想说，我也想说，"邱亮对白民警说，"可我实在不知道该说什么？这些天来，我把我能想到的，能想起来的，都说了，可你们又说那没用。"

"你说的那些废话当然没有用，那根本不是我们想要问的。"白民警对邱亮说，"你知道隔壁别的组是怎么审问的么？把你的狗头塞进灶膛里，然后一遍一遍地踢你，直到你说了为止。上铐子，上背铐，上飞机铐，另外垫空酒瓶子。一般人最多只能承受两个空酒瓶子，他们给他垫三个酒瓶子、四个酒瓶子，你要不要也来一下？"

黑民警对白民警说："小孟。"

白民警看了黑民警一眼，终于又回到了那把椅子上坐了下来，但坐了没一会儿，很快就又站起来了，又走到邱亮面前。邱亮以为又要用那双铁一样坚硬的皮鞋踩他，立即下意识地把自己的两只脚缩了回去，缩得整个人都快在那只不够一尺长仅有几寸高的小板凳上坐不稳了。但是这一回，白民警并没有出脚踩他，仅仅是对他说：

"我本来不愿意说，可是想来想去又觉得憋得难受。你知道么，就因为你，我最近这段时间误了好多事情，如果只是一些赖事，一些不好的事情，那也就算了，可偏偏都是一些好事……人生能有多少好事……"年轻的白民警忽然停下来不再说了，用力咬着牙，像是感到窒息般地向上仰了一下头。他的脸本来很白，没有一根胡子，但是邱亮忽然发现，在那个年轻的下巴和唇上，不知什么时候竟然也不知不觉地拱出了一些看上去黑森森的东西。

邱亮吓了一跳：那些原本没有的黑森森的东西，是被我折磨出来的么？

接着他又想，他误了的那些好事，不会让我赔吧？

这时，又听见白民警对黑民警说：

"老周，自从把他抓回来以后，我们既没有像别人那样打他，也没有像别人那样骂他，我觉得他够有福气的了，碰上我们两个，他也够命好的了。难道说他两句也不行么？"

黑民警先是愣了一下，随后赶忙说：

"能行，那有啥不行的，你说吧。我还想说他呢。"

但是，年轻的白民警却回到椅子上坐了下来，此后再没有说过一句话，一个字。邱亮想，这孩子是真生气了，生我的气那是肯定的，没准还生黑民警的气呢。

那时候，外面突然传来一个女人的哭喊声：

"不要拉我，放开我！我要向党中央毛主席报告，他整整强奸了我八年，八年哪同志们！"

屋里的几个人都听到了，都抬起头，但谁也没有动。

后来，直到天黑以后，屋里的电灯亮了，年轻的白民警忽然站起来，对坐在炕上的黑民警说：

"我妈今天过生日，我先走一会儿。"

"怎么不早说，那你赶快回去吧。"黑民警说，"别忘了替我向她问好，也向你爸爸问好。"

年轻的白民警嘴里应了一声，推开门出去了。

邱亮看见白民警走了，身上顿时感到轻松了一下。他直起腰，看看外面，又回过头看看坐在炕上的黑民警。后来，他小心翼翼地问道：

"小孟是干部子弟吧？"

黑民警抬起头望着他。

"看你戴个眼镜，瞎眉糊眼的，没想到眼力还不错。"黑民警说，"你说对了，他妈是局长，他爸爸是部长，一家子领导干部。"

"我早就看出来了。"邱亮说，"一看就和我们这些贫苦家庭出来的人不一样。"

"哪不一样？"

"我说不上来，反正是不一样。老周，我说一句话，你不要生气，不仅和我不一样，和你也不一样哩。"

"我们家也穷。我爹五二年就死了，因为一担谷子。"

听见黑民警老周这样说，邱亮有些吃惊地看着他。在屋里昏暗的灯光下，黑民警老周坐在炕上，头上没戴帽子，身上也没穿民警的外衣，而是穿着一件烟色的十分陈旧的粗线的背心，头发花白，完全是一个民间的老头的样子。

"你还是说说你能说得上来的吧。想得怎么样了？"

"我真的什么也想不起来。"

"这不行啊，你觉得这样能交代过去么？"

"老周同志啊，我真的是一点儿办法也没有了，能想起来的都想起来了。"

说完，他又低下头去。就在那时，他听见隔壁有人哎哟了一声，然后就再没有动静了。

他低着头，又等了一会儿，没有听见隔壁的声音再传过来，却忽然听见他自己的心里嗵地响了一声，似乎有一个大铁桶从高处滚落了下来，又像是一个黑乎乎的东西掉到了地上。这以后，有一根长长的软软的虫子一样的东西，从他的坐骨那里开始蠕动，出发，沿着他的脊梁一直往上走，走到肩胛那里以后，忽然停了下来，似乎向四周张望了一阵，然后，再没有通向任何地方，就消失了。

他看着脚下的那几块方砖，有两块他感到应该是新的，明显地和别的那些不一样，还保持着一种最初的灰蓝色，依稀还有一种烟火的气息遗留在上面。渐渐地，他发现上面的那些坑坑点点忽然变得多了起来，有一块上面竟然密密麻麻的，看上去拥挤极了，有的被挤出中心，又从边缘地带流到更远的地方。这以后，他听到有人在嘤嘤地哭，又有人在哑哑地吸溜，像是惋惜，又像是牙痛。又有眉头在紧紧地皱着，有嘴时张时闭，一侧的鼻翼在轻轻地几乎不易觉察地振动，眉毛弯弯曲曲地蜿蜒着过来，上面落满了灰尘。

他抬起头，有些心虚地看了看黑民警老周。他没敢告诉老周，在那些说不清的坑坑点点的中间，他看出来一张脸，那张脸，远在二三十年以前。

这以后，他面朝窗户，开始仔细地谛听，渐渐地，他的脸上浮现出一种孩子般的神情。他觉得自己听到了那时候的雨声，粗大的雨点，正嘭嘭地打在外面的窗户上，窗户很快就被洇湿了。

有一天，黑民警老周带着他那个前一段时间得了肺炎的小女儿来了，邱亮看到小姑娘又蹦又跳的，就知道她的病已经好了，这从老周最近的脸色上也能看出一些来，说话也比过去温和多了。而且，在邱亮最近的印象里，也没有在所说的话里带过一个脏字。邱亮当时还感到很奇怪，但又想不出是为什么，无法说清那是一种什么样的变化。

风吹响了屋顶上的瓦片，像是有人正在上面轻轻地行走，每走一步，那些瓦片就会痛苦地叫一声。

有的叫过后就立即碎了。

邱亮用双手捂着自己的眼睛，这样，别人就会以为他的眼睛被飘扬起来的马尾打酸了，这样，就会为他腾出更多的时间和机会来。天气有些温，一些花草沉重地生长着，不能说不健康，但有的明显地流露出恹恹的病色。

有人一直在他的视线里匆匆地走着。

他看不清楚，有一种浓稠的又散发着青草气息的感觉告诉他，那应该是他的刘玉芝。但是，又明显地缺少必要的把握和证明，谁说那就是他的刘玉芝？他又这样反问自己，问过之后，果然感到哑口无言，甚至感到一丝淡淡的罪孽。可是，很快又有一个声音在明显地狡辩说，谁说那不是？就是，那就是刘玉芝。

这时，另一个声音说，你就耍赖吧，耍赖谁不会？

他轻轻地笑了一下。他也在心里承认，是有点儿耍赖，是有那么点儿蛮不讲理。

而且，随着时间的推移，他越来越发现，事实上无论是谁，每个人的身上都潜伏和隐藏着那么一种很无赖的东西，叫潜能也许也不合适，反正就是那么一种与生俱来的东西。有的人不无赖，那只是没有碰上合适的机会把它表现出来罢了。而有的人环境不好，各方面也都糟得一塌糊涂，所以总有无数的机会把无赖的那一面展现出来，活生生地暴露给人们看，人们说，某某，那是个无赖。所以，有人一直受人称赞，有人一直遭人唾弃。说到底，还是命的问题，绝对与命有关。命不好，运不通，好的那些东西一直被锁着，永世不得见人，长期露在外面的让人看到的全都是那些不好的。

这样，直到后来，当他的刘玉芝忽然与他近在咫尺的时候，他仍然有些不敢相信，有些拿不准。

刘玉芝看着他，眼睛有些眯，像是被晃得无法睁大。这个眯着眼睛的女人啊。

他说，我都不敢认你了。

刘玉芝说，连我都认不出来了，你不完还等啥。

他解释说，别怨我，我也是没办法。

刘玉芝说，我没有怨你。

他说，别生气，见一面不容易，好不容易见上了，为什么要生气呢？

刘玉芝说，我没有生气呀，谁告诉你说我生气了？

他说，我是一个顶顶认真的人，甚至还包括古板，有时候认真起来，连我自己都讨厌自己。我为什么不敢认你呢？说来你也许不信，我是以你的辫子来作为判断你的标准和参照的，当然，身材也是一个方面，但最主要的还是辫子，还是你扎辫子用的绳子。如果看到辫子是用两截白色的小绳子扎着的，那我就能准确无误地肯定是你，百分之百的，百分之一千的是你，一定是你。反之，要是不是两截白绳子……告诉我，你为什么换成了红的？

有人对我说，白绳子不吉利。

管他们呢，谁想说什么让他们说去，我这不是活得好好的么？不要在乎别人说什么，听拉拉蛄叫还能不种地么？很多人都有信口胡说的毛病，看见一件事情，就盯住那一件事情往死里说。等转身看见另外一件事情的时候，马上就忘了前一件，又开始使劲地涂抹这一件。

我只是让他们说得心里有点儿虚。

啊，不能虚，千万不能虚。我跟你说，我在这里面什么都不担心，就是担心你会心里发虚，你果然让他们弄得发虚了。无论男人还是女人，只要心里一发虚，就完了。把这两根红绳子解下来，换上白的。

白的我放在家里了。

告诉我，你这是急匆匆地要去哪里？

我去找你。

唉，你找不到我。

这时，他听到一阵嘤嘤咽咽的低泣。

他想看看究竟是谁在哭，于是，他想站起来，但试了半天后，才猛然发现他此前一直就是站着的，并没有坐在那里。他想了一会儿，不禁产生了一个疑问。

他清晰又真切地感觉到，刚刚产生出来的那个疑问，其形状有一个鸡蛋那么大，而且，产生的情形也正像是一只鸡突然下了一个蛋一样，既千呼万唤，来之不易，又随随便便，太过潦草。现在，他听到那个圆溜溜的东西正在他的脑子里，正在一片辽阔的原野上飞快地悠来悠去，像是一颗流星，不时地发出阵阵声音，看不见它的上面还有别的东西，但分明又有一根绳子在牵着它，绳子的另一头掌握在一只看不见的手里。他看了一会儿，然后不无担心地想道，一旦要是脱手，很难说最终它将要落到哪里，后果不堪设想。

那时候，正从一片明亮的水边经过，有马在远处站着，水车转得很慢，两个踩水车的女人在低声说话，两个木头轮子被水浸得乌黑发亮。他边走边看，同时又在想道，这么一个水草丰美的地方，这是哪里呢？后来，他无意中朝水里瞥了一眼，看到自己一副标准的寒酸相，不禁难过得擦起泪来。

可是，不久以后，他又看见黑民警老周一个人孤零零地坐在那里苦思冥想，一支接一支地抽着烟。他想，原来不只是我，还有人也像我一样难过哩。这样一想过之后，他自己反倒不怎么感到难过了，心里也比刚才轻松了好多。他朝四周一带看了看，却没有看见那位年轻的白民警。这以后，他放慢脚步，轻轻地朝黑民警坐着的地方走过去。

他说，老周。

黑民警把烟从嘴上拿开，看了他一下，大约有一分钟的样子，很快又将视线像一条空寂无人的街道一样移到了别处。至于移到了哪里，他感到自己也说不上来。

停了一会儿，他又问，怎么没看见小孟呢？小孟到哪儿去了？

黑民警说，走了，调到别的组去了。

为什么？

年轻人要求上进，想早一天立功，受到表扬，可在我们这个组，他觉得很难等到那一天。

听见黑民警老周这样说，他刚想坐下，却又很快站了起来，但也并没有完全站直了。

这是为什么呢？他问。

黑民警老周对他说，还问呢，还不是因为你？小孟调到别的组去，完全是你一手造成的。

他说，我？我造成的？

黑民警说，当然，这事我也有责任，不过主要还是在你那里。你想想看，无论我们问你什么，你都说不知道，无论我们让你想什么，你也都说想不起来。你说，你这样做，还算个人么？我有耐心和你磨，小孟可没有那样的耐心，他觉得照这样下去，别说立功根本没有希望，能不挨批评、不受处分，就算不错了。


透过有些蒙眬的窗户，他看到了外面死灰色的天空。

好像是一个寂静的午后，也是这样的天色，他一个人站在家门口。

没有人声，也没有别的声音，空中有一些细小的东西在飘舞，像是柳絮，但他认为那不是柳絮。他在心里对自己说，不是柳絮，肯定不是。那时候他的眼前浮现出一幅画面，仿佛有无数的女人都坐在河边，坐在一些窗户的下面，在拆洗被褥，纷纷扬扬的棉絮从她们的身边慢慢地飘起。

好像也是这样的一个寂静的午后，但已经不知不觉地过去了一大半了，天色也正在由灰变暗，开始越来越黑。他看够了那死灰的天空，转身回到屋里。不久，生着了火，看到火光在又蹦又跳，欢欣鼓舞，并不断地变幻出各种形状，有时像陡峭的悬崖，一会儿又变成一丛一丛的花草。又听到那夏日雨前的雷声轰隆隆地在远处响着。

锅里的水汽弥漫起来以后，他重新出现在那种水蒙蒙的白雾里，他像一个善于变戏法的江湖骗子一样，从空空的手里忽然变出一个用白布缝成的小口袋，一个看上去最多只能装下三五斤粮食的小口袋。他注视着锅里的水，感觉中像是在注视着记忆里的一片明亮的水面，然后打开那个小口袋，从里面抓出两把米撒进锅里。停下来，想了一下，后来又抓出一把，放进锅里。这以后，他用一根细绳子把口子扎好。

转眼之间，那个小口袋很快又被他变没了。

他从那片水蒙蒙的白雾里走出来，这时候，他听到街门嘤嘤地响了起来。

……

他猛然站起来，感到头晕了一下。

他来到炕前，看到黑民警老周歪在他的那堆行李上好像睡着了，一缕口水挂在他的嘴边。于是，他抓住黑民警老周的一条胳膊，用力地摇晃他。

"老周，醒醒，"他说，"快醒一醒。"

"老周，是我，快醒一醒。"他的脸上竟像女人一样泛出了潮红。

老周醒了。

"老周，快去把小孟叫回来吧。"他说。

"为什么？"

"我把，十八年前的那场鹅毛大雪，想出来了。"

# 木蝴蝶

一

金针在园子里直直地一根一根地黄了起来，从墙外看，像是有人把那一畦地都点着了。

宋守财说，大的没有了，它们都各有各的事，你雇个小的吧。

我想着那些藏在风里的路和某一个不小心长在路边的村子，宋守财的话像一只瞌睡的老猫一样慢腾腾地从我的眼前走过。

我从队里借了一头驴。驴是队里的，不是哪一个人的，所以，无论是谁，雇一天就要记一天的工，到年底算总账的时候，再把工分折合成钱，从你的收入里扣除。要是你的收入太少，或者根本就没有收入，那你就麻烦了，一家伙你就背上了债，过年的时候，眼看着别人穿着新衣裳，最不济也是洗干净了的半新不旧的衣裳，有的还三天两头地吃肉、喝酒，而你呢，连家里的晒了一年的窗户纸也换不了，顶多把院子扫一扫。

去找队长哭穷，希望能哭出点儿眉目或办法来。队长倒也真是觉得你可怜，但到底还是没办法，他的一番话只能让你反省自己的行为，他的用意也正在这里，让你明明白白地认识到自己的行为完全是一种顾头不顾尾的胡闹，头脑发热，一脚踩空。"当初是谁要雇驴来着？不会不雇？让你别雇别雇，就是不听，明知道雇驴是要花钱的，还是要雇！长着两条腿是干什么用的？是摆设吗？为啥不走着去？走着去不就没事了?"说完了，忽然看到你灰扑扑地站在门口，一副低头认罪又没着没落的样子，马上从桌子上抓起一个热馒头，掰开，夹一片肉或者豆腐进去，递到你的手里，或者捧出一只牛耳朵那么大的大饺子来，让你趁热吃下……回家的路上，漫天的雪花纷纷扬扬地下着，你一边走，一边回想起别人家里的热气腾腾的年节景象，一边又对天发誓，对着纷纷扬扬的雪发誓，从今往后，再也不敢雇驴了！在没有绝对的把握和保证的情况下，绝对不会再随随便便地雇驴了，别说是驴，就是羊也不行，鸡也不行，那都是要花钱的，一笔一笔地都给你记在那里，深深地刻在那里，你要是有问题，你就会迈不过去，别人已经到了下一年，你还站在旧年里。

我不是没有考虑过雇驴的后果，但是，我想了好几天，为了元贞，我还是决定要雇一头驴去，尽管元贞就这么早早地还不到时候就奇怪地死了，但是，作为她的娘家这边的最后一个亲人，我更不能给她丢脸，说什么也不能。人不在了，面子还应该在，我是这么认为的。我要是就这么两手空空地去了，身边连一头驴也没有，那里的人会怎么看？他们嘲笑的不仅仅是我，更主要的是元贞。他们会说，元贞的表哥原来是这么一个人，两个肩膀上扛着一个脑袋，就这么来了——这是我最不愿意听到的。我想，就算是到了年底算总账的时候，我忽然欠上了一笔债，我也豁出去了，我一定要雇一头驴。人一辈子能死几回？就一回。更何况，这次去完了，以后恐怕再也不会往那个方向去了，元贞已经不在了，那个地方即使派人来请我去，我也不会去了。


我从一大片开着数不清的星星一样的小蓝花的胡麻地旁边找到宋守财的时候，宋守财正坐在那里手忙脚乱地穿裤子，脸上和身上全是土，有几个女人在距离他不远的地方嘎嘎嘎地笑着，一看那情形，我就明白了八九分。看见我突然过来，宋守财的脸一下就红了，低下头去，故意不看我，心急火燎地去对付他的那条越忙越出错的裤子，他的那条裤子也好像存心要和他过不去，像两条死胡同一样让他半天走不出来。

站在胡麻地的旁边，有风吹过来，能闻到一种湿漉漉油汪汪的气息。

后来，听说我要雇驴，宋守财马上抬起头，两只眼睛立即像松鼠的眼睛一样滴溜溜地亮了起来，他从地上站起来，一手提着裤子，也不问我雇驴要去哪里，只是让我赶快跟他走，离开这片开满了小蓝花的胡麻地。于是我就跟他走，连着下了几道坡以后，那几个女人已经完全看不见了，回头再看那片胡麻地时，发现它们竟像是坐落在天上。

又走了一会儿，我问宋守财：

"她们又把你的裤子脱了？"

"唉，日他妈的，没办法，"宋守财说，"谁让我人缘好呢。这些个不要脸的女人，我真是拿她们没办法……有一个问题，我一直想不明白，为啥女人在做姑娘的时候都好好的，一结婚就都变得不要脸了？我真是觉得奇怪。"

说着，他忽然停下来，把裤子褪下一点点，对我说："帮我看看，掐青了没有？我觉得是青了。"

这时，我才看见他的身上有好几处黑青，像雨前的天空。于是，我对他说：

"青了。"

"她们下手可真狠啊！"宋守财嘴里咝咝地说着，"不是自己的东西不心疼。"

"你没有掐她们？"

"我当然也不手软，逮住机会就狠狠地来一下，把她们闹得吱哇乱叫，可越是这样，她们报复得也就越厉害，她们人多，又都泼辣，我根本闹不过她们去，好虎还架不住一群狼呢。今天也不知是谁，噌地一下，竟活生生地揪下我一撮毛，差点儿把我疼死。"

我想起我刚走到那片胡麻地旁边时，看到他眼泪汪汪地坐在那里。天是阴天，阴得像是晚上六七点钟的景象，一只簸箕那么大的鹰在胡麻地上面展展地飞着。

"也不能怨她们。"系好裤子后，宋守财说，"也不能怨天，不能怨地，就怨那个老汉。"

"哪个老汉？"

"毛主席嘛，还能有谁？要不是他老人家上嘴唇一碰下嘴唇，把女人的地位一提再提，她们哪敢随随便便地就脱别人的裤子？简直不像话，想脱谁的就脱谁的。"

"他好像没让她们这么做。"

"可她们就要这么做。"

"你也别计较，我听说原始社会的人都不穿裤子。"

"问题是现在不是原始社会，而是社会主义社会。要真是原始社会，我也就没说的了，我压根就什么也不穿，她们脱什么去？想脱也没有，非要脱的话，那就只有剥皮了……哎，你还知道原始社会？"

"知道，听人说的。"

"你还知道什么？"

"我还知道，有一个人，经常动不动让村里的女人把他的裤子脱了，她们还把他的身上掐得青一块紫一块的。"

"哎，还想不想雇驴了？竟敢这样说我？竟敢这样笑里藏刀地取笑一位革命干部？"

我看看他，他并没有生气。有土黄色的野兔从我们的身边跑过，石鸡在半山腰里叫着。

在回办公室的路上，宋守财问我：

"要雇几天？"

"两三天吧，"我说，"也说不定是四五天。"

"到底几天？"

"先就按四天算吧。"

"那好，就按四天算，四天头上你可得回来。一天两个工，四天八个工。"

"太贵了。"

"那你说应该出多少？要不这样吧，一天按一点五计算，行吧？不能再低了。"

"一点五？一点五是多少？"

"一天一个半，四天是六个。上一回友邦来雇驴，要去皮条窑，我也跟他说的是两个，人家二话没说，牵上驴就走。"

"我哪能跟他比？他一年四季砍酸刺，卖酸刺，卖麻黄，钱多得没地方放。村里那么多人家，谁的院子里也没有砖，就他的院子里铺着砖，从屋门口一直铺到大门口，还是那种方方正正的大砖，还不是小砖，下雨的时候，院子里连一点儿泥也没有，比公社的院子都好。上一回我去公社送萝卜，雨下得湿淋淋的，看见李秘书抱着一个收音机正在院子里走，突然脚下一滑，摔了一个狗吃屎，脸上身上全是泥。李秘书爬起来就骂，先骂天上的雨，又骂地上的泥，那个收音机也摔得不响了，一句也不唱了。"

"我当然知道，你说的这些我当然都知道，一天一个半，我这不是已经给你降下来了么。"

"友邦那么有钱，你们就不管一管？"

"轮不到我管。"

有四五只喜鹊从那边飞过来，落在一棵小树上，又挤在同一根树枝上，一字排开，露出白白的肚子。

在沟里走了一会儿，听见那种外表长得像鸡一样的名叫八姑的鸟在上面一声接一声地叫着，叫声让四周显得更空。宋守财折下一根白荆条拿在手里。

"路上骑不骑？"

"不骑。"

"真的不骑？"

"真的不骑，就是让它驮点儿东西。"

"东西多不多？"

"不多。"

"那就说好了，说不骑就不骑，回来后我可是要检查的，要是把驴压坏了，到时候咱们再说。前年的时候，李富雇完驴以后，一声不吭地还回来，我还以为没事呢，谁能想到，当天黑夜，驴就开始吐血……那实际上还是一个小驴呢，是因为它长得大，人们就以为它长成了，实际还不到半岁。后来，我终于调查清楚了，李富那个王八蛋，别看表面上长得挺憨厚，挺善良，实际却心狠手辣，不光他的女人一直骑着那头驴，他自己也骑在上面……驮着那么大的两个人，那还不到半岁的小驴哪能吃得住？有人在路上看见过他们，他们两人刚一骑上去，小驴腿一软，就倒下了，李富还恶狠狠地下来打驴，驴怕挨打，就拼命地想站起来，它很清楚，只要站起来，驮着他们往前走，他们就不会再打它了。"

一条小路像一根白带子一样软软地搭在沟沿上，在沟沿那里飘了起来。

从沟里上来后，宋守财忽然说：

"你等着看吧，总有他倒霉的那一天。"

"你说的是谁？李富？"

"我听人们说，公社的李书记也没他有钱。"

我愣了一下，过了一会儿后，我明白过来，他说的是友邦，不是李富。像李富那种人，别说是不可能有钱，就是有了钱，也不会把那么好的砖铺在院子里，要铺也只能铺在他的心里，脑子里，铺在一个只有他本人才能时时看得见感觉得到的地方。

快走进村里的时候，宋守财忽然又没头没脑地说道："这哪能行呢？"


二


这个名叫小四的驴是它娘的第四个孩子。去年秋天，它的娘在拉高粱的时候跌断了腿，跌得很厉害，骨头都断了，只剩下一点儿皮还连着。看着它疼的那样，人们说，快杀了吧，杀了它就不疼。有人不同意杀，理由是人跌断了腿以后都要千方百计地想办法治疗，为什么驴断了腿就只有一条出路，只想到杀？队长说，啥也不为，就因为它是一头驴，而不是人，要是一个人跌断了腿，我们谁也不敢做主把他杀了。队长是主张杀的。队长说，别以为我就是一个恶人，驴跌断了腿，我比你们谁都心疼，比你们谁都麻烦，以为我心里不麻烦？我是从实际出发，这时候要是把它杀了，我们还能落下不少肉；这时候要是不杀，等过些日子，连那点儿肉也没有了，只剩下一把骨头，你们谁要？我这样做也是为了帮助它解脱，让它早死早转生，来世争取转个好命。再说，我不相信兽医能把它的腿弄好，他自己的一条腿还是拐的哩！他要是有办法，还用得着拐这么多年？而且，看样子他还得继续拐下去，一直拐到最后。队长没有瞎说，说的基本都是事实。

于是，就把小四它娘杀了。

除了皮归公外，肉都分到了各家。皮是因为没有办法分，一分就废了，要是能分，也会分的。每人分得手掌大的一小块驴皮能干什么？吃又不能吃，穿又不能穿，用来做个记号也算不上显眼。总的来说是不能分，就像一扇由好多个小格子组成的窗户，装在一起的时候是一扇完整的能够遮风挡雨的窗户，要是把它一小格一小格地拆下来，那就什么都不是了，还有好多东西，都是这个道理。

太阳还没有落山的时候，不少人家已经在开始煮肉，风箱响得像雷声，火旺得像一场人为的火灾，很多人都在弯弯曲曲的炊烟里到处乱窜，狗夹杂其中。实事求是地来说，小四它娘的肉算得上结实，耐煮，又费火，直到晚上，天上的星星都出来以后，有的人家锅里的肉才终于煮烂。

也有不煮的，比如老二和我，我们兄弟。一万年太久，一块肉放在锅里要煮那么长时间，老二和我都觉得受不了，尤其是老二，他考虑再三，计划了好几种吃法后，最后还是发现包饺子比较来得快，不需要更长久地心烦意乱地等待，只要事先稍稍忙乱一会儿，事情很快就会有结果，很快就能见到煮熟后的饺子，至于饺子里面的肉真正熟了没有，那倒不是太主要的，熟不熟的无关紧要，只要从外表看上去熟了，那就行了。我们主要是不想等，我们很清楚，等就等于是在实实在在地折磨和消耗，其中的麻烦是那些从来没有等过的人无论如何都不能想象的，所以，无论如何也不能自己把自己往麻烦里面送，有不少时候，一个人的麻烦都是自己无意中或千方百计地找出来的。

于是，兄弟俩就开始飞快地，火速地，一往无前地包饺子。我们的饺子，每一个都有我们自己的拳头那么大，最小的也有小孩拳头那么大，这让我多少有些害怕。

我对老二说："太大了吧，怕煮不熟？"

老二说："不大。"

"没有人包过我们这么大的饺子。"

"管那么多干吗？包你的就是了，别人是别人，我们是我们。爹妈都不在了，这个家我说了算。"

为了安慰和鼓励我，老二又说，你不懂，这样的饺子吃起来过瘾，吃一个，是一个，不会白吃，一个顶一个。再说，我们又不是城市里的人。

我对他说："人家都是小的，一个比一个小。"

老二说："城市里的人都是王八蛋，狗屎，把饺子包得那么小，像不足月的小耗子一样，我不知道他们到底要干什么。"

天还没有完全黑的时候，我们就开始把那些拳头大的饺子陆陆续续地赶进锅里。老二一手拿着勺子，一手驱赶着弥漫在脸前的雾气，表情十分严肃地注视着锅里的情形。

看见我也伸长脖子正在向锅里观看，鼻子一抽一抽的，老二就对我说：

"不要看了！你这样看来看去，会把锅里的饺子看坏的。"

我有些委屈地想道，你不是也一直都在看么，一步都没有离开过……想是这样想的，但我没说出来，还是很听话地往后退了几步，站到了他的背后，在这样一个大好的时刻，谁都懂得顾全大局，把握分寸，团结就是力量，明白兄弟之间在这个时候绝不能发生矛盾，要是一不小心打起来，不仅仅是饺子吃不成了，一切也全都有可能完了。

这时，听见老二把手里的勺子高高地往上一举，用一种豪迈而骄傲的口气说道：

"北京喜讯到边寨，老弟，告诉你一个好消息，咱们的饺子快熟了，马上就熟！"

听到这样的消息，听到锅里的饺子不仅没有被看坏，反而形势一片大好，我忍不住从他的身后蹿了出来，一边往前拱，一边说：

"我看看——"

但是老二马上制止了他兄弟的这种十分不自觉的行为，他用自己的身体往前一挡，又严厉地命令道：

"剥蒜去！"

我在雾气里回答说："我们没有蒜。"

"没有就不会想办法吗？出去借去！"

"问谁去借？"

他停下来想了一会儿，然后对我说："去咱们后面的老安家里借几瓣蒜，就说等过年的时候还他。对啦，还有醋，醋也得借，不过不要在同一户人家里借。让我想想，住在安仁义家后面的是谁……"

我说："这还用想么，是王文远。"

"对，是王文远，醋就去王文远家里借。记住喽，去王文远那里借醋的时候，一定要把在安仁义那里借的蒜装进兜里，不要让王文远家里的人看见，不要让人家以为咱们既没有醋又没有蒜。"

穿过烟雾，我走了。

那天晚上，老二大约吃了八十多个饺子，我也不少。一开始的时候，我们的脑子里还是很清醒的，每吃一个，都记在心里，记得清清楚楚。但是后来，渐渐地就乱了，越来越记不住了。有时候，我们兄弟两人会边吃边核对，但结果却是，不核对还好，越核对越乱，变得比原来没核对以前还要乱，我们互相看着对方，像是在一个人生地不熟的地方迷了路一样，不知道是咋闹的，不知道发生了什么事。

后来，我们就不再数了，也不再想努力去记住什么——因为我们发现什么都记不住了。

我们没有喝酒，但两个人好像都醉了。

再后来，我用一只手摸索着想把最上面的几个扣子解开时，忽然发现有一个人躺在我的旁边，我吓了一跳。我有些模模糊糊地想道，这是谁呢？怎么会躺在这里？这以后，我一边费力地解扣子，一边歪着头去看那个人，仔细地盯着看了一会儿后，才明白那个人就是老二。我感到有些奇怪，又有些迷惑，我不知道老二是什么时候躺在这里的，事先竟也没有跟他这个做兄弟的说一声，甚至连哼都没哼一声，就这么已经静悄悄地躺了半天了。我歪着头，用一副醉醺醺的样子在吃力地回想着一些事情，想得很苦，很费劲。过了一会儿，我终于想起了一件事情，不过，应该说那不是一件事情，而是一种现象：我确实已经好半天没有听见老二的声音了……我记得，刚开始的时候，老二还不断地对我指手画脚，吆五喝六，一会儿指派我一个事情，一会儿又告诉我不能这样也不能那样，弄得我这个做兄弟的不知如何是好，甚至像是到了别人家里一样。当时我还十分不愉快地在心里想道，不就是吃一顿驴肉饺子么，至于这样么，用得着这样？我真是看不惯老二的那种既霸道又吹毛求疵、蛮不讲理的做法，要不是怕饺子吃不成，我真想狠狠地和他打一架。想是这样想的，我却是一直都忍耐着，没有半点儿想要发作的意思，因为无论从哪个方面来说，打架都不能算是一件好事情，而亲兄弟之间要是打得头破血流，你死我活，那就更不是人干的事了……可是后来，随着吃饭声音的响起和延续，我就再没有听到过一声让我觉得委屈和不快的动静。

老二一动不动地躺在我的旁边，眼睛睁着，不知在看哪里，嘴张着，却又说不出话来。

我一个人慢慢地想了一会儿，忽然意识到不能再这么继续吃下去了，我放下手里的筷子，东张西望地看着屋里，屋里明明有我们兄弟两个人，但我却觉得只有我一个人，这让我自己也觉得奇怪，可是又想不明白。另外，我还有一种十分不好的感觉，隐隐约约地好像看见危险和麻烦像两个不祥的披麻戴孝的人一样结伴从外面走进了我们这个家里。

我看见挂在门上的那块紫蓝色的帘子飘动了几下，帘子在动的时候，我的眉毛和眼皮也跟着在跳，这让我相信那两个披麻戴孝的人已经掀起门上的帘子从外面进来了。

我好像还听见他们在靠近水缸的那个地方叹了一口气。

于是，我急忙去叫老二，并用力推他。

老二躺在那里，嘴张着，两个眼睛看着他的兄弟，他在用他的眼睛和一只手在示意，说话，告诉他的兄弟说：他现在喘不过气来。

我把脸靠近老二，看了一会儿，终于看懂了他的意思，老二现在一口气都喘不过来，更不可能一鼓作气。出气，换气，成了他眼前最大的一个困难，每次只能喘那么一点点，刚想接着再喘，但马上就又跌落回去了，跌回到起点，回到一开始的时候那个地方。

明白了这些以后，我一下就觉得自己没办法了。

我对老二说："这咋闹哩？我也不能替你出气。"

看看老二还是那样，又说："其实我的肚子里也是鼓鼓的，又沉又胀，好像堆满了石头，我觉得至少有一麻袋石头堆在我的肚子里面，想挪哪一块都挪不动。"

又问他："你是不是也是这样，觉得肚子里的石头挪不开？"

老二一动不动地看着我。

我对他说："你是不是想告诉我说，你肚子里的石头比我的多，比我的大？"

老二还是像先前那样一动不动地看着我。

我对老二说："那还用说么，那是肯定的，你不说我也知道，你肚子里的石头肯定比我的多，也比我的大，无论哪一块，都死沉死沉的，互相还压在一起，根本挪不动。你知道这是因为啥么？因为你吃得就比我多。"

这以后，我看看躺着的老二，又竖起耳朵听听屋里的动静，我是想知道那两个像纸一样从外面飘进来的披麻戴孝的人这时候还在不在屋里，我觉得他们肯定还在，因为我没有看见他们出去。

一定是躲起来了。用眼睛把屋里能看到的每一个地方都小心地扫了一遍后，我这样想道。

这以后，我对老二说："我出去叫人去吧。"

老二看着我，脸上掠过一种树影般的东西。

我想了一下，拿来一个枕头，把老二的头垫高了些，以为这样就能让他喘过气来。

我很快就出去了。我们的爹妈都死得早，家里现在只有我们兄弟两个。我想，要是爹妈还在，哪怕只有一个在，他们也不会由着老二这么胡吃。我自己呢，很明显管不了老二，哪有小的管大的的道理？倒是长期以来一直被他管制着。我知道哪里有压迫，哪里就有反抗这样的道理，但从来都认为那是书上的事，那是别人的事，我本人从来没有那么想过，倒是一直觉得人就是应该要被管着，不管还长不大呢。我出去叫了两个亲戚，又找来了住在附近的两个人。去村里的医生家里叫医生，才知道医生在晌午的时候就到胡家营奔丧去了，两三天以后才能回来。站在黑洞洞的街上想了一会儿，没办法，才去叫兽医。"兽医也是人，兽医也是医生。"我一边走一边这样安慰自己，劝说自己。不一会儿之后，等走到兽医的家里，并见到兽医本人的时候，我已经完全把自己说服了。

但是兽医却说："别胡闹，我是兽医。"

但是我不管，拉上他就走。

回去的路上，我有些讨好地对兽医说，他医术高明，他就是白求恩。

兽医是个近视眼，一边在黑暗中摸索深一脚浅一脚地走着，一边说："去就去吧，别给俺戴这种高帽子。"

从外面一进来，人们就看到老二像一个即将就要临产的女人一样，十分困难地躺在那里，有人嘿嘿地笑了两声。很快，又在一个盆子里看到几个拳头那么大的饺子。我们的一个亲戚拿起一个饺子看了看，然后问道：

"这就是你们兄弟两个包的饺子？"

我说："嗯。"

亲戚说："又没人跟你们抢，你们就不能包得小一点儿么？"

我说："我也说这么大不行，可他不听，他就要包这么大的，我也没办法，我闹不过他去。"

亲戚又问："他吃了多少？"

我说："大概最少也有八十几个。"

亲戚说："都是这么大的？"

我说："都是这么大的，没小的，就没包过小的，哪会有小的。"

这个数字把在场的几个人都吓了一跳，都互相看着，说不出话来，每个人都像是被噎住了一样。

亲戚看着躺在炕上的老二，自言自语地说："唉，这个二货，这个愣鬼，他真的是不要命了。"

又对兽医说："快想想办法——"

兽医说："我也没办法。"

亲戚说："你要是没办法，我们就更没办法了。"

兽医叹了一口气，说："唉，不是我说他，他这么大的人了，又不是一个不懂事的孩子。让我看，他还不如那些牛和马呢，它们也能懂得一个道理，无论是吃草还是吃料，只要觉得吃饱了，就不再吃了，怎么让它吃，它们都不张口，可他呢？唉……我当了二十几年兽医，见过的病也不算少了，还从来没见过这种事呢。"

亲戚说："牛和马就没有撑着的？"

兽医说："没有。"

亲戚说："我不信。"

兽医说："你非要不信，我也没办法，不信就不信吧。"

兽医觉得自己的脸上热烘烘的，又有点儿痒，那时他才发现有好几束目光像手电筒的亮光一样都聚在他的脸上，既让他晃得睁不开眼睛，又像几个钉子一样钉得他一阵阵发紧，这让他觉得受不了。

于是，兽医说："都别那么看我，看我也没用，我没法。"

人们嗡嗡地说："我们这几个人里，就数你有办法了。"

兽医说："我哪有办法？我总不能拿劁猪的小刀把他的肚子划开，把里面的饺子取出来吧？"

人们嗡嗡地说："估计不行，要是划开了，他也就完了。"

兽医说："所以说不能划么，要是能划，我早就划了，还用得着你们说么？我来就是来帮忙的，解决问题的，不是来看红火的，瞧热闹的。肚子能随便划么？"

我们的那个亲戚说："根据现在的情况来看，即使不划，看样子也好不到哪儿去，闹不好也得完了。"

所以，亲戚还是建议兽医把老二的肚子划开，说不定划开以后，情况会柳暗花明又一村哩。此外，亲戚还特别引用了毛主席的话说，不吃梨子，就永远不知道梨子的滋味。

兽医像是被蜇了一下，马上变颜变色地说道："你想吃你吃吧，我不吃！你别逼我，我上有八十岁的老母，下有老婆，还有一大群孩子，我不能出事，不能出问题，我出不起……"

亲戚说："谁说要让你出事了？我说了么？就是想让你给他看看，给他治一治。"

兽医说："看看那当然行，可你别指望我把他的肚子划开，我不干，给多少钱我也不干。"

"你不干我干，把你的刀子借给我。"

"不借，你自己找去。"

……

夜很深了，人声还在嗡嗡地嘈杂。就在那时候，老二已经静悄悄地走了，他终于再也不喘气了，再也用不着喘气了。


# 三


这头名叫小四的驴，像是一个刚上小学一年级的孩子，一路上又蹦又跳，看见路边的野花野草，都要过去闻一下，有时候甚至还想追蝴蝶，撵兔子。看见有别的驴或马从路上经过，它也要停下来看，人家都已经走出老远了，它还歪着头在那里看。有一个赶车的人用嘴吹了一声呼哨，它差一点儿跟人家跑了。

我对它说，不用瞎跳，小心蹦到沟里去，先不说摔死的话，就是只跌断一条腿，你也就完了，你会像你的娘一样，很快就会让人们一块一块地分着吃了，然后，把你的那张小皮像一件小大衣一样挂在墙上。

听见我这样说，它用它的那一双黑褐色的大眼睛认真地看着我。我摸了摸它的鼻子，鼻子湿漉漉的，软乎乎的，摸在手里，感觉倒不像是一个鼻子。

一边顺着往南边去的路走，一边我又对它说，我把你雇出来，没有别的意思，主要是想让你在路上和我做个伴，另外，你本人也能见见世面，长点儿见识。我不骑你，肯定不骑，在家的时候我已经和宋守财说好了，说不骑就一定不骑。我可不是李富那种人，嘴上说得好好的，不骑，不骑，一到没人的地方，马上就骑上去了，而且还不是一个人，是两个人一齐上。

它侧过脸来听我说话，用一双水汪汪的眼睛看着我。不时地会飞来一些牛蝇，落在它的头上，眼睫毛上，它把耳朵使劲地一呼扇，一弹，那些东西马上就被扇没了。

路两边的青绿的莜麦地像湖水一样在慢慢地摇晃，一摇一晃，就会在满地里涌现出一轮又一轮的银绿色的波浪，一些黑颜色的鸟在那上面飞着，有的眼看就要一头栽进茂密的地里去了，却很快又嗖的一下翻起来，高高地吊在半空中。

半个多月前，在南边下窑的有才回到村里。当时，我一个人正在家里吃饭，门口那边被太阳照得亮亮的，黄黄的，我吃一口饭，就抬起头朝那片黄亮黄亮的地方看一眼，然后接着低下头再吃，然后抬起头再看。那期间，有两只鸡从那里路过，它们一边低着头，一边踅摸着往前走。

后来，看着看着，我忽然发现那里变得黑了。我一想，坏啦，不是风把门刮得关上了，就是有人来了……还正在想着，就看见有才脸洗得干干净净地来到了我的面前，人走过来的同时，还带来一种味道。

我问他啥时候回来的，他很含糊地说了一声，我没有听清楚。我拿起一个碗，准备给他盛饭，他说他家里已经做好了，是专门为他回来准备的，他要是在我这里吃了，家里的人会说他的。听见他这样说，我也就不再坚持让他了。他在我的屋子里转了一会儿，四处看了看，然后对我说：

"剥皮啊，你也该成个家了。"

我说："我是王老五，没有人喜欢我，没有人愿意跟我。"

"那是他们对你这个人不了解。"他说，"我认识一个女人，男人死

322

了两年多了，有一个六七岁的孩子。"

"有才，你是来给我做媒的？"

"也不全是，我是看见你这样，一个人做饭，一个人吃饭，才想起来的。我还有别的事要跟你说。"

说着，他搬了一个小凳子坐在我的对面，看着我，然后皱着眉头对我说：

"你知道不知道，元贞死了。"

"你听谁说的？"

"我亲眼看见的。打发她的那天早上，我们正好刚下夜班，刚从窑里上来，太阳红彤彤的，天气倒是个好天气，可是事情却不是一件好事情。"

"我不知道这件事，他们那边没有通知我。"

"怪不得呢，我还在发丧的人里找你，找她在咱们这边的亲戚，一个也没有。"

"她娘家这边也没人了，可能就剩下我这一个了。有才，你知道不知道，她是怎么死的？"

"不知道，我当时也觉得有点儿突然和意外。"

"唉，她咋就能死了呢？我还一直以为她活得挺好，我比她大八九岁哩。"

"他们真的没有告诉你？"

"真没有。我要是知道了，我肯定得去，再难也要去。"

"这件事情他们做得真不好。"

这就是我从有才那里得到的所有的消息，所有的消息加起来，在我看来就是一个意思，就是一句话，那就是元贞已经不在了。自从有才走了以后，我不时会想起这件事情，无论走到哪里，都会想起来，这让我变得像是身上背了一个东西，白天那就不要说了，就是到了黑夜睡觉的时候，也还是放不下来，还是一直在我的身上背着，想找个地方放下来歇歇都不能。我对自己说，得想个办法……三五天，十天八天，甚至一两个月，都能对付过去，可要是长期一直这样下去，这可不是个事啊，这要背到啥时候，背到哪年哪月才算完？

后来有一天，我梦见了元贞。

梦里的季节好像是一个冬天，因为没有下雪，也没有看见结冰，所以不太明显，但至少也应该是在深秋时节，因为我听见冷风在不停地呜呜地叫唤，树上看不到树叶，干树枝显得又黑又硬，像是几百年前留下来的东西。

就是在那样的一种又冷又灰又没人的情景里，我看见了元贞。一开始的时候，她像是有人用铅笔慢慢地描出来的，涂出来的，似乎下面垫着一个模型，上面用铅笔在纸上涂，涂着涂着，就看见有东西渐渐地出来了，最先出来的是她的眼睛、鼻梁和头发，然后显现出来的是她的嘴和左边的一半脸……以后，又看见了她的脖颈，她的胳膊和手，到后来，她整个人完全变得和以前一样了。

看到那些后，我在想，她这是咋了？她为什么要那么一点一点零零碎碎地出来呢？为什么不一下全出来呢？我有些想不明白。我想起一些故事里说的事，有人被砍掉了头，仍然直直地站在那里，一边向远处招手，一边用身体说："头，回来。"听到主人叫它，于是，头马上就从远处回来了，并准确无误地重新安在了脖子上，前后左右转两下，发现还和以前一样，就像没砍过一样。

元贞站在那里，我听见她在说：

"我死了，也没人来看看我。"

醒来的时候，我觉得脸上有东西在轻轻地滚动，滴答，耳根那里热热的。我不是那种特别迷信的人，成天神神鬼鬼地活着，看啥都和别人不一样。四十多岁，快五十岁的人了，至今还是孤身一人，吃，从来也没有吃过什么好的，穿，更没有穿过什么好的，一件羊皮袄，一冬天就够了，住的还是祖宗们留下的两间旧房，蒿草在上面长，耗子在下面跑，无论啥时候回来，无论回来得多晚，只要自己不掏出钥匙开门，就永远进不了屋里，别指望会有人从里面给你把门打开，而且，你回不回来都永远没有人关心，没有人记得。要是在外面不小心死了，那也就死了，死了就死了，谁也不会想起来。进得屋里，也永远都是一幅冰锅冷灶的情景，几天前用过的一个碗，要是忘了把它拿开，它就会一直摆在那里，一动不动地就那么摆下去，摆半年也是它，摆上一二年也还是它，最多碗里会增加一些灰尘，蜘蛛在上面拉几条线，织一个网……除此之外，你别指望那个碗里会有别的东西出现，不管别人怎么想，我本人从来没有做过那方面的梦，没有那么妄想过。我经常对自己说，我还有啥可怕的呢？神鬼也不会打我的主意，做我的文章，因为本身就没有什么油水和好处让他们可捞。

也正是因为这样，我才不会相信元贞在我梦里出现，是为了托梦给我，世上哪有那么灵验的事呢？

说是那么说，但我还是很想去看看她。因为自那天梦见她以后，她说过的那句话每天都要在我的耳朵边响起好几次。有时候，我一个人走着走着，冷不丁就会听到她说：

"我死了，也没人来看看我。"

我对自己说："得想办法去看看。"

我认为元贞至少比我强，她死了，希望有人去看看她，我就会想办法去看她，虽说她的这个表哥不体面，不成器，让很多人瞧不起，但也毕竟能去看她。我想，等过些年我死了以后，那才不会有这份福气哩，想让谁看都是不可能的，没有一个人会去看我，只能是一种一厢情愿的空想，况且，我也不会给谁托梦，茫茫世间，人来人往，没有一个人可以让我托付，也没有人会听我说这种事。

多少人愿意自己长寿，希望自己能够长年累月地活着，可是在我看来，一个人，要是不小心死在所有人的后面，那才叫麻烦哩。还不如趁大家都活着，能死就赶快死。

就这样，我终于决定去看看元贞。后来又想到，不能就这么赤手空拳地去吧？没有别的，至少也应该赶上一头驴去。我这么做，不是怕那里的人笑话我，而是怕他们笑话元贞，我不想让她在死了以后还让人们说来说去，那会比说我更让我难过。要是说我，我反倒不难过，有什么过不去的。

拿定主意后，我就去找宋守财借驴。连着找了好几个地方，找得天也阴了，又低又暗，后来，终于在一片开着无数小蓝花的胡麻地旁边看见了他。

我对小四说："趁这个时候路上没人，你要是叫我一声爹，我不仅不骑你，还有可能反过来背着你走。"

它看着我，打了一个喷嚏。

走了一会儿，我又对它说："从来都是爹背着自己的孩子走，谁见过当爹的骑自己的孩子？"

有人拉着满满的一车炭从南边回来了，押车的人铺着皮袄，睡在炭上面。问他们是哪里的？赶车的人回答说是白音宝力的，还得半个月才能到家。

我问他们有没有看见察右旗的车，赶车的人说，这会儿他们还在矿上等着，估计最少还得两三天才能返上来。

我熟悉这条路，路上全是粉红色的沙子，都是小米那么大的，坡一道连着一道，路两边的地里，除了莜麦，还有谷子和豌豆，苜蓿和黍子，鹰在上面飞着。最早那些年，元贞经常会带着她的孩子从这条路上回来，有时候骑自行车，有时候坐顺路的马车回来，我还赶着小毛驴车接过她几回，那时候，她的老娘，姐姐，两个嫂子，都还在。有一回，我们刚过了平川，走到一个叫望狐的地方时，我赶的小驴车突然翻了。

正是牛羊们从野地里回来的时候，巷口那边变得雾腾腾的。我牵着小四，背靠着一堵墙站在一边，小四忽然看见几个比它大一些的驴，顿时像个不懂事的孩子看见几个大孩子一样，立即不管不顾地呜里哇啦地叫了起来。放牛的人肩上披着一片用麻和油芯草缝成的雨披，手里拿着一根短短的只有笛子那么长的鞭子，斜着看了我和小四一眼，然后就走过去了，从后面看上去，他像是一个长着翅膀的人，似乎飞了很长时间，这会儿刚刚落下来不久，正在一边慢慢地走，一边歇息。

我拍了拍小四的脸，对它说，不要动不动就瞎叫唤，随便看见个啥都大惊小怪地乱叫一气，你这个样儿，让人一看就知道你是个没见过什么世面的傻小子，要是有人暗地里想打你的主意，我可管不了你，到了别人的地面上，我也没有办法。

小四歪着头，认真地听着。

有些山墙的外面黑黄黑黄的，尤其是那些旧房子的墙，一条河从山前流过，河水被山遮挡得有点儿发蓝，暗暗地流着。山上的向阳处有用白石头拼成的字，在那些不向阳的旮旯里塞着棺材，外面长着乱草，长着那种让人头痛的名叫鬼辣椒的花，风一吹，它们摇晃起来的样子像是在跳舞。

我终于又来到了这个地方。站在街上，我想了一会儿，元贞从我们那个叫捧场的村里嫁到这里快二十年了，这中间我来过几回，每一回离开的时候心里都有些灰扑扑的，所以，有时候即使从这里路过，我也是能不进去就尽量不进去，因为我知道钱生太还不是一般地不喜欢我，而是十分地讨厌我，一次也不愿意看见我，更不想在自己的家里看见我，这一点我是清楚的。不过，也不是从来就清楚，那也是通过日积月累，一年一年地慢慢地看出来的。聪明人和笨人之间的区别就在于聪明人一下就看出来了，而笨人则需要时间来铺垫，慢慢地才能明白过来。我就属于那种笨人，有时候，等明白过来，也已经迟了。多年来，我的眼前老有一种情景，觉得每次我走了以后，元贞和钱生太都会打一架，即使不打，也会狠狠地吵一次，当然，这只是我在回拒门的路上想出来的，实际是不是我想的那样，我不知道，因为我从来没有亲眼见过。元贞嫁给这么一个人，我也没什么好说的，其实，别说是钱生太，即使换成任何一个人，我也没什么好说的。在我看来，所有的一切都是命里注定的，都是早已提前安排好了的，一个人，在你刚一落地的那时候，一辈子的好歹和结果就已经定了，只不过是你自己一直都被蒙在鼓里，一直都不知道罢了，要是早知道了，那情况也就完全不一样了。定的是要你往东，但是你不知道实情和谜底，你非要往西去，那肯定就会有数不清的麻烦和灾祸在等着你，这一辈子你也别想走通，别想着能够一帆风顺，做什么成什么。说起来倒也简单，因为从一开始你就是错的，以后那就会一年一年地一直错下去，运不通，运不顺，永远都没有对的时候，没有好的时候。

我牵着小四，打量着眼前的这个院子。

这个院子姓钱，一同姓钱的还有院子里的那些房屋和住在房子里面的人，如今，我又站在了它的外面，又一次面对面地看见了它，与以往不同的是，元贞已经不在这里了，无论是谁来了，她也不会再从里面出来了。说心里话，我也不愿意来，可是没办法，该来的时候还是得来，不过，好在这可能也是最后一回了。

我注意到他们的门窗像是刚刚重新油漆过不久，看上去一片翠绿，站在街门口，还能闻到一股一股的油漆的气味从里面飘荡出来。

房上的瓦好像也换了，蓝雾雾的。

我把小四拴好，走了进去。


# 四


我睡了一会儿，梦见小四在吃草，它的嘴越吃越绿，到了后来，它的四个蹄子也都成了绿的。四周长满了一眼望不到边的青草，一些白颜色的鸟像银子一样不时地从草里飞出来。

没有人告诉我元贞的坟在哪里，但是我走着走着，一下就找到了，一个黄土堆起来的新坟，后面栽着一棵杨树，从叶子上看去，杨树已经活了。照这样长下去，再过上一些年后，它会变成一棵枝繁叶茂的大杨树。从我们那里来这边的路上，就有好几棵那样的大杨树，也都是长在坟后面，树身像庙里的柱子那么粗，一个人根本搂不过来，上面的树枝又多，看上去黑压压的，还住着一窝一窝的喜鹊。那树头究竟有多密呢？我也说不好，这么说吧，要是你在路上忽然遇到了雨，你跑到那大树下去避雨，保证你一点儿都湿不了。

我是被一阵骂声惊醒的。

"……把那些狗屎铲走！"

我听出是钱太生的声音，于是急忙翻身坐起来，透过窗户，我看见元贞的一个孩子一只手里拿着一把扫帚，正皱着眉头站在小四的尾巴后面。我以为钱生太也在旁边站着，但是没有，我又向院子的东墙和西墙那里看了看，也没有他的人影，好像骂过以后立即就从院子里飞走了，连一丝一毫的痕迹也没有留下。但是，就凭刚才的那种声音，我就知道钱生太肯定又不高兴了，这么多年的妹夫了，他高兴不高兴，我能听出来，也能看出来，也能感觉得到，这样的事情以前也经常有。

另外，明明是驴粪，他非说是狗屎，一个人的心里要是高兴的话，能这么说么？

还有这个小四，有空我得说说它。来的路上，快进村的时候，我还专门在一块山药地的旁边停下来，提醒它，对它说，趁这会儿还没进村，你有要办的事就抓紧办，要拉你就赶快拉，要尿你就赶快尿，不要等一会儿进了人家村里以后让我跟着你丢人现眼。但是，那时候它只顾低头吃草，我说的话它根本没有听进去，甚至完全没有听见。这样，我也就麻痹了一下，没有再接着督促它，再加上有几个蝴蝶老在眼前转，花花绿绿地飞来飞去，很快就把那事给忘了，直接就领着它沿着一片黄芥地的圪梁进了村。人是很容易分心的，很容易被别的事情干扰的，一分心就会把原来的那点儿事都忘得干干净净。现在想起来，这也怨我，不能全怨小四。

于是，我从屋里出来，对那个名叫树声的孩子说：

"让舅舅来替你扫吧。"

树声把手里的扫帚递给我，我一边扫，一边又告诉他说，其实驴粪牛粪并不脏，一点儿也不脏，把世界上的最恶心的东西排起队来，排上一百件也轮不到它们。听见我这样说，树声睁大眼睛看着我。这孩子长得有点儿像他妈，尤其是眼睛、嘴和脸型，一看见他，我就想起了元贞。

"你爹呢？"

"走啦。"

"走啦？"

"嗯。"

"没说去哪儿？"

"没。"

"他去哪儿从来都不说么？"

"不说。"

……

"孩子，你还记得我么？"

"记得一点儿。"

"才一点儿？你小的时候，我经常抱你，有一年，我还带着你走了三十多里，去烟筒山赶过庙会，一路上，你一直都骑在我的脖子上。你要下来尿，我就把你放下来，尿完以后，就又骑了上去。"

"我不记得这些了。"

"也就是在那一年，有人让舅舅到一个叫王家园的地方去相亲，我就想，我总不能就这么乱七八糟地去见人家吧？我总得给自己闹一件新衣裳穿上去吧？可是手里没钱，在供销社里憋气一样憋了好几个钟头，计算来计算去，买一件上衣无论如何是不可能的，就是不买上衣，光买一条裤子也不够。最后，还是卖货的老贾帮我算了一下，他说我手里的钱只能买一顶帽子再加一双鞋，鞋当然是那种白塑料底子的布鞋。我想了半天，对老贾说，'这不行吧？一个人，头上的帽子是新的，脚上的鞋是新的，除了这以外，别的地方都是旧的，破的，这要是去了，怪模怪样的，闹不好要出洋相的。'老贾说，'没办法，只能这样，谁让你的钱不够呢？那样一穿戴起来，模样是有点儿怪，不过，能有一顶新帽子一双新鞋，照我看，那也就不赖了。这是我的一点儿建议，钱是你的，主意最终还得你自己拿。'我说我没主意，拿不出来。我让老贾再帮我计算计算，想想别的办法。老贾也是很认真地在那里憋了半天，一心想帮我，可是也再想不出别的办法了。没办法，后来我想，算了，就这样吧，就买一顶帽子一双鞋吧，有总比没有好，毕竟都还是新的，总比浑身上下一件新东西也没有要好得多。就这样，我买了一顶帽子一双鞋，老贾专门去供销社后院的库房里给我挑出来的。

"也是怨我自己贱——去烟筒山赶会的那天早上，我像是被鬼催着一样，别的东西啥也想不起来，唯一能想起来的就是不久前刚买回来的包在一张纸里的那顶帽子，从我一睁开眼的时候起，它就开始在我的脑子里不停地转啊转啊，一会儿上去了，一会儿又下来了，一会儿转远了，一会儿又近。那时候，我就在想，它这是一遍一遍地转啥哩？是不是想让我戴它哩？是不是想让我戴着它去三十里以外的烟筒山走一趟，到时候那里会有无数的人，他们都能看见它。我认定它是这样想的，只是它自己不会说罢了，一顶帽子哪能把它自己的意思说出来？那不是要成精了么？后来我又想，我好不容易有了一顶新帽子，加上帽子本身也有这方面的要求，那我就戴一回吧，反正戴一回又戴不烂，也戴不旧，相信等去王家园相亲的时候，它还会和新的一样，和从来没戴过一样，我要是不说，别人谁也看不出来，无论他的眼睛有多尖，也别想看出来……这样一想过以后，我就从纸里把它找出来，戴着它出了门。

"说起来也真是灵验，自从我把它端端正正地戴到我的头上以后，它马上就不在我的脑子里再继续转了。我是这么理解的，它就像一个喜欢到外面游荡的孩子一样，早上一起来就闹着吵着要出去，不出去就不罢休，就没完。现在，它的目的终于达到了，所以它就不再像先前那么不停地转了，也不再闹了，乖乖地，老老实实地跟着我出了门。

"一路上，你一直都骑在我的脖子上，还用手抱着我的头，按着我的帽子，正是因为这样，所以我才一点儿也没有担心我的那顶新帽子会有闪失，会有什么麻烦。我是这么想的，只要你在，我的帽子就会在，一个活蹦乱跳的孩子都丢不了，一顶帽子能丢了么？可是，等后来到了烟筒山的时候，我一摸头上，发现帽子真的没有了，不知啥时候早就不在我的头上了。

"哪去了？丢了呗，不见了呗。

"我把你放下来，交给你妈，然后我自己马上顺原路返回去找，一口气返回去十几里。一路上，我看见一个人就问，'看见一顶帽子没有？一顶新的从来没戴过的帽子？'人们都摇头，还有的人以为我疯了。其实我心里也很明白，返回去也是白返回去，找也纯粹是瞎找，根本不可能再找得到，它不可能端端正正地搁在路上，等我返回来找，世上哪有那样的事？戏里面也少见。人就是这样，明知道不行了，不可能找得到了，可还是不死心，还是要返回去。

"为啥要那样做？为了能给自己一个交代。返回去找，没找到，那和压根儿就没去找，是不一样的。尽管最后的结果都是空的，都是啥也没有，可那是两回事。

"你想么，那哪能找得到？那么新的一顶新帽子放在路上，就像天上掉下来的一个饼子，谁看见了都会捡，捡到了就等于平白无故地赚了一笔，会也不用去赶了，直接回家吧。

"我气我自己，我是那么没命，那么不走运，好不容易买了一顶帽子，还没有来得及在相亲的时候派上用场，甚至还没有来得及在我的头上捂热，就这么不明不白地丢了，不见了，钱花得窝囊，花得败兴，连一个响声也没有听见，像雨点儿掉进了土里——雨点儿掉进土里还能听见嘭嘭的响声呢。

"帽子丢了，只剩下一双新鞋，幸亏没穿出来，要是也头脑发热穿出来了，说不定也得丢了，不丢也得破了。路上我就在想，啥也没了，这白眉赤眼的，过两天咋去王家园相亲呢？

"王家园的那门亲事，最终也没闹成。

"相亲的那天，我早早地就去了，穿着那双新鞋，头一天就理了发，可人家一看见我那样儿，当时就认为不行。她妈说，'坐坐回去吧。'眼里满是那种失望的灰。

"我想不行就不行吧，本来我也就没抱多大希望，要是能成了，完全是老天爷看我可怜。她们家里有两口水缸，我都给她们挑满了水，一共挑了五担。另外，我又把她们院子里的一个快不行了的旧鸡窝拆了，重新帮她们盖了一个新鸡窝。活儿干完以后，她妈过意不去，非要送给我一件用蓝线和白线编织成的毛线衣。

"媒人后来告诉我，她们一家人对我的评价是：'人是个好人，就是太穷了。'

"唉，不是舅舅不努力，实在是因为命不济。"

我梦见老家捧场那边的燕子在嗖嗖地飞，飞得又低又平，燕子大部分是黑的，但其中有几只是蓝的，还有一只是白的。黑燕子经常见，白的我可是从来没见过。

它们好像是从王家园的那个方向飞过来的。王家园是一个干干净净的小村子，黄土的房子，黄土的墙，黄土是那种十分纯粹的黄土，中间没有掺杂一点儿别的颜色。临走的时候，我记得住在她们旁边的一个老人抓了一把黄土，露出没牙的嘴，对我说，这要是能吃，这要都是面，我们就啥也不愁了。

媒人说，这个死老汉，坐在门前的石头上，就喜欢做美梦。

榆树的轻黑的伤寒般的影子筛了一地。

杏树上的白花在我来以前就落完了。

有些事情我想不明白。家里没人的时候，我到处走，到处看，满心希望能碰到或发现一些比较有用的东西，连院子里的鸡都看出了我的勤快，有时会停下来，斜起眼睛看我。看到它们那种不礼貌的样子，我就压低声音轻轻地朝它们喊一声，有时候光喊还不管用，它们一动不动，根本不尿你，不把你当回事，还需要再跺一下脚，才能把它们吓跑。我说的有用的东西不是别的，就是那种能让我想明白的东西。

树声还是整天往外面跑，有时候带回一些乱七八糟的东西来，一个人坐在那里研究。

我问树声："你妈到底是咋死的？"

听见我问，树声抬起头，很不高兴地看了我一眼，然后说："有一天晚上，我们正要吃饭，我妈忽然说她的眼睛看不见了，一开始我还以为她是在开玩笑，在吓唬我，后来看见她伸出两只手非常没准地往前摸索，我才知道不对了……正常的能看见东西的人是不会那么摸索的，只有那种真正看不见的人才会那么有一下没一下地摸索，而且非常地没准气。我赶快拿来一条毛巾，让她擦擦眼睛，她擦了，可是不顶事，还是看不见。后来，她说她要躺一会儿，我让她先吃饭，她不吃。我一想，眼睛忽然看不见了，也确实没法吃，那就先躺一会儿吧，躺一会儿以后说不定就能看见了。于是，我给她找来一个枕头，就扶着她躺下了。她躺在那里，闭着眼睛对我说，'你吃饭吧，我过一会儿就好了。'我一边吃饭，一边拿眼睛瞄着她，看样子她好像睡着了。我想，那就睡一会儿吧。后来，我吃完饭以后，看见她还睡着，我就悄悄地下来，拿了一件衣服盖在她的身上，她的眼睛动了一下，好像看了我一眼。这以后，我又悄悄地把屋里的门关上，我出去了。那时候，街上黑得已经啥也看不见了，我刚走到街上，就和迎面来的一个人撞到了一起，那个人的身上有一种说不上来的味道……唉，我妈，那一觉睡的，从那以后她就再也没有醒过来。"

我看着树声，我有些不敢相信。

我说："就这么就死了？"

树声说："嗯。"

我搓了搓我的脸，觉得有些麻。

我说："就算她看不见了，看不见就看不见吧，有好多人也都看不见，可也不至于一下就死了啊。"

"你以为我不想让我妈活着？她是我妈，又不是你妈。"树声说。又说："她一死了，这个家也没意思了。"

这孩子，我要是不问，他还不说哩。

我到村子的外面去走了一圈。南面全是高粱地和玉米地，啥也看不见，最远处有一点点山脉的影子，看上去虚虚的，雾雾的，像是戏里的布景。那虚虚的躺下去的山脉，长却是够长的，从东南方向一带微微地鼓起来，然后一直往南斜，蓝雾雾地斜着，斜着斜着就忽然跌落下去了，好像断了，实际没断，等到了西南方向时，忽然又能看见了，因为在那里又鼓起来了，能感觉到它这一回鼓起来的比较有劲，比较坚固，硬硬的，挺挺的，在相当长的一个时期内是塌不了的。

西面有好几个煤窑，包括有才在内，我们那边有不少人都长年在那里，几个月回一次家。

没有人告诉我元贞埋在哪里，但是我一下就找到了那片坟地，旁边是一簇一簇的小黄花，再远一点，长着那种半人高的细绒一样的毛毛草，风一吹，白茫茫的，太阳一照，也白茫茫的亮晶晶的一片。

我停下来，站了一会儿，后来我忽然觉得元贞好像正坐在她自己的坟前，一些比豆芽高不了多少的小蓝花开在她的前面，它们的样子像是在跳舞，又像是一群小声地吵吵嚷嚷的孩子，互相牵扯着，一个拽着一个的衣裳，闹着要回家。

我往前走了两步，再看坟前时，已经没有人了。

我想起有一年七月里，我去凉沙山上给我的爹妈上坟，那几天我右手的一个手指刚刚被马咬掉，每天疼得钻心，我用左手拎着一个荆条篮子，篮子里是我给他们准备的一点儿吃的和几张纸。顺着一条上山的小路爬了一会儿，后来，我一抬头，远远地就看见我们家的坟前有一个人，我想，那是谁呢？我一边走一边从后面打量着那个人，却一直没看出是谁。我们家里没有姐妹，只有光不郎当的四个兄弟，老大一家在外面，已经有几十年没有回来过了，从道理上说，还算是我们这个家里的人，但从实质上来说，早就不是了，至少我是这么认为的，因为我们之间没有一丝一毫一分一厘的关系，想来他也是这么认为的。我是老三，兄弟四人中最不行的一个。说起来，老四应该是我们兄弟四人中最有出息最有希望的一个，他不仅人长得好看，更比我们机灵，喜欢干净，身上穿的衣裳每天都要洗一遍。穿球鞋，别人的鞋都是脏的、破的，只有他的鞋从来都是雪白的，也不知道他咋洗得那么白？头发也是又黑又亮。可是，就是这样一个人，在他二十多岁、还没有结婚的时候，有一天忽然跳了井，我们至今都不知道他究竟是因为什么，我想了好几年也没有想明白。原因肯定是有，哪能没有原因呢？有时候，即使是一件最小最小的事情，也会有它的原因，何况是这样的事情，只是，我们都不知道，也想不出来，这种事情，猜是不行的。要说因为活得不好，自己没本事，谁也瞧不起，就因为这个就去上吊抹脖子的话，我们兄弟四人中间，首先最应该最有可能去上吊跳井的，应该是我，其次是老二，最不应该也最没有可能的才是老四。

老四跳井后的那几年里，我一直在想这件事，只是，没有一回能想明白。我只知道他和一个叫刘玉的女人好，那也是听别人说的，刘玉比他大十几岁呢。

石鸡在山上飞着，从一片灌木丛里扑棱棱地飞起来，哪里也不去，又落进另一片灌木丛里。

渐渐地走近以后，我终于认出了那个人，是我爹。

认出他以后，我在心里对自己说，这老头，不好好地在自己的坟里躺着，咋跑出来了？真能胡闹。

他面朝北，坐在他自己的坟前，不知在鼓捣什么。

我记得，当初把他放进坟里去的时候，他的脸是朝上的。

山上的花红艳艳的，我突然朝他喊了一声。

我说："嗨——"

听见我的喊声后，他马上就没影了。

我来到坟前，把手里的篮子放下，转了几圈，我觉得他是又钻回到他的坟里面去了。

爹妈的坟旁边，有一片空地，上面长着黄黄绿绿的野花，这个位置是留给老大的，至于他将来死了以后回不回来，能不能回来，那就是他的事了，反正地方是给他留下了。再过去是老二老四的坟，坟头上面都长满了青草。

我再不济我也能明白，在老二老四两坟中间空的那一小片地方就是我的位置了，我死了以后，就要在那里挖个坑，埋进去。

现在，那一小片地方也长满了黄黄绿绿的野花。

我把篮子里的馒头分成三份，一份摆在爹妈的坟前，另两份放在了老二老四的坟前。馒头是我自己蒸的，看上去不像是馒头，主要是因为面有问题，不太好，再加上我的手艺也不好。不过我觉得这已经够不赖的了，他们躺在这里，还有人记着到时候给他们送馒头来，尽管东西算不上好。我想，他们的命比我要好，将来我要是死了以后，即使是再不好的再不像馒头的馒头也没人来给我送。当然，等到了那个时候，爹妈，还有老二老四他们也没人再给他们送了，因为我也和他们一样躺在这里了。

这以后，我又从篮子里拿出一小瓶酒，往出倒了一点儿。酒是那种散装的白酒，从供销社的坛子里打出来后灌到瓶子里的。转过脸，我又看见了老二的坟，于是，我又拎着酒来到他的坟前，我把瓶口斜起来，在他的坟头上倒了一点儿。我对老二说：

"你也喝一点儿吧。"

一只喜鹊喳喳地叫着，从那边飞过来，落在坟后的树上。

就在那天夜里，我梦见我爹怒气冲冲地站在门口，他嫌我白天的时候惊吓了他，后来又数落我。我对他说，还不满意？你们死后，唯一能给你们去上坟的人就是我，只有我！不管好赖，我每年都要去一回，有时候，碰上我正好稍微宽裕一点儿，就去两回。我自己呢？吃没吃上饭，从来没人管，有了病，全靠扛着，扛过去算是命大。我去饲养场里给马添草，饿疯了的马咬断了我的一个手指，我疼得钻心，白天疼，黑夜疼，没有一个人过问过一下……

他说，你的手让马咬了？

他没说要看，我也没让他看。

后来，我忽然疼醒了。我爬起来，用另一只手划了一根火柴，看见又有血洇出来了。


## 五


临街的一间房子里，有人突然说：

"我们共产党人好比种子，人民好比土地。"

声音是在我从那里经过的时候猛不防传出来的，我吓了一跳。看那道窗户，是四方的，像是开在街上，一道一道的木格子，上面糊着白麻纸。

街上没有人，空气里有一种木薯粉的味道。

一头大猪带着一群看上去还不一定满月的小猪正在穿过那边的街口，小猪们都肉乎乎亮光光的，互相挤在一起，像耗子一样边走边吱吱地叫着，生怕把自己丢了。

正要离去，忽然又听到有歌声从那扇上面糊着一层白麻纸的窗户后面飘出来：

> 我——们，共产党人，好比——
> 种呀啊——子，
> 人——民，好比土——地
> ……

歌声唱得颤颤悠悠的，断断续续的，让人担心一不小心会接不起来，会像断了的线头一样飘走。

> ……
> 在人民中间生根发芽，
> 在人民中间开花结果，
> ……

我停下来，我想看看这是颗什么样的种子，要把自己撒到哪里去？听他的意思，不仅要生根，还要发芽，还要开花，还要结果。这歌我也会唱。

但是后来，果然就像一个线头一样断了，从此再没有接起来，白麻纸的后面一片寂静。

也没见有人从那里面出来。

天快黑的时候，我再从那里经过，那里已摆出一具棺材，油漆味老远就能闻到。

蝙蝠擦着人的耳朵嗖嗖地飞过。

这些家伙，一到这个时候就都出来了，白天的时候从来看不见它们，也不知它们都住在哪里。

一个孩子说："我喜欢闻油漆味，不喜欢棺材。"

这时，一个披麻戴孝的人像是从地里长出来的一样，忽然出现在棺材大头的前面，对那个孩子说：

"我捂住你的眼，你闻吧。"

从高处稀稀拉拉地流下来的云彩，像是从远处回来的雾蒙蒙的牛羊，到了地里的时候，就不再是云彩了，也不再是牛羊的样子，而是变成了丝丝缕缕的风，手一样摇晃着庄稼，舌头一样一遍一遍地舔着叶子上的茸毛和合在一处的花瓣，用不了一会儿，那些先前一直都还悄无声息的花瓣就都被舔醒了，一片一片地活了过来，然后开始伸展，嫩嫩地颤动，胀大，舒卷一下后完全张开，像敞开的门，尽可能地将里面的东西甚至秘密暴露出来。

还有的一路跑着，从长满葛蔓和丛草的崖头上跌下来，像是闪断了腰。

这样一来，经常总是动不动就能听到一些声音，也说不上是什么声音，要是往清楚里说，也说不清楚，反正是有声音，有东西，不是白纸一张。不过，这样的事不能硬追究，也不能去刨根问底，因为最终的结果，闹得好了是啥也没有，要是稍微不好一点儿，那就会被一些从来都既没有想过也没有梦过的麻烦事给缠住，要是稍微再厉害一点儿，再鬼森森一点儿，就会在最短的时间内被活活地缠死。以前，有人死了，周围的人就认为是狐狸干的，我认为不是。

不要啥都怨狐狸。

一个脸挺白，头发却有些黄的女人对我说：
"我认得你，你是元贞的表哥。"
我说："对，那就是我。"
"有一年，你还帮我们家栽过两棵树。"她说。
我看着她。
有过这样的事吗？我不记得了。
"那年，公社让每家都栽树，"她说，"我们家没有人手，正好那时候你来了，元贞就把你领过来给我们家栽了两棵树，这会儿，它们都已经长大了，长得又高又大。"

顺着她的声音，我的记性在一点一点地往回倒。倒到一个山坡上的时候，忽然停了下来，像是坏了，再不往前走了。路上是粉红色的沙子，沙子上浮现着马蹄的印和车轱辘印，还有的像是牙印。

我在村前村后走了一会儿，看见一棵一棵的树，却不知道哪两棵是我栽的。我想，它们要是会说话那就好了，它们会突然把我叫住。

"哎——"

我好像听见它们这样在叫我。

我停下来，站住，回头看看，没有人，有小股的风在那里低低地刮着，树叶像一些耳朵在动。

吃饭的时候，还是没有看见钱生太。

我对树声说："你爹好像在躲着我？"

"'好像'？"树声说，"不是好像，就是，他就是在躲着你。你才看出来？"

我看着树声，有些话我不愿意在孩子面前说起。

"就是因为你在，他才不回来。"树声说。

我说："我知道，他不喜欢我。"我是笑着说的，我有意把话说得轻描淡写，为的就是让这个刚刚没了妈的孩子感觉到这不是个事。

树声说："不光是不喜欢，你以为不喜欢就完了？他还很讨厌你，最主要的是看不起你。"

看见我愣愣地坐在那里，又说：

"别说是你，就连我他也不太喜欢。"

"连你也不喜欢？"

"嗯。"

"那他喜欢谁？"

"不知道。"

"你姐姐呢？"

"姐姐在公社接电话，不常回来。"

饭是我做的。树声要做，我没让他做，我对他说，你一个小孩子哪

340

能做得了，还是我来做吧。尽管我也不太会做，但好在只是两个人的饭，能对付。家里就我们两个人，我坐在一个小板凳上，一边拉风箱，一边和树声说话。蒸气有时候会像一场大雾一样把我罩在里面，看不见周围任何的东西。我在雾里听见树声好像在几十里以外的一个地方跟我说话，周围还有嚓嚓的镰刀割草和画眉鸟的叫声。树声说："我看不见你了，你是不是回捧场去了？"我说："对，我早就回来了，我正在梁上割莜麦。"树声问："莜麦熟了吗？"我说："熟了，黄澄澄的一大片，黄澄澄的又一大片。"树声说："我也要到梁上去割莜麦。"我说："你哪能割莜麦？别把腿割了就不错了，我给你找一头小牛或小驴你骑一骑吧。"树声说："你不是说公家的东西不能随便骑么？"我说："按说是不能，不过，那也得看是谁。你是我们捧场的外甥，客人，又是小孩子，浑身没有二两重，骑一骑也压不坏的，再说，也没人看见。"树声说："我看见有人。"我说："哪有人？人在哪儿？"树声说："那不是么，有两个女人，正在河边洗衣裳，还有一个两三岁的孩子坐在旁边。"我朝河边瞭了一下，然后对树声说："她们才顾不上管你哩，有那么一大堆衣裳就够她们洗的了，根本顾不上管你是骑小牛呢还是骑小驴哩。"我们队里的这块莜麦地在去石灰窑的路上，这时候，我听见石灰窑那边正在放炮，嗵嗵地响了两声。

大雾一样的蒸气慢慢地散去，我和树声两个人像水里的两块一大一小的石头一样渐渐地露了出来，我看见了树声，树声也看见了我。

树声看着我，说："你还在？"

我说："你以为真的不在了？真的回捧场的梁上割莜麦去了？"

树声说："这么半天，你一直都在拉风箱？"

我说："当然在拉，不拉饭哪能熟了？"

"饭熟了？"

"熟了。"

"真的熟了？"

"真的熟了，这还有假么？"

树声十分怀疑地朝锅里看了一眼，然后又把那种眼神落在我的脸上。

"还是再等一等吧。"他说。

他说这话的时候，像是一个遇事不慌不忙、不急于求成的大人一样，老成得让我觉得有些古怪。

我说："不用再等了，再等就熟过了头了。"

听见我这样说，他这才不再认为是生的了。

也不怨他，他这样怀疑也是有根据有道理的。头一天黑夜，没有电，也是只有我们两个人在，我摸着黑做好了饭，事先，我还跟树声说，我要给他露一手，让他看看，别看天是黑的，天黑也没关系，天黑不要紧，只要手艺好。可是，等到后来我们把饭盛进碗里，开始吃的时候，才发现面还是生的，像泥一样。不过，我还是就那么黑咕隆咚地吃下去了。这么些年来，类似这样的生饭，夹生饭，还有烧焦了的煮煳了的，我也不知道吃过多少了。我好说，但是我不能让树声吃，他还是个孩子，无论如何不能让他像我一样跟着我黑咕隆咚地瞎吃。于是我把他碗里的饭重新倒回锅里再煮，每隔几分钟，我就划一根火柴，看一看，除了担心夹生，还怕煳了。

现在，吃着熟饭，我和树声都觉得很高兴。想到就凭我们两个能把那些生东西弄熟，也真够玄的，真够不容易的。万一无论怎么鼓捣，它就是不熟呢？那我们也没办法。这种可能不是没有。

有狗在外面叫，声音叫得有些烈，是黑洞洞的半夜里才会有的那种叫声，捧场那边的狗也经常这么叫，在那些长长的黑夜里，它们一直醒着，站在那里，眼睛瞪得大大的……多少年过去了，人们一直这样认为，它们所以那么叫，叫得蝎蝎螫螫的，是因为它们看见了鬼。

我看看屋里，钟在正面的墙上走着。

我正想说真安静啊，小四忽然在院子里的木桩子旁边张开大嘴嗷嗷地叫了两声，突如其来的叫声把我想要说的话顶了回去，又像是被一下浇灭了。我从窗户上向院子里看了看，没有人，也没有别的东西。

树声对我说："它饿了吧？看见咱们在里面吃饭，它一定是生气了。"

我说："不饿。它还小，还不懂得生气。"

"它几岁了？"

"几岁？两个月还不到哩。"

"才两个月？那它长得可够大的。要是一个两个月的孩子，无论如何也长不了它这么大。"

"人和驴是不一样的。别看人长得慢，却活得长，大多数的人最少也能活六七十岁，闹好了能活八九十岁，极少数闹得更好的人甚至能活到一百来岁，可它们不行。"

"它们能活多大？四五十岁？"

"可活不了那么大，最多也就十几岁、二十岁……不行，二十岁也活不了。我活了这么大，还没见过一个二十岁的驴哩，也没听说过哪个村里有一个二十岁的驴。二十岁的驴肯定老得不行了，啥也不能干了，就算能熬到那个时候，那也没用了，也没人养活它们。"

"云龙的爷爷死了，他们把他埋到一个老远的地方，可他还是能够顺原路找回来，经常回来吓唬他们，跟他们要东西，有时候还要踢门，砸玻璃……把云龙他爹愁得，一点儿办法也没有。有一天，云龙他二爷爷上了房，站在房上看看下面的院子，院子里是空的。云龙他二爷爷用手指着他们那个空院子说，'这老鬼，不是说好了再不回来了么，咋又回来了？赶快走哇！他们都没忘了你，等过七月十五的时候，我一定让他们去看你，给你带吃的，穿的，花的。'"

"这老头没意思，死都死了，还老想让别人记着他。"

"我妈就从来不回来。我觉得，鬼也和人一样，也分好鬼和赖鬼，云龙他爷爷就属于赖鬼。"

有风吹过来了，我在风里闻到了胡麻和黄芥混合在一起的香气，蝴蝶在翩翩地飞，蜜蜂在嗡嗡地叫，电线也在嗡嗡地响，好像有人要从电线上来了，从很远的地方一路呜呜地滑过来。早些年的时候，我以为电线，特别是高压线，是世上最快的东西，比汽车和火车不知要快多少倍，能够把每一个出门的人送到他想要到的地方去，人只要骑在电线上面，就会比长了翅膀还要快，这样的一种认识一直坚持了好多年，并时常在好多别的方面左右着我，影响着我，不知不觉地改变着我。后来，通过开会，看电影，通过劳动，通过忆苦思甜，通过认真学习马列主义毛泽东思想，才知道那是不行的，才明白那是根本行不通的。高压线，高高在上，嗡嗡作响，离地三尺三，好上难下来，人只要上去了，就会被牢牢地吸住，粘住，就别想再下来了。有一年，在白草坡放牛的黄闷香不好好放牛，看见电杆上有一只很好看的碗，就私字作怪，想上去取下来拿回自己家里去，结果上去以后马上就被粘住了，像是蜘蛛网里的一只苍蝇。后来，电工剪断了电线，黄闷香才像一个包袱一样从空中掉了下来。

另外，电话也让我觉得奇怪，我一直以为，人的声音是顺着电话线一路爬过来的，像虫子一样窜过来的。可是，让我觉得难办的是，要是两个人同时开口说话，他们的声音就会在途中碰上，像是一根独木桥上迎面来了两个人，必然有一个人会被挤下去，闹不好两个人同时都得下去。带着这样的迷惑和疑问，有一次我去请教我们的队长。队长认真地想了一会儿，然后摇着头说，不对，你说得不对，事情不是你说的那样，比如你给我打电话，你说话的时候，你的声音走的是这根线，而轮到我说话的时候，我的声音走的是另一根线，井水不犯河水，不是一回事，明白了吧？我想了想，觉得明白了。但是，没过一会儿，我很快又发现队长的话也不对，也有问题和漏洞。我对他说，既然不是同一根线，我这边说话，你那边——你在另一根线上又怎么能听到呢？两层皮，不可能么。听见我这样说，队长盯着我看了一会儿，然后忽然说，去把牛栏和马圈的地出一下，里面的草和粪堆得快有一尺厚。看见我愣着，又说，没事多为集体想一想，想想如何为集体和国家做贡献，琢磨这些没用的事情干什么呢？你又不打电话，也没人给你来电话，你就是琢磨清楚了又能怎么样呢？这事和你有关系吗？和你没关系，和我也没关系。

我出圈的时候，感到身上轻飘飘的，觉得我的魂并不在村里，也不在附近的山上或路上。

# 六

"我爹可能又要结婚了。"

"你是听谁说的?"

"我姑姑给他介绍了一个女的,噢,不是一个,有两个,其中有一个是尹薇薇她妈。"

"尹薇薇是谁?"

"我们的同学。"

"尹薇薇她爹呢?她没有爹吗?"

"她爹死了,在矿上被打死了。"

"你和你们的这个同学就要成为一家人了。"

"成不了。"

"为啥成不了?"

"我爹说尹薇薇她妈的颧骨太高,他怕自己成为第二个尹寿山,尹寿山就是尹薇薇她爹,死的时候,我们都去看过,头都烂了,用一块绿绸子包着,看上去有一个量米的斗那么大。我们都觉得奇怪,既然头都烂了,咋还那么大呢?看不懂。看了一会儿,我们就从人缝里挤出来了,大人们把我们挤得厉害,李小山把帽子都挤丢了,只知道哭,也不敢回去找,担心挤得找不见,又怕找到了会沾上鬼气。一个人,头上成天戴着一顶有了鬼气的帽子,那还不头疼等啥?那会疼死。所以,李小山决定不要了,他对我们说'谁要是捡到了,就让他戴上头疼去吧'。"

"你爹是怕他自己出事。"

"这是一个原因,一个小原因。实际上还有一个原因,那个原因才是个大原因。"

"啥大原因?"

"他另外还有一个女的。"

"哪儿的?"

"不知道，但是肯定有，他经常鬼鬼祟祟地跑出去，翻墙上房，就是为了去找那个女人。有时候一走就是好几天，有时候回来身上还带着伤，走路一瘸一拐的。最长的一次有二十多天没回来，有人看见他了，说他躲在一个地方养伤，在熬鸡汤……他以为他是谁？新四军伤病员？"

"这些事情……你是从哪儿听说的？"

"他们都瞒着我，怕我知道，不想让我知道。我姑姑就不要说了，我爹也瞒着我，以为我不知道，以为我不懂，其实我什么都懂，什么都知道。"

"噢？"

"表舅舅，我告诉你一个秘密，你不要跟别人说。"

"你说吧，表舅舅保证不跟任何人说，表舅舅才认识几个人，表舅舅常打交道的是驴、牛和马，镰刀和草绳。表舅舅准备把你的这个秘密将来带到他的坟里去。"

"那我就说了。"

"说吧。"

"我还见过脱光了衣裳的女人……"

"啊……"

"你别'啊'。"

"我没想到……"

"她们那个地方的毛不顺溜，弯弯曲曲的，像是烫过的头发，又像是老年人下巴上的山羊胡子。"

"啊呀呀，我的老天爷呀！你妈要是听说你知道这些乱七八糟的东西，她会难过的，孩子，她一定会难过的，她会担心死的，她会难过死的。"

"担心什么？"

"担心你学坏了，又怕你长不成个人。"

"这种事情，是个人就知道，迟早都得知道，要我看，迟知道还不如早知道。"

"不能那么说。你看表舅舅是不是个人？不管好赖，表舅舅也算是个人吧？他就从来不知道这些。”

“你真的不知道？”

“你说的那些，表舅舅真的没见过。”

“那你还不如我们哩。表舅舅，我前面说过的女人是成年的女人，成年的女人和小女孩是不一样的。有一次，我们几个孩子在王明他们家的草房里，我们让梅梅把裤子脱了，假装成病人。我们当中年龄最大的王明要当医生，要给梅梅检查身体。我们几个都想当医生，都想给梅梅检查身体，但王明不让我们当，只让他自己当。我们说，凭什么你就能当医生，我们就不能？王明举起一只拳头，朝我们晃了晃，然后龇牙说，凭什么？就凭这个！这样一来，我们都不敢当了，只能让他当了，更主要的是，那还是在他家的草房里。为了让他本人更像一个医生的样子，王明飞快地跑回家里，偷来他爷爷的老花镜，戴上以后，真的很像一个医生，连我们也都服气了，觉得还是他最像。王明戴上老花镜以后，就把梅梅的腿分开，开始仔细地给她检查身体，还问梅梅哪儿难受，哪儿不舒服。但过了一会儿，首先感到难受、感到不舒服的，不是梅梅，而是王明。王明对我们说，这个老花镜让他觉得头晕，眼前越来越模糊，啥也看不清楚。我们就说，那你就把老花镜摘了吧，老花镜是老年人才戴的东西。王明犹豫了一会儿，把老花镜摘了下来。我们对他说，不要怕，不要担心，不戴老花镜，你也还是医生，别人都不是。听见我们这样说，王明很感激地看了我们一眼，说，都是我的好兄弟，我王某人不会亏待你们的。这时，梅梅说，我要穿裤子了，我冷。王明马上说，不行，那哪能行？还没检查完呢。不戴老花镜了，果然能看清楚了，也不头晕了，也不模糊了……我们剩下的几个孩子在旁边围成一圈，像是一头蒜上的几个蒜瓣，小心轻声地喘着气，手不动，脚也忘了动，耐心地等待着最后的结果，看看医生怎么说。”

“啊呀！不要看了，不要再看了！听舅舅一句话，这种有天没日头的事情以后再也不要干了，这不是个事。”

“就那一回。”

“孩子，你真让人不放心。”

一个女人，叉着腰，站在院子里，高声地叫骂着钱生太的名字，一边骂一边走来走去。

树声说："我爹不在。"

"不在我也要骂。"女人说，"我管他在不在！他就是藏在老鼠窟里，我也要把他骂出来。"

树声说："他又听不见，您这骂也是白骂。"

"我不相信他听不见。"女人说，"我就是要骂得他耳根发热，让他不得不爬出来。"

就又开始骂。

不光是骂，还一边走一边踢东西，院子里的东西，凡是能用脚踢的，她都要狠狠地踢一脚，门，凳子，扫帚，喂鸡用的盆子，拆下来好几天还没有安上去的喇叭，矿灯，水桶，半筐山药……就连小四也挨了她一脚，这是树声后来告诉我的。对于那些踢不动的，比如台阶，树，门槛，也要抬起脚来在上面狠狠地跺一脚。

我从外面回来的时候，她正指挥着两个人从正面的屋里往出抬缝纫机。我认得这台缝纫机，元贞在的时候常用它来给家里的人缝衣裳，我在捧场的地里干活儿的时候，有时候因为周围过于安静，耳边会忽然听见缝纫机的声音，听见缝纫机在噔噔噔地走……而现在，这个女人竟说这个缝纫机是她的。

她说："这个缝纫机本来就是我的。"

她站在窗户前，对着正面的玻璃，像是站在一扇穿衣镜前面一样，照了照自己。

一个抬缝纫机的人问她，要搬到哪儿去？

她说："搬到我家里去。"

趁那两个人还没有把缝纫机从院子里抬到街上去，我想问问她，这家里现在就树声一个孩子在家，她凭什么说抬缝纫机就要往出抬缝纫机？另外……可是，我刚走到面前，就被她一下推开了。

她看着我说："想上来，想占我的便宜？想强奸我？你也不看看你是谁。"

啊呀！老天爷呀！这个女人。

她的话让我有些抬不起头来，好像我真的做了什么，我让她说得再也不敢动了。

后来我站到了小四的身边，我用手摸了摸，它的身上有些潮，又看看它的眼睛。它也看了看我。它一看我，我就觉得它好像在用一种软软的声音哀求我，希望我能领它回去，用一种怕别人听到的小得不能再小的声音对我说，咱们回吧，回去吧。

我拍了拍它的头，对它说，放心吧，我不会丢下你不管。我这么一说，它听懂了我的意思，马上把脸伸过来，在我的手上蹭了又蹭。

这时候那台缝纫机已经到了街上，我听见一个人在说："小心，别磕坏了，磕坏了咱们得赔，这哪能赔起？"喊喊喳喳地边说边往远处去了。树声靠着门框站在那里，这半天了，我再没有听见他说过一句话，看着院子里的情形，比看电影看戏还要平静。像他这么大的孩子们，看电影的时候常会忍不住叫喊起来，有时候光叫喊还觉得不过瘾，还要到处乱撞，乱窜。我看着他，我心里在说，这孩子，别看是个孩子，倒是能想得开，看见别人搬他家的东西，在他们家的院子里乱七八糟地又叫又骂，一点儿也不着急。这么看来，小小年纪，他的心倒是够宽阔的，我觉得比我要宽敞许多。这两天，家里一直就只有我们两个人，我看出他和我也混熟了，比我刚来的那时候要好多了，有不少话也愿意和我说了。

有一次，吃饭的时候，我随便问他，将来长大了想干什么，他想了一会儿，说了好几种事情，但每说完一种以后，马上就又一笔勾销了。给我的印象像是一个正在砌墙的人，砌好一堵墙以后，二话不说，马上就又推翻，然后在别的地方另外重新再起一堵，砌起来后再推翻，接着再到别的地方再起。就这样一趟一趟地起，只是不觉得麻烦，每一回都觉得新鲜，还有一层甚至几层的意思包含在里面。

没有人来打断我们说的话，也没有人把脸贴在玻璃上使劲地朝里面看，只有燕子不时地在窗户外面飞来飞去，窝里的小燕子像虫子一样在叫。

树声说，将来要是离开家，到外面去，那就不说了；要是不离开家，一辈子都在这里，那就得想想办法了。想什么办法呢？无数的事实证明，在这个地方，做别的都不行，唯一的出路，唯一能做的就是当公社书记。

"只能当公社书记。"

"只能当公社书记？"

"一开始我也不懂，姐姐在公社接电话，我是慢慢地才知道的，在这个地方，公社书记就是天，就是老天爷，就是马王爷，公社书记一声吼，全公社都要抖三抖。"

"一样的，都是一样的，我们那边的也是老天爷和马王爷，有时候看上去比老天爷还要厉害，老天爷只是发一发大水，旱一旱你，至少不捆人吧？他说捆就把你捆起来了。派人到村里来，想捉鸡就捉鸡，想赶羊就赶羊。去年，我喂的一头牛被活活地拉走了。当时，我正在给它切草、拌料，它刚从地里回来，还没有来得及吃上，就被公社来的两个人牵着笼头拉走了。我端着筛子，对他们说，'让它多少吃点儿吧，它刚从地里劳动回来，还一点儿东西也没吃上哩。'

"他们说，马上就要杀了，还吃什么？吃也是白吃，还是省点儿草料吧，集体的东西，有一点儿是一点儿。"

"那牛不也是集体的东西吗？"

"他们把牛拉走以后，我身上一下就一点儿力气也没有了，像是病了一样，我一个人坐在铡刀旁边，看着切好的草和掰开的豆饼，哭了半天。"

"要是我，就用铡刀铡了他们。"

"……唉，耗子是不能吃，耗子要是也能吃，他们连耗子也得逼出来。"

"广东人就吃耗子，还吃猫。"

"不能吧？耗子也能吃？"

"能行，凡是天上飞的，地上跑的，没有不能吃的。前两天，景春

350

他们家就用喜鹊的肉包饺子。”

“……这么说来，广东那边的公社书记肯定也吃过耗子。”

“那还用说么，那是肯定的。”

“……就快要吃人了，逮住一个人，洗一洗，煺一煺，砍一砍，然后按进锅里，放点儿盐，再放点儿花椒大料……啊呀！这个世界……”

“所以，我越来越发现公社书记就像一座山，虽然不大，但也堵得厉害，让好多的人都直不起腰来，喘不过气来。表舅舅，我就要让自己变成那样的一座山。”

“孩子，那太难了。”

“世上无难事。”

“你现在连个小土包都还不是。”

“先别管那么多，你先告诉我，我当了公社书记以后，你都有哪些要求？”

“我还真没想过，让我想想……噢，我想起来了，舅舅也年纪大了，不想做别的了，我想专门给队里放马、喂马，不知行不行？到时候麻烦你和我们那边的书记说一说。”

“就这？”

“就这。”

“这不应该是个问题。”

“舅舅知道你能熬到公社书记不容易，舅舅不会给你添麻烦的，能让舅舅放马、喂马，舅舅就知足了。”

“这不行，我觉得还不够，我要让一个女人嫁给你，让她给你做饭，洗衣裳，收拾家，生孩子，给你生一儿一女，或者两儿两女。你不能再一个人做饭了。”

“那好啊！就是不知道人家愿意不愿意？”

“她愿意不愿意并不重要，个人服从组织，组织上愿意她就得愿意，要是都由着每一个人的性子来，那世界早就乱了，早就乱得不成样子了。”

“孩子，你可不能胡来。”

“我不胡来，我会打击坏人，保护好人，像我姑姑那种阴险毒辣、胡搅蛮缠的女人，不用和她商量，统统抓起来，扔到黑屋子里去。"

"我会等着那一天，我没想到我还会有那样的时候。孩子，舅舅一定好好地活着。"

"坚持就是胜利，女人会有的，孩子也会有的，舅舅，我认为你会一年一年地好起来的。"

"谁不想好呢，可有时候就是没办法，该成的事情总也不成，不该成的事情一不小心就成了，紧小心慢小心就成了。"

"暑假的时候，我想去一趟捧场，自从姥姥死了以后，我就再没有去过。"

"去吧，要不我来接你。我还说呢，这孩子怎么也不来了，小的时候年年在我们这儿，长大了，不会是把这边给忘了吧？那边好多人都记得你，有的女人，你还吃过她们的奶。你去了，我领你骑马，骑驴。"

"上一趟大云山。"

"我领你上大云山，上凉沙山，满汉山。这两天，大云山上的青杨树已经都绿了。"

"再去一趟大灰梁。"

"去个大灰梁，就像去咱们自己家的自留地一样，想去就去。舅舅认识一个采药的老汉，骑的车子是一个没闸的车子，七八十岁了，还像猴子一样，几丈高的树，说上就噌噌地上去了，连鞋也不脱。"

"不脱鞋就上去了？"

"嗯，我问过他，他嘻嘻哈哈地告诉我说，有时候脱了鞋，再认真地准备一番，紧一紧裤带，再往手心里吐一口唾沫，反倒上不去了，身子也忽然笨得像个口袋。"

"我当了公社书记以后，我也要骑自行车、戴墨镜、穿白绸衬衫，腰里别着枪，最好是两把枪，双枪，从公社一出来，一路上铃声大作。"

"……你说的那不是公社书记，那好像是汉奸。"

让那个女人一闹，我们的饭也没吃成。后来，树声啃了一个萝卜，我喝了一碗水。

那两只出去打食的燕子其实早就回来了，但就是吓得不敢进窝，嘴里含着谷子，一直躲在附近等着，听见它们的孩子们张着嘴在窝里饿得又哭又叫，干着急，也没办法。直到院子里慢慢地安静下来，再没有声音时，它们才出现，也不停留，不耽搁，立刻慌慌张张地回到屋檐下的窝里。

听见它们一家人在热烈地吃饭，我在心里说，这就好了，这一下就好了。

我把那些东倒西歪的东西一个一个地扶起来，有的摆正，有的放回到原来的地方，又拿起扫帚把整个院子扫了一遍。我在做这些的时候，有时抬起头朝四周看看，看见房顶上的瓦楞之间的低洼处蹲着一声不响的猫，看见树后的天还是红的。

看见那只在高处闭着眼睛养神的猫，我忽然想起了树声说过的话。我想，也就是在我们这种地方，它才能够像退休干部一样悠闲自在地在外面坐着吹风，乘凉，高高在上地休养，看热闹，这要是在广东，估计它也不能够也没胆量这么大模大样、随随便便地公开露面，恐怕早就让人套住吃了，它就是有那份闲心也没那个胆量。以我的估计，它每天都活得非常紧张，十分警惕，闲心是不应该有的，也不能有，有了就麻烦了。

周围的东西，包括空气，包括地，不知从什么时候起，一下就都黑了。

我想起捧场那边，这时候黑得可能比这里还要厉害，街上又没有人，从墙外的豁口吹进来的风，用力地摇晃着一些栅栏，狗又在蝎蝎螫螫地叫。

好多个黑夜都是这么过来的。远处的山上拉起了黑幕，水车也不转了，杏花如同撕碎了的白纸一样在悄悄地一片一片地往下落，黑石头垒起的墙上湿漉漉的，流星嗖嗖地滑向更远更黑的山里，有的像是一个寻短见的人一样，趁夜深人静的时候，一头栽进河里，顺着水流的方向一点点地远去。第二天天亮以后，河水照旧平稳地流着，没有人知道在几个时辰前，村里短了一个人，河里多出了一个东西。

已经很迟了，旁边的院子里还有人在说话。

"我们多会儿才能吃一顿饺子？"

一个孩子在问。

"多会儿也不吃。"

一个女人没好气地回答道。

"多会儿也不吃？"孩子小声地重复了一句，后来想了想，忽然又大声地问道：

"过年的时候也不吃？"

"对，不吃。"

女人喘着气，好像在从高处往下搬一个东西。

"过年也不吃？别人家都吃。"

"我说不吃就不吃，别人家吃你到别人家去，你出去看看，看看有没有人要你。"

"别以为我不值钱，没人要，铁桶爷爷不止一次说过，想让我当他的孙子呢！"

"他？他自己连稀的都喝不上，能养活得了你？他是怕将来死了没人埋，先占住一个。"

"不说铁桶爷爷。还有别的人呢，比如梅姨姨，她也想收我做她的干儿子。"

"梅姨姨要你，那你就去吧，门还开着，我不拦你。"

听见孩子的鞋在地上磨蹭了一阵，却没有去。

"咱们家真的过年也不吃？"

"我说过了，你就死了这份心吧。"

"……"

有一阵了再没有听见那孩子说话。

过了一会儿，忽然听见女人说：

"别琢磨了，赶快进去帮我把那桶猪食提出来，猪吃不饱就不睡，我原以为能省一顿，看来也省不了，这些挨刀的货。"

"那我呢?"孩子说,"我吃不饱,我也睡不着。"

"你是人,人吃不饱能扛过去,能克服一下,睡着了就忘了。猪不懂事,不给你克服。"

"我也不懂事。"

"别看它们长得又傻又黑,心里也有数,也鬼精鬼精的,哪一顿没吃都记得清清楚楚的。"

"我哪一顿没吃,我也能记得。"

"我让你不学好,我让你跟猪比。"

女人边说边操起一个东西,听见孩子在院里咚咚咚地跑了起来,四处躲闪。

跑了一会儿,停下来了。有一根棍子"啪"的一声倒了,在很硬的院子里发出一声脆的响。

孩子说:"唉。"

一边唉着一边走进屋里去了。


# 七


透过最上面的一层窗户,我看到外面没有月亮,却有着一捧一捧的碎银子一样的星星。我想起那些在这种时候正在走夜路的人,没有别的依靠,全靠这些忽闪忽闪的碎银子在上面指引,帮助。有一年,我和吴龙去草地上买马,马没买成,回来的路上正赶上这样的一个时候,满地露水,满天碎银子一样的星星,吴龙走一会儿就抬起头朝天上看看。

因为没有给队里买上马,我们觉得我们没有脸也没有资格去住店,更何况身上买马的钱也不能随便动,所以我们就一直不停地在走。满天的星星,我们在下面走着,吴龙不时地抬起头朝天上看。

我记得吴龙对我说:

"老天爷派人给我们打出这么多灯笼,路上就是有再多的店我们也不能住,住了说不过去。"

我一直都记着吴龙说过的这句话。多少年过去了，每到这样的时候，要是再赶上正好没有别的事，我就会想起来，想起那个满天星星、满地露水的黑夜，耳边感到有风，有黑夜的风，同时却又觉得热烘烘的——那热烘烘的东西正是他那时说过的话。

前年秋天，割高粱的时候，吴龙死了。

那天，我没去割高粱，我和六队的一个人临时被派到河边的那片小树林里去锯树，锯倒一棵，我就听见小树林里传来一阵细细的哭声，哭得嘤嘤咽咽的，我觉得是那些住在树上的鸟在哭，一家子都在哭。

锯完树，回家的路上，我听说吴龙在割高粱的时候死了。那时，天早已看不见了，我的心里有个东西狠狠地往下坠了一下。

吃过黑夜饭以后，我去吴龙的家里看了看，大门外糊了白纸，院子里点着汽灯，棺材已经起来了，就差一个盖子了，满地的刨花，像一堆一堆的雪。我问吴龙的女人陈秀花，请画匠了没有？陈秀花说，已经请过了，他们的大儿子去请的，是黄土口的王步兵，明天来。

第二天，我去的时候，王步兵已经挽着袖子，戴着眼镜，翘着山羊胡子在那里画开了。

我在旁边站着看了一会儿。后来，我走到棺材旁边，小声地问王步兵，能不能在吴龙的棺材上给他画几颗星星？画在大头上当然最好，要是大头上不能画，画在棺材的两侧也行。

我没敢往多了说，按我的意思，画一捧，画一片，画一大捧，画一大片，只说少画几颗就行。心里想，就这也怕是不行。

果然，王步兵停住手里的毛笔，一双眼睛从眼镜框的上面很奇怪地看着我。

"你说啥？星星？啥星星？"

"就是天上的那种星星，给他在这上面画几颗。"

"画星星？这是谁的意思？他们家里的意思？"说着，从棺材后面探出头，朝正面的屋里张望。

"是我的意思。"

"你？你见过谁在棺材上画过星星？"

那倒没有，确实也没有见过。

"这上面只能画些祥瑞的云彩。"

我心里说，人都死了，还祥什么，瑞什么？这不纯粹是既在糊弄活人又在哄鬼吗？再说，吴龙难道是一个喜欢腾云驾雾的人吗？事实恰好相反。

"他喜欢星星。"

"他喜欢的东西多了，他的孩子们，他不喜欢么？崭新的钱，他不喜欢么？好看的女人，他不喜欢么？好吃的东西，他不喜欢么？好的衣裳，他不喜欢么？我不能把这些东西都画上去吧？我总不能在他的棺材上给他画一个商店吧？不光是大头上不能画，哪儿也不能画。"

"在这些东西里面，他最喜欢的还是星星。"

"别害我。知道的人会说是你在这儿胡搅和，不知道的人还以为我不会画，是在糊弄人，混饭吃，弄上这样一个名声，以后谁还敢请我？"

好话说了足有满满一棺材，看看还是没有希望，根本说不动王步兵，我就到地里干活儿去了。

在去地里的路上，我在心里对吴龙说，不行啦吴龙，这事不成，我本想让他们给你画一片星星，可没有人听我的，王步兵也是死活都不画，我也没法子，我总不能亲自拿起颜料上去画吧？那非打起来不可，王步兵也肯定不会让我的。看来，再也不会有人给你打出那么多灯笼了，你以后只能摸黑走了。

在地里干活儿的时候，我觉得心里像是有草在摇晃，我拿着镰刀，看着远处，感觉毛毛糙糙的。


我看看身边的树声，他也没睡着。

"小小年纪，不好好睡着，想啥哩？"

"你盯着房顶使劲儿地看，看得时间长了，就能看见有一群羊在慢慢地动，在吃草。"

"我在捧场放马的时候，马在旁边吃草，我躺在地上看天，看得久了，就会发现天好像烂了，左一个洞，右一个洞。除了洞以外，还有穿花衣裳的女人，打着伞，慢慢地出来，骑的那个东西很奇怪，又像牛又像骆驼，又像苏联羊。"

"真好看！你看见的，比我看见的要好，羊也比我的羊大。我们这里原来有好多苏联羊，有的像小牛那么大。"

"白天来搬缝纫机的那个女人是谁？那么厉害，那么不饶人。"

"我姑姑。"

"啊呀！那个女人——"

"我妈也斗不过她去，一看见她就头疼。"

"这么多年来，我从来也没听你妈说起过这种事。"

"我妈不说，对谁也不说，无论有什么事，她总是都装在她自己的心里。"

"孩子，晌午放学以后，到前面杏树院里智奶奶家吃饭，智奶奶做好了饭在等着你。"

"你不回来了？家里没饭？"

"我有点儿事要出去一下，晌午不能给你做饭了，你回来家里也没人，门上挂一把锁子。"

"你要去哪里？"

"我有事要出去。"

"我也要和你一起去。"

"又不听话了？你还得上学呢。"

"……那好吧。"

"记住，到智奶奶家里要听话，不要爬墙，不要上树，更不能去摘树上的杏。另外，智奶奶给你做什么，你就吃什么，不能由你自己挑着要，知道了吗？另外我告诉你，智爷爷可是个练过武功的人，能飞檐走壁，他要是发起火来，一百个你也能对付得了。"

"妈，我想跟智爷爷学练武，不知他愿不愿意教我？我也想飞檐走壁。"

"那就要看你自己的表现了，你要是表现好，听话，是个好孩子，智爷爷就会想，哎，这个孩子不赖，挺乖的，我教一教他吧，或许就真的教你了。”

"我保证听话，保证没问题。我还能帮他点烟，帮他捶背，帮他捉虱子。"

"行。"


四周十分的静，她在那一带转悠了半天也没看见一个人，有几棵树显得披头散发的，带着一种倦倦的睡意。正在疑惑的时候，忽然听见有人长长地叹了一口气，她急忙前后左右看了一遍，却还是并没有看见一个人。

附近的几堵墙上，用白粉画着一些圆圈。

街是土黄色的街。

街上有字，红字，黄字，白字，黑字，都有，甚至还有一行绿茵茵的字，但她没顾上看，实际的情形是，顾上了也不一定看。连自己也觉得奇怪，不知道人为啥常常总是为一些并不打算去做的事情而找借口，不做就是不做，却又不愿意坦白地痛痛快快地承认，还要千方百计地东挪西借地找出一些托词，抠出一些理由……真是让人不明白，真是让人觉得昏暗，为啥要这么做呢？

后来她有些犹犹豫豫地来到一扇门前，门是关着的，单从门上看，也看不出个啥，但仔细又一看，看到门楣上方有一个木制的蝴蝶趴在上面，一边的翅膀有点儿翘，比真的蝴蝶要大许多。

她问自己，是这个门么？

一个人，自己问自己，多半是由于一时没有答案，事情在摇摆。她问了两遍，两遍都没人回答她，于是她走到一边，装作一副若无其事的样子，看着趴在门楣上方的那只木制的蝴蝶，越看越觉得心里不踏实。

她想到附近一带再转悠一会儿，但是，刚走出去几步，很快又像忘了什么东西似的返了回来。

那个很大的蝴蝶好像就落在她的头上。

她想，应该就是这里了。

没有人看见那只蝴蝶，只有她一个人看见了，后来，就真的有一只蝴蝶老在她的眼前飞，忽上忽下地飞，飞得她的心里也忽上忽下的，乱糟糟的，松一下紧一下。她嫌它飞得麻烦，伸手扑打了几下，那只蝴蝶飞走了，但等她停下手不再扑打时，它很快就像一朵会飞的花一样又回来了，它好像观察了她一下，然后就继续像先前那样在她的眼前不住地晃来晃去。

她觉得有些轻浮。

她站在那里，看着那只蝴蝶花枝招展，翩翩地舞动，忙了上面忙下面，总共加起来就那么薄薄的两片东西，她不知道它在干什么。她想，想飞你就飞吧，不嫌麻烦你就飞吧，你就绕吧，我又不是一朵花，顶多算是一种枯枝败叶，枯枝败叶，连牛都不怕，还能怕一只蝴蝶么？

在她身后不远的地方，她听到有两个人正在说话。

"我抓了一把，一看，都是瘪的。"

"我那也是瘪的。"

"放在手里，一吹，都跑了。"

"老财，你知道我为啥一看见你就跑？"

"还不是因为那二十斤黑豆么？"

"就是因为那，我恨不得找个窟窿钻进去。"

"你也不用钻，我又没上门跟你要去。"

"你没要，那是你仁义，我不行，我麻烦得厉害。我跟你说，我这会儿出门，啥也不怕，天塌下来都不怕，狼也不怕，就怕碰见人。"

"那你活着总不能不见人吧？"

"唉，麻烦就麻烦在这里。"

"你也别麻烦，都不好过。"

"老财，人比人，不能比，实际上有的人连猪也不能比，比不过去。有一回我背着一捆柴火，从胡家的猪圈外面路过，看见他们家的猪正闲事不管，舒舒服服地跷着二郎腿躺在里面，老财，我好眼红啊！我趴在猪圈墙外问它，我说，'哎，愿不愿意和我换一换？你出来，让我进去，你去当我，去养活我那一家人，让我来当你。'它不愿意和我换，动也没动……"

"等等，先不要管他们家的猪会不会跷二郎腿，老坛，首先你有这种想法就是不对的。"

"老财啊，不是我不想把自己当人，实在是没法当，你看他们那个猪，我都愿意当它，它都不愿意当我。哪有这种猪。"

"你光看到猪这会儿自在，就没看见它们挨刀的时候？过年的时候，他们肯定要杀了它。你愿意被杀了？愿意替它去死？"

"唉，我小的时候，有一天在马棚里睡着了，有人半夜起来添草，说看见我的胸前有一片红光，从那以后，周围的人们就都相信我将来很有可能是一个大福大贵的人。我十岁的时候，人还没有柜子高，就不断地有人来给我提亲……这会儿想起来，全是骗人的鬼话。"

"你不对。"

"我知道我不对，我从来就没有对过。哪怕对过有数的几回，哪怕是一两回，也不是现在这样儿。"

"谁又能老对呢。"

"老财，我这一辈子算是完了。"

"那不一定，我看你家房后的那几行小葱长得挺好的。"

"老财，我听出来了，你这是在讽刺我。"

"老天爷在上面作证，绝对没有那个意思！你想想，我又能比你好到哪里去？"

"日本人快要来了，咱们还是躲一躲吧。"

"不躲，你去躲一躲吧，我不躲了，我不能再躲了，我得想办法把我的那些东西要回来。"

"啥东西？"

"两只鸡，一个羊，还有半口袋米。"

"能要回来？"

"我这不是正在想办法么？实在不行，我就豁出去了，我也要硬一回。"

"你硬不过他们去。"

"我想过了，米就算了。"

"依我看，米倒是说不定能要回来，鸡和羊反倒是肯定不行了，肯定要不回来了。"

"我就想要鸡，哪怕一只也行。上个月我新垒的鸡窝，最少能放十几只，可这会儿里面空空的。"

"老财，你这是在给你自己出难题，想方设法地和自己过不去，没别的。"

"你说得也有道理，可这能怨我么？"

"依我看，就算了，不要因为半口袋米，一只鸡，再把一条命搭上，那可就真赔了。"

"唉，你是不知道，你要是去我家里看看就都知道了，我的孩子们饿得都快站不起来了，你要是去了，他们想起来迎接你都不行了。"

"老财，我真难过。"

"你走吧，去躲一躲吧。"

"你也小心一点儿，要不回来就不要再硬要了。"

一阵脚步声载着一个人渐渐地走远了，剩下的那一个人好像还在原地站着。

她等了一会儿，又朝四周听了听，但从那以后再没有听见他们的声音。

她想，这是说的哪一年的话呢？

# 八

"今天天气真好。"

"是呀，总算晴了。"

"天一晴，喇叭里唱的京剧也比那两天亮多了，你听——"

"是《杨门女将》么？"

"不是，是《杜鹃山》。"

"啊，那是我看过的颜色最鲜亮的一个电影，红花真红，绿草真绿。"

"我也喜欢。"

"连他们胳膊上戴的袖章也是那么红，咱们的供销社里就没有那么红的布，从来都没有。周围的几个供销社里我也去过，也没有。你问他有没有红布，他不说有，也不说没，给你抱上来一卷黑红黑红的东西，咚地往柜台上一扔，问你要几尺。不要吧，已经拿上来了，要吧，布票又不一定够，那就来上五六尺吧。我说的是五六尺，他看也不看，眼睛瞅着门外，哧——的一声，扯下来八尺。张十一斤回来骂我，嫌我不会过日子，他说，你这个蠢女人啊，最大的本事就是能胡闹，善于胡闹，想方设法地胡闹，布票那么紧，你又不是不知道？弄回这么多红布要干什么？是要把你自己再嫁出去么？"

"怪不得你们家的孩子每个人身上都带着红。"

"既然买回来了，总得都用吧？谁的裤子短了，我就给他用红布接一圈，谁的袖子短了，我就再用红布给他接一圈。张十一斤不喜欢穿红的，不喜欢也不行，能全由他么？不喜欢我也得给他做，衣裳是我在做，又不是他在做，做好了，他就跑不了，他就得穿。我把属于他张十一斤的衣裳拿给他张十一斤看，让他看个清楚，闹个明白，并告诉他说，这几件衣裳都是你的，永远都是你的，'六月里的包子，臭了也是狗的'，不承认不行，不认账哪能行？……一开始的时候，他坚决不穿，死活都不穿，我也不再说他，也不再给他做别的。等过了一个时期，他自己就悄悄地不声不响地皱着眉头穿上了。我看在眼里，乐在心里，但表面上却装作根本没看见，完全不知道的样子。男人，我算是把他们看透了，你要是硬，他就软，你要是软，他就跟你硬，他们都是小孩儿的鸡鸡，越拨拉他，他就越硬，越来劲儿，你要是不拨拉他，他也就硬不起来了。"

"女人要是都能像你这样，那就真的解放了，真正地翻身了。"

"我告诉你，你也不能拨拉他。"

"我不拨拉他。"

"对啦，哪天我还得用一下你的缝纫机。"

"用吧。"

"我还有一块布。"

"又要给张十一斤缝衣裳?"

"不给他做了,再做就真的和我打起来了,论体力,我还真的打不过他去。再说,我也发现了,男人的确也不适合穿红的,也不能全怨张十一斤不想穿,我要是个男的,我也不想穿。这一回,我是给我自己做的,就剩下最后一块了,我替他们排忧解难,我穿了算了,要不然把他们父子愁得不行,一看见红布就过敏,就哆嗦。"

"这一下就好了,他们可以放心了。"

"我对张十一斤说,'我倒是想好好收拾收拾,把自己再嫁出去,别的都不担心,唯一担心的就是怕没人愿意要。'我这么一说,张十一斤马上就像灌了苏打水一样,觉得自己一下被抬高了,膨胀了,变得又虚又大,趁机会气喘吁吁地说,'你的担心是对的,肯定是没人愿意要。也就是我,活得一点儿办法也没有,一点儿前途也没有,才会要你,你过了我这个村,再也找不到我这个店,没有啦。'他就是这么说的,你别不信,他真是这么说的。我对他说,'别把你自己的女人说得那么不好,那么不值钱,她要是一个没人愿意要的货,你自己本身也不光彩,也好不到哪里去。你要是不信,你就好好想想,想想这中间的道理。'听见我这样说,他眨着眼睛认真地想了一会儿,可能是琢磨出我说得有点儿道理,就闭上嘴不再吭气了。……以后,直到最近,也不再像以前那样动不动就说我不好了。我想,他可能主要是怕因为说我而牵连到他自己,怕连累了他,这至少也是一个原因。他不说我不好,并不是他不认为我不好。"

"他好像明白过来了。"

"对,我说的就是这个意思。'张十一斤同志各方面都很好,都很不错,怎么就会娶了一个最不好的女人?这说明了什么呢?这说明他本身也有问题,说明他也不怎么样。'他怕的就是这个。——这就是他们男人。"

"你这么一说,我也让你说醒了,我想起一些事情。"

"你来是有事么?"

"……没有。"

"要是有，就尽管说。"

"……"

"那就帮我拣豆芽吧，那两个下乡干部要来吃饭，轮到我们家了。"

"又轮过来了？"

"我也觉得转得有点儿快。"

"好多人都有这种感觉。"

"真的，在我的印象里，他们好像刚走不久，一边说话，一边抹着嘴相跟着出了门。我还清清楚楚地记得上一轮我给他们做的最后一顿饭，饭端上来了，他们像研究地图一样看着，灶里的火不仅没灭，还又红又旺……那天，张十一斤去地里锄谷子，逮住一只黄鼠狼，我给他们做的就是黄鼠狼的肉，他们当然不相信这五黄六月的天气里会有肉，所以才惊奇得不得了，看了又看。武装部的那个郭副政委看了一会儿，然后笑着对我说，'不会是人肉吧？'我说，'算你猜对了，是哩，就是一个人，才杀了一会儿，让你们尝尝鲜。'那顿饭他们吃得很高兴，我和张十一斤也很高兴，军民鱼水一家人，军爱民，民拥军，阴山高，黛水长，我为亲人熬黄鼠。郭副政委对那个名叫王文火的干部说，'你看看，人民群众对我们这么好，这么诚心实意，我们还有什么理由不用心用力地好好工作呢？'名叫王文火的干部说，'我不准备请假了，母亲病危与眼前的革命斗争比起来，实在是渺小至极。再说，人固有一死，现在就算是我回去，恐怕也救不了她了，既然救不了，那还不如不回去，不如踏踏实实地留在这里，我向毛主席保证，我要在这里干到年底。'郭副政委放下筷子，一只手在空中挥动了一下，纠正道，'不是年底，是要一直干下去，永远干下去，生命不息，战斗不止，过年也应该在这里过。'王文火红着脸说，'对。'停了一下，看看意气风发的郭副政委，马上又深有同感地说，'对，要在这里过个年，一定要在这里过个年，欢欢喜喜过个年。'"

"他们要在这里过年？"

"看样子像。"

"我真怕他们在这里过。"

"那有啥，他们过他们的，我们过我们的，大不了轮过来再管他们一顿饭，就当他们是来走亲戚的客人。"

"豆芽也拣完了，我该回去了。"


大水坑像一面斜放着的镜子一样从背后照着她，她不知道有柳絮一样的反光正在她的身上乱飞乱窜，又蹦又跳，但是，那棵她常见的又粗又黑的老树却忽然把她叫住了——

她像是猛不防被绊了一下，抬起头后，看到有几根树枝在摇晃，在朝她招手。

她问自己，树也会说话？

她不信树会说话，但是树说自己会说话，它用它那种一听就是上了年纪的声音对她说：

"来，过来帮帮我——"

帮帮它？帮什么呢？那声音把她吓住了，她觉得腿有些酥，似乎只要迈一步，整个人立即就会坍下去，化成水。……后来，忽然看见不远处有拖拉机在突突突地冒烟，虽然离得远，听不见声音，但用眼睛一看，就知道它正在油乎乎地突突突地响着。这就够了，她从拖拉机的烟里好像吸到一股力量。但是，这还不算，紧接着，好事——能够给她壮胆的事情正在接二连三地到来。旁边的一条公路上，出现了十几辆运煤的汽车，那些草绿色的是上海的汽车，灰蓝色的是北京的汽车，车门上喷着"宣武区""东城区"的字样，他们都常年驻在这个山区里运煤。她看到所有的汽车忽然都停住了，双方的司机都从车上下来，站在路上开始吵架，纷纷摘下手上的白手套，互相操对方的祖宗。

她听见北京人正在用流利的北京话操上海人的祖宗。上海的司机说话叽里咕噜的，她一句也听不懂。但是，她想，不用问，也不用把上海话翻译过来，上海人也并没有闲着，这个时候他们也肯定正在针锋相对地操北京人的祖宗，事情到了这一步，大家谁也都不客气。

有那两股人马在路上互相对骂，她顿时就觉得自己再也不害怕了。

与此同时，她还发现世界其实很热闹，很有趣，一点儿也不荒凉，一点儿也不没意思，就看你能不能发现，有没有运气……这以后，她撩了一下跑到眼前的头发，几步就到了那棵会说话的树下。

一位很老的老人坐在树后。看见她过来，老人赶忙对她说："快来帮帮我。"

听到那熟悉的声音后，她不禁皱了一下眉头，她本想对他说"我以为是树在说话"，但没有说出来。她看到老人背靠树坐着，一条腿上系着一根绳子，绳子没有一丈长，但至少也有七八尺。顺着绳子的方向，她看见绳子的另一头拴着一个五六岁的孩子，绳子拴在孩子的腰上，孩子正在一次又一次地努力地往前拱，他像是不知道有一根绳子在控制着他，所以脸上充满了疑惑和急切，无论往哪个方向奔，都没有用，好在他看上去并不灰心。

"给我紧一紧。"

她顺着老人的声音弯下腰去，看到他腿上的那个绳扣果然有些松了。老人告诉她说，他担心自己一不小心迷糊过去以后，孩子会挣脱绳子跑掉。"这个小鬼头，一得空就想跑，看也看不住，我根本对付不了他，根本不是他的对手。"听着老人的述说，她把绳子解开，重新系了一下，老人从她的动作中感到自己的腿又回来一点儿力气，脸上于是浮现出一种满意和高兴的笑意。

"行啦，这一下就行了，我又能放心地睡一会儿了。"老人说，"这我就不怕他了，他再怎么扑腾，也扑腾不到哪里去了，我放心了。"

她看了看孩子，问道："这是谁的孩子？"

老人说："不知道。"

"不知道？"她感到奇怪。

"我真的不知道他是他们谁的孩子，我只知道他是我的一个重孙子。"

"您能肯定他就是您的重孙子么？"

"能吧？他叫我祖爷爷，我一想，这还不是我的重孙子么？别人谁能这么叫我？这中间隔着好几辈呢。"

"您知道您重孙子的名字么？"

"你把我问住了。不怕你笑话，别看我每天都看着他，可我连他的名字都记不住，就说这个孩子吧，好像叫个小虎，还是小龙？我真的不知道。我想记，可是记不住。"

老人的话让她笑了。

"我跟他们说，我老了，不行了，替他们看不住孩子，可是他们不听，每天我一出来，他们随后就乱七八糟地跟来了，也不问我，也不和我商量，不管我愿意不愿意，二话不说，不管三七二十一地把绳子往我的腿上一套，然后就走了……他们把我当成一棵能系绳子的树了。"

老人乱七八糟地坐在树下，看上去比他身后靠着的那棵树更像是一棵树——一棵只剩下一堆根须的树。有时候他打盹睡着了，被他的那个拖着一根绳子、时刻想跑的重孙子用力一拽，马上就又醒了。就那样醒一会儿，睡一会儿，有时候昏昏沉沉地听见炮火连天，有人在埋地雷，有人在扔手榴弹，有时候猛然睁开眼睛，看到四周一点儿声音也没有，鸡不飞，狗不走，树也不动，年幼的重孙子也出溜到他的脚边睡着了。

# 九

"我又来了。"

"这一回没有豆芽让你拣了。"

"我来是有事。"

"上一回我就看出来了。说吧。"

"他们都不在么？"

"就我一个人。"

"你能不能……哎，我真是说不出口。"

"说吧，世上只有做不到的事，没有说不出口的事。"

"我是说……你能不能……"

"你的脸红了。"

"我想让你明白我说的意思。"

"你啥也没说。"

"别再让我说了。你已经明白了，对不对？你早就明白了，还让我说，成心看我的好看。"

"我明白了一点点。"

"那你说说，你……愿意么？"

"我倒是没问题。不过，我觉得你这样做是不对的，你会把他惯坏的。"

"我也知道不对，可我总觉得对他有亏欠。那年冬天，他们几个干部私分麦子，后来，紧接着，快过年的时候，他又偷偷地放跑了那个头上有疤的锡林人，还给了人家五块钱的路费……后来，工作队找我的时候，我就都说了。"

"那事，你不说，别人也会说的，结果还不是都说了么，没有谁能靠得住，你用不着觉得亏欠。"

"那个锡林人倒好，一直往北跑，到了坝上，又到了河套，在河套刚一露头就落网了，倒把他给出卖了。想想，也不是个东西。"


她看着正从路上经过的弯弯曲曲的牛车和马车，看了一会儿，忍不住大声问道：

"是不是去捧场的？"

"不是。"

坐在一辆车上的一个人看着她，回答道。

别的车上没有人说话，但她相信他们不是不想回答她，而是没有听见，他们的帽子太厚了，严严实实地捂着头和耳朵。走这么长的路，耳朵对他们来说实在不太重要，有一双眼睛就足够了。

他们说不是。按道理也应该不是，因为她看了半天也没有看见一个她认识的人，但从他们的样子尤其是说话时的样子上看，肯定都是那一带的，相隔都不远，一个地方距另一个地方几里、十几里，鸡叫声狗叫声，相互间都能听得见，遇上天气晴朗的日子里，能看见一些人正在他们自己的村子里说话、走动、弯着腰干活儿……鸟站在牛背上，牛隔一会儿回一次头，想狠狠地咬一口，但没有一次能够得着，心里麻烦得厉害，尾巴不停地甩来甩去。鸟说，想甩你就甩吧，反正我不走。你还能就这么一直甩下去，一下也不停？我就不信你能一直不停地甩下去，总有你累的时候，总有你不想甩，甩不动的时候。牛说，我今天犁完地以后，又拉了两趟车，我累了，我不想和你计较，你小小年纪，也怪可怜的，等这个秋天一过去了，你也就完了，像一朵小黄花一样灭了。鸟说，我完了，你也快了，庄稼已经收过了，人们还在嚓嚓地磨刀，你不会不明白他们准备要做什么，你肯定知道，比谁都清楚。

你站到我的头上来吧。

不。

来吧，这是我的头，这个主我还是能做得了的。

把我哄过去，好用你的角把我挑下去，是不是？我不过去，我站在你的背上就挺好。

大风刮断了田野里的电线。

晚上，她早早地做好了饭，到了吃饭的时候，天已黑得吓人。她对他说：

"你们吃吧，我想出去走一走。"

"这么黑了，你要去哪儿？"

"不去哪儿，就在周围一带。"

听到她这样说，他从灯下抬起头，看着她。他想了一会儿，然后说：

"你留在家里，我出去吧。"

"你出去？你出去替我走一走？这又不是个能顶替的事。"

"我是说外面冷，女人都怕冷，我比你耐冻。"

"我只是去走一走，不是去为了受冻。"

"既然出去了，那就肯定要受冻，天气可不管你是谁。"

大约一个多小时以后，她开始顺着原路往回返，漆黑的、过于浓稠的夜色，让她后来忽然觉得有些不干不净，她很快地走着，像是要尽力甩掉什么。没有人看见她，但她认为自己已经被黑夜染过了，已变得很黑。

370

以前她从没有过这种感觉。

熄灯号已经吹过了，红瓦的营房在南面的树林里悄无声息地睡着，只能听见河里的水在哗哗地流，有时候声音突然会大一下，像是有人跳了进去。

营房后面有一条路，像是他们扔出来的一根飘飘忽忽的白色的绷带，一直向这边的村里飘来。

李小兰最初就是顺着那根白色的带子，从红瓦下面向这边的村里飘过来的，以后，他就像走钢丝一样在那根软软的白带子上来来回回地跑来跑去，有时候背着一军用挎包大米，有时候怀里抱着一棵白菜。

李小兰就是那个经常总拿着自己破了的军装找人缝补的小战士，没有人告诉他村里谁家有缝纫机，哪个女人的手最巧，但是，当他顺着小树林子后面的那根软软的白带子慢慢地飘过来的时候，他一下就找到了她……这件事，以后每次再回想起来的时候，她都觉得有点儿奇怪。同样，作为李小兰本人，他自己也觉得说不清楚，不知是因为什么，不知是什么在其中作怪。

补过几次以后，他不知不觉地迷上了她的那双手。在她的身边坐着的时候，在回营房的路上，在那根软软的白带子上边走边浮想联翩的时候，他无数次地对自己说："真叫个巧啊！"除了巧，还白，还软，还有些瘦，但瘦是非常必要的，因它直接通向修长。他不喜欢那种看上去肉墩墩胖乎乎的手，连做梦都怕看见那样的一双手，幸好她不是，要是，补一回就够了，连第二回也不会有，更不会有后面的那些个回合。

看着他军装上那些破了的地方，像是新添的伤口，她不禁越补越疑惑。

有一天，她一边给他补，一边随口说道："这口子扯得这么整齐，不会是你专门划破的吧？"

听到她这样说，李小兰吓了一跳，她在那一刻的那种说不上来的样子很像是他部队里的某位首长，这让他好半天没有反应过来，后来才说："哪能呢。"

她笑了笑，继续给他补他的那个口子，没有再问下去，但从此心里泅出一些痕迹，多出了一些道道。她觉得，凭他的那种性情，他不是那种动不动就把身上的衣服剐破了或磨烂了的人，那得是那种十分鲁莽非常粗心的人，而他不是。这个李小兰，有时候真的很像是一位名叫李小兰的姑娘。他坐在一边，很安静地看她给他补衣服，连喘气都是细细的。几乎接近于虚无，要是不用心去听是根本听不出来的。有时，他会忽然轻声地唱起来。"……为咱亲人补军装……"唱一会儿，然后停下来，是因他唱着唱着发现了问题，意识到了一些东西……那时候，他看着她，然后对她说，这歌其实应该由你来唱，你唱才对，你唱才贴切，才符合实际。

　　"你唱吧，我不会唱。"

　　她说，连头也没有抬，整个人都伏在缝纫机上。缝纫机铮铮铮地响了一阵，后来忽然又不响了，她停了下来，从针头下面抽出他的衣服，拿起来对着窗户仔细地看着，嘴里却对他说：

　　"你唱得就挺好的。"

　　好也不能老唱吧？他想。她的鼓励像是给他的身上搋进去一个东西，说不上是一个什么东西，但很明显那个东西是个活的，会动，有血，有气，还很有劲，不停地在动，不停地在闹，在挣扎，在和他搏斗，什么也不是，这样拼命地闹，不停地动，目的只有一个——就是想出来，想痛痛快快地舒展无比地出来，想不顾一切地出来，想大喊大叫地出来，想肆无忌惮地天王老子也挡不住地出来，想意气风发斗志昂扬地出来，想自力更生艰苦奋斗地出来，想独立自主地出来，不崇洋媚外，不故步自封，当然更不需要由人搀扶或护送着出来……是的，就是这样，金猴奋起千钧棒，玉宇澄清万里埃，要奋斗就会有牺牲，枪杆子里面出政权，没有贫农，便没有革命，凡是反动的东西，你不打他就不倒，无产阶级要想解放全人类，首先得要解放自己，不解放自己，一切都是白搭，不过是白受苦，瞎捅一气而已。先把头露出来，然后整个儿都出来，就像鱼翔浅底，就像鹰击长空，就像红日跃出了东海，待到山花烂漫时，她在丛中笑。

李小兰的目光在她的头发上趴了一会儿，迷糊了一会儿，然后来到她的脸上，很快又走到她的嘴上，并停了下来。她的眼睛由于被头发遮挡着，使他无法看清，所以他走不过去，要是能过去，他早就过去了，他不是没想过。李小兰，你这狗日的好暖和噢！李小兰听见有人在这样喊叫。他被夹在她的两片嘴唇之间，感受到一种柔软的挤压，就像两座山中的一片金黄碧绿的草地。人这一辈子能寻到这么一个地方，就算一头碰死，就算死在这里，也值了。一个人对另一个人说。另一个人想了一会儿，然后说，你不是要碰么？你碰呀！

他湿漉漉地从她的嘴里上来，像是从河里爬到了岸上。

一抬头，却看到她仍然端坐在缝纫机前，用心地对付着手里的活儿，她的两条腿藏在缝纫机的下面，只看见上面的轮子在转，却看不见她的腿在动。

她用牙咬断一根线，然后一边用手抚平补过的地方，一边说，李小兰？你咋叫了这么个名字？

李小兰说，他上面有两个哥哥，两个姐姐，但不知因为什么，两个哥哥都没有能够留住。后来，有人说，男的要是起了女的名字，就比较容易活，正好家里该生他了，他就赶上了。

"女的为什么就容易活？"

"他们说是贱，贱了就好活，容易活。山上的野花野草，谁管过？谁去浇过水？每年都活得好好的，旱也旱不死，太阳也晒不死，被人踩倒了，用不了多久又站起来了，今年让牛吃了，第二年又冒出来了。可是，家里养的花儿呢，都把它当个东西培养，紧掇弄慢掇弄，紧小心慢小心，求爷爷告奶奶，该死的时候照样死，神仙也救不活，一个不小心就死了。"

"我是不是很贱？"

"你不贱。谁说你贱？我才贱呢，李小兰……唉，要不是这个名字，也许我还活不到现在呢，说不定也像我的那两个哥哥一样早早地就完了，早早地就从人生的舞台上下去了，连个躬都没来得及鞠。"

"我老家有个表弟，不到二十岁的时候，就跳了井。"

"因为什么？"

"因为一些事情。"

"唉……这一点我比他强，我能想得开。"

"那就好。"

那时候她忽然想起一个叫唇红齿白的词，跳了井的表弟大体上长得就是那样，现在想起来，竟和眼前的这个李小兰在好多方面有些相像……啊，怪不得没费什么劲这么快就和他熟了，给他补衣服也补得心甘情愿，高高兴兴，甚至满心欢喜。这样一来，倒让她不知不觉地把原来的好多事情差不多都忘了，有的虽然还没忘，这会儿暂时也被压下去了，成为几件压在箱底的衣服，难得想起来，几百年也不拿出来一回。

每次从那些红瓦下面出来，顺着房后的那根软软的白带子向这边飘过来的时候，李小兰都不会空着手，除了拿着他翻箱倒柜千方百计地搜寻出来的要补的衣服，另外还有别的东西，有时候是一军用挎包大米，有时候是一棵正在茁壮成长的白菜，有一次甚至是几盒让她感到莫名其妙的葡萄糖注射液和青霉素针剂……她不像别的女人那样见了这些会觉得高兴，她觉得自己无论如何都高兴不起来。

"不要再偷偷摸摸地拿这些东西来，你们首长知道了，一定会拔出枪来崩了你。"

"崩不了，我会小心的。"

"不行，小心也不行。"

"你生气了？"

"有点儿。"

"我听你的，以后再不拿了。"

不知是有意还是无意之间，李小兰忽然轻声地叫了她一声姐，这让她的身上情不自禁地颤抖了一下，仿佛有一只柔软而洁净的手在她的心上轻轻地抚摸了一下，给她带来一种异常酥痒而微麻的感觉。

阳光呈几何形状堆砌在屋里，有一层一层的梯形，有透明的三角，还有的像光滑而倾斜的圆柱。

忽然，她说："你的小名是不是叫个丫头？"

李小兰吃了一惊，说："你是怎么知道的？"

"我只是随便瞎说的，"她说，"看你这样，莫非你还真的就是叫个丫头？"

"就是。"

"真的是叫个丫头？"

"真的。"

听到李小兰这样说，她忽然伏在面前的缝纫机上笑了起来，从后面看她的两个肩膀，像是在哭。

"你别笑。"李小兰说，"听我给你从头细说，我的小名就是叫个丫头。十二岁以前，我一直穿花衣裳，穿那种上面带着一根带的鞋，还留着辫子。后来，随着一天天地长大，花衣裳还能穿，但辫子实在是再也留不住了，因为无论是谁，只要看见了，就都想过来揪一揪，拽一拽。我妈和我姐姐都说，不能再留了，再留下去要戳鬼。到了上学的时候，要正式给我起名字了，全家人有一个总的意向，就是我的名字不能男人味太足了。我爹愁得厉害，说，那么多名字，没有一个适合咱们的，真是难闹哩。又说，总得差不多吧，总不能直接叫个李小花李桂花吧？又过了两天，我爹兴高采烈地从外面回来，一进门就说，有了，这回终于有了，我看就叫李小兰吧，咱们公社的武装部长就叫赵小兰，一开始我还以为他是个女的呢，等开会的时候一看，家伙长得又黑又大，还满脸胡子，一下我就踏实了，我就不怕了，回来的路上我就想，他叫赵小兰，咱们就叫李小兰吧，这个名字好，不荤不素，不男不女（我妈在一旁插话说，听上去还是偏向女的一些），不冷不热，正好好，就这样吧，叫个李小兰也就可以了，真要是红艳艳粉嫩嫩地给他起个女人的名字，那让他以后怎么做人呢？"

她抬起头来，脸上的笑容如同外面的阳光，而窗外的光线像一片正在越升越高的山梁，金黄，明亮，疏松，大头鸟随着地势的起伏也在一点一点地往上浮动。

"部队要吹号了，你该回去了。"

"我不想回去。"

"部队可不是幼儿园，不能想不去就不去，快走吧。"

"……"

"快去吧。点名的时候要是没你，你不怕么？"

"我想过了，以后我一定要找一个人，找一个可靠的人，点名的时候替我答应一下。"

"那你这兵也就当到头了。"

"我走了。"

"跑步回去吧，跑步还来得及。"


"恐怕不行了，来不及了，我已经把他抓住了，这回看你还往哪跑？"

"……你回来了？"

"我当然要回来，我在峰之涧住得不踏实，越住越没底，眼皮老跳，不闭上跳，闭上了还跳，我就知道不对了，有了问题了，肯定有了问题了。我的一个死了好几年的姨姨有一天忽然找到我，对我说，'别光顾着挣钱，挣钱也得看个时候，不能啥都不顾，还有比挣钱更要紧的事。'上一辈人说话，都是那样，也不往明了说，不往彻底了说，要不你就干脆别说，可他们还是要说，说吧，又不往清楚了说。我不喜欢一个人这样。我问她说，'二姨，您到底什么意思？'她看着我，那张白白的脸一闪，一阵风一样就不见了。"

明明是钱生太带着峰之涧那边的露水和土回来了，却又像是一块一人多高的铁板，黑雾雾地立在门口，她看得有些糊涂了。

那时候，钱生太的手里拎着一个人，像是拎着一个刚刚打到的猎物。她看了几眼，然后在心里祷告说，可千万别是李小兰！只要不是他，别人无论是谁都行。可是，当钱生太手一松，那个猎物咚的一声掉到地上时，竟就是李小兰……她顿时不禁泪如雨下，在心里对李小兰说：

"你是一颗灾星。"

钱生太让他自己说，李小兰就说：

"我有了病了，无论是集合号还是熄灯号，只要一听见吹号，我就忍不住想尿，真去尿的时候吧，还尿不出来，最多一小股，有时两三

376

滴，只有那么两三滴。"

"那么，吹冲锋号的时候呢?"钱生太问。

"那还用说么，那就会更想。"

"还是毛主席的战士呢! 老弟，种种迹象表明，你已经不适合再当兵了。"

她睁开眼，感到有湿热的东西正在脸上慢慢地滚动，流泻，胸口还在很厉害地跳……是一个梦，她长长地出了一口气。她想起在峰之涧的钱生太，不禁苦笑了一下，就算是在梦里，他也忘不了和她吵一架。不是冤家不聚头，她一年一年地开始信服这句话了，不信服不行。


黄昏时分是一个流光溢彩的时候，绵延的晚霞让人想起童年，她带着一身簌簌作响的金线刚回到屋里，有人就从后面把她抱住了。

她没有动，任由他抱着，因为她知道他是谁，她甚至不知不觉地闭上了眼睛，这以后，那双手像一对性急的初出茅庐的兄弟，在她的身上分头出发，开始到处奔走。她先是感到她的两个乳房被高高地举了起来，托在红色的霞光里，不久又慢慢地落了下来，重新回到了原来的地方，重新回到了她的身上，物归原主。她看到屋里的东西仿佛漂在水上，有的正向她这边游过来，她向旁边闪了几下，最先游过来的那几个东西相继从她的身边游过去了，但是，事情并没有完，后面还有别的东西正在接连不断地向她游过来，并十分明显地想撞到她。她听见一个绿颜色的瓶子尖声对她说，躲得了初一，你还能躲得了十五吗? 我就不信你连十五也能躲过去，十五不行，还有三十呢，还有下一个初一和十五呢，你都能躲过去? 这话让她变得浑身软弱无力，酥烂如泥，她昏昏沉沉地回答说，我没想躲。

那时候，她忽然感到自己从下面被分开了。

"我好像管不住自己了——"

这句话本来是在她心里说的，在她的心里低低地盘旋，但不知怎么就滑到了她的唇外，浓浓地又胭脂一样地抹在她的脸上。

他先是一愣，然后对她说:

"管不住就不要管了。"

这以后，她感到自己像是坠落进了耀眼的阳光里，听见轰的一声，响声像是来自她的心里，又似乎在一个很远的地方。部队的白菜，红马，远远地站着。

不知过了多久，她听见他低低地在她的耳边说着话。他说他本来不信命，现在信了。他说他喜欢过一个姑娘，但是因为两个人都站在原地不动，所以后来就完了，没有人从中破坏，就像是一件东西，谁也不动，谁也没动过，就那么放着放着就放坏了，再也不能用了。

他说他第一眼看见她的时候，就不想走了，哪儿也再不想去了。

他说他找过原因，但是没有找到，他自己也说不清楚，为什么一看见她就觉得亲得不得了，永远没有够的时候。

他脸朝下趴了一会儿，后来侧过来，脸贴在她的胸上。他说，你知道么，我爱你就是军爱民，你抱着我，就是民拥军，咱们两个绕在一起，就是军民鱼水一家人。

她睁开眼，充满深情地看着他。

看了一会儿，她说：

"部队要吹号了，你赶快走吧。"

"我找了一个新兵，让他点名的时候替我答应一声。"

"你不能那样，你会连他也一起害了。"

"我听你的，我走了。"

"部队要吹号了，你快走吧。"

"嗯。"

"孩子，晌午放学后，到前面杏树院里智奶奶家吃饭，智奶奶做好了饭在等着你。"

"你不回来了？家里没饭？"

"我有点儿事要出去一下，晌午不能给你做饭了，你回来家里也没

378

人，门上挂一把锁子。"

"你要去哪里？"

"我有事要出去。"

"我也要和你一起去。"

"又不听话了？你还得上学呢。"

"……那好吧。"

"部队要吹号了，你快走吧。"

"我跑步回去。"

"你不能再来了，他捎话回来了，明天就回来。"

"我也有一件事要告诉你。"他脸朝下趴了一会儿，后来侧过来，脸贴在她的胸上。他说，你知道么，我爱你就是军爱民，你抱着我，就是民拥军，咱们两个绕在一起，就是军民鱼水一家人。

"说吧。"

"我们住在这里本来是为了打仗的，听说又不打了，打不起来了，可能要全部撤走。"

"啥时候走？"

"好像就在最近几天。"

"走吧。"

"我……"

"最后一次了。"

有一天，她忽然听说南面那片小树林子里的营房空了，村里的孩子们都去那里捡子弹壳。他脸朝下趴了一会儿，后来侧过来，脸贴在她的胸上。他说，你知道么，我爱你就是军爱民，你抱着我，就是民拥军，咱们两个绕在一起，就是军民鱼水一家人。

她一个人坐在家门口，坐着坐着，忽然看到他从外面跑了进来，他兴奋而又不得不压低声音对她说，我回来了，我说过我会想办法的。

她看看他，看着看着，院子里又成了她一个人。

这一天留给她的最后一个印象是一只蚂蚁扛着一颗很大的谷子在走，蚂蚁走得极慢，不仔细看是看不出在走的。

她看了一会儿，叹了一口气，对那只蚂蚁说："不会换一颗小的么，那么大，你什么时候能拿回去？"